까마귀의 엄지

KARASU NO OYAYUBI

ⓒ Shusuke MICHIO 2008
All rights reserved.
Original Japanese edition published by KODANSHA LTD.
Korean publishing rights arranged with KODANSHA LTD.
through Imprima Korea Agency

이 책의 한국어판 저작권은 Imprima Korea Agency를 통해
Kodansha Ltd.와 독점계약한 문학동네에 있습니다.
저작권법에 의해 한국 내에서 보호를 받는 저작물이므로
무단 전재와 무단 복제를 금합니다.

이 도서의 국립중앙도서관 출판예정도서목록(CIP)은
서지정보유통지원시스템 홈페이지(http://seoji.nl.go.kr)와
국가자료공동목록시스템(http://www.nl.go.kr/kolisnet)에서 이용하실 수 있습니다.
(CIP제어번호: CIP2011002797)

까마귀의 엄지

カ ラ ス の 親 指

by rule of CROW's thumb

미치오 슈스케 장편소설 ─ 유은정 옮김

차례

It's heads I win and tails you lose.
앞이 나오면 나의 승리, 뒤가 나오면 너의 패배지.
—코난 도일 『주홍색 연구』

HERON
hérən

(1)

새끼발가락이 단단한 물체에 부딪히면 눈물이 쏙 빠질 만큼 아프다. 갑작스러운 통증에 놀란 뇌가 '!' 하고 작동을 멈추어버리는지 한순간 의식이 아득해진다. 하지만 이런 사고에서 가장 짜증나는 요소는 아픔도 아니거니와 멀어지는 의식도 아니다. 뭐니뭐니해도 자신이 한없이 멍청하게 느껴진다는 것이다.

야마테도리 길을 바라보고 있는 '교와 은행 시나가와 지점' 앞에서 가만히 팔짱을 낀 채 드문드문 드나드는 손님들을 바라보면서, 마흔여섯 살의 다케자와 다케오는 오늘 아침의 실수를 생각했다. 욕실 거울을 들여다보며 공들여 수염을 밀고, 오늘 입을 양복에 어울리는 넥타이를 고르기 위해 욕실을 나오려는 순간, 오른쪽 새끼발가락을 오킬로그램짜리 덤벨에 부딪히고 말았다.

얼마 전 대형 잡화점에서 싸게 팔기에 산 것이었다. 욕실에 들어갈 때만 해도 마루에 있는 세금 포함 이천구백팔십 엔짜리 덤벨을 분명히 확인하고 훌쩍 넘어갔다. 하지만 거울을 보며 전기면도기를 위아래로 움직이는 사이에 덤벨의 존재를 까맣게 잊어버렸다. 아픔은 사라졌지만, 그 순간 멍청한 자신에게 느꼈던 분개는 지금도 다케자와의 가슴에 남아 있다.

이건 좋지 않다. 일의 성패에 영향을 미칠 수 있다. 이 일은 무엇보다 '자신감'이 중요하다.

나는 멍청이가 아니다. 나는 멍청이가 아니다—중얼중얼 되뇌면서 다케자와는 은행으로 시선을 돌렸다. 마침 통통한 중년 남자가 창구에서 볼일을 마치고 유리로 된 회전문을 나서려는 순간이었다.

지쿠시 쇼스케, 43세. 주소는 아라카와 구, 전화번호는 3802-××××. 동명이인인 유명 캐스터의 아름다운 은발과 달리 위쪽이 시원하게 벗어진 까만 곱슬머리다. 봄볕을 받은 성근 머리통을 똑바로 바라보면서 다케자와는 가죽가방 손잡이를 고쳐 잡았다. 나는 멍청이가 아니다. 나는 멍청이가 아니다—천천히 다가간다. 상대의 키는 몸집이 작은 편인 다케자와와 엇비슷하다.

"지쿠시 씨…… 지쿠시 씨."

살며시 말을 거니, 지쿠시 쇼스케는 걸음을 멈추고 뒤돌아서 무슨 일이냐는 표정으로 다케자와를 보았다.

"지쿠시 씨, 실례합니다. 잠시 시간을 내주실 수 있겠습니까?"

상대가 누구인지 떠올리려는 듯 지쿠시 쇼스케는 눈을 몇 번 깜빡였다. 하지만 처음 보는 다케자와의 얼굴을 알고 있을 리가 없다.

"갑작스럽게 말을 걸어 죄송합니다. 저는 이런 사람입니다."

다케자와는 짙은 남색 양복의 안주머니에서 명함을 꺼내 건넸다. 지쿠시 쇼스케는 명함을 얼굴 가까이 가져가 찬찬히 바라보았다.

"은행 검사관……"

"여기 교와 은행의 부탁으로, 현재 한 사기사건을 조사하고 있습니다. 그래서 지쿠시 씨께 협조를 부탁드리고 싶습니다만."

"협조요……? 제 이름을 어떻게 아셨죠?"

지극히 당연한 의문이다. 다케자와는 설명했다.

"방금 저 안에 있는 지점장에게서 연락받았습니다. 지쿠시 씨, 조금 전에 창구에서 현금을 찾으셨지요?"

"네. 회사 돈이요."

"세 창구 중 맨 왼쪽 창구였습니까?"

"그렇습니다."

"창구 담당자는 삼십대 중반의 남자였습니까?"

"네. 그런 사람이었습니다."

"은테 안경을 썼던가요?"

"그렇습니다."

다케자와는 상대의 얼굴을 향해 목소리를 낮췄다.

"인출하신 현금을 살펴봐도 되겠습니까?"

"네?"

다케자와는 지쿠시 쇼스케가 들고 있는 검은 가방을 눈짓으로 가리키며 거두절미하고 말했다.

"위폐일 가능성이 있습니다. 뉴스 등을 통해 보도되었으니 이미 아실지도 모르지만, 올 4월 들어 두 차례, 시나가와 구내에서 정교한 위폐가 발견되었습니다. 관할서와 저희 측이 조사한 결과 위폐의 출처는 모두 이 은행이었습니다. 이 은행의 한 창구 담당자가 직접 건넨 현금이었습니다."

지쿠시 쇼스케는 생각에 빠진 듯 미간을 찌푸렸다.

"……어떻게 된 일이지요?"

"창구 담당자가 바꿔친 겁니다. 자동지급기에서 나온 현금을 제 주머니로 슬쩍하고, 손님에게는 위폐를 건넸죠. 인쇄 공장을 운영하는 지인과 함께 만든 정교한 위폐를요."

지쿠시 쇼스케는 손에 들고 있던 가방으로 눈을 돌렸다.

"네? 그럼 이 돈이…… 위폐라고요?"

다케자와는 아니라며 살짝 고개를 저었다.

"아직 그렇다고 밝혀진 건 아닙니다. 그러므로 지쿠시 씨의 협조를 받아서 살펴보고 싶은 겁니다."

다케자와는 수상한 티를 내지 않으려고 충분히 주의를 기울이는 동시에, 분위기가 너무 늘어지지 않도록 신경 써가며 상대를 향해 오른손을 내밀었다. 지쿠시 쇼스케는 다케자와의 오른손과 자신의 가방을 번갈아보며 입속으로 뭔가 중얼거린다—빨리 해. 빨리. 빨리. 빨리. 상대는 미간을 찌푸린 채 좀처럼 결정을 내리지 못했다. 다케자와는 한 손으로 천천히 뒤통수를 쓰다듬었다.

"무슨 문제라도 있으십니까?"

양복 차림의 남자가 두 사람 옆으로 다가왔다. 굳은 표정에 은테 안경을 쓰고 머리를 단정히 정리한 그는 가슴에 네모진 이름표를 달고 있다. 거기에 새겨진 글자가 보인다.

교와 은행 시나가와 지점 지점장 대리 이시가스미 에이고

젠장—다케자와는 속으로 욕설을 내질렀다. 감정을 얼굴에 드러내

지 않으려 주의하면서 차분하게 상대를 향해 몸을 틀었다.

"아닙니다. 아무 문제도 없습니다."

"정말입니까?"

"그렇습니다."

망설이듯 다케자와와 사내의 모습을 바라보던 지쿠시 쇼스케는 눈을 치떠 지점장 대리의 이름표를 보면서 머뭇머뭇 입을 열었다.

"저…… 지금 이 사람이 내가 가진 현금을 살펴보겠다지 뭡니까. 대체 어쩌면 좋을지 몰라서……"

이름표를 단 남자는 돌고래처럼 윗입술이 삐죽 나온 입으로 아, 하고 소리를 내며 지쿠시 쇼스케와 다케자와의 얼굴을 번갈아 보았다.

"혹시 저희 지점장님이 의뢰한 그 일입니까?"

다케자와는 고개를 끄덕였다.

"그렇습니다. 그 건입니다."

"고객님께서 가지고 계신 현금이 그 창구에서 받은 돈입니까?"

"네, 조금 전에 받은 돈입니다."

"그렇다면 제가 보관하겠습니다. 은행 안의 검사기에 넣어 바로 확인해드리겠습니다."

지쿠시 쇼스케는 그제야 납득했는지 "예, 예" 하며 멋쩍은 듯이 성근 머리를 쓸어올렸다.

"뭐야, 정말이잖아."

"생각도 못 한 일이라 놀라셨겠지요."

이름표 단 남자는 죄송하다는 듯이 어깨를 움츠린다.

"이런 일로 손님께 불편을 끼쳐드려 저희도 부끄러울 따름입니다. 사정이 이러니 여기서 잠시만 기다려주시겠습니까? 현금 확인이 끝나는 대로 돌아오겠습니다. 아, 물론 은행 안에서 기다리셔도 됩니다."

"그럼 안에서 기다리겠습니다."

"그러시지요. 현금은 이리 주십시오."

"안에서 드리겠습니다. 여긴 좀 그러니까."

"알겠습니다."

이름표 남자는 안에서 기다리겠다고 말하고서 은행으로 돌아갔다.

지쿠시 쇼스케는 다케자와 쪽으로 돌아섰다.

"좀 전엔 괜히 의심했습니다. 갑자기 현금을 살펴보겠다고 하니까요."

"매번 당하는 일입니다. 사람들이 그렇게 조심해야 사기사건이 줄어들 테니 외려 고마운 일이지요."

"맞는 말입니다. 무서운 세상이에요. 은행원 중에도 나쁜 놈이 있다니 방심하면 안 되겠군요. 아, 이번 일 말인데요, 다른 데 소문을 내면 안 되겠지요?"

"될 수 있으면 비밀을 지켜주십시오. 자세한 이야기는 지점장 대리가 설명할 겁니다. 저는 어디까지나 검사관일 뿐이라."

"알겠습니다. 그럼 이만 실례하겠습니다."

"협조해주셔서 감사합니다."

다케자와가 깊숙이 고개를 숙였다. 머리를 드는 동시에 몸을 틀어 재빠르게 인파 속으로 섞여들었다. 길을 따라 잠시 걷다가 모퉁이를 돌아서자 발을 멈췄다.

잠시 뒤 이름표 단 남자가 왔다.

"돈은?"

다케자와가 물으니 상대는 "여기"라며 양복 안주머니를 두드려 보였다.

"그만 가자."

다케자와가 발걸음을 뗐다.

사내는 다케자와의 뒤를 쫓아 히죽거리며 다가왔다.

"다케 씨, 나 어땠어요?"

다케자와 다케오. 초등학교 때부터 누구나 당연하게 다케라는 별명으로 불렀다. 다케 뒤에 '씨'가 있고 없고의 차이일 뿐이지 정말 다들 그렇게 부른다.

"내 연기, 꽤 자연스럽지 않았어요?"

"전혀."

"다케 씨는 너무 까다로워요."

"대사가 틀렸잖아."

"어디가요?"

"제일 첫 대사 말이야. '무슨 문제라도 있으십니까?'라니. '도와드릴까요?'로 하기로 했잖아."

"네? 그게 그거 아닌가요?"

"완전히 다르지. 그때까지 우리가 무슨 이야기를 나눴는지도 모르는데, 대뜸 무슨 문제가 있느냐고 물으면 이상하잖아."

"듣고 보니 그렇네."

"듣고 보니? 우리 생업에는 그런 사소한 실수가 치명타가 되는 거야. 다음에도 이런 실수를 하면 너와는 끝이야."

"다케 씨, 그리 야박하게 굴지 마세요."

"얼굴 저리 치워."

"다케 씨이."

"일하기 전에 마늘이 들어간 음식 먹지 마."

다케자와가 얼굴을 찡그리자 사내는 한 손을 입으로 가져와 하 하고 숨을 토하고는 일부러 눈동자를 굴리며 놀라는 표정을 지었다. 그 옆모습은 이미 성실한 지점장 대리가 아니라, 다케자와의 현재 파트너 데쓰로 돌아와 있었다. 다케자와보다 겨우 한 살 적은 마흔다섯 살이지만, 꼭 선배 뒤를 따라다니는 중학생 같은 남자다.

"마늘 냄새 같은 건 어젯밤에 말해주지 그랬어요. 다케 씨 바로 코앞에서 만두를 먹었고만."

"그때는 생각할 게 있었어. 그런 건 알아서 챙겨."

이번에 두 사람이 벌인 작업은 전형적인 사기다. 이런 사기는 약간씩 변형된 형태로 예나 지금이나 세계 곳곳에서 벌어지고 있다. 봉은 다케자와가 찍어서 사전에 간단한 개인정보를 조사해둔다. 혹시라도 의심받는다면, 이쪽에서 상대의 정보를 아는지 모르는지에 따라 작업 성공률이 크게 달라진다. '당신'이라고 불릴 때와 정확한 이름으로 불릴 때 느끼는 신뢰감은 크게 다르게 마련이고, 필요에 따라 대화 속에 자연스럽게 주소와 전화번호를 섞으면 더욱 큰 믿음을 얻게 된다. 미리 그 정도 개인정보를 알아내는 것쯤이야 누워서 떡먹기다. 용돈 정도의 푼돈만 쥐여주면 조사해줄 사람들이 지천이다.

데쓰가 도중에 끼어든 이유는 지쿠시 쇼스케라는 이번 봉이 다케자와에게 의심을 품은 것처럼 보였기 때문이다. 이런 작업은 머릿수가 늘고 절차가 복잡해질수록 실패 확률도 높아지기 때문에 다케자와 혼자서 끝까지 완수하는 게 가장 좋지만, 만약 상대가 못 미더워하면 데쓰가 지점장 대리로 등장하도록 계획되어 있었다. 다케자와가 왼손으로 뒷머리를 만지는 것이 신호였다.

"그러고 보니 데쓰, 왜 또 그렇게 정신 사나운 이름을 쓴 거야?"

데쓰는 "아, 이거요?"라며 바지 주머니에서 아까의 이름표를 꺼낸다. '지점장 대리 이시가스미 에이고'. 오늘 작업을 위해 손재주 좋은 데쓰가 만든 소도구다.

"애너그램이에요."

"애너그……?"

"애너그램. 문자를 나열해서 뒤섞는 놀이요. 요즘 이 놀이에 흥미를 느껴서 말이지요."

"이시가스미 에이고를 풀어서 섞었다는 건가?"

"바로 맞혔어요. 힌트는 영어*. 즉 잉글리시죠."

중졸이라면서 데쓰는 의외로 영어에 능통하다.

"잉글리시……?"

거리의 사람들 사이를 걸으며 다케자와는 머리를 갸웃거렸다. 하지만 답이 떠오르지 않아 곧 되물었다.

"무슨 말이지?"

"이런 거지요, 다케 씨. 이시가스미, isigasmi."

두번째 이시가스미는 마치 외국인처럼 발음을 굴린다.

"이 알파벳을 거꾸로 읽으면―아임 사기시**."

"아임…… 사기……시."

오, 제법이다.

---

* 일본어로 '에이고'라고 읽는다.

** 일본어로 '사기꾼'이란 뜻이다.

"정말이군."

다케자와는 무심결에 발길을 멈추고 웬일로 데쓰를 칭찬하려다가 그만두고, 다시 정면을 바라본 채 발걸음을 재촉했다.

"그런 쓸데없는 궁리를 할 짬이 있으면 대사 연습이나 더 해, 멍청아."

시나가와 역에 도착한 두 사람은 JR 전철로 한 정거장 더 가서 다마치에서 택시를 잡았다.

"아사가야로."

"예예, 아사가야요."

다케자와는 시트에 등을 기대고 조금 전 데쓰에게서 받은 봉투의 액수를 확인한다. 손가락에 침을 발라 세어보니 만 엔짜리 지폐가 서른다섯 장. 옆에서 데쓰가 휘익 하고 바람 소리만 나는 휘파람을 불었다.

"너랑 동업하고부터 계속 성공이군."

"역시 난 솜씨가 좋다니까요."

"아마추어 티를 벗지도 못한 주제에 으스대기는."

겉으로는 비웃었지만 다케자와도 내심 이런 데쓰의 역할이 성공 원인이 아닐까 생각했다. 어느 정도의 비율로 실패를 감수해야 하는 것이 이쪽 일인데, 봉에게 돈을 받는 일을 데쓰에게 맡기고 나서부터 성공률이 어마어마하게 높아졌다. 돌고래 같은 얼굴이 상대를 안심시키는 것일까.

다케자와는 지폐를 봉투에 넣고, 운전석으로 얼굴을 디밀었다.

"기사 양반, 모처럼 날씨도 좋으니 해자 쪽으로 돌아서 가주겠나?"

"황궁 말씀이십니까? 엄청 돌아가야 되는데요?"

"괜찮아."

"요즘도 제법 나올 겁니다."

"괜찮대도."

"알겠습니다."

기사는 사쿠라다도리 대로로 운전대를 꺾었다.

"지도리가후치 못까지 가보실래요? 지금쯤 벚꽃이 한창일 텐데."

"벚꽃 좋지."

능숙한 기사의 운전 솜씨로, 택시는 황궁을 오른편에 두고 천천히 나아갔다. 지도리가후치 못은 벚꽃 명소다. 다케자와는 수면에 비치는 하얀 꽃잎을 창문 너머로 느긋이 바라보았다. "예쁘네요"라는 감탄과 함께 어깨 바로 옆으로 데쓰의 마늘 냄새가 다가온다. 쯧 하고 혀를 차며 창문을 여니 봄바람이 부드럽게 콧속을 파고들었다. 해자에 비친 꽃잎 가운데로 우아하게 수면을 가르는 한 마리 새가 보였다.

"어이, 데쓰."

별 생각 없이 말을 꺼냈다.

"사기를 영어로 뭐라고 하지?"

"헤론heron이요."

"헤론—마약 이름 같네. 그렇게 생뚱맞은 단어라고?"

물론 다케자와에게 생뚱맞지 않은 영어 단어는 거의 없다.

해자로 다시 눈길을 돌리니, 수면을 밀어낼 것처럼 만개한 벚꽃이 앞다퉈 가지를 뻗고 있다. 나란히 늘어선 벚꽃 맞은편 잔디밭에 피어 있는 황금색 꽃은 유채인가.

그때 갑자기 기사가 룸미러로 시선을 돌리며 입을 열었다.

"손님, 아까 그 새는 봉*이에요."

다케자와는 흠칫 놀라 앞을 바라보았다.

"……무슨 말이지?"

"그러니까, 백로가 아니라고요, 손님."

점점 더 모르겠다.

"백로**는 온몸이 하얗지 않습니까? 하지만 아까 그놈은 갈색이었어요."

다케자와는 옆자리의 데쓰를 본다. 데쓰는 뒷 유리창 쪽으로 등을 돌려 "그렇네요, 오리네요. duck"이라고 대답하고 있다. 다케자와도 뒤로 고개를 돌렸다. 수면에 조금 전에 본 갈색 새가 둥실 떠 있었다.

저 새 말인가.

"데쓰, 아까 그 헤론 말인데……"

일단 확인해보았다.

"혹시 날 줄 아나?"

"네? 당연히 날지요."

데쓰는 놀라서 쳐다본다. 사기와 백로. 아무래도 데쓰도 잘못 알아들은 것 같다. 기사야 착각할 수 있다 쳐도 지금 막 사기 치고 온 인간이 어떻게 헷갈릴 수 있단 말인가. 데쓰는 역시 어디 나사가 하나 빠졌나보다.

"그래……"

굳이 바로잡기도 귀찮아서 다케자와는 잠자코 밖으로 시선을 돌렸

---

* '오리'라는 뜻의 일본어와 음이 같다.

** 일본어로 '사기'와 '백로'는 음이 같다.

다. 고개를 움츠리고 밖을 보니 푸르른 봄 하늘 한가운데에, 새가 날개를 활짝 펼친 모양의 구름이 둥실 떠 있었다.

"그래, 사기는 나는구나."

(2)

석 달 반 전.

크리스마스 밤이었다.

볼일을 마치고 저녁 일곱시에 아파트로 돌아온 다케자와는 자기 집 205호의 문을 열려다가 어라 하고 고개를 갸웃거렸다. 열쇠가 구멍에 들어가지 않는 것이다. 반까지는 들어간다. 하지만 그 이상은 아무리 애를 써도 들어가지 않았다. 열쇠가 휘었나 하는 생각에 일단 구멍에서 빼 가까이에서 살펴보았지만, 열쇠는 멀쩡했다.

그렇다면 자물쇠가 문제인 걸까.

몸을 숙여 손잡이의 열쇠 구멍을 들여다보았다. 어두워서 뭐가 뭔지 모르겠다. 그 자세로 몇 번이나 열쇠를 들이밀어보았다. 하지만 역시 잘 안 된다. 반 정도밖에 들어가지 않았다. 집을 잘못 찾았나. 아니다, 문에 달린 명패에는 분명히 205호라고 쓰여 있다.

"어떻게 된 거지……?"

자기 집을 눈앞에 두고서 다케자와는 난감해졌다. 집주인에게 연락해볼까도 생각했지만 전화번호를 모른다. 열쇠를 쓰지 않고 어떻게 문을 열 수는 없을까. 불가능하다. 다케자와는 온갖 지독한 일들을 해왔지만 공교롭게도 문을 따는 기술은 익히지 못했다. 재주라곤 말솜씨뿐, 손재주는 날 때부터 없었다. 열쇠공을 부르는 수밖에 없겠는데,

근처에 열쇠집이 있었던가? 전혀 기억이 나지 않는다.

연말의 쌀쌀한 바람이 아파트 복도를 지나갔다.

"……맞아, 전단지가 있지."

번뜩 생각이 난 다케자와는 아파트 계단을 내려가 우편함 앞에 섰다. 검붉게 녹슨 강철 문이 1층과 2층에 각각 다섯 개씩 늘어서 있다. 두 층 다 6호실까지 있는데 집주인이 미신을 따지는 성격인지 1, 2층 모두 4호실 없이 3호실 바로 옆이 5호실이다.

'205'라고 쓰인 우편함 문을 보았다. 어린 시절에 읽었던 그림책의 보물상자처럼 안에서 전단지들이 흐늘흐늘 비어져나와 있었다. 다케자와가 사는 집이다. 이 작은 문은 오랫동안 열린 적이 없다. 두 가지 이유가 있다. 하나. 예전의 어떤 경험 때문에 다케자와는 우편함의 문을 여는 데 작은 공포를 가지고 있었다. 또다른 이유는 다케자와의 주소를 아는 사람이 아무도 없으니—없을 것이기 때문에—중요한 우편물이 이쪽으로 배달될 일이 없기 때문이다.

"열쇠공…… 열쇠공……"

다케자와는 전단지 다발을 우편함에서 꺼내 한 장 한 장 넘겨보았다. 찾던 것은 뜻밖에 빨리 발견되었다. 위에서 세번째에 'Lock & Key 이루가와'라는 전단지가 있었던 것이다. '24시간 긴급대응. 자물쇠와 열쇠에 관계된 일이라면 무엇이든 이루가와에게 맡기세요!'— 가게 이름이 한자가 아니라 조금 읽기 불편했다. 어찌 됐든 이루가와에게 맡기기로 하고, 다케자와는 구식 휴대전화를 꺼내 전단지에 적힌 전화번호로 연락했다.

재빨리 사정을 설명하니, 상대는 곧 오겠다고 했다. 다케자와는 번지와 아파트 이름을 알려주었다.

"댁은 어디신가요?"

"205호. 2층 5호."

당연한 말을 하고 전화를 끊었다.

열쇠공을 기다리는 동안 추위를 녹여볼 요량으로 근처의 자동판매기로 캔커피를 사러 갔다. 따뜻한 커피를 스웨터 배 부분에 대고 아파트까지 돌아오는 길에 주머니 속에서 열쇠를 꺼내 다시 한번 찬찬히 살펴보았다. 역시 이상한 점은 없다. 꺾이지도 않았고 구부러지지도······

어라.

"이게 뭐지······"

가로등 밑에서 걸음을 멈췄다.

열쇠의 요철 부분에 하얀 가루 같은 것이 묻어 있다. 눈의 결정 같은. 또는 뭔가 깎은 부스러기 같은. 다케자와는 열쇠를 코앞 가까이 가져왔다. 희미하게 독한 냄새가 났다.

오토바이 엔진 소리에 고개를 드니, 아파트 앞에 스쿠터 한 대가 막 멈춰 서는 중이었다. 스쿠터에 탄 남자의 노란색 점퍼 등판에는 '이루가와'라는 글씨가 커다랗게 프린트되어 있다. 열쇠공이 도착했나보다. 이 이상한 가루의 정체를 열쇠공에게 물어볼까. 다케자와는 열쇠를 손끝으로 쥐고서 다가갔다.

열쇠공은 몸집이 자그마한 중년 남자였다. 스쿠터의 짐받이에서 직접 만든 듯한 합판 공구함을 꺼내들고 가벼운 발걸음으로 계단을 통통 올라간다. 말을 걸 기회를 놓친 다케자와는 아파트로 다가가며 남자가 2층 복도를 걸어가는 것을 바라보았다. 남자는 손에 쥔 공구함을 들여다보고, 안에 든 도구를 절그럭절그럭 뒤적이며 어두운 복도

를 걸어나갔다. 다케자와의 집 앞에서 걸음을 멈추더니 고개를 들고
초인종을 눌렀다.

"이루가와입니다."

"여기, 여기. 내가 전화했어."

다케자와는 밑에서 말을 걸었다.

"아, 거기 계셨군요. 안녕하세요."

"지금 가네. 잠깐만."

다케자와가 계단을 올라가, 가지고 있던 열쇠를 상대에게 건넸다.

"전화로 말했다시피 구멍에 반밖에 안 들어가. 어떻게 된 걸까?"

"글쎄요, 아직 살펴보지 않아서……"

"조금 전에 발견했는데, 열쇠에 하얀 가루 같은 게 묻어 있어. 뭘까,
이 가루는?"

"그러니까…… 아직 살펴보질 않아서요."

"그럼 일단 보고 나서 얘기하세."

"네네."

남자는 열쇠에 묻은 흰 가루를 보고 고개를 갸웃거리더니, 펜라이
트를 꺼내 문의 열쇠 구멍을 비췄다. 공구함에서 꺼낸 아주 가느다란
송곳 같은 것을 열쇠 구멍에 넣어 사각사각 쑤시며 작업을 시작한다.
가끔 이상하다는 듯이 입술을 뾰족하게 내밀거나 눈썹을 치켜올리더
니 갑자기 손을 멈췄다.

"이런……"

왠지 아쉬운 듯이 한숨을 쉰다.

"무슨 일이야?"

다케자와는 사내에게 가까이 갔다. 남자는 쭈그려 앉은 채 다케자

와를 올려다보더니 작은 눈을 깜빡이며 말했다.

"누가 장난을 친 것 같아요."

"장난?"

"열쇠 구멍에 접착제를 넣어놨네요."

"왜?"

"그러니까, 장난이겠죠."

"누가?"

"글쎄요……"

입김을 내며 남자는 곤란한 듯 뒷머리를 긁적거린다.

"어떻게 하시겠습니까? 자물쇠는 이제 못 쓸 것 같은데 새것으로 바꿀까요?"

"다른 방법은 없나?"

"없습니다."

집주인에게 물어보지 않아도 괜찮을까. 다케자와는 잠시 망설였지만 어떤 흥미에 강하게 이끌려 결국 그 자리에서 자물쇠를 바꾸기로 했다. 비용은 이만오천 엔이나 되었다. 남자는 그래도 큰 가게보다는 훨씬 싼 가격이라고 설명하면서, 일단 스쿠터로 돌아가 사방 사십 센티미터 정도 되는 튼튼한 나무상자를 가지고 돌아왔다. 슬라이드식 뚜껑 밑에 여러 가지 모양의 금속제 통이 들어 있다.

"그건 뭔가?"

"실린더예요. 말하자면 자물쇠의 몸통이지요."

다케자와는 남자의 작업을 지켜보았다. 아무래도 잠긴 문의 자물쇠를 교체하려다보니 공정이 복잡했다. 하지만 과연 전문가답게 금세 낡은 실린더를 문에서 빼냈다.

"일단 집 안으로 들어가실 수는 있습니다."

"그래? 그래도 작업이 볼만하니 여기 있겠네. 어이쿠, 대단하군. 정말 접착제가 들어 있잖아."

남자의 손끝을 지켜보던 다케자와는 감탄했다. 실린더 안은 말라붙은 접착제로 온통 하얬다. 열쇠에 묻은 하얀 가루는 아마도 이것이었던 것 같다.

"크리스마스에 너무한 거 아니야?"

"크리스마스에 너무했네요."

"딱 보니 접착제구먼."

"그런 것 같군요."

"어디서 샀을까?"

"글쎄요."

"백엔숍?"

남자가 곤란해하며 다케자와의 얼굴을 바라본다.

"그런 것까지는 모르겠어요."

"그런가. 미안하네. 혹시 알고 있나 해서."

한순간 남자의 얼굴이 굳어졌다. 하지만 곧 쓴웃음을 지으며 다시 손잡이 쪽으로 고쳐 앉았다.

찰칵찰칵 소리를 내며 작업하는 남자에게 다케자와가 물었다.

"아까 이 집인 줄 어떻게 알았나?"

"뭐가요?"

남자는 자신의 손끝에서 눈도 떼지 않고 되물었다.

"전화로 205호라고 했는데, 그게 이 집인 줄 어떻게 알았냐고."

"호수가 쓰여 있지 않습니까?"

아닌 게 아니라 문에는 '205'라는 팻말이 붙어 있다.

"자네는 아까 고개를 숙인 채 공구함을 뒤적이면서 복도를 걸어왔지. 그런데 문패가 보였나?"

남자의 눈이 다케자와를 향했다.

"확실히…… 일일이 호수를 확인하며 걷지는 않았습니다. 하지만 밑을 보고 걸어도 몇 호인지는 셀 수 있어요."

"아하, 문을 세어보고 알았다는 말이로군?"

"네."

"계단 옆에서부터 다섯번째 방이니까 205호라고 말이지?"

"그렇습니다."

"아깝네."

"무슨 말씀이신지."

"마무리가 어설퍼."

"영문 모를 말씀만 하시네."

남자의 목소리가 초조하게 바뀌었다. 다케자와는 계단 쪽을 바라보고 세기 시작했다.

"이 방문은 네번째야."

작게 숨을 삼키는 기색이 느껴졌다.

"이 아파트에는 4호실이 없어. 그러니까 205호는 끝에서 네번째지."

하나, 둘, 셋, 넷 하고 다케자와는 나란히 선 문들을 일일이 가리켜 보이곤 "그렇지?" 하고 남자에게 얼굴을 돌렸다.

"너 말이야, 언제나 이런 짓을 해서 먹고사냐? 아니면 오늘이 처음이야?"

"무슨 말씀인지 영……"

남자는 부인했지만 다케자와가 보기엔 중학교 학예회 수준 연기였다.

"이봐, 열쇠공 아저씨. 네가 몇 호인지 확인도 하지 않고 여기가 내집임을 안 것은 오늘 왔다 간 곳이기 때문이야. 낮에 왔었는지 저녁에 왔었는지는 모르겠지만, 너는 내가 집을 비웠을 때 여기 와서, 이 문앞에 서서, 슬슬 눈치를 보면서 문 앞을 빙빙 돌다가 열쇠 구멍에 접착제를 짜넣었잖아? 자물쇠를 바꾸게 하려고. 이렇게 해서 돈을 챙기는 거지? 적당히 빈집을 골라 먼저 우편함에 가게 전단지를 넣어두고서 열쇠 구멍에 술수를 부리는 거야. 그러면 집에 못 들어가 곤란해진 사람이 자네에게 전화를 한다. 자네는 친절하게 달려와 자물쇠를 바꾸고 이만오천 엔을 번다―내 생각은 이런데, 틀렸나?"

"아닙니다."

연기가 초등학교 학예회 수준으로 내려앉았다.

"뭐, 난 별 상관 없어. 아니라면 아닌 거겠지. 이걸로 끝. 그렇지만 자네는 아마 오늘밤에 잠이 안 올 거야. 이 일을 내가 다른 사람한테 말하지 않을까 걱정돼서 말이야. 자기가 한 짓을 정직하게 인정하지 않은 것에 화도 나고, 내가 만나는 사람마다 이 이야기를 흘리지 않을까 불안할 테지. 오늘밤만이 아니야. 그렇다고 내일에는 잊어버리느냐. 사흘이 지나고 일주일이 지나고 한 달이 지나도 자네는 편히 잠들지 못할 거야. 결국에는 식칼을 찾겠지. 이럴 때는 대부분 마무리에 식칼이 등장하거든. 불안은 손쉽게 사람을 미치게 하니까. 자네는 밤중에 부엌에 가서 서랍을 열고, 식칼을 빼들고, 정체를 알 수 없는 검고 큰 괴물에게 조종당하듯 갑자기 제 손목을 긋게 될 거야. 식칼의 날이 무디니까 피부를 가를 때는 작은 소리가 나겠지. 찌지직."

"그만하세요."

"그 소리를 들은 자네의 머릿속에 뭔가가 팡 터질 거야. 그러면 자네는 어떻게 할까. 식칼을 더 세게 쥐겠지. 유리를 손톱으로 긁을 때 나는 소름 끼치는 소리를 지르면서 계속 자신의 손목을 썰기 시작하는 거야. 음식 재료처럼. 닭고기처럼. 의식이 없어지든가 손목이 떨어져나갈 때까지."

"그만하시래도요오."

남자의 얼굴이 손으로 구긴 것처럼 일그러졌다. 그렇게 얼굴을 일그러뜨린 채로 매달리듯이 다케자와의 두 다리에 다가왔다. 그리고 모깃소리처럼 기어들어가는 목소리로 자기가 했느니 하는 말을 했지만 발음이 정확하지 않아 잘 들리지 않았다.

"처음부터 솔직하게 털어놓으면 될 것을……"

다케자와는 내려다보며 콧김을 내뿜었다.

자물쇠를 바꾸는 작업이 아직 끝나지 않았지만, 다케자와는 문을 열고 남자를 방 안으로 밀어넣었다. 복도에서 가게 사람을 울렸다는 이상한 소문이 돌면 귀찮다.

"이봐, 울지 마."

남자는 다케자와의 두 다리에 매달린 상태로, 그렇지만, 그렇지만 하고 되뇌었다.

다케자와는 남자가 진정하기를 기다렸다가 이야기를 들었다. 예상대로 상습범이었다. 남자는 두 달쯤 전부터 이 근처 주택을 노리고 같은 수법을 되풀이했던 모양이다. 적당한 빈집을 골라 자기 가게의 전단지를 우편함에 넣고, 열쇠 구멍에 백엔숍에서 산 순간접착제를 짜 넣었다고 한다.

"언젠가 덜미를 잡힐 거라는 생각은 안 했나?"

"했습니다…… 했었지요."

"그런데 왜 그만두지 않았지?"

"돈이 궁해서요. 돈이……"

동네에 들어선 대형 프랜차이즈가 적극적으로 선전을 하고 있는 탓에 자기 가게는 문을 닫을 지경이라고 남자는 눈물을 흘리며 호소했다. 하지만 그렇게 사정해보았자 다케자와가 어쩔 수 있는 일도 아니다.

"너, 식구는 있어?"

"집사람은 죽고…… 자식은 없어요. 아내가…… 집사람이 죽은 건……"

"세세한 이야기는 됐어."

이야기가 길어질 것 같아서 다케자와는 말을 막았다. 남자는 굳게 쥔 주먹으로 눈을 벅벅 문지르면서 한동안 엉엉 목놓아 울었다. 이윽고 기어들어가는 목소리로 실은 우발적으로 저지른 일이라고 했다.

"우발적으로 일을 저지르는 상습범이라니, 말이 돼?"

허를 찔린 남자는 더 큰 소리로 울기 시작했다. 다케자와는 왠지 점점 힘없는 사람을 괴롭히는 기분이 들었다.

"겨, 경찰에 너, 넘길 작정이세요?"

남자가 일그러진 얼굴을 들었다. 꾀죄죄한 얼굴이다.

"경찰? 웃기지 마."

다케자와가 얼굴을 찌푸린 채 고개를 내젓자, 남자의 꾀죄죄한 얼굴이 하얗고 청결한 빛을 받은 것처럼 환하게 빛났다.

"경찰서에 안 가도 되나요? 봐주시는 겁니까?"

"알 게 뭐야. 자수를 하든가 다른 사람에게 잡히기 전까지는 괜찮겠지."

"다행이다……"

쥐어짜듯 말하며 남자는 신음했다.

"제가 근본이 나쁜 사람은 아닙니다. 몰릴 대로 몰려서…… 정말 어쩔 수 없어서 그런 겁니다."

묻지도 않았는데 제멋대로 변명을 늘어놓는다.

"정말 나쁜 놈이라면 열쇠를 따고 안으로 들어가서 돈이나 금붙이를 훔쳤겠지요. 저는 그런 짓은 안 했잖아요. 그렇게까지는 하지 않았습니다."

일리가 있다.

"나한테 그렇게 설명해봤자……"

다케자와는 말을 자르고 남자의 얼굴을 내려다보았다.

"열쇠…… 딸 수 있지?"

남자는 고개를 끄덕인다.

"네…… 열쇠공이니까요."

당연한 일이다. 조금 전까지도 눈앞에서 작업을 지켜본 참이다.

"다른 일도 할 수 있습니다. 공구 다루는 솜씨가 꽤 좋은 편이에요. 뜻밖이시겠지만 영어도 꽤 합니다. 공부했거든요."

뜬금없이 자랑을 늘어놓는다. 다케자와는 잠시 생각하고서 제안했다.

"저녁이라도 먹으러 갈까?"

"네? 저랑요? 하지만 현관 자물쇠가……"

"괜찮아. 훔쳐갈 것도 없어."

다케자와는 사내를 집 근처 단골 라면집으로 데려갔다. 돌아오는 길에 편의점에 들러 아직 남아 있던 크리스마스 특별 판매 맥주를 사서 들려보냈다. 두 병이 세트인 맥주에는 크리스마스트리 모양의 장난감이 붙어 있었다. 방울과 장식용 끈, 꼭대기에는 금색 별이 달린 유치한 트리였다.

그로부터 두 달 후 '문을 닫을 지경'이던 그의 가게는 정말로 망하고 말았다. 그는 살림집을 겸했던 작은 가게를 판 돈으로 부품상 등에 잔금을 치르고 나니 빈털터리가 되었다며, 느닷없이 다케자와의 아파트로 찾아왔다. "기댈 사람이 없어요." 사내는 돌고래 같은 입을 우물거리며 눈물로 호소했다. 어떻게 생각해도 귀찮을 뿐이었지만 쫓아내기도 가여워서 다케자와는 그를 잠시 곁에 두기로 했다.

"자네 이름이 뭔가?"

"이루가와 데쓰미입니다."

"이루카*?"

"이루카가 아니라 이루가와요."

그냥 줄여서 데쓰라고 부르기로 했다.

데쓰가 가져온 짐은 정말로 잡다했다. 갈아입을 옷가지, 오래 사용한 공구, 메모가 잔뜩 붙은 너덜너덜한 영어사전, 물통, 일전에 산 맥주에 붙어 있던 작은 크리스마스트리, 불고기 양념. 생뚱맞게 닥터 슬럼프 컵도 있었다. 플라스틱 컵에는 차 얼룩 같은 것이 눌어붙어 있고

---

* 일본어로 '돌고래'라는 뜻이다.

32

겉에 그려진 캐릭터 그림도 군데군데 벗겨졌다. 이건 뭐냐고 물으니, 세상을 떠난 아내가 어릴 적부터 아끼던 컵이란다. 다케자와는 그러냐고만 대답했다.

"넌 앞으로 어쩔 셈이야?"

데쓰가 굴러들어온 날 밤, 다케자와는 캔맥주를 마시면서 지극히 당연한 질문을 했다. 닥터 슬럼프 컵으로 홀짝홀짝 맥주를 마시던 데쓰는 전혀 당연하지 않은 대답을 했다.

"난 날아보고 싶어요."

데쓰는 이렇게 말했다.

"늘 땅에 납작 엎드린 것처럼 살아왔어요. 사람들을 밑에서 올려다보기만 했어요. 그러니까 언젠가 날고 싶어요."

올려다봐도 더러운 아파트 천장밖에 없는데, 동경하는 뭔가를 찾는 것처럼 위를 올려다보던 데쓰의 그 옆모습을 다케자와는 지금도 기억한다.

(3)

지도리가후치 못을 따라 난 샛길에서 벗어난 택시는 야스쿠니 대로를 빠져나와 오우메 가도를 타고 스기나미 구 쪽으로 달렸다.

"저 신호를 끼고 오른쪽으로 돌아서 내려주게."

"우회전이요. 네."

다케자와와 데쓰는 아파트에서 이백 미터쯤 떨어진 곳에서 내렸다. 인기척이 없는 주택가를 나란히 걸었다. 어느 공원에서 날아왔는지 벚꽃 꽃잎이 봄바람에 쫓겨 갈피를 잡지 못하고 발밑에서 흩날렸다.

벚꽃 꽃잎은 가까이서 보면 생각보다 짙은 분홍색이다. 멀리서 보면 흰색이라 다른 꽃잎인가 싶기도 하지만 가까이 가보면 역시 분홍색인 것이 신기하다.

"다케 씨는 왜 항상 아파트 바로 앞까지 안 오고 내리나요?"

"주의하는 거지."

"뭘요?"

"여러 가지."

설명하기 귀찮았다.

"있지요, 다케 씨, 라면이라도 먹으러 갈래요? 점심을 걸렀더니 배가 고프네."

"오, 라면 좋지."

두 사람은 방향을 틀어 단골 중화요리점으로 향했다.

저녁 전의 어중간한 시간인 탓인지 '돈돈집'에 다른 손님은 없었다. 다케자와와 데쓰는 각각 잔술과 콩나물 간장 라면 곱빼기를 시켰다.

돈돈집은 맛도 가격도 그저 그런 가게다. 테이블은 끈적거리고, 때묻은 조리복을 입은 주인은 뚱뚱하고 무뚝뚝하다. 너무나 라면집다운 그 풍경이 다케자와는 마음에 들었다. 일본주를 잔으로 내오는 것도.

"다케 씨는 직접 요리는 안 하나요?"

"하지. 볶음밥 같은 건 꽤 잘해."

"하지만 요리하는 모습을 한 번도 못 봤는데."

"이젠 네 몫까지 만들어야 하잖아. 그게 귀찮아서 매일 밖에서 사먹든가 도시락을 사는 거야."

"그럼 다음에 같이 만들어요. 저녁밥."

"그런 호모 같은 짓은 질색이야."

"다케 씨, 재혼을 생각해본 적은 전혀 없나요?"

"술 나왔습니다."

주인이 잔술 두 잔을 두고 갔다.

"없어."

다케자와는 입술을 내밀고 술을 홀짝홀짝 마셨다.

"여자들에게 꽤 인기 있을 얼굴인데."

"자네 눈이 이상한 건 아니고?"

"나이도 그만하면 젊은 축이고."

"다하라 도시히코보다 한 살 아래지."

"구와타 게이스케보다는 여섯 살 밑이고요."

"음, 확실히 아직은 젊나."

"젊어요."

데쓰는 두 손으로 정중하게 잔술을 들고 한 모금 마시고는 맛있다, 하며 진한 숨을 토했다.

벌써 십이 년도 더 전에 다케자와는 아내 유키에를 내장암으로 잃었다. 그리고 칠 년 전에 외동딸 사요도 세상을 떠났다. 이런 사정은 최근 석 달 반 동안 띄엄띄엄 데쓰에게 털어놓았다. 지금 이 자리에서 새삼 아내와 딸의 이야기를 꺼내는 것도 내키지 않아서 다케자와는 일부러 말을 끊고 잠자코 술을 마셨다. 꿀꺽꿀꺽 소리를 내고 일부러 채신없이 하품을 해본다.

"가끔은 네 이야기도 좀 털어놔봐. 아내가 무슨 병이었다고 했지?"

데쓰의 죽은 아내 이야기다.

아파트의 방구석에서 데쓰는 때때로 닥터 슬럼프 컵을 가만히 바라본다. 신경은 쓰였지만 여태껏 다케자와가 아무것도 묻지 않은 까닭은 칙칙한 이야기를 듣는 게 달갑지 않았기 때문이다. 하지만 지금이라면—작업을 성공하고 조촐한 축배를 드는 지금이라면 그 정도 이야기는 받아들일 수 있지 않을까. 그렇게 판단하고 다케자와는 물어보았다.

데쓰의 얼굴이 이쪽을 향하더니 표정이 금세 닥터 슬럼프 컵을 바라보던 때처럼 변했다. 다케자와는 아차 싶었다.

"좀 우울한 이야기인데 괜찮아요?"

데쓰는 굳이 먼저 확인했다. 이제 와서 말을 거둘 수도 없는 노릇이라 다케자와는 고개를 끄덕였다. 지금 생각해보면 그 '좀 우울한'이라는 표현은 이야기에 비해 너무나 고상한 단어였다.

데쓰의 이야기는 이러했다.

"죽은 아내, 에리는 나처럼 혈혈단신이었어요. 우리는 스물다섯 살때 일을 통해 알게 되었죠."

그의 아내는 데쓰가 열쇠 가게를 막 열었을 무렵 현관문을 열어달라고 의뢰한 고객이었다. 비가 내리는 날이었다. 아내는 아파트 문이 열리지 않아 집에 못 들어가고 있었다고 데쓰는 말했다.

"자네가 접착제로 막아놓은 건 아니겠지."

"그건 아니에요. 열쇠를 잃어버린 것 같았어요."

예쁜 사람이었어요, 라며 데쓰는 꿈꾸는 듯한 얼굴로 말했다. 데쓰는 첫눈에 홀딱 반했던 모양이다. 그는 그전까지 연애라고는 해본 적이 없었다. 일 때문이 아니고는 이성에게 말을 붙인 경험도 거의 없어서, 데쓰에게 여자는 세상을 뜬 어머니나 그전에 돌아가신 할머니, 그렇지 않으면 텔레비전과 잡지 속의 여자 연예인뿐이었다고 한다. 미나미노 요코를 특히 좋아했다.

"문을 따고 그녀가 집 안으로 들어갈 수 있게 되자, 나는 고심 끝에 말을 걸었어요. 난생처음 여자에게 말을 건거죠."

"뭐라고 했는데?"

"집이 어디냐고요."

바보 아닌가. 살고 있는 아파트 문을 따주고서 집이 어디냐고 묻다니.

하지만 믿기 어렵게도 그후로 곧 다시 만나게 되었다고 데쓰는 말했다. 이윽고 사귀게 되고 머지않아 혼인신고를 하고, 아내는 아파트를 나와 데쓰의 가게에서 함께 살게 되었다고 한다. "행복한 날들이 이어졌어요." "즐거운 세월들이 흘러갔지요." 그런데.

"라면 나왔습니다."

주인이 콩나물 간장 라면 곱빼기 두 그릇을 가져다주었다. 다케자와와 데쓰는 나무젓가락을 갈랐다.

"언제부터인가 에리는, 후우후우, 후회하는 것 같았어요."

"후회하다니, 후우후우, 뭘?"

"아마도, 후우후우, 모든 걸요."

후후 불어 식힌 면을 먹으며 데쓰는 말을 이었다.

결혼하고 십 년이 지난 무렵부터 그는 아내가 가끔씩 딴 생각에 빠져 있는 것을 눈치챘다. 적은 벌이로 근근이 살아가는 생활을 이어가자니 불안한 모양이라고 짐작했다. 데쓰는 애써 명랑하게 행동하고 앞으로의 일은 아무 걱정 하지 말라며 가슴을 두드려 보이기도 했다. 하지만 현실은 데쓰의 생각보다 모질어서 세월이 흘러도 가게 형편은 나아지지 않았다. 그러던 어느 날, 아내는 제 입으로 그간의 사정을 털어놓았다. 아내의 이야기는 데쓰가 상상하던 것보다 훨씬 잔혹했다.

"좋아하는 사람이 생겼다더군요."

몇 초간 다케자와는 데쓰의 눈을 보았다.

그러고는 라면으로 시선을 돌려 젓가락으로 어묵을 쿡쿡 찔렀다.

상대에 대해 자세히 말하지는 않았지만, 능력 있는 인텔리 남자였던 것 같다. 그러니까 데쓰와는 정반대였다.

"혼자서 가게 전단지를 돌릴 때 말을 걸었나봐요. 그래서 해서는 안 되는 짓인 줄 알면서도 가끔 만났던 것 같아요. 내가 가게에서 일하고 있을 때."

이윽고 아내는 이기적이지만 이혼하고 싶다며 데쓰에게 머리를 숙였다고 한다. 하지만 데쓰는 더 깊이 머리를 숙였다. 제발 떠나지 말아달라고 — 결론은 쉽게 나지 않았고 그대로 감정이 엉긴 채 애매한 나날이 이어졌다. 아내는 예전처럼 가게 일을 도왔다. 데쓰도 열심히 일했다. 아내가 전단지를 돌리거나 집안 용무로 외출했을 때는 더욱 열심히 일했다. 얼굴도 모르는 인텔리 남자에게 지기 싫어, 헌책방에서 영어사전을 사서 단어를 외우기 시작했다.

바보 같은 남자다.

"지금 생각하면 그때는 그나마 행복했어요. 에리가 옆에 있었으니까요."

어느 날, 아내는 전단지를 돌리러 나가서 돌아오지 않았다. 다음 날도, 그다음 날도. 데쓰는 이 주쯤 지나서야 다시 아내의 얼굴을 보았다. 연말이 코앞으로 닥친, 찬 비가 내리는 저녁이었다던가.

"나갈 때 차림 그대로 흠뻑 젖어 있었어요. 그리고 남자와 완전히 끝냈다더군요."

의외의 전개였다.

"아, 돌아온 거군. 자네는 받아줬나?"

"당연하지요. 내 마누라 아닙니까."

데쓰와 아내는 다시 시작하기로 했다고 한다.

남자와 무슨 일이 있었는지 자세한 이야기는 아무것도 묻지 않았다. 두 사람은 가게의 공구와 서류를 깔끔히 정돈하고 큰돈을 들이지 않고 외관을 바꿨다. 부품상에 사정해서 단가를 낮추었다. 휴일에도 쉬지 않고 이웃 빌라와 아파트, 단독주택을 집집마다 방문하여 가게 전단지를 건네며 인사를 했다. 성과는 조금씩 나타나기 시작했다. 작업 수주량이 늘고, 매출도 바닥에서는 벗어났다. 부부간의 대화도 늘었다. 때로는 웃음소리도 났다―그 무렵부터 아내의 태도가 이상해졌다.

우선 식사량이 극단적으로 줄었다. 늘 안절부절못하고 흘끔흘끔 아무것도 없는 방구석을 둘러보았다. 밤중에 벌떡 일어나 자기가 덮고 자던 이불을 뒤집으며 벌레가 있다며 소동을 부렸다.

"어이, 데쓰, 그건……"

데쓰는 알고 있다며 다케자와의 말을 막았다. 젓가락으로 콩나물을 건져올려 김이 피어오르는 걸 멍하니 보며 말한다.

"각성제였지요."

데쓰는 콩나물을 입으로 가져가지 않고 국물에 도로 넣었다.

"그짓을 할 때 썼다더군요. 알약을 부숴 가루로 만들어서."

"자네 마누라가…… 그러던가?"

데쓰는 고개를 끄덕였다.

"처음 해보고 버릇이 돼서, 몇번째부터는 아내 쪽에서 원했던 것 같아요."

다케자와는 귀를 의심했다. 데쓰의 아내가 한 짓에 놀란 것이 아니다. 요즘 세상에 길에서 알게 된 불륜 상대가 각성제를 가지고 있었다는 이야기는 신기할 것도 없다. 한번 약을 하고 나면 중독되는 것도 당연한 일이다. 다케자와는 데쓰의 아내가 사실을 곧이곧대로 털어놓았다는 사실을 믿을 수 없었다. 도대체 어쩔 셈이었을까. 새 출발을 하려는 남편에게 왜 굳이 그런 이야기까지 했을까. 섹스로 각성제를 접하게 되었다는 걸 밝힐 필요가 있었을까. 거짓말로 먹고사는 다케자와는 이해가 가지 않는 일이었다.

확실히 각성제를 사용한 섹스를 좋아하는 사람들은 많다. 언젠가 친구가 자랑스레 들려주던 기억이 있다.

—여자가 아주 미친다니까.

친구는 그렇게 말했다.

각성제는 몸의 점막으로 흡입된다. 입, 코, 성기, 항문 어디든지. 그리고 각성제가 몸속에 떠도는 동안에는 성적 쾌감이 엄청나게 높아진다. 경찰에서는 완강히 부인하지만 아무리 그래도 사실은 사실이다.

"그리고 또 한 가지 고백한 게 있어요."

데쓰는 말을 이었다.

"엄청난 빚이 있었어요."

아내는 각성제를 얻기 위해 불륜 상대에게 큰돈을 주었다고 한다. 돈은 소비자금융에서 마련했다. 처음에는 한 곳이던 소비자금융이 이윽고 두 곳, 세 곳으로 늘어가고—

"마지막에는 결국 사채를 쓰게 되었습니다."

거기까지 듣고 다케자와는 무심코 말했다.

"자네도 그랬군."

"네. 다케 씨처럼."

다케자와도 사채를 쓰고 고생했던 이야기를 한 적이 있다.

"자네는 얼마나 썼나?"

"아내에게 들었을 때는 이자를 포함해서 이미 오백만 엔이 넘었어요."

다케자와는 목구멍 깊은 곳에서 작은 신음소리를 냈다. 오백만 엔. 부자의 오백만 엔이 아니다. 하루하루를 근근이 꾸려가는, 피붙이 하나 없는 부부의 오백만 엔이다. 감당할 수 없는 짐이다. 더구나 그 짐은 매일매일 무서운 기세로 불어난다.

"다케 씨는 잘 알겠지만, 그놈들…… 사채업자들은 야비한 방법을 씁니다. 오십만 엔을 빌리러 가면 '손님 정도면 팔십만 엔까지는 문제없어요' 하며 현금을 건네죠. 그리고 업자에 따라 삼십 퍼센트에서 오십 퍼센트의 이자가 붙습니다. 열흘 동안 삼 할에서 오 할이지요. 이십만 엔을 빌리고 두 달 후에 갚으려고 보면, 삼십 퍼센트라 쳐도 이자를 포함해 백만 엔 가까이 불어 있지요. 오십 퍼센트면 이백만 엔이 넘습니다. 불법 사채를 쓰는 사람도 바보지만 너무 비열해요. 안 그렇습니까, 다케 씨?"

다케자와는 그저 잠자코 고개를 끄덕일 수밖에 없었다.

데쓰는 라면을 한 젓가락 먹고는 크게 한숨을 쉬었다.

"아내는 이혼해달라고 했어요. 부담이 될 수는 없다고요. 하지만 나는 그것만은 완강하게 거절했습니다. 아내를 사랑했으니까요. 밖에서 무슨 짓을 하다가 돌아왔는지는 모르지만, 그래도 밉지가 않았습니다. 같이 살고 싶었어요."

"누구한테 상담은 안 해봤나?"

아뇨, 하고 데쓰는 어깨를 으쓱했다.

"지금은 사채가 불법이라는 것 정도는 텔레비전을 통해 알지만, 당시에는 나나 아내나 계약서의 이자가 불법이라는 걸 몰랐습니다. 그저 돈을 빌린 우리가 잘못이라고만 생각했으니까요. 사실 잘못은 잘못이지요."

"빚은 결국 어떻게 했나?"

데쓰가 답하기까지는 조금 시간이 걸렸다.

"이미 다 갚았어요."

그 말에 다케자와는 놀랐다.

"그런 큰돈을 어떻게 마련했지?"

밤낮없이 일해서 꾸준히 갚아나갔다는 걸까? 하지만 사채업자의 돈을 '꾸준히 갚아나간다'는 것은 불가능하다.

그건 아니고요, 하고 데쓰가 가볍게 웃었다.

"정리업자라고 들어보셨나요?"

"아…… 물론 알지. 그럼 자네 부부는 정리업자를 통해서?"

"네."

데쓰가 어깨를 떨어뜨리며 답했다.

"결국은 그렇게 됐어요."

정리업자는 사기꾼의 한 부류다. '낮은 금리로 채무를 한꺼번에 해결한다'는 광고를 내 다중 채무로 고생하는 사람의 관심을 끈다. 그리고 상담하러 온 사람에게 터무니없는 수수료를 뜯어낸다. 게다가 정리업자와 한패인 변호사가 나서서 자신에게 맡겨달라며 엉망진창으로 채무 정리를 하고, 채권자와 채무자를 얼토당토않은 높은 금액으로 합의시킨다. 그때부터는 이자의 과금이 늘어나지 않으니 채무자는 '꾸준히 갚아나갈' 수 있게 되지만, 냉정하게 반제금액만 놓고 본다면 정리업자에게 상담하기 전보다 무섭게 불어나 있다는 걸 알 수 있다. 사채와 정리업자가 뒤에서 결탁한 경우도 적지 않다.

"이제는 얼굴도 잊어버렸지만, 그 정리업자는 더없이 친절한 말투로 술술 설명하더군요."

"자네 부부는 두 사람이 벌어서 그 정리업자에게 착착 갚아나갔다는 얘긴가?"

데쓰는 이번에도 아니라며 고개를 가로저었다.

"처음엔 열심히 했지요. 조금씩이라도 갚아나가자고 분발했습니다. 하지만 마지막엔 결국 한 번에 갚았죠."

"한 번에? 무슨 수로?"

"아내의 생명보험으로요."

데쓰는 긴 입으로 잔술을 마시며 무심한 투로 말했다.

"빚으로 숨통이 턱턱 막히는데도 아내는 생명보험만은 계속 유지했어요. 결혼할 무렵부터 부어오던 보험인데 몇 번 설득해도 해약하지 않았죠. 아무리 부탁해도요…… 이제 와 돌이켜보면 결국에는 보험금을 쓰게 되리라고 예상하고 있었던 것 같아요."

"자살했나?"

"일 때문에 나갔다가 돌아오니 목을 매고 죽어 있었어요."

잠시 침묵이 흘렀다.

"경찰서에 상담하러 간 적은 한 번도 없었고?"

입에 올리고 싶지 않은 질문이었지만 다케자와는 물어보았다. 데쓰는 애매하게 고개를 저었다.

"경찰은 하나도 도움이 안 돼요."

다케자와는 해줄 말을 찾지 못한 채 시선을 떨어뜨리고 라면을 내려다보았다. 면은 꽤 남았지만 온기는 거의 사라졌다.

다케자와는 흠 하고 콧소리를 내며 젓가락을 내던졌다.

"괜한 걸 물었군."

데쓰는 미안하다며 목을 움츠리고 젓가락을 내려놓으려 했으나, 조금 망설인 끝에 라면을 마저 먹었다. 그러면서 말했다.

"화장실 문손잡이에 끈을 걸고 목을 맸어요. 사람은 그렇게도 죽을 수 있더라고요."

데쓰는 그 손잡이를 매일매일 여닫으며 살아온 것일까.

자신의 꾀죄죄한 손가락이 아내의 하얀 얼굴에 닿은 순간 느껴지던 냉기, 눈앞이 한꺼번에 아득해지던 것을 지금도 잊을 수 없다고 데쓰는 말했다.

(4)

"라면, 남길 거예요?"

"먹을 만큼 먹었어."

"그럼 슬슬 나갈까요."

"그래."

자리에서 일어나 계산대에서 돈을 치렀다. 살찐 주인은 만 엔 지폐를 받아들면서 다케자와 일행이 있던 테이블을 쓱 바라보고 호, 하고 소리를 냈다.

"웬일로 많이 남기셨네요."

"속이 좀 안 좋아서."

다케자와가 변명하자, 주인은 수긍하며 이번 감기는 배부터 온다고 중얼거렸다.

"그러고 보니 마스터, 전에 그 일은 어떻게 됐나?"

이 가게 주인은 마스터라고 불러주면 조금 기쁜 얼굴을 한다. 지금도 그런 표정을 짓더니 이내 굵은 눈썹을 찡그렸다.

"이전 일이라니 어떤 걸 말씀하시는지?"

"왜, 여기 왔다던 이상한 사람 말이야."

"아, 그 탐정요."

"탐정이요?"

데쓰가 두 사람의 얼굴을 번갈아 쳐다보았다. 주인이 설명했다.

"자세한 사정은 모르지만, 키가 크고 수상한 남자가 가게에 와서 이 손님에 관해 이것저것 묻고 갔습니다."

주인은 다케자와를 가리키며 말했다.

"흠. 최근에요?"

"그리 최근은 아니에요."

"자네가 우리집에 오기 전 이야기야."

데쓰는 흐음 하고 입술을 일그러뜨린다.

"그 남자가 탐정이었나요?"

"아니, 그 사람이 그렇게 밝힌 건 아니야. 하지만 얘기를 들으니 영락없는 탐정 같잖아. 내가 언제 어떤 음식을 주문하는지, 같이 오는 사람은 있는지 시시콜콜 묻고 갔다니까. 그렇지, 마스터?"

주인은 또 조금 기쁜 표정으로 턱살을 떨며 고개를 끄덕였다.

"난 아무 말도 하지 않았지만요. 손님 이름도 모르니까."

"모르는 게 나아."

"아무튼 그뒤로는 못 봤어요. 한 번도."

"그런가."

도대체 무슨 일일까. 아무렇지 않은 척하지만 꽤 신경이 쓰였다. 혹시 형사는 아닐까. 단골 라면집까지 들킬 정도의 실수는 저지른 기억이 없다. 그렇다면 누구일까. 짐작 가는 게 아주 없지는 않으나, 그것만은 절대 인정하고 싶지 않았다.

다케자와는 숨을 가볍게 들이마시고 주인 쪽을 향했다.

"뭐 됐어. 아마도 무슨 착오가 있었겠지. 다른 사람이랑 헷갈렸거나. 만약 또 이상한 녀석이 나타나면 알려줘."

"네, 그거야 상관없죠. 하지만 전 쓸데없는 일에 말려드는 건 사양입니다."

"알았어, 마스터."

주인은 조금 기쁜 얼굴을 했다. 금전출납기에서 거스름돈을 꺼내 다케자와에게 내민다.

"네 여기 팔천 엔과 사십……"

거스름돈을 내밀다가 갑자기 말이 끊겼다. 주인은 갑자기 뭔가 알아챈 것처럼 가게 문을 쳐다본다.

"왜 그래?"

"아니…… 잠깐, 죄송합니다."

주인은 거스름돈을 다케자와의 손 위에 얹어주고 두 사람 사이를 성큼성큼 지나쳐 미닫이문을 활짝 열어젖혔다.

"무슨 일이야?"

"글쎄요."

다케자와와 데쓰는 고개를 갸웃거리며 문 쪽으로 갔다. 주인은 짧은 목을 있는 힘껏 빼고 동물처럼 킁킁거리며 공기의 냄새를 맡고 있었다.

"타는 냄새 같은데."

"탄다고?"

"뭐가요?"

"냄새 안 나요? 뭐가 타는 냄새인데."

"어디……"

다케자와도 데쓰도 주인처럼 코를 킁킁거려보았지만 별다른 냄새는 맡지 못했다.

"기분 탓이겠지."

"그래요."

"그런가."

주인은 더욱 이상하다는 듯 주변을 돌아보았지만, 다케자와는 "잘 먹었수다" 하고 인사하고 데쓰를 재촉해 가게를 떠났다.

"아까 그 얘기 말인데요, 뒷조사 당할 일이라도 저질렀나요?"

"꼽아보면 한두 건이 아니지."

두 사람은 아파트를 향해 어슬렁어슬렁 걸어갔다.

포근한 바람이 뺨에 닿는다. 다케자와는 따뜻한 공기 속에서 뭔가 따끔거리는 묘한 냄새를 맡았다. 고개를 들었다. 가정집들이 나란히 모여 있는 방향에서 검은 것이 보였다. 처음에는 벌레들이 떼 지어 있나 생각했다. 그러나 이내 그것이 연기임을 깨달았다.

"어이, 데쓰……"

등뒤에서 사이렌이 울린다. 뒤를 돌아보니 뱅글뱅글 돌아가는 빨간 등을 단 소방차가 지나갔다. 차 안의 소방관은 고래고래 알아들을 수 없는 말을 외쳤다. 다케자와와 데쓰는 누가 먼저랄 것 없이 걸음을 서둘렀다. 도로 양쪽에서 주민들이 하나둘씩 얼굴을 내밀며 소방차가 사라진 쪽을 보고 있다.

소방차가 멈춘 곳은 다케자와와 데쓰의 아파트 앞이었다. 2층 끝에서 두번째 문―205호실의 문틈으로 검은 연기가 올라오고 있다.

"우리집이잖아!"

말을 내뱉은 순간,

―놔, 놓으란 말이야!

―소용없어요!

다케자와의 머릿속에 그날의 광경이 펼쳐졌다.

―안에 사람이 있어!

―진정하세요!

다케자와를 외톨이로 만든 그 화재.

"아…… 이봐!"

정신을 차리고 보니 옆에 있던 데쓰가 달려나가고 있었다. 불을 끄려고 준비하는 소방관들을 지나쳐 아파트 계단으로 돌진했다. 소방관 하나가 당황하며 막으려고 했지만 데쓰는 뿌리치고 2층으로 올라갔다.

"멍청이. 무슨 짓을 하는 거야!"

다케자와도 달려나갔다. 데쓰는 이미 집 앞에 도착해 문의 열쇠구멍에 열쇠를 찔러넣고 돌리고 있었다. 문고리를 움켜쥐자마자 비명을 지르며 손을 놓는다. 문고리가 뜨겁게 달궈져 있었던 모양이다. 하지만 데쓰는 다시 한번 문고리를 잡더니 기묘한 비명과 함께 힘껏 문을 열어젖혔다. 그 순간 거대한 생물처럼 새까만 연기가 입구에서 튀어나와 데쓰를 삼켰다.

"데쓰!"

다케자와의 앞을 소방관이 가로막았다. 옆으로 빠져나가려 하니 소방관이 양팔로 윗몸을 잡아챘다. 소리를 질렀지만 사이렌 소리에 묻혀버렸다. 다케자와는 힘껏 고개를 들고 연기가 솟아오르는 아파트를 바라보았다. 말이 나오지 않았다. 두 발로 제 몸을 버티고 서 있는 것도 힘겨웠다.

데쓰는 죽었다.

만난 지 석 달 반―고작 석 달 반 만에 데쓰는 이 세상을 떠났다. 자신의 아내 곁으로 가버린 것이다. 일찍이 사랑했고, 지금도 우직하게 그리워하는 아내 곁으로.

그렇게 생각하던 찰나에 데쓰가 문에서 튀어나왔다. 꽤 재빠른 움직임이었다.

"데쓰!"

겨우 목소리가 나왔다. 얼굴에 웃음이 반쯤 어린 데쓰는 굴러떨어지듯이 계단을 뛰어내려와 다케자와의 발밑에 온몸을 던졌다. 그리고 "푸아아아" 하며 숨을 토했다. 연기 속으로 뛰어들어갔을 때부터 계속 숨을 참았던 모양이다.

"주…… 죽는 줄…… 죽는 줄 알았……"

"당연하지!"

힘이 빠진 데쓰는 비슬비슬 아스팔트 위에 털썩 주저앉았다. 검댕이 묻은 양팔에는 데쓰가 아끼는 공구함과 영어사전, 닥터 슬럼프 컵이 안겨 있었다. 오른손 바닥을 펼치니 작은 금색 별이 나왔다. 전에 다케자와가 사준 맥주에 붙어 있던 크리스마스트리의 장식인 듯하다.

"자네…… 정말 바보로군."

"죄송해요, 제 물건만 집어와서."

"상관없어. 그보다……"

다케자와는 얼른 주변을 살폈다.

"튀자고."

"네?"

"여길 떠야겠어."

"왜요?"

"설명은 나중에 하고. 우선은 뜨자."

다케자와는 데쓰의 팔을 잡고 일으켜 세워 주위를 둘러싼 구경꾼들 속으로 섞여들었다. 사람들의 무리를 빠져나와서는 발걸음을 재촉했다.

"이유는 모르겠지만 다케 씨랑 있으면 시간이 빨리 흘러요."

"알 게 뭐야."

다케자와는 좌우를 살피며 거리를 떴다.

                    ＊   ＊   ＊

　멀리서 들리는 엔진 소리에 마히로는 읽고 있던 만화잡지에서 눈을 떼고 고개를 들었다. 우체부의 오토바이다. 소리로 알 수 있다.

　일어나서 아파트 현관으로 가려는데 맨발 발톱 끝이 짙은 녹색 원통에 부딪혔다. 원통은 마루에 널브러져 있는 만화책과 고양이 사진집과 과자 봉지를 스치며 빠르게 굴러가, 방구석에 던져놓은 커다란 트렁크 팬티에 부딪치며 멈추었다. 트렁크 팬티 한가운데쯤에 이상한 모양으로 정지한 원통 속에는 어제 담임이 가져다준 고등학교 졸업장이 들어 있다. 졸업식에 참석하지 않은 마히로를 위해 서른다섯 살의 독신남인 담임이 집까지 전해주러 왔던 것이다.

　마히로는 추잡한 걸 기대하는 게 분명하다고 확신했다. 그 남자가 수여하고 싶었던 것은 졸업장이 든 원통이 아니라 제 몸에 달린 원통이었을 것이다. 제 몸에 달린 원통이라, 꽤 기발한 표현이다. 마히로는 스스로 감탄했다. 친한 친구가 있다면 바로 전화나 문자로 알렸을 것이다. 하지만 마히로에게는 사이좋은 친구가 없다. 게다가 서로 이를 가는 앙숙도 없다.

　어제 양복 차림으로 나타난 담임은 집 안에 들어와서 너무나 부자연스러운 태도로 졸업장의 내용을 낭독하고 엄숙한 몸짓으로 마히로에게 건넸다. 마히로는 예상을 뛰어넘는 바보짓에 잠시 멍하니 있다가 급격하게 터져나온 웃음을 큭, 하고 코안에 가뒀다. 담임은 그 모습을 자기 마음대로 해석한 모양이다. 자신이 맡은 불량학생은 처음으로 인간의 온정을 느끼고 감격했다, 하지만 부끄러움과 유치한 아나키즘이 감정 표현을 막는다, 이런 복잡한 기분들이 섞여 웃음으로 표현되었다……라고 넘겨짚은 것 같다. 웃음을 참는 마히로의 얼굴을 보며 담임은 네 속을 다 안다는 듯이 고개를 한 번 끄덕였다. 담임의 표정에는 그가 기대하는 순서가 빤히 드러났다. 졸업장 수여, 불량 학생 감동, 마지막으로 제 몸에 달린 원통 수여. 분명히 담임 머릿속에는 이런 작전이 세워져 있었을 것이다.

마히로는 담임이 내민 졸업장을 완전히 무시하고 옆에 있던 성인 잡지를 들어 건넸다. 뒤표지에 실린 DVD 광고를 보이며 "나보다 싸게 먹힐 거예요"라고 말하니, 담임은 얼굴을 굳힌 채로 콧구멍을 넓혔다. 몇 초 후, 담임은 졸업장을 (진짜) 원통에 밀어넣은 뒤 마루에 툭 던져놓고는 발소리를 내며 떠났다.

이제 어떻게 한다.

마히로는 우두커니 생각하다 샌들을 발에 꿰고 문을 나섰다.

밀린 방세는 어쩌나. 지갑 안에는 동전뿐인데. 슬슬 '일'을 해야겠구나. 그건 알고 있지만…… 요즘 온몸이 권태감에 절어 있어서 아무런 의욕도 없다. 순수하게 그 행위만으로 끝난다면 그다지 귀찮지 않다. 하지만 그렇게 되기 전까지 상대 남자와 이러쿵저러쿵 수다를 떨고 애교를 부려야 하는 것이 현재의 마히로에게는 더없이 성가셨다.

우편함 문을 연다. 우표가 붙은 하얀 봉투 하나가 들어 있었다. 도쿄 도 아다치 구로 시작되는 주소가 남자 글씨로 적혀 있다. 발신자 이름은 없었다. 이미 몇 번이나 되풀이되는 이 상황이 지긋지긋했다.

콧김을 뿜으며 손가락으로 뜯은 봉투 안에는 만 엔짜리 지폐 예닐곱 장이 들어 있었다.

"필요 없다고 했는데……"

봉투를 한 손에 쥐고 샌들을 번갈아 끌며 집으로 돌아왔다. 좁고 어두운 부엌 구석에 돈이 든 봉투를 던지고 마히로는 벽을 쳐다보았다. 그곳에 걸린 테두리 없는 거울. 갈색 머리를 한 열여덟 살의 야윈 소녀.

이제 조금은 어른스러워지겠지.

하지만 남자는 이런 모습을 좋아한다.

이게 돈을 벌어다준다.

BULLFINCH
búlfìn(t)ʃ

(1)

"당면을 하루사메春雨라고 하잖아. 이름을 정말 잘 붙였어."

"맞아요."

"모양이 딱 봄비 같잖아. 가느다란 게."

"정말 그래요."

"옛날 사람들이 요즘 사람들보다 솔직했을지도 몰라."

"그럴지도요."

다케자와는 옆에 있는 데쓰를 흘끗 보고는 얼굴을 돌렸다.

"아까부터 대답이 왜 그리 짧아?"

데쓰는 자신의 양어깨를 감싸안으며 "에너지를 아끼고 있어요"라고 답했다.

"말을 많이 하면 금방 배가 고파질 것 같아서요."

두 사람은 지금 백조의 몸통 안에 나란히 앉아 있다. 어린이 놀이터에 세워져 있는 이 백조는 엉덩이 쪽에 달린 계단으로 올라가 땅으로 늘어뜨린 목 뒤쪽의 미끄럼틀을 타고 내려오게 되어 있다. 몸통이 비어 있어서 기운이 넘치는 아이들은 엉덩이로 들어와 백조의 몸을 빠져나가서 뒷목으로 주르륵 미끄러지며 놀지만, 다케자와와 데쓰는 어린아이도 아닐뿐더러 기운도 없고 무엇보다 비가 내리고 있었기 때문에 이렇게 오랫동안 몸통 안에 쪼그려 앉아 있는 것이었다.

"설계에 신경 좀 쓰지. 백조 엉덩이로 들어가야 하다니 애들이 가엾구먼."

"그러게요."

"데쓰, 백조는 영어로 뭐라고 하지?"

"swan이요."

"아, 스완. 그렇지. 나도 알았는데. 하하."

"동사로 쓸 때는 어떤 뜻인지 아세요?"

"동사?"

"동사로는 '어슬렁어슬렁 정처없이 걷는다' 라는 뜻이에요."

데쓰는 앞날을 완전히 비관하고 있다.

당연하다면 당연하다.

"이렇게 하나 배웠네."

다케자와는 봄비로 눈을 돌린다.

이 비는 두 사람이 아파트에서 도망쳐나온 직후 내리기 시작했다. 갑자기 하늘이 변하더니 차가운 물방울이 주위에 무수한 선을 긋기 시작했다. 비 덕분에 아파트의 불은 주변으로 번지기 전에 잡히지 않았을까. 그렇다면 다행이다.

두 사람이 추측한 바로는 누전 때문에 일어난 화재 같다. 사실은 한 가지 더 걸리는 게 있었지만 다케자와는 입 밖에 내지 않았다. 아파트에서 도망친 이유도 끝내 데쓰에게 털어놓지 않았다. 조만간 물어보겠지만.

"그런데 다케 씨. 깜빡하고 못 물어봤는데, 아까 왜 아파트에서 도망친 겁니까?"

역시 묻는군.

"이거 봐. 우리는 다른 사람의 신분증으로 세를 들었잖아. 경찰이 와서 꼬치꼬치 물으면 곤란해질 게 뻔해."

"아, 그렇구나."

다케자와 다케오는 본명이지만, 칠 년 전 업자에게 사들인 호적에는 나카무라 아무개라는 이름으로 되어 있다. 아마 노숙자가 돈을 받고 판 호적일 것이다. 호적업자가 가지고 있는 상품에는 그런 경위로 팔려온 것이 많다.

"그뿐입니까?"

"뭐가."

"도망친 이유 말이에요. 정말로 경찰이 꼬치꼬치 캐묻는 게 껄끄러웠던 것뿐이냐고요."

대답이 궁했다.

"넘겨짚은 거라면 미안해요."

데쓰는 그렇게 운을 떼더니 계속 말을 이었다.

"혹시 다케 씨, 예전 일당이 다시 앙갚음을 시작한 것은 아닐까요?"

"바보 같은 소리 하지 마."

정곡을 찔렀다.

"그 사람들이 다케 씨의 집을 알아내서 앙갚음을 했다고 생각한 거죠?"

데쓰는 다케자와의 안색을 살피며 묻는다.

"음......"

다케자와는 비로 시선을 돌렸다.

"항상 만에 하나를 대비해야 하니까."

데쓰에게는 이미 대강 사정 이야기를 해두었다.

다케자와가 말하는 만일이란 이런 이야기다.

원래 다케자와는 건실한 회사원이었다. 학벌은 좋지 않지만 성실한 기계공구 회사의 영업사원이었다. 여섯 살 아래의 아내 유키에. 외동딸 사요. 유키에는 평범한 외모지만 마음씨가 착한 여자였다. 사요는 다케자와의 딸이라고는 생각할 수 없을 만큼 귀여웠다. 지금의 생활과는 정말 하늘과 땅 차이였다. 행복했다.

세 사람의 보금자리는 네리마 구 끄트머리, 사이타마 현과의 경계에 위치한 작지만 볕이 잘 드는 집이었다. 서쪽에 야트막한 언덕이 있어 집은 그 비탈 기슭에 자리 잡고 있었다. 그러므로 저녁볕은 들지 않았다. 집을 비추는 것은 언제나 아침과 낮의 햇살이었다. 지금도 다케자와는 마음만 먹으면 그 새하얗고 청결한 빛을 선명하게 떠올릴 수 있다. 현관 앞에 서면 풍기던 아스팔트와 흙이 섞인 듯한 냄새까지 맡을 수 있다. 집 뒤에는 콘크리트 계단이 비탈을 따라 나 있었다. 상가 쪽으로 연결되는 계단이다. 일요일 아침에 일찍 일어난 사요가 콘크리트 계단을 의미 없이 몇 번이고 오르락내리락하던 광경을 기억했다. 그때 딸이 엉터리로 흥얼거리던 콧노래도 다케자와는 똑똑히 들을 수 있다.

—한번 진찰이나 받아볼까.

이른 봄의 따스한 아침에 유키에는 지나가는 말로 몸이 무겁다고
했다. 회복되지 않는 피로감, 복통, 오한. 아내는 집 근처 작은 내과에
들렀다. 내과 의사는 큰 종합병원으로 소개장을 써주었다. 종합병원
의사는 유키에를 작은 우주선 같은 검사기에 넣어보고는, 며칠 뒤 검
사 결과가 나왔다며 집으로 전화를 걸었다. 의사는 짐짓 부드러운 말
투로 다케자와에게 검사 결과를 들으러 오라고 했다.

조영제를 투여한 유키에의 X선 사진은 예전에 사요를 유모차에 태
우고 셋이서 나들이 간 도쿄타워에서 본 항공사진 '밤의 도쿄'와 비
슷했다. 빛나는 것은 암세포였다. 의사는 네온과 헤드라이트가 가장
많이 모여 있는 곳이 간이라고 설명했다.

아홉 달 뒤 유키에는 세상을 떠났다.

지금으로부터 십이 년 전. 향년 스물여덟 살이었다.

"다케 씨, 그때 생각 하는 거예요?"
"아냐, 그런 거."

다케자와와 사요, 두 사람만의 생활이 시작되었다. 사요는 그때 아
직 일곱 살이었다.

다케자와의 머릿속에는 지금도 '인간 도미노'의 이미지가 단단히
달라붙어서 떨어지지 않는다. 도미노 칩은 전부 다케자와다. 똑바로
선 다케자와가 한 줄로 서서 등뒤에서 자신이 쓰러져오는 것을 가만
히 기다리고 있다. 각각의 다케자와는 모두 다른 표정을 하고 있다.
놀란 얼굴. 피곤에 찌든 얼굴. 분노에 떠는 얼굴. 눈물을 삼키는 얼굴.

목 놓아 우는 얼굴. 그리고 마지막 칩은 완벽한 무표정이다. 한 줄로 늘어선 다케자와는 모두 팔에 사요를 안고 있다. 다케자와가 안고 있는 사요는 언제나 웃는 표정이다. 통통한 분홍색 얼굴로 방긋방긋 웃고 있다. 하지만 끝에서 두번째 사요만 목 위에 얼굴이 없다. 거기에 얹혀 있는 것은 그저 검은 덩어리일 뿐이다. 그리고 마지막 칩—아무 표정이 없는 다케자와는 양팔로 단단히, 가슴에 뭔가를 안고 있는 듯 보이지만 거기에는 아무것도 없다. 품 안은 텅 비어 있다.

사요와 둘만의 생활을 시작한 지 삼 년이 흘렀다. 유키에 이야기를 하는 일은 거의 없었다. 다케자와가 피했던 것이다. 언젠가 사요가 자라서 세상의 이치를 감정 이외의 측면에서 이해하게 되었을 때, 얼굴을 마주하고 이야기할 생각이었다.

부유하지도 궁하지도 않은, 부녀의 단조로운 날들이 이어졌다. 하지만 그런 생활은 어느 날 밤을 기해 완전히 바뀌었다. 사요가 열 살 때였다.

동료 중에 노름을 좋아하고 질 나쁜 친구들과 어울리는 남자가 있었다. 금요일 밤, 다케자와는 그 동료의 권유로 신주쿠에 있는 빌딩에 들렀다. 권유를 뿌리치지 못한 것은 홀로 아이를 키우는 불안과 스트레스에서 잠시라도 벗어나고픈 마음 때문이었다. 다케자와는 사요에게 전화를 걸어 늦게 들어갈 테니 먼저 자라고 일러두었다.

—저녁밥은 냉장고에 있으니까 렌지에 데워 먹어라.

—아빠 이불 펴놓을까?

—그래주면 고맙지.

동료가 다케자와를 데려간 곳은 노름판이었다.

노름판에 모인 사람들이 하던 게임은 주로 트럼프였다. 다케자와는 동료가 권하는 독한 술을 마시고, 주머니에서 닥닥 긁은 잔돈을 칩으로 바꿔 깔았다. 가진 돈이 금세 바닥을 드러내, 다케자와는 유리잔에 담긴 술을 목구멍으로 넘기며 동료의 승부를 구경하기만 했다.

다케자와가 노름판을 뜨지 못했던 이유는 동료가 무서울 정도로 돈을 따고 있었기 때문이다. 동료의 칩은 놀랍게 불어났다. 동료는 흥분했다. 다케자와도 덩달아 흥분했다—돌이켜 생각하면 의심의 여지 없는 노름판의 덫이다. 처음에는 이기게 해주고 손님이 기세가 오르면 봉으로 만든다. 정신을 차려보니 동료는 빈털터리였다. 하지만 한번 엄청난 손맛을 본 동료는 밑천이 다 떨어져도 손을 털려 하지 않았다. 지켜보던 다케자와도 아까 끗발을 날렸으니 조금만 더 버티면 전세가 바뀌지 않을까 생각했다. 노름판 사람이 돈을 빌려서 계속해도 된다고 제안해왔다. 동료는 권유를 받아들여 노름판에서 돈을 빌렸다. 다케자와는 돈의 보증인이 되었다. 일러주는 대로 A4 절반만한 종이에 이름과 주소와 전화번호를 적어넣었다.

결국 동료는 돈을 따지 못했다. 더구나 잃은 금액은 보통 액수가 아니었다. 이백만 엔—그것이 동료가 하룻밤에 노름판에서 빌린 돈이었다.

그날 밤 늦은 시각에 동료는 다케자와의 집에 전화를 걸었다.

—사실은 그 돈 말고도 여기저기 빚이 있어.

동료는 그렇게 고백하며 다케자와에게 짧은 말로 사과하고 전화를 끊었다. 자신이 데려간 노름판에서 돈을 잃은데다 빚보증까지 서게 한 게 미안한가보다고 다케자와는 생각했다. 하지만 그게 아니었다.

동료는 날았다.

완전히 행방을 감춘 것이다.

노름판의 빚은 그대로 다케자와의 빚이 되었다.

깜짝 놀란 얼굴의 첫번째 도미노가 쓰러졌다. 탁탁탁탁 하는 작은 소리가 이어지고, 웃고 있는 사요를 팔에 안은 다케자와가 쉴새없이 쓰러졌다.

다케자와는 소비자금융에서 돈을 융통해 노름판의 빚을 갚았다. 매달 소비자금융의 빚을 갚는 게 어려워지면 또다른 소비자금융에서 돈을 빌렸다. 빌린 돈으로 돌려막는 자전거조업 상태였다. 어떻게 정보가 들어가는지, 각종 대부업자들이 융자를 권하는 엽서를 대량으로 보냈다. 모두 자기네가 반제를 돕겠다는 내용이었지만, '우대하겠습니다'라는 애매한 문구가 쓰여 있을 뿐 돈을 빌릴 때의 구체적인 금리나 반제 방법은 명시되어 있지 않았다. 그런 엽서 중 터무니없이 싼 금리를 명기해놓은 업자를 발견했다. '행사중'이라고 했다. 다케자와는 기뻤다. 이 금리로 돈을 빌리면 어찌어찌 갚아나갈 수 있겠다고 생각했다. 그 자리에서 엽서에 적힌 전화번호로 연락하니 상냥한 남자 목소리가 응답했다. 하지만 다케자와가 사정을 설명하자 남자의 태도는 싹 변했다.

—죄송하지만 그런 상황이면 저희 회사에서는 융자를 해드리지 않습니다.

다케자와는 낙심했다. 남자는 해결 방법이 있기는 하다고 했다. 그는 어느 유명한 소비자금융의 이름을 대며 설명했다.

—저희 회사는 ○○○ 각 지점과 관계가 있습니다. 그쪽 심사를 통해 손님의 신용을 확인하시는 게 어떨까요? 만약 신용 확인이 된다면 그곳에서 융자를 검토해보는 것도 좋을 듯합니다만.

그래도 상관없다고 다케자와는 답했다. 아무튼 빚을 낮은 금리로 한데 묶는 것을 최우선으로 생각하고 있었기 때문이다.

— 그럼 번거로우시겠지만, 오늘 중으로 ○○○의 한 지점에서 오십만 엔을 융자 신청 하십시오. 심사가 통과한 것을 확인하고서 저희가 다시 전화 드리겠습니다.

다케자와는 바로 소비자금융에서 오십만 엔을 융자 신청했다. 심사는 별탈 없이 통과했다. 다케자와는 이제 빚을 갚기 편해지겠구나 하고 안도했다. 밤이 되자 남자가 전화를 했다.

— 심사는 문제가 없었습니다. 축하드립니다. 그러면 손님의 차입은 우리 회사에서 전부 질 테니, 먼저 오늘 ○○○에서 융자받은 오십만 엔을 수수료로 우리 회사 계좌에 넣어주십시오.

다케자와는 남자가 말한 계좌로 다음 날 오십만 엔을 보냈다.

그런데 분명히 업자가 다른 곳의 빚을 청산해주었을 텐데도 여러 소비자금융의 독촉은 여전히 계속되었다. 이상하다 싶어 업자에게 전화를 걸었지만 통화가 되지 않았다.

사기를 당한 것이었다. 이른바 '소개업 사기'였다.

나중에 알고 보니 남자가 ○○○의 지점과 관계가 있다고 한 말은 새빨간 거짓말로, 원래 심사가 까다롭지 않은 업자를 소개시켜준 것이다. 다케자와는 그곳에서 빌린 오십만 엔을 그대로 사기당하고 말았다. 여러 곳으로 분산되어 있는 빚을 싼 금리로 한데 묶기는커녕 부채만 더 늘었다. 이윽고 일반 소비자금융의 심사를 통과하지 못할 지경이 되어 무등록 업자에게 부탁하는 처지가 되었다—사채를 빌리게 된 것이다.

사채의 금리는 터무니없었다. 금리로 계산하면 천 퍼센트 이상. 모래밭 위에 모래언덕이 쌓이는 것처럼 처음에 빌린 팔십만 엔 정도는 눈 깜짝할 사이에 원대한 금리에 덮여 보이지 않게 되었다. 이 년간 삼백만 엔 가까이 지불하고도 더욱 비정상적인 금리에 금리가 더해져 빚은 늘어날 뿐이었다. 어리석었다. 피해자 구제 그룹이나 소비자를 보호하는 법률이 있다는 것도 몰랐다. 위법도 합법도 아닌, 아무튼 '빌렸으면 갚아야 한다'는 중압감에 짓눌려 다케자와는 꿈속에서도 괴로워했다. 스스로 자신을 막다른 지경으로 몰아넣었다. 날마다 우편함으로 협박문 같은 독촉장이 날아들었다. 이윽고 그것은 부고장으로 변했다. 고인의 이름은 다케자와였다. 지금도 다케자와는 작은 문을 열면 안에 독촉장이나 부고장이 들어 있을 것 같아 우편함 안을 들여다보기가 두렵다.

회사에서 돌아가다 집 앞에 낯선 차가 서 있으면 숨을 죽이고 돌아섰다. 다음 날도 그다음 날도 성난 목소리의 전화가 걸려왔다. 사요에게는 집에 걸려오는 전화를 받지 말라고 일러두었다. 그사이 업자는 근무하는 회사에 연락해서 상사를 불러내 협박을 하는 지경에 이르렀다. 다케자와는 생각 끝에 경찰에 가서 상담했으나 반응은 차가웠다.

—돈을 빌렸으면 갚으셔야죠.

—하지만 상대가 저렇게 나오니 언제 무슨 일을 당할지 몰라서요.

—그럼 24시간 경비를 서달란 말입니까?

상담에 응한 중년 경관은 경찰도 일손이 달린다며 어깨에 힘을 잔뜩 주고 말했다. 다케자와의 호소를 대충 듣더니, 민사 불개입이다, 범죄 구성요소가 충분치 않다는 애매한 말만 늘어놓고는 마지막으로 무슨 일이 생기면 연락달라며 의자에서 일어섰다. 다케자와는 치밀어오르는 말들을 억누르며 경찰서를 나왔다.

괴롭힘과 협박은 계속되었다. 우편물과 전화 말고도 집과 회사에 주문하지도 않은 생선초밥과 피자가 배달되거나 구급차가 왔다.

이윽고 다케자와는 회사 부장에게 불려가 에두른 말로 권고사직을 당했다. 반박할 말도 없었다. 책상의 짐을 정리하고 역 매점에서 사요가 좋아하는 매실껌을 사서 저녁이 되기 전에 집으로 돌아왔다. 사요가 놀란 얼굴로 다케자와를 맞았다.

— 왜 이렇게 빨리 왔어?

기뻐하는 딸의 표정을 보니 울고 싶었다.

일이 빨리 끝났다고 얼버무리며 사요에게 매실껌을 건네주었다. 저녁 먹고 씹으라고 말하며 냉장고를 뒤져 남은 야채와 소시지로 사요가 좋아하는 볶음밥을 만들었다. 사요는 볶음밥을 먹으면서 밥 속에서 생강 조각을 발견할 때마다 숟가락 끝으로 능숙하게 집어내어 앞니로 오독오독 씹었다. 생각해보니 사요의 음식 취향은 조금 별났다.

"데쓰…… 볶음밥은 영어로 뭐지?"

"Pilaf 아닙니까."

"정말?"

회사에서 잘린 걸 안 사채업자로부터 제안을 받았다. 더이상 이자를 늘리지 않는 대신 자기 밑에서 일하라는 것이었다. 뜻밖의 제안에 다케자와는 놀랐다. 나중에 알았지만 이것은 드문 일이 아니었다. 사채업자가 빚에 몰린 손님을 고용하는 경우는 자주 있었다. 임무는 조직원이 할 수 없는 일, 다시 말해 이체용 은행 계좌 개설, 선불폰 구입, 거점으로 삼을 아파트의 월세 계약 등 신분증이 필요한 일이었다.

— 히구치가 오늘 자네에게 지시할 거야.

다케자와에게 제안한 남자는 전화로 이렇게 말했다.

—어떤 분을 말씀하시는 건지……?

—뭐야, 만난 적 없어? 아무튼 히구치라는 작자가 있어.

가까운 시일 안에 히구치가 다케자와에게 연락할 모양이다. 남자는 히구치의 지시에 따라 움직이라고 명령했다. 전화를 끊기 직전 생각난 듯이 덧붙였다.

—그 인간의 앞니에 대해서는 절대 아무 말도 하지 마.

무슨 말인지 몰랐다.

—허튼소리를 했다간 세상 하직하게 될 거야.

며칠 뒤에 만난 히구치는 키가 크고 어딘가 도마뱀 같은 인상을 풍기는 남자였다. 잘은 모르겠지만 히구치는 대부와 회수 같은 실무보다는 조직을 조율하는 코디네이터 역할을 하는 사람 같았다. 히구치는 거의 날마다 거리의 뒷골목에서 다케자와와 만나, 유달리 시옷 소리가 강조되는 말투로 담담히 그날 할 일을 설명했다. 다케자와는 사채조직의 사무소가 어디 있는지 끝내 알 수 없었지만 아마도 신주쿠인 것 같았다. 히구치가 다케자와를 불러내는 곳은 대부분 신주쿠 근처의 길거리였다.

시옷 소리가 강조되는 까닭은 아무래도 앞니 때문인 듯했다. 입을 벌리고 웃거나 큰 소리를 내는 편이 아니었기 때문에 확실하게 본 적은 없지만, 히구치의 앞니는 다른 이보다 다소 짧은 듯했다. 부러진 것 같지는 않았으니 분명 태어날 때부터 그랬으리라. 앞니 탓에 시옷 발음을 하기가 어려워서 외려 강조해 말하게 된 것이다.

전화 속 남자가 일러준 주의사항은 이것이었나. 다케자와는 쓸데없는 말을 하지 않도록, 그리고 될 수 있는 대로 상대의 입가를 보지 않도록 주의하고 또 주의했다.

히구치의 지시에 따라 다케자와는 날마다 바쁘게 뛰어다녔다. 사요에게는 회사에 간다고 하며 양복을 갖춰 입고 가방을 들고 집을 나섰다. 다녀오세요, 하고 인사하는 사요의 웃는 얼굴이 두 번 다시 되찾을 수 없는 분실물처럼 여겨졌다. 매일 죽고 싶었다.

—빨리 벗어나고 싶지?

어느 날, 다케자와 이름으로 막 계약을 마친 이치가야의 원룸에서 히구치가 말을 꺼냈다. 실내에는 히구치가 가져온 카세트플레이어에서 볼륨을 잔뜩 올린 야시로 아키의 노래가 흘러나왔다.

—실적제로 일하게 해줄까.

이 업계에서 '싹쓸이'로 통하는 그 작업은, 반제 능력이 한계를 넘어 지불이 연체된 채무자의 마지막 돈을 쥐어짜는 일이었다. 모든 것을 빼앗긴 채무자의 창자를 긁어내는 것이다.

채무자 대부분은 아무리 사정이 어려워도 은행 계좌의 잔금이 완전히 바닥나는 일은 없다. 생활비와 자식의 학비로 쓸 돈이 조금은 남아 있다. 그 돈을 눈앞의 현금자동지급기에서 뽑아 바치도록 협박하는 게 바로 '싹쓸이'다. 겉보기 좋은 편이 아니라 조직 내부에서는 꺼리는 일인 듯했다.

다케자와는 그 일을 맡았다. 하루빨리 자신의 돈을 갚고 벗어나고 싶었다. 사요와 둘만의 평온한 생활을 되찾고 싶었다.

채무자들은 울었다. 다케자와의 발밑에 머리를 숙이며 필사적으로 매달렸다. 그런 채무자들에게 다케자와는 히구치가 가르쳐준 단어를 그대로 쏟아냈다. 돈을 갚지 않으면 당신 아들과 딸이 위험하다고 무표정하게 협박했다. 결국 채무자들은 다케자와가 지켜보는 가운데 은행과 우체국에서 마지막 재산을 인출했다. 그리고 손끝을 떨며 돈을 내밀었다. 돈을 받아드는 그를 죽여버리고 싶다고 생각하면서. 다케자와는 채무자들의 그런 얼굴을 견딜 수 없었다. 너무나 견디기 힘들어서, 그들을 인간이라고 생각하지 않기로 했다. 도대체가 수중에 돈이 있으면서 자신이 빌린 돈을 갚지 않는 인간이 문제라고 생각하기로 했다.

그리고 한 여성의 죽음을 통고받고서야, 문제가 있었던 건 자신이었음을 깨달았다.

—이젠 어쩔 수가 없어요.

여자는 편모 가정의 어머니였다.

—더는…… 도저히 어쩔 수가 없어요.

여윈 몸을 떨면서 그녀는 차가운 아파트 현관에 무릎을 꿇고, 다케자와에게 머리를 조아렸다. 현관의 콘크리트 바닥에는 아이 것으로 보이는 더러운 분홍색 운동화가 있었다.

결국 그날 돈은 회수하지 못했다. 다케자와는 아파트를 뒤로하고 다른 채무자들의 현금을 회수해 이치가야의 사무소로 돌아왔다. 다음 날 다시 그녀의 아파트에 가보니 건물 앞에 경찰차가 서 있고, 주변에 사람들이 모여 있었다. 수군대는 사람들의 이야기에 별 생각 없이 귀 기울이는 동안, 다케자와는 그 집의 어머니가 방에서 손목을 긋고 죽었다는 사실을 알게 되었다.

초등학교 고학년—딱 사요만한 말라깽이 소녀가 아파트의 외부 복도에 서 있었다. 제복을 입은 경찰이 허리를 굽혀 아이와 눈을 맞추면서 뭔가 물어보고 있었다. 하지만 아이는 입을 열려고 하지 않았다. 유리 같은 눈으로 발치만 내려다볼 뿐이었다. 아이의 발에는 더러운 분홍색 운동화가 신겨 있었다.

"저 말이야, 데쓰."

다케자와는 하얀 비를 바라본다.

"네 아내를 죽음으로 내몬 놈들―사채업자랑 정리업자들을 원망하지?"

"그야 그렇지요."

데쓰도 백조 몸통 안에 앉아 멍하니 비를 바라보고 있다.

"그래도 결과적으로 에리를 자살로 몰고 간 사람은 나예요. 내가 잘 돌봐주지 못해서, 생활력이 없어서 아내는 자살한 겁니다."

"그런 건가."

"그래요."

다케자와는 거짓말이라고 생각했다. 가장 악랄한 놈들은 사채업자와 정리업자라는 사실을 데쓰도 알고 있다. 원인을 자기 탓으로 돌리는 건 분명 다케자와를 배려한 것이리라. 데쓰는 다케자와의 과거를 알고 있다. 다케자와는 데쓰의 아내를 자살하게 만든 일당과 같은 짓을 저질렀다. 하지만 데쓰는 그걸 언급하는 것조차 피했다. 필사적으로 거짓말을 한다.

"거짓말은 영어로 뭐라고 하지?"

물어보니 데쓰는 돌고래 같은 입을 시옷 자로 구부리고 꾀죄죄한 손가락 끝으로 잠시 턱을 쓰다듬었다. 이윽고 작게 고개를 끄덕이며 말한다.

"불핀치 bullfinch 요."

히죽히죽 웃는 상대의 얼굴을 다케자와는 흘끗 바라보았다. 일부러

틀리게 댔다. 거짓말은 라이lie다. 그 정도는 다케자와도 알고 있었다. 불 어쩌고는 분명 피리새*를 일컫는 말일 것이다.

"거짓말이나 사기나 모두 나는 것이군."

"음……"

데쓰는 코를 후비며 비를 바라보았다.

"날긴 날죠……"

여자가 자살한 걸 알았을 때, 다케자와의 내부에서 뭔가가 튀어올랐다. 정말 피용 하는 소리가 들릴 정도였다.

죄에서 도망칠 생각은 없다. 죄를 면하려고 그런 것도 아니다. 죽은 여자는 분명 유서를 남겼을 것이다. 세로로 줄이 그어진 편지지에 가는 연필로 새긴 글씨가, 이 세상에 남겨진 아이에게 사죄하고, 현관 앞에서 자신을 몰아세운 남자를 규탄하고, 저주하고, 세상의 부조리를 호소하고 있을 것이다. 다케자와의 가슴 밑바닥에서 슬픔과 괴로움과 후회가 잿빛 홍수처럼 한꺼번에 흘러들었다. 하지만 그것과는 또다른 생각이 가슴 윗부분에서 쭉쭉 퍼져나갔다. 그녀의 사죄는, 규탄은, 저주는, 호소는, 다케자와의 사죄이며 규탄이며 저주이며 호소였다.

아니다─혼란스러운 다케자와의 머리에 이윽고 번득 떠오른 것은 그런 단순한 단어였다. 이건 아니다.

다케자와는 구경꾼들이 모인 아파트를 떠나 홀로 걸었다. 아니다라는 단어가 고막 안에서 하나의 소리가 되고, 두 개의 소리가 되고, 무

---

* 일본어로 '거짓말'과 발음이 같다.

수한 소리가 되어 볼륨을 높이고, 검은 벌레의 날갯소리 같은 끝없는 절규가 되어 다케자와의 두개골 속을 채워갔다. 귀를 막고, 눈앞을 덮고, 손발을 무감각하게 만들었다. 이윽고 맞은편에서 익숙한 남자의 목소리가 띄엄띄엄 들려왔다. 어렴풋이 얼굴도 보였다. 다케자와를 향해서 무슨 말을 하고 있다. 이 얼굴. 도마뱀 같은 얼굴.

히구치다.

—……그러니까.

다케자와는 고개를 들었다. 볼륨을 잔뜩 올린 야시로 아키의 노래가 흐르고 있다.

어느새 이치가야의 사무소로 돌아와 있었다.

—네?

다케자와가 되물으니, 히구치는 카세트플레이어의 정지 버튼을 거칠게 누르고 날카로운 시선으로 쏘아보았다.

—만에 하나 유서를 남겼든 뭐를 남겼든 우리는 아무런 걱정할 필요가 없다는 얘기야. 우리가 쓴 전화는 선불폰이고, 채무자는 이곳 주소도 모르잖아.

그러니까 조직에는 아무 영향도 없다고 히구치는 다케자와에게 설명하고 있었던 것이다.

—뭐 이제 자네는 싹쓸이 업무는 못 하겠군. 마음이 약해지면 이 일은 힘들지.

다케자와의 업무를 다른 쪽으로 돌려보겠다고 히구치는 말했다.

이건 아니야—다케자와의 머릿속에 다시 그 말이 울렸다.

멍하니 시선을 옮긴다. 그리 넓지 않은 바닥의 먼지투성이 카펫. 한가운데에는 회사 회의실에 있을 법한 테이블이 하나 놓여 있다. 테이블 위에는 전에 다케자와가 조달해온 선불폰이 대여섯 대. 이제 곧 이 장소는 채무자에게 협박을 가하는 거점으로 쓰일 것이다. 흐트러져 있는 휴대전화 옆에 A4 절반 크기의 인쇄용지 다발이 놓여 있었다. 내용은 모르지만 히구치가 항상 가지고 다니는 종이 뭉치다.

히구치가 세븐스타 담배를 물고 와이셔츠 주머니에서 가느다란 라이터를 꺼냈다. 라이터를 켜 불을 붙이려고 한다. 불꽃은 튀지만 가스가 없는지 불씨가 일지 않는다. 작게 혀를 차더니 히구치는 방구석에 있는 가스레인지 쪽으로 갔다—거의 무의식적으로 다케자와는 테이블에 다가갔다. 인쇄용지 다발에 손을 뻗어 살그머니 빼보았다. 채무자들의 명부, 빌린 원금과 이자, 각각의 회수 상황, 다발 뒤쪽에는 조직의 거점 리스트. 군데군데 히구치의 글씨로 상세한 메모가 적혀 있다. 독특한 손글씨 중에는 의미는 알 수 없으나 악랄한 행위를 상상케 하는 단어가 몇 개 보였다. '하루 1할' '고향 집에 땅 있음' '연금 OK' '호적 압수'.

찰칵 하는 소리가 났다. 히구치가 커다란 상체를 구부리고 가스레인지로 다가가 담배에 불을 붙이고 있다. 테이블 옆을 내려다본다. 다케자와의 가방이 거기에 있었다. 꿈속에서 움직이듯 다케자와는 가방을 열고 손에 든 인쇄용지 다발을 안에 밀어넣었다. 히구치가 돌아보았다.

—또 연락하지.

—알겠습니다.

사무소를 나섰다.

왼손에 든 가방이 자신의 몸무게보다 무겁게 느껴졌다.

서류를 가지고 경찰에 출두하자. 채무자와 거점이 적힌 일람을 경찰에 넘기고, 조직이 벌인 짓을 모조리 털어놓자. 틀린 것은 바로잡아야 한다. 성실하게 살아가려는 인간을 쥐어짜며 생활하는 음습하고 흉악한 벌레들은 퇴치해야 한다. 예전에는 자신의 호소에 반응을 보이지 않았던 경찰도 이 서류가 있으면 무거운 엉덩이를 움직일 것이 분명하다. 힘이 돼줄 것이다.

휴대전화가 울렸다.

히구치의 번호가 액정화면에 떴다. 다리가 떨리는 것을 느끼면서 다케자와는 번호를 계속 바라보았다. 전화가 끊겼다. 하지만 또 금방 같은 번호로 걸려왔다. 식은땀이 밴 손가락 끝으로 다케자와는 전화기의 전원을 껐다.

어쩌면 좋지.

다케자와는 가방을 가슴에 안고 인파 속을 걸었다. 서류를 꼭 경찰에 넘겨야 한다. 하지만 사요도 지켜야 한다. 히구치는 자신을 찾을 것이다. 집에까지 들이닥칠 것이다. 이미 사무실에서 튀어나와 쫓아오기 시작했을지도 모른다. 자신은 어떻게 되어도 상관없지만, 사요를 위험에 빠뜨릴 수는 없었다.

그때 문득 옆을 돌아보니 길가에 담배 자동판매기가 있었다. 다케자와는 재빨리 그쪽으로 다가갔다. 담배가 나오는 곳을 들여다보는 척하며 재빨리 가방에서 서류를 꺼내 자동판매기 아래에다 밀어넣었다. 슬쩍 주변을 돌아본다. 수상쩍게 여기는 사람은 아무도 없다.

다케자와는 허리를 펴고 잠시 머뭇거리다가 다시 발걸음을 옮겼다. 될 수 있는 대로 사람이 많은 거리를 골라 JR역으로 향한다. 역이 눈앞에 나타났을 때, 바로 옆에 택시 한 대가 멈춰 섰다.

―이봐.

뒷좌석에서 내린 사람은 히구치였다.

—너 무슨 꿍꿍이야?

입꼬리가 히죽히죽 웃고 있다. 다케자와는 다리가 얼어붙었다. 배가 차가워지고 입속이 마르고 숨이 쉬어지지 않았다.

다케자와의 코앞에 서서 히구치는 한 손을 내밀었다. 그대로 잠자코 다케자와의 얼굴을 응시한다.

—무슨 말씀인지?

다케자와는 물었다. 목소리가 너무나 자연스러워 자신도 놀랐다.

—일부러 명을 재촉하는 짓은 하지 마.

히구치는 시옷 소리가 거슬리는 말투로 말하며, 내민 손의 손가락을 꿈틀꿈틀 움직인다.

—명을 재촉하다니요?

다시 자연스러운 말투가 다케자와의 입에서 흘러나왔다. 히구치는 의심스러운 듯이 아주 미세하게 눈썹을 움직였다.

—내놔.

다케자와는 입술을 움츠리며 히구치의 손에서 얼굴로 시선을 옮기며 당혹스러운 웃음을 지었다.

—내놓으라니 무슨⋯⋯

—서류 말이야.

히구치의 초조한 목소리 뒤에 희미한 의문부호가 숨겨져 있음을 감지했다.

—서류요⋯⋯?

히구치의 얼굴에 갑자기 노여움이 스몄다. 긴 팔을 뻗어 다케자와의 가방을 덥석 잡았다. 그와 동시에 다케자와는 가방을 양손으로 꽉 움켜쥐었다. 히구치의 힘은 강했다. 히구치는 한순간에 다케자와의 양손에서 가방을 뺏어들고는 찢어발기듯 입구를 열어 안을 보았다. 눈을 가늘게 뜨고 움직임을 멈추고는 한 손으로 가방 안을 난폭하게 뒤적거렸다.

─저, 혹시, 중요한…… 서류 같은 걸 잃어버리셨습니까?

입이 제멋대로 움직였다. 생각하기도 전에 말을 쏟아냈다. 그것도 너무 자연스럽게.

─어디에 뒀어?

히구치가 날카로운 시선을 보낸다. 다케자와는 입을 다물고 고개를 가로저었다. 히구치는 잠시 다케자와의 얼굴을 매섭게 쏘아보았다.

─뭘 착각하셨나보네요.

거리에서 주먹을 휘두르지는 않으리라. 다케자와는 확신했다. 이들은 사람 많은 곳에서는 절대로 범죄행위를 저지르지 않는다. 그런 아슬아슬한 경계를 알기 때문에 장사가 유지되는 것이다.

─쓸데없는 짓은 하지 마.

이윽고 히구치는 가방에서 손을 뗐다.

─복사본이 있으니까 서류가 없어졌다 해도 문제될 건 없어.

천천히 얼굴을 가까이 대고 입술만 움직여 말한다.

─자네, 딸이 있다고 했지?

딸이라는 단어가 히구치의 입에서 나온 순간, 다케자와는 불쾌한 기분이 솟구쳤다. 범죄로 얼룩진 히구치의 두 손이 사요의 몸을 위에서 아래로 더듬는 것 같았다.

─딸이 걱정된다면 아무 짓 할 수 없을 테지.

다시 전화하겠다는 말을 남기고 히구치는 세워놓았던 택시에 올라

탔다.

시동을 걸고 사라지는 택시를 다케자와는 똑바로 노려보았다. 협박. 또 협박인가. 녀석들이 가진 유일한 무기. 하지만 그것은 실체가 없는 무기다. 자신은 이미 그 사실을 알고 있다. 찌른다, 죽인다는 소리를 신물 나게 들은 다케자와도 여태 이렇게 살아 있다. 녀석들은 결국 아무 짓도 벌이지 않는다—다케자와는 길을 되돌아갔다. 아까의 자동판매기로 가서 기계 밑에서 서류를 꺼냈다. 인쇄된 활자와 히구치의 독특한 손글씨를 노려보았다.

그리고 경찰서로 향했다.

서류의 효과는 예상 이상으로 컸다.

경찰의 대규모 조사와 적발이 진행되어 신주쿠를 거점으로 삼고 있던 사채조직이 괴멸했다는 뉴스가, 그로부터 약 이 주일 지난 저녁에 전국으로 퍼졌다. 다케자와는 그 뉴스를 고용안정센터에서 돌아오는 길에 들른 가전제품 가게의 텔레비전 코너에서 보았다. 요 이 주간, 사요에게는 회사에 간다고 하고 고용안정센터에 다니며 몇 군데 회사에서 면접을 보았다. 텔레비전 화면에는 공갈과 출자법 위반 혐의 용의자들을 연행하는 경찰차가 나왔다. 다케자와는 한 언론사의 플래시에 허옇게 비친 히구치의 얼굴을 똑똑히 확인했다. 차창 너머에서 히구치의 감정 없는 시선이 흔들렸다. 시선은 뉴스 영상을 찍는 카메라를 포착하더니 한순간 딱 정지했다. 그 눈이 화면을 넘어 자신을 보는 것 같은 생각이 들었다. 히구치의 얇은 입술이 그다지 선명하지 않은 영상 속에서 뭔가를 말하듯 작게 움직였다. 들릴 리 없는 속삭임이 다케자와의 귀를 스쳤다.

─딸이 있다고 했지?

확실하게 그렇게 들렸다.

집에 돌아오니 사요는 마루에 누워 만화책을 읽고 있었다. 벌써 며칠째 계속 같은 책을 보고 있다. 집에 돈이 없다는 것을 눈치챘는지, 최근 들어 사요는 뭐가 갖고 싶다는 말을 꺼내지 않는다.

─다녀오셨어요.

─응.

있는 재료로 저녁을 만들어 사요와 마주 앉아 먹었다. 앞으로는 좀 더 제대로 된 음식을 먹게 될 거야. 입 밖에는 내지 않았지만 젓가락을 움직이며 사요에게 그렇게 말했다.

다음 날, 다케자와는 늘 입던 양복을 걸치고 가방을 들고 집을 나섰다. 사요도 늘 그렇듯이 현관까지 나와 배웅했다. 현관을 비추는 아침 햇살 속에 사요의 얼굴은 하얗게 빛났다. 이십 분 후 친구가 오면 딸아이는 문단속을 하고 학교로 갈 것이다.

다케자와는 사요의 통학로에서 떨어진 곳에 있는 공원으로 갔다. 빌딩 청소를 하는 회사의 면접이 잡혀 있는데, 약속 시간까지 아직 시간이 많았다.

벤치에 앉아 한 손을 무릎 위에서 쥐었다 폈다 하면서 곰곰이 생각한다. 조직은 해산했다. 히구치도 잡혔다. 나는 겨우 해방되었다. 이제 아무 걱정도 할 필요 없다. 새로운 일을 시작하고 이제부터 새로 출발하자. 다만 규모가 큰 회사에는 지원하지 않았다. 고용 시스템이 철저하면 인사 담당자가 다케자와의 이전 직장에 연락을 취해 일하는 태도가 어땠는지 무슨 문제는 없는지 세밀하게 물을 것이다. 당연히 그 과정에서 사채로 문제를 일으킨 이야기가 나올 테고 면접도 취소되겠지. 아무튼 지금은 적어도 안정된 수입을 얻는 것이 최우선 목표다. 회사의 규모를 가릴 처지가 아니다. 돈을 모으는 대로 이사하자.

잠시 후, 양복 윗도리의 주머니에서 휴대전화가 울렸다. 화면에 뜬 숫자는 모르는 번호다. 가슴에 불안이 스쳤다. 뉴스의 텔레비전 화면 속에서 자신에게 뭔가 속삭이던 히구치의 입술이 전화기에 나타난 낯선 번호와 겹쳐 보였다.

이 전화를 받으면 안 돼 ─ 직감이 그렇게 말했다.

다케자와는 휴대전화 전원을 끄고 호주머니에 쑤셔넣었다.

빌딩 청소 회사의 면접을 마치고 다시 역으로 돌아왔을 때는 오후 한시 무렵이었다. 지금 다시 고용안정센터로 가서 새로운 취직 정보를 찾을 생각이었다. 하지만 배가 고파서 일단 집으로 돌아가 라면이라도 먹으려고 다케자와는 그대로 집으로 향했다. 멀리서 소방차 사이렌이 들렸다.

다케자와의 집이 불타고 있었다.

검은 연기가 깨진 창으로 뭉게뭉게 피어오르고 집 안에서 오렌지색 불꽃이 보였다. 집을 포위하듯이 얼룩덜룩 반짝이는 재가 날리고, 그 아래서 소방수들이 알아듣지 못할 소리를 외치며 열심히 물을 뿜고 있었다. 화재를 멀리서 구경하는 사람들. 다케자와의 온몸은 삽시간에 주변과 멀어졌다. 불타고 있다. 예전에 유키에가 바지런히 움직이던 부엌도, 은상을 받았다며 벽에 붙여놓은 사요의 그림도, 다케자와가 소중히 여기던 가족사진도 전부 불타고 있다. 다케자와는 소리 없는 비명을 질렀다. 마침 그때, 지붕 일부가 소리를 내며 안쪽으로 무너져내리면서 흉악한 검은 연기가 쏟아져나왔다.

─ 다케자와 씨.

이웃 아주머니가 다케자와를 발견하고 달려왔다. 양팔로 가슴께를 감싸안고 말한다.

─다행이에요. 사요가 학교 간 시간이라.

그렇다. 사요가 집에 없는 게 그나마 불행 중 다행이다.

불타는 집으로 눈을 돌렸다. 그놈들이 저지른 짓이다. 멍한 머리로 다케자와는 확신했다. 이것은 그놈들의 보복이다. 아마도 히구치의 지시로 아랫놈이 불을 질렀을 것이다. 원래는 작은 불장난을 계획했을지도 모른다. 그것이 의도치 않게 큰불로 번진 것일지도 모른다.

다케자와는 사요의 안전이 제일 걱정이었다. 그놈들은 어떤 짓을 저지를지 모른다. 학교에 있는 동안은 안심할 수 있지만 하굣길이 위험하다. 한시라도 빨리 딸과 연락을 해야겠다. 다케자와는 휴대전화를 꺼냈다. 하지만 그때, 사요의 학교 전화번호를 모른다는 걸 깨달았다. 자신의 옆에서 안절부절못하며 헐떡이는 아주머니에게 학교 전화번호를 아느냐고 물었다. 아주머니의 아들도 같은 학교에 다니고 있을 터였다. 아주머니는 재빨리 고개를 끄덕이고 달음질을 치듯 그 자리를 뜨더니, 곧 한 장의 메모를 가지고 돌아왔다. 휘갈겨 쓴 글씨로 전화번호가 적혀 있었다.

갈비뼈 안쪽에서 철렁 하고 심장이 내려앉았다.

정체 모를 뭔가에 다케자와는 놀랐다. 하지만 무엇 때문에 놀랐는지는 자신도 몰랐다. 기묘한 감각으로 다케자와는 메모에 적힌 번호로 전화를 걸었다. 수화기 너머로 중년 남성의 목소리가 들렸다. 이름을 밝히고 얼른 딸을 바꿔달라고 부탁하자 상대는 알았다며 전화를 대기시켰다. 〈에델바이스〉 대기 멜로디가 오래 흘렀다. 다케자와는 불길이 잦아드는 집을 바라보며 계속 기다렸다. 이윽고 멜로디가 그

치고 수화기에서 태평스러운 목소리가 들려왔다.

—여보세요?

사요의 목소리가 아니다. 젊은 여성의 목소리다.

—아, 사요 아버님이세요? 저는 담임 노기입니다.

—저……

—지금 직장에 계신가요?

다케자와가 대답할 말을 찾기 전에 교사가 뒤를 이었다.

—아버님과 통화하게 되어 다행이네요. 실은 오늘 오전부터 휴대전화로 연락을 드렸어요.

그렇다. 다케자와는 이윽고 조금 전에 느꼈던 감각의 정체를 깨달았다. 오늘 아침 공원에서 전화기에 뜬 번호. 바로 이 번호였다.

—계속 신호만 가고 받으시질 않더군요. 사요가 학교에 오자마자 머리가 아프다고 해서요.

안구 안쪽의 어두운 곳에서 불꽃 같은 것이 작게 튀었다.

—양호실에 보냈는데 곧 열도 나더군요. 감기 같긴 하지만, 그래서 아버님께 전화를……

—그래서요?

다케자와는 상대의 목소리를 재촉하며 물었다. 담임은 당황한 듯이 잠시 침묵하고는 말을 이었다.

—조퇴시켰습니다.

주위의 배경이 한순간에 사라졌다.

—열쇠도 가지고 있고, 혼자서 갈 수 있다고 해서요. 사요는 지금 집에서 쉬고 있어요.

다시 배경이 나타났다. 좌우로 갈라지는 인파. 불길. 다가오는 불길. 점점 눈앞으로 덮쳐오는 불길. 다케자와는 눈앞의 사람을 헤치고 달리고 있었다. 연기와 불꽃과 검게 얼룩진 집이 눈앞에서 아래위로 흔들흔들 움직이며 커져가고, 얼굴에 강렬한 열풍이 닿아 호흡과 함께 목구멍을 태웠다. 누군가 옆에서 다케자와의 허리를 맹렬한 기세로 잡았다.

─무슨 짓입니까!

달려온 소방수를 필사적으로 떨쳐내며 다케자와는 달궈진 목구멍이 찢어질 정도로 외쳤다.

─놔!

─소용없어요!

─안에 사람이 있어!

─진정하세요!

천장이 또 한 곳 무너졌다. 폭탄이 터진 것처럼 검붉게 빛나는 재가 일제히 집 주위를 둘러쌌다. 이윽고 하늘하늘 춤추며 떨어지던 재의 색깔은 지금도 다케자와의 뇌리에서 타오르고 있다. 재를 올려다보면서 다케자와가 느낀 것은 공포였다. 딸을 잃고 말지도 모른다는 공포. 아니, 잃고 말았다는 공포였다.

그리고 인간 도미노의 마지막 사람이 쓰러졌다. 공허한 양팔로 텅 빈 가슴을 감싸안은 채, 등뒤에서 밀어닥치는 자신들에게 밀려 땅바닥에 쓰러졌다.

소방서의 설명으로는 집이 완전히 타버려서 화재 원인을 정확히 밝히기 어렵지만, 아마도 합선이나 콘센트에 낀 먼지 때문에 일어난 자연발화 아니면 집에 있던 사요의 부주의였을 거라고 한다. '불명'이라는 말과 다를 바 없는 설명이었다. 다케자와는 경찰에 출두해 사정을 말하고는 화재가 조직의 복수였다고 호소했다. 하지만 소방서의 견해에 방화의 가능성은 포함되어 있지 않아서, 경찰은 화재와 일련의 사채사건과의 관계를 부정했다.

사요의 장례를 치르던 날, 차체가 낮은 흰색 세단이 식장 앞에 멈춰서 있었다. 차창 안의 얼굴은 어딘가 히구치와 비슷한 분위기를 가진 젊은 남자였다. 무표정한 삼백안三白眼의 얼굴은 다케자와와 눈이 마주친 순간 피식 웃었다. 그대로 세단은 사라졌다.

그날 밤, 휴대전화가 울렸다. 화면에는 '공중전화'라는 표시가 떴다. 통화 버튼을 누르고 전화기를 귀에 대니 처음 듣는 남자의 목소리가 짧게 속삭였다.

— 이걸로 끝난 게 아니야.

그 말을 남기고 전화는 끊겼다.

사요의 장례를 끝내고 다케자와는 신주쿠 길거리에서 소개받은 호적 판매상을 통해 남의 호적을 사들였다. 그리고 주위와 관계를 끊었다. 모든 것에 염증이 났다. 도망치고 싶었다. 그 패거리에게서. 이 이상의 복수에서. 죽음의 추억에서. 어째서 나는 그런 짓을 저지르고 만 것일까. 수십 배로 불어난 빚을 바보처럼 정직하게 갚으려 하고, 놈들이 시키는 대로 움직이고, 한 여성을 자살로 내몰고 — 결국은 조직의 서류를 훔쳐내어 소중한 딸을 죽게 만들었다. 정직함. 틀린 것을 바로잡으려는 마음. 그게 도대체 뭔데. 선의와 정의, 정직이 무슨 소용이란 말인가.

정직한 사람을 바보 취급 하는 세상을, 다케자와는 다른 사람으로 태어나 다시 한번 살아주겠다고 결심했다. 단, 이번에는 손해는 보지 않겠다. 이번에는 지지 않겠다. 실패와 후회로 짓눌린 인간 도미노의 마지막 사람이 바닥을 딛고 필사적으로 일어났다.

이것이 칠 년 전의 일이었다.

나는 악당이다. 나는 악당이다. 나는 악당이다. 매일 자신에게 그렇게 이르며 다케자와는 살고 있다. 그러지 않으면 자신이 간단하게 또 패배자 쪽으로 돌아서고 말 것을 알고 있다. 팽이처럼 일단 움직임을 늦추는 순간 균형이 무너져 땅바닥에 미끄러지고 만다는 것을 알고 있다.

언젠가 데쓰는 날고 싶다고 말했다. 그 말의 의미를 완전히 이해할 수는 없었지만, 그때 다케자와는 확실히 자기도 그렇다고 동감했다.

"다케 씨는 이번 화재도 그 사채조직의 짓이라고 생각하세요? 그 이구친가 하는 사람이랑 관계가 있다고요?"

"이구치가 아니라 히구치야."

일단 이름을 정정해준 뒤 다케자와는 길고 긴 숨을 토했다.

"관계는 없을 거야."

그렇게 여기고 싶다.

"하지만 아까 만에 하나라고."

"그러니까 만에 하나라고 한 거야."

그로부터 칠 년이 지난 시점에서 조직 놈들이 복수를 다시 시작하리라고는 다케자와도 생각하지 않는다. 다만 검은 연기가 솟아오르는 아파트의 문을 본 순간, 그 불안이 강렬하게 다케자와의 가슴을 움켜잡은 것은 사실이다. 그때 체포된 놈들도 지금쯤 아마 출소했을 것이다. 그중 누군가가 ― 만약 히구치가 ― 다케자와의 소재를 파악해 칠 년 전처럼 집에 불을 낸 것은 아닐까. 돈돈집 주인에게 다케자와의 신상에 대해 꼬치꼬치 물었다는 키 큰 남자는 대체 누구였을까. 다케자와가 괴멸하게 만든 사채조직에서 일했던 사람은 아닐까. 혹시 히구치였을까.

—이걸로 끝난 게 아니야.

그 속삭임은 지금도 다케자와의 귀 안쪽에 남아 있다.

"그런데 다케 씨, 내일부터는 어쩌지요?"

데쓰는 부옇게 흐린 하늘을 쳐다보고 있었다. 그 느릿한 목소리에 다케자와는 조금 마음이 놓였다.

"어쩐다. 작업에 쓰는 옷이며 소도구며 모두 불타버렸으니."

"필요한 것부터 하나씩 사는 수밖에 없겠네요. 양복은 둘 다 지금 입고 있는 게 있으니…… 아차, 그게 아니지. 옷보다 집이 급해요. 다케 씨, 우선 살 곳을 구해야겠어요. 새 출발은 그 뒷이야기고."

"또 새 출발인가……"

다케자와는 작게 숨을 쉬고 코를 훌쩍였다.

"데쓰, 난 악당이겠지?"

아무렇지도 않게 물어보니, 데쓰는 졸린 눈으로 잠시 다케자와의 얼굴을 바라보고는 답했다.

"그런 것 같아요."

(2)

다음 날 아침은 맑았다.

"어이, 데쓰. 일어나."

옆에서 자는 데쓰를 흔들어 깨웠다. 영어사전을 베고 백조의 항문으로 들어오는 아침 햇살 속에서 코를 골던 데쓰는 꿈지럭꿈지럭 윗몸을 일으키고 얼굴을 찌푸렸다.

"아야야…… 다케 씨는 등 안 쑤셔요?"

"쑤셔. 이런 생활은 며칠 못 견디겠어. 빨리 머물 곳을 찾자."

"하다못해 비즈니스호텔에라도 가요. 집 구하기 전까지."

"가진 돈이 얼마 없어. 배부른 소리 하지 마."

"낭비는 적. 그런데 다케 씨—"

데쓰는 돌고래 같은 입을 크게 벌려 하품을 하고, 숨을 내뿜으며 상반신에서 힘을 빼면서 말을 이었다.

"집은 어느 쪽에 얻을 생각이에요?"

"아직 결정한 건 없는데, 아무래도 이 근처는 찝찝하겠지. 불을 내고 도망쳤으니, 집주인과 마주치기라도 했다가는 일이 복잡해질 거야."

"그렇지요. 어쩌면 더 고약한 상대를 만날지도 모르고."

"누구?"

"이구치."

"히구치라니까."

그 일은 될 수 있는 한 생각하고 싶지 않았으므로 다케자와는 말을 자르고 일어났다. 데쓰도 몸을 일으켰다. 두 사람은 백조의 몸에서 빠져나와 가까운 편의점에서 빵과 캔커피를 샀다.

"다케 씨, 아라카와 쪽은 어때요? 제방 근처로."

"어느 쪽?"

"아다치 구 남쪽요. 그쪽 지나는 노선도 몇 개 있어요."

"아, 그쪽."

나쁘지 않을지도 모른다. 방값이 비교적 싸고, 조반 선과 게이세이 선 부근이라면 우에노까지 한 번에 나갈 수 있다. 우에노는 수입을 올리기에 꽤 좋은 장소다.

"시험 삼아 가볼까."

이리하여 두 사람은 아침밥을 먹자마자 곧 전차에 올라탔다. 조금 돌아가지만 일단 우에노까지 가서 조반 선으로 갈아탄다. 하행열차에는 사람이 별로 없었다. 다케자와는 가방을 무릎에 얹고, 데쓰는 공구함과 컵과 영어사전을 가슴에 안고서 자리에 앉아 스미다 강을 건넜다. 벚꽃이 피고 봄날의 아침 햇살을 담뿍 받은 강가의 경치는 그대로 그림엽서로 만들어도 손색이 없었다.

"꼭 여행 온 것 같네요."

두 사람은 기타센주 역에서 내렸다. 아무래도 유명한 역이니 부동산 중개소가 있지 않을까 하는 생각에서였다.

역 앞에는 남녀 직장인들이 저마다 앞다투어 걷고 있다. 통행에 방해되지 않는 장소에서 다케자와 일행은 지금부터 구할 집에 대한 의견을 정했다. 월세 팔만 엔 이내. 욕실, 화장실 딸린 곳. 즉시 입주 가능. 계약서에 기입할 근무처 등은 모두 가짜로 쓸 예정이니 될 수 있는 한 일처리가 느슨할 것 같은 부동산 중개소를 고를 것. 확인해보고 계약이 틀어지면 다른 곳을 찾는다.

"이번 집은 네 명의로 빌릴 거야."

다케자와가 쓰던 나카무라 아무개 명의는 이제 쓸 수 없다. 아파트에 불이 난 것도 그렇고, 어떤 귀찮은 일이 발생할지 모른다. 하지만 데쓰의 이름이라면 아무 문제가 없다. 다케자와의 아파트에 들어올

때 따로 주소를 옮기지 않았기 때문에 데쓰와 다케자와, 또는 데쓰와 나카무라 아무개의 관계는 아무도 모른다. 이유를 설명하자 데쓰도 이해했는지 고개를 끄덕였다.

"중개소는 함께 돌아다니나요?"

"어떻게 할까. 따로 도는 게 효율적이지 않을까? 그리고 나중에 서로 의견을 나누는 게 어때?"

"그럼 그렇게 해요."

"점심쯤에 다시 여기서 만나자고."

"네, 점심에 여기서."

어쩐지 데쓰가 무척 혼자 있고 싶어하는 것 같아서, 다케자와는 일단 헤어지는 척하고 슬며시 돌아와 데쓰의 모습을 살폈다. 데쓰는 역 앞 공원 구석에 있는 볕이 잘 드는 벤치 위에서 동그랗게 무릎을 끌어안고 누워 행복한 듯이 눈을 감고 있었다.

"데쓰."

"아……"

다케자와는 데쓰에게 버럭 소리를 질러 주의를 주고서, 부동산 중개소를 찾기 위해 역을 떠났다.

오전에 다케자와 쪽은 그다지 성과가 없었다. 부동산 다섯 곳을 돌고 여덟 개의 물건을 보았지만 벽이 너무 얇거나 경찰서 코앞이거나 하는 등등 모두 작업에 문제가 있는 집들이었다.

점심때가 지나 역으로 돌아가니 데쓰가 이미 기다리고 서 있었다.

"자네, 언제부터 거기에 있었어?"

"조금 전에 왔어요. 얼마나 열심히 돌아다녔다고요."

"그냥 물어봤어. 발끈하지 마."

데쓰는 기분이 좋아 보이지 않았다. 물어보니, 구경한 집의 수는 다케자와와 별반 차이가 없으나 상태가 너무 심했던 모양이다.

"처음 본 집은 딱 하나밖에 없는 창이 옆집 창이랑 사십 센티미터 정도 거리에서 마주 보고 있었어요. 옆집에 뒤룩뒤룩 살찐 러닝셔츠 바람의 아저씨가 있었는데요, 큰 소리로 하품을 하고 기지개를 펴고 이 초에 한 번꼴로 코딱지를 파더라니까요. 장담컨대 백 퍼센트 일부러 그러는 거예요. 창이 보이는 집에 사람이 새로 못 들어오게요. 두 번째 집도 끔찍했어요. 마루에 바퀴벌레 시체가 우르르 널려 있는데, 모두 발딱 뒤집혀 있는 거예요. 마치 싱크로나이즈드스위밍처럼요. 세번째 집은 검은 바퀴벌레가 어찌나 크던지. 네번째 집은 너무 끔찍하고. 생각하기조차 싫어요."

다케자와는 좔좔 말을 쏟아내는 데쓰를 겨우 진정시켰다.

"아직 오후가 남았잖아. 아무튼 뭐 좀 먹지."

두 사람은 역 앞 길가에 보이는 중국집 쪽으로 어슬렁어슬렁 걷기 시작했다.

"다케 씨, 그러고 보니 어제 화재 말이에요. 신문에 다섯 줄 정도 되는 기사로 실렸던걸요."

"그렇다면 불이 크게 번지지는 않았나보군."

"네. 결국 그 집 한 채만 탄 모양이에요."

조금 마음이 놓였다.

"화재 원인은 뭐라고 나왔어?"

"그건 아직 밝혀지지 않은 것 같아요. 조사중이라나…… 아니, 검증중이랬나?"

"그래……"

걸으면서 아스팔트를 가만히 내려다본다. 벚꽃 꽃잎이 여기저기 흩뿌려져 있다. 고개를 드니 작은 세탁소 안쪽에서부터 벚꽃 가지가 담을 넘어 뻗어 있다.

"그런데 데쓰, 자네 어디서 신문을 봤지?"

"부동산 중개소에서 주인이 차를 빼러 갔을 때 봤지요. 선반에 놓여 있기에."

말하면서 데쓰는 뿌루퉁한 얼굴로 돌아봤다.

"무슨 말만 하면 농땡이 치는 줄 안다니까."

"아침에 게으름을 피웠잖아."

"잠시 쉬었던 것뿐이에요."

"그러셔."

두 사람은 중국집 '마마집' 앞에 도착했다. 유리문 너머로 보이는 가게 내부는 붐비지도 썰렁하지도 않았다. 가격도 맛도 그저 그런 집인 게 틀림없다. 구석 테이블에 마주 보고 앉았다. 나무젓가락 통 옆에 세워진 차림표에 '특제 콩나물 라면'이라고 크게 적혀 있어서 두 사람은 그것을 주문했다.

"저, 다케 씨, 술은 안 시켜요?"

"바보 같은 소리 하지 마."

탁자에 배달된 물을 마시고 크게 숨을 쉬었다. 내내 걸어서 발바닥이 저릿저릿했다. 테이블 밑의 선반에 주간지가 한 권 놓여 있기에 꺼내서 펄럭펄럭 넘겼다.

'틈을 보였다간 끝장!'—이런 제목이 눈길을 끈다. 건축자재 납품 사기를 당한 건설회사 사장이 화가 머리까지 치민 어조로 인터뷰에

답하고 있다. 얼굴이 알려지는 게 창피했는지 사장의 사진은 목 윗부분이 잘려 있다. 그래서 얼핏 보면 사기를 친 범인의 사진 같다. 피해 총액은 대강 육천만 엔.

"이 세상에는 이런 엄청난 작업을 꾸미는 녀석도 있구나……"

납품 사기는 단순하다. 업자에게 주문한 상품을 먼저 받고 대금을 지불하지 않은 채로 날아버리면 끝이다. 이런 사기는 대체로 수법이 빠르다. 처음 몇 차례는 현금을 주고 소액 거래를 해서 상대의 신용을 얻는다. 그리고 대량의 상품을 어음으로 주문한 뒤, 어음 지급일까지 인수한 모든 상품을 돈으로 바꿔 도망치는 거다. 각종 서류를 위조하는 기술만 있다면 개인 사기꾼도 가능하다.

"우리도 이렇게 큰 판을 벌여야 할 텐데."

다케자와는 잡지를 테이블 위에 내려놓고 천장을 보며 말했다.

"그렇지요. 하지만 역시 이런 작업은 그 방면의 경력이 있어야 하니까."

"맞아. 경력과 배짱."

"아, 그렇지만 다케 씨, 우리도 잘하면 할 수 있을지 몰라요. 반년 전에도 같은 사기로 몇천만 엔의 피해를 봤다는 뉴스가 나왔잖아요. 그때 당한 상대도 건설회사였어요. 건설업 쪽은 생각보다 만만한 건지도 몰라요. 우리도 크게 한탕……"

"그 사건이 이 사건이야."

다케자와는 잡지 표지를 보여주며, 아래에 인쇄된 반년 전의 발행일을 손가락으로 가리켰다.

"그렇게 뒷북을 치면서 한탕은 무슨 한탕."

"얘기가 그렇게 되나요."

잠시 나른한 침묵이 흘렀다. 손님들의 이야기 소리. 그릇 소리. 굵은 기침 소리.

흘끗 보니 테이블 옆 벽에 작은 포스터 한 장이 셀로판테이프로 붙어 있다. 싸구려 흑백 인쇄다. 몇 사람이 옆으로 나란히 선 사진. 아래쪽에 날짜와 시간, 전화번호가 쓰여 있다. 아마도 극단의 공연 선전인 듯하다. 사진은 그다지 선명하지 않았지만, 남자가 일곱 명에 여자가 한 명이다. 여자는 젊고 콧날이 오뚝한 미인인데 비해 남자들의 면면은―뚱뚱하고 마른 젊은이 둘, 고릴라 같은 얼굴을 한 근육남, 눈이 똥그랗고 몸집이 작은 사람, 키가 큰 남자와 얼굴이 큰 남자, 아이스크림 숟가락 같은 얼굴의 추레한 노인, 이렇게 온갖 볼품없는 멤버가 모여 있었다. 포스터의 상단에는 굵은 글씨체로 〈콘 게임〉이라고 적혀 있었다.

"데쓰, '콘'이 뭐지?"

"confidence의 약자예요. 사기를 친다는 의미지요."

데쓰는 입술을 오므리고 포스터에 얼굴을 가까이 댔다.

"줄거리가 적혀 있네요. '어두운 과거를 가진 사기꾼. 애처로운 여행 끝에 그는 처음으로 마음이 통하는 친구를 만난다. 그들과 운명을 함께하는 미녀. 저마다의 과거를 청산하기 위한 싸움이 지금 시작된다!' 하하, 어디서 들어본 것 같은 이야기네요."

"그래?"

"특히 전반부요."

"중반부의 미녀는 기대되는데."

"특제 콩나물 나왔습니다."

주인이 김이 나는 그릇을 두 개 날라왔다. 돈돈집의 주인과는 대조적으로 뺨이 홀쭉하고 코 밑에 점잖은 체하는 수염을 기른 남자다. 주인은 벽의 포스터를 턱으로 가리키고는 두 사람을 번갈아 보면서 청하지도 않은 설명을 곁들였다.

"조그만 극단이에요. 극 내용이 좀 비현실적이라 팬이 좀처럼 늘지 않지만 나는 꽤 마음에 들어요. 어제 상영이 끝난 이 연극도 재미있었죠…… 하지만 손님이 들지는 않았던 모양이에요…… 이 극단도 이제 접지 않을까 싶네요."

고개를 숙이고 생각에 잠긴 얼굴로 주인은 몇 초 동안 팔짱을 끼고 포스터를 바라보았다.

"손님들도 괜찮으시면 다음에 보러 가보세요."

"우린 다른 사람의 사기를 지켜볼 여유가 없어요."

데쓰가 진지한 얼굴로 쓸데없는 소리를 지껄인다. 주인은 조금 놀란 표정을 보이더니 속뜻을 알아차리지 못한 채 몇 번 고개를 끄덕이고 주방으로 돌아갔다.

"틀린 말은 아니네."

확실히 우리는 다른 사람의 사기 행각을 감상하고 있을 여유가 없다. 애당초 '게임'이라고 하는 것이 마음에 들지 않는다. 당사자들에게는 한가로운 놀이가 아닌 것이다.

두 사람은 각기 젓가락을 들었다. 특제 콩나물 라면의 맛은 역시 그저 그랬다.

부동산 중개소 순례는 그날 오후에 금방 끝이 났다. 데쓰가 찾아낸 낡은 집이 다케자와 마음에 쏙 들었기 때문이다. 월세는 칠만팔천 엔. 욕실과 화장실 구비. 즉시 입주 가능. 그곳은 아파트가 아니라 서쪽에 완만한 비탈이 있는 이층집이었다.

(3)

임대 계약은 데쓰가 했다. 석 달 치 월세를 미리 치러야 했지만, 엉터리로 쓴 직장과 가짜 보증인은 아무 문제 없이 넘어간 모양이다.

"파리 날리는 사무소였어요. 그쪽도 빈집을 어서 치우고 싶었겠지요."

백엔숍에서 산 빗자루로 새집의 마루를 청소하며 데쓰는 들떠 있었다.

"그랬겠지."

백엔숍 걸레로 윗미닫이틀을 닦으며 다케자와도 활짝 웃었다.

"여기 말이에요, 아마도 이웃집과 떨어져 있어서 위험하니까 집세가 싼 거겠지요?"

"그럴지도 몰라. 도둑에게는 안성맞춤인 집이니까."

"오, 더블 미닝double meaning이네요."

"그게 뭔데."

살 집이 있다는 것이 역시 무엇보다도 기쁘다. 이 기분은 돌아갈 곳을 잃은 자만이 알 수 있다.

그후 사흘간, 두 사람은 우선 저마다 근처 가게를 돌며 속옷과 옷가지, 중고 세탁기와 텔레비전, 비누와 탈모 방지 샴푸 등을 사다놓았다. 산 지 얼마 되지 않은 덤벨을 이전 아파트에 놓고 왔기 때문에 다시 살까 말까 망설이다가 이번에는 새끼발가락을 부딪힐 확률이 적은 철제 아령을 샀다. 상점가로 외출할 때마다 다케자와는 서쪽 비탈길의 콘크리트 계단을 들뜬 기분으로 올랐다.

하지만 그런 기분이 이어진 것은 처음 사흘뿐이었다.

나흘째 아침, 데쓰와 마주 앉아 편의점에서 사온 삼각김밥을 먹고 있는데, 다케자와의 휴대폰이 울렸다. 화면에 표시된 것은 03으로 시작하는 모르는 번호였다.

"······안 받아요?"

데쓰가 삼각김밥에서 입을 떼고 고개를 들었다. 다케자와는 망설였다. 누구의 전화일까.

"받아보고, 만약 이상한 전화라면 끊으면 되잖아요."

"그래, 그렇지."

다케자와는 통화 버튼을 누르고 천천히 전화기를 귀에 댔다.

"여보세요."

나이 든 남자의 낮은 목소리다. 다케자와는 잠자코 상대가 말을 이어가길 기다렸다.

"여보세요······ 여보세요, 나카무라 씨?"

무심코 한숨이 새어나왔다. 자신을 '나카무라'라고 부를 사람은 한 사람밖에 떠오르지 않는다. 다케자와는 전화기를 한 손으로 막고 데쓰 쪽으로 얼굴을 돌렸다.

"아파트 주인이야."

"아, 주인아저씨."

이전 아파트를 임대할 때 나카무라 아무개 명의로 계약했기에 집주인은 다케자와를 나카무라로 알고 있다. 만난 적은 손에 꼽지만, 허리가 굽고 인상이 온화해 보이는 노인이었다. 하지만 지금 전화기 너머로 들려오는 목소리는 부드럽지 않다.

"······네, 나카무라인데요."

데쓰가 말한 대로 귀찮은 일이 생기면 끊으면 된다고 판단하고 다케자와는 전화를 받았다. 상대는 큰 소리로 이야기하기 시작했다.

"나카무라 씨, 도대체 무슨 일입니까? 갑자기 사라지다니."

"아, 그게요……"

"당신 때문에 얼마나 애먹었는지 몰라요. 전화번호를 못 찾아서 연락도 안 되고. 도대체 무슨 짓을 한 겁니까. 어제부터 경찰이 이것저것 물어봐서, 나도 그렇고 마누라도 그렇고, 아무튼 피곤해요."

"경찰이요?"

다케자와의 가슴에 불안이 스며들었다.

"방화 때문에요. 방화. 나카무라 씨, 당신 무슨 이상한 짓을 벌인 것 아니에요?"

방화, 라고 다케자와는 중얼거렸다. 데쓰가 흠칫 놀란 얼굴로 바라보았다.

"그래요. 신문 투입구로 기름을 붓고 불을 붙인 것 같다고 합디다. 그런데 불이 나기 직전에 수상한 남자가 근처를 서성거렸대요. 경찰은 그 사람을 의심하는 눈치던데."

수상한 남자.

"그리고 말이지, 우리집에 이상한 전화가 몇 번이나 걸려왔어요. 시옷 소리가 귀에 거슬리는 말투로 당신 있는 곳을 가르쳐달라더군요. 나나 마누라나 당신이 어디 있는지 모르니 가르쳐주려야 가르쳐줄 수도 없었지만. 그 남자는 당신을 다케자와라고 하던데, 도대체 무슨 일인가요? 우리에게 거짓말을 한 겁니까? 당신, 나카무라 맞지요?"

"이름은?"

"네?"

다케자와는 바싹바싹 마르는 목구멍으로 소리를 쥐어짰다.

"그 남자, 이름은요?"

"문제는 남자 이름이 아니라 당신 이름이라고요. 아, 이런 말을 했어요. 다케자와가 연락하면 자기 이름을 전해달라고. 세키구치인지 이우치인지 하는 이름이었는데…… 우리랑은 관계없는 일이라 정확하게는 모르겠어요."

"히구치?"

조심조심 다케자와가 물으니 상대는 잠시 아무 말이 없었다. 생각해내려고 애쓰는 모양이다. 그동안 다케자와는 전화기를 움켜쥐고 간절히 바랐다. 아니라고 말해줘. 그 이름이 아니라고. 다른 이름이었다고.

"이봐, 어이, 이봐."

누군가를 부르는 소리가 들리더니 어렴풋이 여자 목소리가 났다. 두 사람이 서로 소곤거리기 시작한다. "아아"라는 여자의 목소리와 함께 딱 하고 손을 치는 소리가 들렸다.

"여보세요…… 여보세요, 나카무라 씨? 마누라가 적어놨대요. 맞아요, 히구치라는 남자였어요, 그 사람이 우리집에 전화를 했어요. 이봐요, 나카무라 씨, 뭐가 어떻게 된 건지 몰라도 빨리 경찰에 가서 전부 설명해주세요. 우리는 그런 이상한 일에 말려드는 건 질색이니까. 그렇지 않아도 수리비가 엄청 나와서—"

다케자와는 전화를 끊었다.

—이걸로 끝난 게 아니야.

사요의 장례식에서 들었던 목소리가 귓속에서 울렸다.

＊　　＊　　＊

벚꽃이 활짝 폈구나 싶었던 것도 잠시, 오늘은 다시 추워졌다. 청재 킷 목덜미로 들어오는 바람이 차다.

집을 향해 대낮의 조용한 거리를 걸으면서 마히로는 손에 든 편의 점 봉지를 뒤졌다. 작은 팩에 담긴 '심심풀이 다시마'를 꺼내 겉봉을 찢는다. 가늘고 긴 다시마를 사각사각 씹으면서, 마히로는 함께 산 또 하나의 물건을 생각했다.

직사각형 상자는 무늬가 없는 봉투로 한 번 더 포장되어 담겨 있 다. 그냥 흰 편의점 비닐봉지에 넣어도 겉으로 비치지 않는데, 편의 점에서나 약국에서나 반드시 이중으로 포장해주는 까닭은 무얼까. 사는 쪽에서는 그러는 게 더 창피하다. 아무렇지도 않은 듯 다른 상 품이랑 똑같이 취급해주는 쪽이 훨씬 낫다. 가슴에 '점장'이라는 이 름표를 단 편의점의 중년 남자는 계산대에서 상품을 종이봉투에 넣 으면서 마히로의 미니스커트 쪽을 힐끗힐끗 보았다. 마히로가 내민 천 엔짜리 두 장을 받아들 때도, 잔돈을 거슬러줄 때도 눈길은 미니스 커트에 머물러 있었다. 이걸 끼운 물건이 저기에 그짓을 하는 건가— 점장의 가느다란 두 눈 안쪽에서 일어나는 상상이 마히로에게 직접 전해지는 것 같았다.

'심심풀이 다시마'를 두 개 먹었을 무렵에 마히로는 집에 도착했 다. '드림 아다치'라는 한심한 이름의 아파트다. 집에 들어가기 전에 바깥 계단 구석에 있는 우편함의 문을 열고 안을 들여다보았다. 오늘 은 현금이 든 봉투가 오지 않았다. 대신 전단지 몇 장이 들어 있었다. 그중 한 장이 마히로의 눈을 끌었다. 우에노 역 앞에 있는 보석 가게의 이름이 인쇄되어 있다.

　마히로는 그 자리에 선 채 종이에 박힌 글자를 몇 번이나 되풀이해서 읽었다.

　"괜찮은데, 이거……"

　몇 초 후, 마히로는 현관문을 열고 콘돔 상자를 부엌 쪽으로 던지고서 바로 문을 닫고 집을 나섰다. 걸으면서 핸드백 속의 지갑을 찾아 우에노 역까지 가는 전차 요금을 확인한다. 편도 요금만 있으면 된다. 돌아올 때는 이 지갑이 두툼하게 부풀어 있을지도 모르니까.

　마히로는 역을 향해 걸었다.

　하늘은 도무지 봄답지 않은 무거운 색깔을 띠고 있었다.

CUCKOO
kú:ku:

(1)

"걱정 마세요, 다케 씨. 이 집은 절대로 못 찾아낼 거예요."

거실의 창문을 통해 흐린 아침 하늘을 바라보며 데쓰는 차를 마셨다.

"그럴까……"

다케자와도 차를 마신다.

창과 바깥 담장 사이에는 정원이라고 할 정도는 아니지만 조그만 공간이 있다. 그곳에 언제 누가 심었는지 모를 가냘픈 서향나무가 한 그루 자라고 있었다. 어제 냄새를 맡아보니, 가지에 달린 시들시들한 꽃은 이미 향기마저 잃었다.

"아까 집주인이 전화했을 때도 여기 주소는 가르쳐주지 않았지요?"

"말 안 했어."

"보세요. 그러니까 괜찮아요. 아무도 다케 씨가 여기 있는 줄 몰라요."

"응……"

꽃샘추위일까. 벚꽃이 절정인데 오늘은 이상하게 춥다. 운동복을 입고 책상다리를 한 무릎이 으슬으슬하다.

"지금 가지고 있는 휴대전화는 이제 안 쓰는 게 좋겠어요. 누가 전화할지 모르니 전원을 꺼두죠. 만약 경찰이 방화 때문에 다케 씨를 찾기 시작하면……"

"전원이 켜져 있으면 곤란하겠지."

"어디 있는지 알아낼 테니까요."

다케자와는 앉은뱅이 탁자 위에 둔 휴대전화의 전원을 껐다.

"하지만 전화가 없으면 자네하고 연락하는 데 불편하잖아."

"새 걸 사야죠. 어차피 그 전화기 오륙 년은 썼잖아요. 우에노 근처에 가면 신분증 없이 살 수 있는 선불폰이 있어요."

"외국인이 파는 거?"

"맞아요. 나가보자고요."

"……그럴까."

다케자와는 가볍게 한숨을 쉬었다.

차를 다 마시고, 두 사람은 누가 먼저랄 것 없이 자리에서 일어났다.

"가는 김에 한 건 해볼까요. 생활비도 거의 다 떨어져가니."

"뭘 할까?"

"우에노에는 전당포가 많으니까……"

"그걸 해볼까."

"그럼 나는 의상을 챙길게요."

승낙이 떨어지자 데쓰는 곧 거실로 돌아가 가방에 기모노와 게다를 넣어왔다. 얼마 전에 백화점에서 산 싸구려 세트다.

조반 선을 타고 두 사람은 우에노 역에 도착했다. 시각은 오전 열한 시. 아메요코에서 한 골목 뒤로 들어가 어슬렁어슬렁 걷고 있자니 외국인 몇 명이 두 사람쪽으로 고개를 돌려 살폈다. 다케자와는 한 사람 한 사람에게 다가가 "휴대전화?"라고 물어보았다. 세 명까지는 고개를 저었으며 네번째로 만난 턱이 움푹 들어간 외국인이 "전화 있어"라고 답했다.

"새 거. 오천 엔. 구십 일 쓸 수 있다."

"걸기랑 받기 다 되나?"

"된다. 이건 문자도 된다. 칠천 엔."

외국인은 주머니에서 구깃구깃한 종이를 꺼내 보였다. S사 로고가 박힌 휴대전화 사진이 인쇄되어 있다.

"문자는 필요 없어."

다케자와는 그렇게 말했지만 상대가 움푹 들어간 턱을 들이밀며 "꼭 필요하다"고 물고 늘어져서 결국 다른 제품보다 이천 엔 더 비싼 기종을 사기로 했다. 외국인은 두 사람을 한 골목 더 안쪽으로 데리고 들어갔다. 그리고 그곳에서 껄껄 웃으며 담소하고 있는 외국인 무리를 불러 아까 보여주었던 종이를 건넸다. 한 사람이 종이를 받아들고 등에 멘 배낭을 뒤져 사진과 같은 종류의 휴대전화를 꺼낸다. 다케자와는 칠천 엔을 내고 전화를 받아서 데쓰와 함께 그곳을 떴다.

"데쓰, 문자 보낼 줄 알아?"

"아뇨. 그건 좀."

"그런 기능은 없어도 되는데."

어찌 되었든 이렇게 해서 새로운 휴대전화를 손에 넣었다.

데쓰가 손목시계를 흘끗 본다.

"작업을 시작하기 전에 잠깐 우에노 공원에 들를까요?"

"꽃구경인가. 좋지."

두 사람은 게이세이우에노 역 바로 앞 계단을 올라 공원에 들어갔다. 사이고 다카모리 동상 앞을 지나 벚나무 쪽으로 발걸음을 옮겼다. 노점에서 풍기는 강한 소스 냄새가 공기에 섞였다. 하늘이 흐린 게 아쉬웠지만, 그래도 역시 우에노 공원의 벚꽃은 장관이었다. 어제 비가 내리지 않았으면 훨씬 더 아름다웠을 것이다. 두 사람은 노점에서 다코야키와 곱창조림을 한 접시씩 사서, 벤치에 나란히 앉아 먹었다.

"어렸을 때는 다코야키가 엄청 커 보였어요."

이쑤시개를 능숙하게 놀려 스티로폼 접시 밑에 고인 소스를 다코야키에 묻히면서 데쓰가 말한다.

"야구공만 한 게 쭉 줄지어 들어 있는 것 같았죠."

"어릴 때는 무엇이든 크게 느껴지니까."

딱 한 번 세 식구가 다함께 꽃구경을 간 적이 있다. 이렇게 유명한 장소가 아니라 근처에 있는 작은 공원이었다. 물론 다코야키나 곱창조림도 사 먹지 않았다. 그날은 꽃 너머로 보이는 하늘이 오늘보다 푸르러서 벚꽃 꽃잎 하나하나가 더욱 또렷하게 보였다. 유키에가 만든 주먹밥과 감자 샐러드를 덥석덥석 먹으면서 다케자와는 멍하니 꽃을 올려다보았다. 당시 네 살이었던 사요는 조금 색다른 주먹밥을 먹고 있었다. 세 종류의 속이 들어 있는 주먹밥이었다. 유키에는 어린애가 먹을 만한 작은 주먹밥을 세 개 만들려고 했다. 그런데 사요가 자기도 아빠 엄마와 같은 주먹밥을 먹겠다고 우겼던 것이다. 어른용 주먹밥은 하나만 먹어도 배가 잔뜩 불러서 한 종류 맛밖에 먹을 수가 없다고 유키에가 설명하자 사요는 다른 맛도 먹고 싶다고 했다. 그렇게 탄생한 것이 속이 세 종류나 든 이상한 주먹밥이었다. ― 다케자와와 유키에가 먹은 보통 크기의 주먹밥도 그때의 사요에게는 분명 상당히 큰 음식이었을 것이다. 열두 살에 세상을 떠났을 때, 사요는 이미 주먹밥을 작다고 느꼈을까. 아니면 끝까지 커다란 음식으로 남았을까.

그 무렵에 비해 나는 훨씬 인상이 나빠졌을 게 분명하다. 다케자와는 그렇게 생각했다. 그렇지 않으면 곤란하다. 이제는 악당이 된 것이다. 그만큼 인상이 나빠져야 한다. 다케자와는 손바닥으로 제 얼굴을 쓰다듬어보았다.

"데쓰, 내 인상 더럽지?"

"그렇지 않아요."

데쓰는 마지막 남은 다코야키를 씹고 있었다.

"인상이 더러우면 사기 치기 어렵지요."

"그런가……"

두 사람은 이내 각자의 접시를 비우고 벤치에서 일어났다. 슬슬 작업에 착수하기 위해 데쓰가 가방을 들고 공중화장실로 들어간다. 화장실에서 나왔을 때는 짙은 남색 기모노를 입고 게다를 신고 있었다. 그럴듯한 차림이다. 데쓰가 맡은 역은 '도자기에 조예가 깊은 자산가'. 농담 같지만 아주 진지했다. 이런 과장된 의상이 꽤 효과가 있다. 인간사 겉모습으로 칠 할은 먹고 들어간다고들 하듯, 사람은 겉모습에 약하다.

"가방은 내가 들까."

"부탁할게요."

두 사람은 상점가 쪽으로 걸어가, 일단 도자기를 파는 가게에 들어 갔다. 향로가 놓인 선반을 대강 둘러보고 다케자와는 사자 모양의 크 림색 자기를 골랐다. 가격은 이천팔백 엔인데 사자의 배 밑면에 '무 ○'라는 도장이 박혀 있었다. 두번째 글자는 필적이 엉망이라 알아볼 수가 없었다.

"다케 씨, 자기를 구운 사람 이름 뭐라고 할까요?"

"무……"

"무사이는 어때요? 예를 들어 오노 무사이. 대가 같지 않나요?"

"그럼 그걸로 하지."

가게를 나온 두 사람은 될 수 있는 한 작은 전당포를 찾았다. 조금 전 에 산 향로를 보자기에 싸서 들고, 데쓰가 입구로 향한다.

"알겠어, 데쓰? 연기하는 것이 아니라 그 사람이 되어야 해. 그러지 않으면 이 직업을 잘해낼 수 없어."

"매번 말하지 않아도 잘 알고 있어요. 그럼 다녀올게요."

데쓰는 보자기를 들고 유유히 가게로 들어갔다. 다케자와는 조금 떨어진 장소에서 기다렸다. 오 분 정도 지나자 데쓰가 가게에서 나왔 다. 보자기 안에는 아무것도 없다.

"어땠나?"

"잘된 것 같아요."

두 사람은 그대로 이십 분 정도 시간을 보내고서, 이번엔 다케자와 가 양복 깃을 단정히 정리하고 같은 가게로 향했다.

"어서 오십시오."

다케자와는 괴팍해 보이는 주인에게 가볍게 눈인사를 하고는 천천 히 가게 안을 돌았다. 식기류가 진열된 선반 앞에서 흥미가 동한 듯이

눈썹을 치켜올리기도 했다가 가까이 다가가 살피기도 했다가 하며 물
건을 보고 나서, 다케자와는 조금 실망한 얼굴을 하고 자리를 옮겼다.
주인이 가게 안쪽의 한 단 높은 객실에서 자신을 슬며시 살펴보고 있
는 것을 알 수 있었다. 다케자와는 주인에게 다가갔다.

"도자기는 취급 안 하시나요?"

주인은 고개를 끄덕였다.

"그런 종류의 물건은 가격을 모르니까요."

"그러시겠지요."

슬쩍 상대를 깔보는 말을 던지자, 주인은 탐탁잖다는 듯이 시선을
피했다. 다케자와는 주인의 주위를 확인한다. 낮은 밥상. 장부들. 몇
개 빈 껌통. 뚜껑이 없는 볼펜. 낮은 밥상 옆에는—

있었다. 아까 샀던 향로가 다다미 위에 아무렇게나 놓여 있었다. 다
케자와는 향로 쪽으로 상체를 내밀고 두 눈을 아주 가늘게 떴다.

"저 향로는…… 파는 물건입니까?"

주인은 "향로?"라며 기묘한 얼굴을 하고 다케자와의 시선을 좇았
다.

"아, 이게 향로인가요? 이걸 두고 간 사람은 재떨이라고 하던데."

"파는 물건입니까?"

상대의 대답이 끝나기도 전에 다시 한번 물으니 주인은 고개를 가
로저었다.

"아닙니다. 아직 파는 물건이 아니에요."

"아직, 이라면?"

"실은요, 아까 오신 손님이 팔고 싶다면서 두고 갔어요. 우리 가게
는 메이커 제품이 아니면 가격을 붙이지 않는다고 설명했지요. 그래

도 빨리 처분하고 싶으니 받아달라더군요. 아무튼 가격을 생각해달라고 하며 그냥 가버렸습니다."

"그분은 왜 이것을 처분하고 싶다고 하던가요?"

"죽은 아내의 유품인가봐요. 최근 재혼하게 되었는데, 새 사람이 보면 좀 껄끄러우니까 집에 둘 수 없다고 하더군요."

"아, 네에……"

다케자와는 더욱 목을 빼고 차근차근 향로를 바라보았다.

"그럴 일은 없겠지만…… 잠시 확인만 해주십시오. 사자의 배 아래에 '무사이'라는 도장이 찍혀 있지 않습니까?"

"어디 보자."

주인은 향로를 뒤집어 돋보기 너머로 안쪽을 살펴본다.

"무……라는 글자는 있는 것 같군요."

다케자와는 "네" 하고 목구멍 깊숙이 신음했다.

"잠깐 봅시다."

주인에게서 건네받은 향로를 천천히 시간을 들여 바라본다. 위로. 아래로. 비스듬히. 특히 이름 부분에 주의 깊게 시선을 쏟는다. 가끔씩 입속으로 "무사이 것이군"이라던가 "오노 무사이……"라고 중얼거렸다.

이윽고 향로에서 눈을 떼고 다케자와는 주인에게 불쑥 말을 던졌다.

"이십만 엔이면 어떻겠습니까?"

"……네?"

"이 향로, 제가 이십만 엔에 사겠습니다."

주인은 장난감 총에 맞은 비둘기처럼 놀라며 다케자와를 쳐다보았다. 다케자와는 주인의 얼굴을 보며 설명했다.

"에도 후기에 오노 무사이라는 자기의 명인이 있었습니다. 세계적으로 유명한 사람은 아니지만 도자기 수집가 사이에서는 마니아적인 인기가 있는 사람이지요. 이 물건은 틀림없이 무사이의 작품입니다. 기세토 사자 모양 향로. 사자의 오른쪽 눈이 왼쪽보다 약간 큰 걸 보니 그의 만년 작품이네요."

"아, 그렇……습니까?"

"이십만 엔이면 어떨까요?"

"아니, 그렇지만 아직 파는 물건이 아니라서……"

말은 그렇게 하지만 주인의 코는 이미 돈 냄새를 감지했다. 흥분된 시선으로 잠시 향로와 다케자와를 번갈아 보더니 이윽고 눈치를 살피며 제안했다.

"자기 주인이 점심 지나서 한 번 더 여기에 들르겠다고 했습니다. 그때까지 기다리시면 어떨까요?"

"전 지금 곧 마시코에 가야 합니다. 도자기진흥협회의 모임이 있어서요. 그러니까 가능하면 지금……"

다케자와가 안쪽 주머니에서 지갑을 꺼내는 척하자, 주인은 손과 얼굴을 동시에 흔들며 막았다.

"아니, 어디까지나 견적을 봐달라고 의뢰받은 물건이니 아직 팔 수는 없습니다."

어쩔 수 없군 하는 표정을 지으며 다케자와는 기나긴 한숨을 쉬었다.

"그러면 조금 늦어지겠지만 협회 모임이 끝나는 대로 한 번 더 들르겠습니다. 혹시 그전에 다른 손님이 향로를 사고 싶다고 하면 꼭 제게 전화 주십시오. 그 손님과 직접 가격 흥정을 하고 싶으니까요."

다케자와는 메모장과 볼펜을 빌려 대충 가짜 전화번호를 적어주고, 당혹감과 기쁨으로 엷은 웃음을 띤 주인에게 인사하고 가게를 나섰다. 아까의 장소로 돌아가니 데쓰가 기다렸다는 듯이 얼굴을 든다.

"어떻게 되었어요?"

"걸려들 것 같아."

이제 조금 후에 데쓰가 전당포에 들어가 "그 물건 가격은 생각해보셨는지?" 하고 물으면 끝이다. 주인은 향로가 이십만 엔에 팔릴 것을 알고 있으므로 나름대로 적당한 가격을 붙여 살 것이다. 오만 엔이든, 십만 엔이든. 붙이는 값은 주인의 욕심에 달려 있다. 오만 엔에 사면 주인은 십오만 엔을 번다. 십만 엔에 사면 십만 엔을 번다. 물론 다케자와가 그 가게에 다시 들를 일은 없다. 데쓰가 현금을 받으면 안녕이다.

두 사람은 편의점에서 물과 삼각김밥을 사서 사람들 눈에 띄지 않는 거리 뒤쪽에서 먹고 마시면서 시간을 보냈다. 점심때가 지나자 데쓰가 다시 전당포로 향했다. 아까와 마찬가지로 다케자와는 조금 떨어진 장소에서 데쓰를 기다린다.

대충 십 분 정도 지나면 돈을 가지고 전당포를 나설 거라고 다케자와는 짐작했다. 하지만 데쓰는 좀처럼 돌아오지 않았다.

"오래 걸리는데……"

손목시계를 들여다보며 불현듯 불안해졌다. 데쓰가 전당포에 들어간 지 벌써 십오 분이 지났다. 혹시 작업 패턴이 들통난 건 아닐까. 데쓰가 주인에게 잡혀 추궁당하고 있는 건 아닐까. 다케자와는 주위를 흘끗 돌아보다가 깜짝 놀랐다. 보도의 많은 사람 속에서 제복을 입은 경찰을 발견했기 때문이다. 경찰이 가는 방향에는 그 전당포가 있다.

"이런……"

다케자와의 발이 무의식중에 반걸음 뒤로 물러선다. 도망가야 하나. 어떻게 되는지 지켜볼까.

경관은 전당포 앞을 쓱 지나쳐 그대로 앞으로 걸어갔다. 작업과 관계없었던 모양이다.

그뒤로도 몇 분이 지나고서야 데쓰가 가게에서 나왔다. 다케자와를 향해 천천히 다가오는 기모노 차림의 데쓰는 쇼토쿠 태자처럼 묘하게 천연덕스러운 얼굴이다. 그 표정을 보고 다케자와는 안도했다. 히죽 비어져나오는 웃음을 꾹 참을 때, 데쓰는 꼭 저런 표정이 된다.

다케자와에게 다가온 데쓰가 소매에 숨긴 돈을 슬쩍 보였다. 눈으로 세어보니 만 엔 지폐가 여덟 장.

"어라, 짭짤한데."

"욕심보가 큰 주인이었어요. 처음엔 육만 엔을 부르더라고요. 이십만 엔에 팔 걸 알고 있는데, 그 노인네도 참."

"다 그런 거야. 빨리 여길 뜨자고."

두 사람은 나란히 전당포 주변을 벗어나 거리로 섞여 들어간다.

"생각보다 시간이 걸려서 걱정했어."

"육만을 팔만으로 올리느라 애먹었어요."

"그나저나 데쓰, 오노 무사이라는 이름은 잘 지은 것 같아. 어쩐지 이름에 품위가 있어."

"의미도 있고요."

의기양양하게 말하며 데쓰는 여덟 개의 알파벳을 말했다. ONO-MUSAY—그랬군.

"싸구려*라는 걸 주인에게 가르쳐준 건가."

"그런 셈이지요."

두 사람은 역을 향해 걸음을 내디뎠다.

(2)

가키데카**를 만난 것은 그 직후였다. 그는 우에노 역 근처의 대로와 마주 보는 도로 한가운데를 걸어서 다케자와 쪽으로 오고 있었다. 만화 속 인물인 가키데카가 거리로 뛰쳐나왔을 리는 없다. 하지만 생김새와 얼굴 크기가 매우 비슷했다.

"척 보니 돈 좀 있을 것 같은데요."

"걸어다니는 지갑이다."

비싸 보이는 양복. 루이비통 세컨드백. 소매 아래 엿보이는 금색 손목시계. 이상하게도 부자들은 꼭 금색을 좋아한다.

"또 한 건 할까요?"

"어떻게?"

"아무튼 따라가봐요."

전당포 작업 이후 탄력을 받았는지, 데쓰는 보기 드물게 노동 의욕이 충만했다.

"향수 냄새가 여기까지 나는데요."

"화장실에 있는 기분이야."

---

* 일본어로 '야스모노'라고 발음한다.
** 턱이 넓고 입이 큰 생김새의 만화 주인공.

달달한 냄새에 얼굴을 찌푸리면서 적당한 거리를 유지한 채 데카를 미행한다.

"봐요, 다케 씨. 보석 가게에 들어가네요. 저 녀석, 부자가 분명해요."

데카는 보석 가게 건물에 성큼성큼 다가가 유리 회전문으로 들어갔다. 다케자와와 데쓰는 가게의 벽 가장자리에서 이마를 맞댔다.

"작전회의가 필요해요."

"좋아."

하지만 두 사람의 이야기가 정리되기 전에 가키데카가 가게에서 나오고 말았다. 한 손에 휴대전화를 들고 누군가와 통화하고 있다. 다케자와는 입술에 검지를 대고 귀를 기울였다.

"아냐. 제대로 된 상품이 없어. 아직 한낮인데…… 응…… 괜찮은 디자인은 오전중에 다 나갔대. 현금 세일은 오늘 하루뿐이니…… 응…… 응…… 응? ……아냐, 괜찮아, 괜찮아. 예쁜 걸로 사다줄게."

여자와 통화하고 있는 것일까. 실실 웃으며 느린 걸음으로 걸어간다. 다케자와와 데쓰는 그를 따라갔다. 통화 상대가 뭔가 농담이라도 한 듯 데카가 갑자기 큰 소리로 웃는다. 그리고 갑자기 다시 기분 나쁘게 간드러지는 목소리로 변했다.

"뭐? ……응? ……알았다니까. 오후에는 일정을 비웠으니 지금 다른 가게로 가볼 거야."

다케자와 일행이 다시 따라붙으려고 할 때 예상치 못한 일이 일어났다.

"……죄송합니다."

다케자와 일행의 몇 미터 앞에서 그렇게 말한 것은 청재킷을 입은 한 소녀였다. 세미롱의 갈색 머리. 플레어 미니스커트 밑으로 뻗은 가늘고 하얀 다리. 손에 쥔 크레이프에는 생크림이 듬뿍. 소녀의 앞에 있는 데카의 양복 등판에도 크림이 듬뿍. 게다가 얇게 썬 바나나가 한 조각. 바나나가 양복 위를 서서히 타고 내려오다가 땅에 똑 떨어졌다. 데카가 돌아본다.

"……죄송해요."

소녀가 다시 사과했다. 여윈 등이 겁을 먹은 듯 뻣뻣하다. 데카는 무슨 일이 일어났는지 모르는 듯 검은 눈동자를 바짝 들이대며 소녀가 가슴 앞에 쥔 크레이프를 들여다보았다. 윗부분이 반쯤 뭉개진 크레이프를 보고서야 겨우 이해한 듯하다.

"!" 하고 고개를 뒤로 돌린다. 제 등을 보려 하지만 마른 사람도 불가능한 동작이 덩치 큰 그에게는 더욱 가당치 않았다. 데카는 답답한 듯 양복 상의를 벗었다. 등판 가운데에 성대하게 퍼진 하얀 생크림을 보고 가느다란 두 눈을 놀랄 정도로 크게 떴다.

"야야야."

"죄송해요…… 제가 한눈을 팔다가……"

가여운 작은 새 같은 목소리였다.

"큰일 저질렀네요, 저 아가씨."

"일 냈구먼."

소녀가 자신의 핸드백에서 분홍색 손수건을 꺼낸다. 잔뜩 겁먹은 손짓으로 데카의 양복을 문지른다. 흰 부분이 더욱 넓게 퍼진다.

"야야야."

"죄송해요…… 곧 제대로……"

화나서 노려보는 데카 앞에서 소녀는 온 힘을 다해 손수건으로 생크림을 닦았다. 닦아내다가 못 쓰게 된 손수건을 입에 물고 이번에는 휴대용 티슈를 꺼내 닦기 시작한다. 그녀의 노력이 전혀 헛되지는 않아서 조금씩 양복에 묻은 얼룩이 지워졌다. 그에 따라 데카의 표정도 점점 풀렸다. 물론 둘 다 완벽하지는 않았지만.

"……그만 됐어."

분이 풀린 목소리로 데카가 말했다. 소녀는 더러워진 휴지를 손에 쥔 채 상대를 올려다보았다. 입에는 아직 손수건을 물고 있다. 데카는 그런 소녀를 보고 마침내 표정을 완전히 누그러뜨렸다.

"한눈팔다 그랬다니 어쩌겠어."

"정말, 죄송합니다……"

소녀는 고개를 움츠린 채 데카의 양복 상의를 돌려주었다. 데카는 커다란 머리를 움직이며 고개를 끄덕이고 느긋한 움직임으로 옷을 받아들고 팔을 꿰었다.

"봤어, 데쓰?"

"뭘요?"

"지갑을 빼냈잖아."

네? 하며 데쓰가 두 사람을 뒤돌아보았다. 데카가 다시 발걸음을 옮겼다. 그가 완전히 등을 돌리자 그때까지 풀이 죽어 고개를 떨어뜨리고 있던 소녀가 재빠르게 움직였다. 얼굴을 들자마자 몸을 돌려 내달리더니 눈 깜짝할 사이에 다케자와와 데쓰 사이를 빠져나간다.

다케자와는 다시 얼굴을 앞으로 돌렸다. 갑자기 멈춰 서는 데카가 보였다. 뚱뚱한 팔을 들고 꿈지럭꿈지럭 윗도리 안쪽을 찾는다. 움직임이 갑자기 빨라진다. 더듬는 손길이 더욱 분주해진다. 데카는 휙 등

112

을 돌렸다. 소녀는 아직 그보다 이십 미터 정도 앞에 있다. 데카의 움직임을 감으로 느꼈는지, 소녀가 아주 짧은 순간 멈춰 섰다. 뒤돌아본다. 두 사람의 시선이 딱 마주쳤다.

"어이!"

고함 소리와 함께 데카가 뛰기 시작했다. 소녀도 달렸다. 길 가던 사람과 부딪친 소녀가 털썩 하고 땅에 나동그라진다. 그러는 사이 데카는 쿵쿵 지면을 울리며 소녀를 거의 따라잡았다. 소녀는 데카를 보더니 핸드백에서 지갑을 꺼내들고 힘차게 뒤로 던졌다. 데카의 지갑이다. 지갑은 커다란 포물선을 그리며 주인의 머리 위를 넘어갔다. 데카는 화가 끓어오르는 표정으로 허둥지둥 되돌아가 보도에 떨어진 지갑을 주워들었다. 거기서 일이 마무리되나 생각했는데, 데카는 얼굴을 일그러뜨리며 계속 소녀를 뒤쫓으려고 한다. 소녀는 일어서서 다시 달리려는 참이었다.

"동업자를 도웁시다!"

데쓰는 소리치자마자 소녀의 등을 따라 달리기 시작했다. 게다 소리를 내며 기모노 자락을 거머쥔 채 얼굴만 돌린다.

"다케 씨는 저 남자를 잡아둬요."

"뭐?"

소매치기를 도울 의무는 없지만 망설일 틈도 없다. 할 수 없이 다케자와는 시간을 계산해 데카 앞으로 뛰어들었다. 거대한 통나무에 부딪친 것처럼 몸이 엄청난 기세로 튕겨 날아갔다. 땅바닥에 엉덩방아를 찧으니 데카가 "아" 하고 멈춰 서며 이쪽을 보았다. 다케자와는 자신의 가슴을 두 손으로 세게 움켜쥔다. 히익히익 하며 얕은 숨을 되풀이한다. 턱을 부들부들 떤다. 데카는 소녀가 사라진 앞쪽을 마지막으로 한 번 더 보고는, 뒤쫓기를 단념한 듯 다케자와 쪽으로 달려왔다.

"이봐, 괜찮아?"

"심장…… 심장…… 시시시시임장……"

"구급차를 부를까? 이봐, 이봐!"

주위에 사람들이 모여들기 시작했다. 계속 연기하다가는 누가 정말로 구급차를 부를 수도 있으니 다케자와는 이내 멀쩡해진 척을 했다. 데카는 안도의 숨을 크게 내쉬고 목을 내밀어 고개를 숙였다.

"미안하네. 방금 콩알만한 게 내 지갑을……"

"됐어, 됐어."

다케자와는 상대의 말을 가로막았다.

"부딪힌 것뿐인데, 뭘."

일어나서 어깨와 목을 느릿느릿 돌린다. 몸에 아무 이상이 없음을 데카와 주위 사람들에게 확인시키고 다케자와는 그 자리를 떴다. 잠시 걷다가 흘끗 뒤돌아보니, 데카는 아까 땅에서 주운 자신의 지갑 안을 살펴보고 있다. 표정을 보아하니 소녀가 지갑에서 돈을 빼낼 겨를이 없었던 모양이다. 데카는 지갑을 양복 안주머니에 넣고 다시 인파 속으로 섞여들어갔다.

데쓰에게 연락하려고 다케자와는 안주머니에서 휴대전화를 꺼냈다. 하지만 새로 산 전화기에 데쓰의 번호를 저장하지 않았다는 것을 떠올리고 할 수 없이 반대쪽 안주머니를 뒤져 예전 전화기를 꺼냈다. 전원을 켜고 데쓰에게 전화를 걸자 상대는 바로 받았다.

"데쓰, 어디야?"

"공원이에요. 우에노 공원."

"걔는 어떻게 됐어?"

"같이 있어요. 발을 다쳐서 쉬고 있어요. 시노바즈노 연못 근처에 있는 매점 아시죠? 밖에 테이블과 의자가 있는 가게요."

어디인지 알 것 같아서 다케자와는 찾아가겠다고 했다.

"그런데 다케 씨, 지금 쓰고 있는 전화 예전 것 아니에요?"

"새 전화에 번호를 아직 저장하지 않아서 말이야."

"아, 그랬군요."

다케자와는 통화를 마치고 우에노 공원으로 향했다.

"여기, 여기요."

페트병에 든 차를 마시면서 기모노 차림의 데쓰가 손을 흔든다. 노천 테이블 맞은편에는 아까 그 소녀가 앉아 있다. 데쓰는 소녀에게 동료가 왔다고 말했지만, 소녀는 약간 고개를 돌렸을 뿐 곧 다시 정면을 보았다. 데쓰가 사온 듯한 또 한 병의 차는 뚜껑도 따지 않은 채 테이블 위에 놓여 있다. 소매치기를 실패해서 의기소침해 있는 것일까. 아니면 부탁하지도 않았는데 도와준 아저씨들의 오지랖에 화가 났는지도 모른다. 또는 데쓰와 다케자와를 경계하는 걸지도. 마지막 가능성이 가장 높을 것이다. 갑자기 나타난 기모노와 양복 차림의 기묘한 두 중년 남자를 경계하지 않는 게 이상하다.

"다친 데는 괜찮아?"

다케자와는 빈 의자에 앉았다. 소녀는 얼굴을 들지 않는다. 다케자와는 멋쩍게 웃으며 고개를 약간 숙인 소녀의 얼굴을 들여다본다. 그리고.

……

"왜요, 다케 씨?"

소녀의 눈. 갈색 머리 아래로 계속 테이블을 보고 있는 소녀의 두 눈. 여윈 하얀 얼굴. 앙다문 입술.

"……다케 씨?"

다케자와는 가까스로 정신을 차리고 입을 열었다. 억지로 미소를 지으며 적당히 대답했다.

"아니, 그게…… 딸애랑 닮은 것 같아서."

데쓰는 눈썹 꼬리를 내리고 입술을 모으더니 얌전하게 수긍했다.

"그러고 보니, 비슷한 나이겠네요."

(3)

소녀의 상처는 겉으로는 대단해 보이지 않았지만 땅에 무릎을 찧고 서 곧바로 내달렸던 탓인지 걸으면 아픈 모양이었다.

"그래서 여기에 앉아 있었던 거예요. 다케 씨도 한숨 돌리세요. 이거 한 모금 드시고."

데쓰가 마시던 페트병을 내밀자 다케자와는 사양하고 자동판매기에서 자신의 몫을 사왔다. 뚜껑을 따고 차가운 녹차를 목구멍으로 넘기면서 다시 소녀를 관찰한다. 짧은 플레어스커트, 청재킷, 운동화, 미키마우스가 그려진 빨간 티셔츠. 손목시계도 디즈니 캐릭터인 듯하다. 이름은 모르지만 입이 큰 개가 두 팔로 시각을 알려주고 있다. 스커트 밑의 두 다리는 텔레비전에서 본 단거리 선수처럼 탄탄하다. 그 무릎 한쪽이 빨갛게 까져 많이 아파보였다.

"어디, 잠깐 굽혀봐."

다케자와는 소녀 옆에서 몸을 숙이고 상처를 살펴보려 했다. 그 순

116

간 소녀가 놀랄 정도로 빠르게 무릎을 오므리고는 한쪽 눈썹을 치키며 황당한 표정을 짓는 통에 흥 하고 콧소리를 내고는 다시 의자에 앉았다.

"난 애들한텐 관심 없거든."

"다들 처음엔 그렇게 말하던데."

소녀가 처음으로 말했다. 아까 데카에게 수작을 걸 때와 전혀 다른, 허스키한 메조소프라노의 아주 어른스러운 목소리였다.

"이게 실제 목소리냐?"

"그래."

"조금 전 목소리는 영업용이었다는 거네."

"맞아."

"미키마우스 티셔츠와 강아지 손목시계도 상대를 방심하게 만들기 위한 연출이겠지."

"강아지?"

소녀는 의아스러운 얼굴로 자신의 왼쪽 팔을 내려다본다.

"아, 구피."

"바보 같은."

데쓰가 말했다. 소녀와 다케자와가 동시에 "뭐?"라고 하자 데쓰는 노골적으로 자랑스러운 얼굴을 하고 설명했다.

"goofy — 바보 같은, 얼빠진. 학교에서 배우지 않았어?"

소녀는 잠시 가만히 데쓰의 얼굴을 바라보다가 이윽고 깨달은 듯 손목시계로 눈을 돌렸다.

"그렇구나."

"그런데 너, 아직 어린 것 같지만 초짜는 아니지?"

다케자와가 이야기를 돌리자 소녀는 말이 끝나기가 무섭게 되물었다.

"무슨 뜻이야?"

"소매치기 말이야. 꽤 능숙해 보여서."

"그게 아니라, 초짜가 무슨 뜻이냐고."

"꾼이 아니라는 거지."

"꾼이라니?"

"이짓으로 먹고사는 인간 말이야."

"그럼 꾼 맞아."

"호, 꽤 귀여운 까마귀네."

데쓰가 팔짱을 끼고 윗몸을 기울여 찬찬히 소녀를 살펴보았다. "까마귀?" 하며 소녀는 얼굴을 돌린다. 데쓰가 설명했다.

"꾼이라는 뜻이지. 까마귀가 까매서 그렇게 부르는 거야.*"

소녀는 잠시 동안 무표정한 얼굴로 데쓰와 시선을 맞추었다.

"그런데 아저씨들은 뭐 하는 사람들이야?"

당연한 질문이었다.

동종업계 종사자라는 것을 알고 조금 경계심이 풀렸는지, 소녀는 자신의 작업에 대해 무뚝뚝하게 풀어놓기 시작했다. 내용은 대체로 예상대로였다.

우선 '순진무구하고 귀여운' 외모를 이용해서 중년 남자에게 접근한다. 구체적인 접근 방법은 상황에 따라 여러 가지다. 아까처럼 고전

---

* 일본어로 '꾼'과 '검다'는 발음이 비슷하다.

적인 수법도 있고, 길거리에서 말을 붙이는 아저씨와 어울리는 척하
거나, 담배를 피우며 걸어가는 아저씨 뒤에서 앗 뜨거 하고 소리를 지
르며 손등을 감싸는 수법도 있다. 그렇게 '아저씨들'의 시선을 자기
의 얼굴과 미니스커트로 쏠리게 하고는, 마지막에 지갑을 슥 빼낸다
고 한다.

"하지만 아까는 위험했어. 붙잡혔다면 그대로 경찰로 넘어갔을 거
야."

다케자와의 말에 소녀는 고개를 내저었다.

"그런 타입은 달라. 아마 눈감아주는 대신 조건을 걸었을 거야."

"조건?"

"몸."

소녀는 얼굴색도 변하지 않고 말했다.

"그거 말이야? 전에도 그런 조건을 요구받은 적이 있었어?"

"몇 번 있었어. 그게 더 나아."

"자는 게 더 낫다고?"

"자다니?"

"그러니까 그…… 관계를 맺었냐고."

다케자와가 고쳐 말하자, 정작 소녀는 태연한데 데쓰가 부끄러운
듯이 두 손으로 얼굴을 감쌌다.

"아니. 호텔 주위는 다니는 사람이 드무니까 거기까지 함께 가서 명
치를 걷어차면 끝이야."

소녀는 다치지 않은 멀쩡한 다리로 탕 하고 땅을 찼다. 데쓰가 이유
없이 윽 하고 배를 가린다.

"그런 거군."

다케자와는 의자에 등을 기대고 페트병의 차를 마셨다.

말해서 목이 말랐는지 소녀도 테이블 위의 페트병을 들고 뚜껑을 땄다. 한꺼번에 반쯤 마시고 다시 뚜껑을 닫더니 병을 바라보며 음료명을 중얼거린다.

그런 소녀를 곁눈질로 보면서 다케자와는 망설였다. 슬슬 물어봐야 할까. 하지만 좀체 질문을 꺼내기가 어려웠다. 이십 초 기다렸다. 대답을 듣기가 두려워서 입이 떨어지지 않았다. 다시 이십 초. 긴장한 기색이 나오지 않도록 주의를 기울이며 다케자와는 입을 열었다.

"그런데, 너 이름이 뭐지?"

"가와이*. 귀엽지는 않지만."

소녀는 페트병에 시선을 고정시킨 채 답했다.

"……나머지는?"

"마히로."

늑골 안쪽에서 심장이 크게 울렸다.

사람들이 웅성웅성 모여 있는 아파트. 더러운 분홍색 운동화. 아파트 외부 복도에서 계속 발끝을 바라보고 있던 그 눈. 순진한 눈. 유리와 같은 눈.

—이젠 어쩔 수가 없어요.

전날 들은 여자의 목소리.

—더는…… 도저히 어쩔 수가 없어요.

현관 문패에는 다케자와가 죽음으로 내몬 엄마의 이름 '가와이 루리에'와 나란히, '마히로'라는 세 글자가 매직으로 적혀 있었다.

---

* 일본어로 '귀엽다'라는 뜻이다.

"마히로라…… 흔하지 않은 이름이네."

데쓰가 턱을 쓰다듬는다. 다케자와가 당황한 것은 눈치채지 못한 듯, 소녀의 얼굴을 주의 깊게 보며 말을 이었다.

"마히로, 부모님은 뭐 하셔?"

"둘 다 없어."

"아, 안 계시는구나. 죽었, 아니 돌아가신 거야?"

"아빠는 가출했고."

"어머니는?"

다케자와는 귀를 막고 싶었다.

"죽었어. 손목을 긋고 자살했어. 벌써 몇 년 전 일이야."

그래, 하며 데쓰는 입술을 오므렸다.

"집 나간 아버지하고는 연락 안 해? 아직 어린데 소매치기로 먹고 사는 건 너무……"

"얼굴도 모르고 어디 사는지도 몰라. 설사 연락이 된다 해도 없혀살 생각은 없어."

"왜?"

"나쁜 일을 하는 인간이니까. 엄마가 그랬어. 다른 사람의 돈을 억지로 짜내는 일을 한다고."

"사기꾼인가?"

데쓰가 진지한 얼굴로 묻자 마히로는 어처구니없다는 듯 입술 끝으로 비웃었다.

"사기꾼은 아니라고 봐. 조폭 같은 게 아닐까. 난 조폭은 질색이야."

"마시로는,"

"마히로야."

"마히로는 지금 혼자 살아?"

"뭐, 대충 그래."

웬일인지 마히로는 말을 흐렸다.

"이 근처에 사니?"

"그렇지 않아. 아다치 구야."

"아다치 구? 우리도 거기 살아. 어디 근처?"

마히로는 아파트 위치를 대충 설명했다. 다케자와와 데쓰가 사는 셋집에서 그리 멀지 않았다.

"아무튼 지금은 거기 살아. 다음 주부터는 어떻게 될지 모르지만."

"그건 무슨 말이야?"

마히로는 테이블 위에서 페트병을 만지작거리면서 청재킷을 입은 어깨를 가볍게 움츠렸다.

"집세를 못 내서 곧 쫓겨날 것 같아. 여태 몇 번이나 밀린 적이 있지만 이번에는 주인집에서 최후통첩을 했어. 주말까지 집세를 내지 못하면 나가달래."

"모두 얼만데?"

"삼십만 엔 조금 못 돼."

어이쿠, 하고 데쓰는 한숨을 섞으며 말을 이었다.

"갈 곳은 있어?"

"없어. 실은 오늘, 밀린 방세의 반 정도라도 열심히 벌어볼 작정이었어. 그 보석 가게에서 오늘 하루만 현금 판매 이벤트를 한다고 전단지에 나와 있었어. 하지만 다리가 이래서는…… 들켰을 때 도망칠 자신이 없어."

마히로는 다친 오른쪽 무릎을 내려다보았다.

"있죠, 다케 씨. 이애에게 저녁 밥값 정도는 빌려줄까요? 너무 안됐어요."

다케자와는 가만히 고개를 가로저었다. 데쓰는 조금 뜻밖이라는 얼굴을 했지만 아무 말도 하지 않고 다시 마히로 쪽으로 고개를 돌렸다.

"다케 씨가 결코 쫀쫀한 사람은 아닌데, 우리도 지금 여유가 없어서……"

"괜찮아. 마실 걸 사준 것만으로도 충분해."

"아, 그건 생활비가 아니라 내 돈으로 사준 거야."

데쓰는 자랑스럽게 말한다. 같이 살게 되고부터 다케자와와 데쓰는 각자 용돈을 나눠 쓰며 생활하고 있다.

아까부터 다케자와는 생각에 잠겨 있었다. 열심히 생각하고 있다.

뭔가 해야 해. 뭔가 해야만 해. 사실은 밀린 방세 삼십만 엔을 마련해주고 싶다. 마련해줘야 한다. 하지만 그런 짓을 하면 데쓰가 이상하게 생각할 것이다. 이유를 말하지 않는 한 이해해주지 않을 게 분명하다. 왜냐하면 지금 가진 돈은 전부 데쓰와 둘이서 번 것이기 때문이다. 자신의 과거에 대한 보상을 데쓰에게 거들라고 하는 것은 가당찮다. 그것만은 절대로 할 수 없다. 과거에 다케자와가 했던 일―마히로의 엄마를 죽인 것은 데쓰의 아내를 죽인 녀석들이 벌인 짓과 전혀 다를 바 없는 악행이다. 데쓰도 다케자와의 과거를 알고 있다. 알면서도 이렇게 다케자와를 따르고 있다. 그것은 다케자와가 히구치 일당을 따르는 것과 마찬가지다. 사요를 죽인 무리를 따르는 것과 같다.

지금 다케자와는 돈이 아닌 다른 방법으로 마히로를 도울 수밖에 없다. 하지만 다케자와는 가진 게 아무것도 없다. 몸을 의탁할 장소 외에는 아무것도 없다.

—아니, 잠깐만.

몸을 의탁할 장소. 그래.

"우리집에 오는 건 어때?"

정신을 차리니 입이 마음대로 움직이고 있었다.

마히로와 데쓰가 동시에 얼굴을 돌려 쳐다본다.

"농담이지?"

마히로가 떠보듯이 말한다. 다케자와는 진심이라고 대답했다.

"갈 곳이 없어지면 우리집으로 와."

"네……? 다케 씨, 이애랑 함께 살겠다는 건가요?"

"일단은. 다른 방법이 없잖아. 집에서 쫓겨나게 되었다니."

"더부살이를 받아주기는 좀……"

"그러니까 일단이라고 했잖아. 자네도 계속 그래왔고."

"그건 사실이지만 그래도……"

데쓰는 다케자와와 마히로를 번갈아 보았다. 그렇게까지 할 필요가 있을까, 라는 말이 데쓰의 목구멍에서 맴도는 모양이다.

"다케 씨가 그렇게까지 말하면 난 반대할 자격이 없어요. 하지만 저애가 곤란해할 거예요. 그렇지? 난처하지?"

"아니. 난 고마운데."

데쓰가 "뭐?" 하고 고개를 내민다.

"생각해봐. 남자 둘과 여자 한 명이잖아. 무슨 짓을 당할지 모른다고."

"무슨 짓을 하려고?"

"아니."

"그럼 됐어."

마히로는 의자에서 일어났다. 천천히 확인하듯이 오른쪽 무릎을 굽혔다 폈다 하다가 운동화 뒤꿈치로 몸을 돌려 다케자와를 마주 보고 섰다.

"물론 그렇게 되지 않도록 노력하겠지만. 이번 주에 열심히 뛰어볼게. 하지만 만약에, 만약에 그래도 안 된다면."

다케자와는 고개를 끄덕이며 가방에서 수첩을 꺼냈다. 볼펜으로 집 주소를 적어서 종이를 찢어 마히로에게 건넨다. 그리고 지갑에서 만 엔짜리 지폐 한 장을 내밀었다.

"뭐야?"

"나중에 갚아."

"다케 씨, 그건 다케 씨 용돈에서 주는 거죠?"

"그래."

마히로는 잠시 망설이다가 다케자와의 만 엔 지폐를 받아들었다.

"내 이야기가 전부 거짓말이었다면 어쩔 셈이야? 만약 이게 새로운 사기 수법이라면?"

"나도 사기로 먹고사는 사람이야. 거짓말 정도는 눈치채지."

마히로는 인사도 없이, 한 번 생긋 웃지도 않고 핸드백을 열어 지갑에 만 엔 지폐를 넣었다.

"이상한 아저씨들이네."

일어나려는 마히로의 등에 대고 다케자와는 다짐을 두었다.

"갈 데 없으면 우리집으로 와."

(4)

"설마 진짜 올 줄은 몰랐지?"

다음 주 비가 내리는 월요일.

왼손에 파란 우산을 들고 오른손으로는 큰 보스턴백을 짊어지고서 마히로는 현관 앞에서 다케자와를 올려다보고 있었다. 깃을 세운 비옷 자락이 꽤 젖어 있다. 한 손으로 문을 잡은 채 다케자와가 무슨 말을 할지 생각하고 있는데 등뒤에서 데쓰의 목소리가 들렸다.

"다케 씨, 찻잎에 곰팡이 같은 게……"

거실 중간에 멈춰 선 데쓰의 눈이 휘둥그레졌다.

"마시로!"

"마히로라니까."

"마히로!"

데쓰는 찻잎 통을 한 손에 들고 눈을 깜빡이면서 현관으로 다가왔다.

"초인종이 울려서 누군가 했더니만……"

"결국 쫓겨났어. 아, 이거 안 썼어."

마히로는 머리로 우산을 받치며 청바지에서 만 엔 지폐를 꺼내 다케자와에게 건넸다.

"일단…… 들어와."

마음의 준비가 전혀 되지 않은 상태로 다케자와는 마히로를 집에 들였다. 데쓰가 보스턴백을 들어주었다. 데쓰도 그녀가 정말로 오리라고는 생각지 못했는지 매우 난처한 표정을 짓고 있다.

"2층에 작은 방이 하나 있는데, 우선 그 방을 쓸래?"

"응."

126

"점심은?"

"아직."

마히로는 콩콩 소리 내며 계단을 올라갔다.

데쓰가 작은 소리로 속삭였다.

"저애, 인사 한마디 없네요."

"겉치레를 안 하니까."

"예의가 없는 거예요."

"자네가 내 아파트에 들어올 때도 별로 저자세는 아니었어."

"그랬나요, 제가?"

"됐으니까 점심이나 차려. 우리도 아직 식전이잖아."

"네……"

부엌에서 데쓰가 라면 세 개를 삶고 다케자와가 파를 썰고 있는데 마히로가 내려왔다. 데쓰가 요리하는 걸 보더니 "라면인가"라고 중얼거리며 거실로 들어가, 앉은뱅이 탁자 앞에 책상다리로 앉아서는 뚝뚝 소리를 내며 고개를 돌렸다.

"어이, 그때 다친 다리는 좀 어때?"

"다 나았어."

마히로는 다다미 위에 벌렁 눕더니 오른쪽 다리를 싱크로나이즈드 스위밍을 하듯 굽혔다 폈다 했다. 아래위로 팔랑팔랑 움직이는 하얀 양말은 데쓰와 둘이 살던 집 분위기에 영 어울리지 않았다. 그런데 요즘 양말은 왜 저렇게 짧을까.

"그릇이 두 개밖에 없는데."

"내가 냄비에 먹지."

데쓰가 따끈하게 김이 오르는 그릇 두 개를 날라오고, 다케자와는 냄비를 들고 와 세 사람의 나무젓가락과 함께 탁자 위에 놓았다. 마히로는 미국 영화의 시체처럼 벌떡 일어나 다케자와와 데쓰가 탁자 옆에 채 앉기도 전에 얼른 젓가락을 갈라 쥐고 라면을 먹기 시작했다. 데쓰가 말했다.

"마히로, 어른이랑 먹을 때는……"

마히로는 넋 나간 얼굴로 천장을 올려다보며 한숨을 푹 토했다.

"아…… 맛있다."

그러고는 다시 라면으로 시선을 돌려 먹성 좋게 후루룩 소리를 내며 라면을 먹는다. 데쓰와 다케자와는 할 말을 잃고 잠자코 앉아서 젓가락을 쥐었다. 이상하게 조용한 점심식사였다. 창 너머에는 봄비가 내리고 있다. 한동안 세 사람이 번갈아가며 라면을 빨아들이는 소리만 들렸다.

"그런데 여기에는 언제까지 있어도 돼?"

그릇을 싹 비우고 마히로가 물었다.

"있고 싶을 때까지 있어도 돼."

그렇게 대답하자마자 데쓰가 흘끗 바라봐서 다케자와는 말을 덧붙였다.

"계속 있을 수는 없겠지만."

"오래 있지는 않을 거야."

"앞으로 어떻게 할 셈이지?"

"차차 생각해봐야지."

애매한 대답을 하고 마히로는 다시 다다미 위에 누웠다.

그릇과 냄비를 부엌으로 치우고 곰팡이가 슨 부분을 솜씨 좋게 제거해 차를 우렸다. 새로 산 휴대전화 사용법을 익히려고 이것저것 버튼을 누르고 있자니 마히로가 물었다.

"문자 보내?"

"아니. 어떤 기능이 있나 시험해보는 거야. 문자는 보내본 적 없어."

"정말? 한 번도?"

"문자가 그렇게 편해?"

"당연하지. 이리 줘봐. 가르쳐줄게."

마히로는 대답도 듣지 않고 다케자와의 휴대전화 화면을 함께 보며 문자에 대한 설명을 시작했다. 요즘 젊은 애들은 다 이런가. 이쪽에서 제안하긴 했지만 갑자기 집에 들이닥쳐서 라면을 바닥까지 박박 긁어 먹고 휴대전화 쓰는 법을 가르쳐주기 시작한다. 아무튼 다케자와는 연신 고개를 끄덕이며 마히로의 설명을 들었다.

"반대로 문자를 받을 때는 어떻게 하지?"

"오는 건 알아서 와. 문자가 오면 여기를 눌러서."

"아, 그게 버튼인가?"

"그럼 이게 뭐라고 생각했어?"

데쓰도 문자에 흥미를 가진 듯 자신의 휴대전화를 가져와 함께 설명을 듣기 시작했다. 문자 교육을 받는 동안 비 내리는 오후가 저물었다. 이상한 날이었다.

밤이 되고 데쓰가 즉석 카레를 사러 슈퍼에 간 사이 다케자와가 밥을 짓기로 했다. 이 집으로 이사하고부터 생활비를 절약하자는 의미로 될 수 있는 한 직접 끼니를 해결하기로 했던 것이다. 쌀을 씻으며 다케자와는 거실 쪽을 흘끗 돌아본다. 마히로는 아무것도 거들지 않고 화려한 장식이 달린 휴대전화를 만지작거리며 계속 누워 있다. 누구에게 문자라도 보내는 것일까.

전기밥솥의 스위치를 눌렀을 때, 주머니 속에서 휴대전화 전자음이 울렸다. 화면에 '문자가 도착했습니다'라는 표시가 떴다. 첫 문자다. 다케자와는 마히로가 가르쳐준 방법을 떠올리며 문자를 열어보았다. 그리고 화면에 표시된 그 짧은 문장을 읽었을 때, 자신도 모르게 작은 웃음소리를 흘리고 말았다.

실은 감사하게 여기고 있어요. 도와주셔서 고맙습니다.

거실을 쳐다보았다. 마히로는 시치미를 떼며 만화 잡지를 넘기고 있다. 얼굴을 들고 흘끗 다케자와 쪽을 보다가 곧 다시 잡지로 눈을 돌린다. 다케자와는 웃음을 참으며 냉장고의 보리차를 꺼내 컵에 따랐다.

문자는 편리한 수단일지도 모르겠다. 입으로 직접 할 수 없는 말을 전하기에 딱 좋다.

얼마 안 있어 현관문이 열리고 데쓰가 슈퍼에서 돌아왔다. 아직도 비가 내리는지 비닐봉지 겉이 젖어 있다.

"맥주도 사왔어요. 그리고 이거, 과자하고 콘비프. 내가 사는 거예요."

"그래도 되겠어?"

"괜찮아요. 괜찮아요."

데쓰는 몇 번이나 끄덕이며 "아까 그게 내 진심이니까"라며 알 수 없는 말을 했다.

"무슨 말이야?"

설마, 하고 생각했다.

"못 받았나요?"

설마가 사람 잡았다.

"문자 말이에요, 문자. 낮에 다케 씨의 말을 듣고 깨달았어요. 다케 씨에게 감사의 마음을 전하는 데 인색했구나 하고. 정말 미안했어요."

데쓰는 얌전히 고개를 숙여 인사했다.

(5)

다음 날은 아침부터 날이 맑았다.

다용도실에서 세탁기가 돌아가는 소리를 들으며 다케자와와 데쓰는 얼굴을 맞대고 속삭였다.

"이렇게 신경 써야 할 일이 많을 줄은 몰랐어."

"그래서 말했잖아요. 같이 사는 건 어렵다고."

이불이 두 채밖에 없었기 때문에 어제는 다케자와와 데쓰가 한 이불 속에서 잤다. 이불이야 새로 한 채 사면 끝이지만, 두 사람이 말하는 '신경 써야 할 일'은 한 지붕 밑에 젊은 여자가 있다는 것 자체였다.

우선 화장실부터 문제였다. 아침에 다케자와가 화장실에 가려고 일어났는데 문이 잠긴 탈의실 안쪽에서 쏴 하고 샤워 소리가 났다. 흠칫 놀란 다케자와는 거실과 부엌을 어슬렁거리며 사십 분이나 소변을 참았다. 도중에 일어난 데쓰도 역시 이십 분 정도 발을 동동 굴렀다. 겨우 볼일을 본 두 사람은 날씨가 좋으니 빨래를 하자고 의견의 일치를 보았다. 그런데 마히로를 모른 척하고 둘의 빨래만 하는 것도 마음에 걸렸다. 두 남자는 다시 머리를 맞댔다. 자네가 물어보고 와라, 아니, 다케 씨가 말해요…… 잠시 실랑이를 벌이다 결국 다케자와가 물어보러 갔다. 빨래는 어떻게 할 거냐고 묻자 마히로는 같이 빨아달라며 보스턴백에서 티셔츠와 속옷을 마구 꺼내기 시작했다. 다케자와가 허둥지둥 마히로를 말리며 "그건 좀……" 하고 말하자 마히로는 속을 알 수 없는 얼굴로 잠시 다케자와를 쳐다보더니, 그럼 자신이 빨래 당번을 맡겠다고 나섰다. 다케자와와 데쓰가 빨래를 따로 하는 게 좋지 않겠냐고 제안하자 마히로는 수도세와 전기세 낭비라고 했다. 그런 이야기를 마히로가 하는 것도 묘했지만 틀린 말은 아니었다. 결국 두 남자는 마히로의 옷과 속옷을 빠는 것보다 자신들의 빨래를 그녀에게 맡기는 것이 조금 더 낫다고 판단하고 마히로를 세탁 담당으로 정했다.

이리하여 마히로는 지금 탈의실에서 세탁기를 돌리고 있다.

"아무튼 오늘은 이불을 사오자. 자네하고 자면 꿈에 돌고래가 나오고 한밤중에 이불도 빼앗기니까 말이야."

"이불은 자기가 차버린 거잖아요."

"어쨌든 아침 먹고 사러 나가지."

"알았어요. 그럼 옷을 갈아입을까."

데쓰가 거실의 옷장에서 바지를 꺼내 파자마를 벗으려고 한쪽 다리를 빼냈을 때 마히로가 들어왔다. 데쓰는 비명을 지르며 외다리로 겨우 방을 빠져나갔다.

아침을 먹는 마히로는 뭔가 멍한 표정이었다. 고개를 숙인 채 식빵을 씹고는 느릿느릿 턱을 움직여 얼굴을 들고 열린 창 쪽을 보며 작은 한숨을 쉬더니 다시 아래를 보며 빵을 먹는다.

"왠지 기운이 없어 보이는데."

다케자와의 말은 무시당했다.

"역시 남자 속옷을 빠는 건 싫지?"

데쓰도 무시당했다.

"쟤, 기분이 널을 뛰는데요."

다 먹은 그릇을 치우며 데쓰가 소곤거린다.

"쟤네 아빠가 이름을 '마시로'라고 짓지 않은 게 다행이에요."

"내 말이."

마히로라는 이름은 아버지가 지었다고 한다. 어젯밤에 즉석 카레 곱빼기를 우걱우걱 먹으며 마히로는 말했다.

—처음에는 구김살 없이 크라는 뜻으로 '마시로'라고 했대. '새하얗다'는 의미로.

데쓰가 가끔 헷갈려하는 것도 아주 틀린 이름은 아닌 셈이다.

—그런데 왜 아버지는 '마히로'라고 바꿨지?

—부르기 어려워서가 아닐까?

데쓰가 맥주 캔을 입에서 떼고 마시로, 마히로, 마시로, 마히로 하며 번갈아 중얼거렸다.

—별로 차이도 없는데.

—몰라, 왜 그랬는지는. 엄마가 처음엔 마시로라고 불렀다고 말해줬을 뿐이야.

저녁을 마치고 과자를 집어먹으며 거실에서 퀴즈 프로그램을 보고 있자니 오랜만에 마신 맥주의 취기가 올라오는지 데쓰가 꾸벅꾸벅 졸기 시작했다. 벌렁 눕더니 눈과 입을 반쯤 벌리고 본격적으로 자기 시작한 데쓰를 보며 다케자와는 슬며시 말을 꺼냈다.

—엄마에 대해 물어봐도 될까?

마히로는 대답하지 않았다. 하지만 거부하는 분위기도 아니어서 다케자와는 말을 이었다.

—엄마는 왜 자살하셨지?

—빚.

마히로는 텔레비전을 보며 짧게 대답했다.

—그랬구나. 빚에 시달리다가 목숨을 끊었구나.

—집으로 빚쟁이가 찾아와서 엄청 협박했대. 그래서 더는 버틸 수
가 없어서 죽었다고 했어. 이웃 사람들이.

—흠.

텔레비전에서 나오는 목소리가 떠들썩해졌다. 화면으로 눈을 돌리
니 여자 배우가 창피한 듯이 두 손으로 얼굴을 가리고 뭔가 말하고
있다.

—이런 웃음소리는 정말 어디로 사라져버린 걸까.

—웃음소리?

—웃음소리뿐만 아니라 전부 다.

다케자와가 옆모습을 바라보자니 마히로는 표정 없이 애매한 이야
기를 되풀이했다.

—모두 어디로 가버렸을까.

마히로는 그 이상 아무 말도 하지 않았다. 다케자와는 잠자코 텔레
비전의 웃음소리를 듣고 있었다.

—어머니를 자살하게 만든 남자 말이야, 만약 어디선가 마주친다
면 어떻게 할래?

글쎄, 하고 마히로는 가볍게 고개를 갸웃거렸다.

—죽일지도 모르지.

텔레비전 소리와 데쓰의 코 고는 소리만 한동안 들려왔다.

―하지만 사람은 참 가지가지야. 진짜로.

이윽고 마히로가 엉덩이 뒤에 양손을 받치며 부드러운 목소리로 말했다.

―돈을 내놓으라고 협박하는 사람이 있는가 하면, 난생처음 본 소매치기를 도와주는 사람도 있고.

데쓰가 잠든 채 트림을 했다.

―누군가에게 도움을 받은 거, 이번이 처음이야.

가슴에 치미는 감정을 감추려고 다케자와는 탁자 위의 과자를 집어 데쓰 쪽으로 던졌다. 딱히 겨냥한 것도 아닌데 과자는 데쓰의 사타구니에 맞았다. '아' 하는 작은 소리가 데쓰의 입에서 흘러나왔다. 마히로가 소리 내어 웃었다. 처음으로 듣는 웃음소리였다. 그 사실에 생각이 미친 듯 마히로는 금방 조용해졌다.

―난 엄마의 유품을 늘 가지고 다녀.

방구석에 팽개쳐둔 보스턴백을 마히로가 끌고 왔다. 안에서 꺼내 보여준 것은 작은 반투명 비닐봉지였다. 들여다보니 봉지 안에는 메모지 한 장과 동전 몇 개가 있다.

―이게 유품이야?

―응, 유품.

몇백 몇십 엔 정도의 이 잔돈은 엄마가 손목을 긋고 죽은 날 식탁 위에 놓여 있었다고 한다. 아마 그때 가지고 있던 전 재산이었던 것 같다고 마히로는 말했다.

―잔돈 아래 메모지가 놓여 있었어. 연필로 '미안해'라고 쓰여 있었지.

마히로는 비닐봉지 너머로 메모지에 쓰인 세 글자를 보여주었다.

―메모지라니. 말이 돼? 편지지가 없었던 거야. 엄마가 너무 가여워서 울고 말았어.

식탁 위에 놓인 메모를 집어든 순간 동전이 흐트러지며 쨀그랑거리던 소리가 지금도 들린다고 마히로는 말했다.

(6)

그날 밤 침입자가 나타났다.

텔레비전을 켠 채 앉은뱅이 탁자를 둘러싸고 셋이서 떡을 넣은 우동을 후우후우 불면서 먹고 있는데, 데쓰가 갑자기 확 얼굴을 들었다. 입을 꽉 다물며 천장의 한곳을 뚫어지게 쳐다보았다. 움직임도 표정도 완전히 굳어서 숨은 쉬고 있는지 궁금할 정도였다.

"어이 데쓰, 혹시 떡이 목에……"

"쉿."

데쓰는 예리한 시선으로 다케자와를 쳐다보며 입술에 검지를 댔다. "무슨 일이야?"라며 마히로가 젓가락질을 멈췄다.

몇 초간 데쓰는 그대로 멈춰 있다가 이윽고 탁자에 양손을 짚고 소리 없이 일어섰다. 다케자와가 무슨 말을 하려고 하니 다시 재빨리 입술에 손가락을 갖다 댄다. 데쓰의 눈이 천천히 한 방향으로 향했다. 벽이다. 아니, 여기선 안 보이지만 데쓰의 시선은 벽 너머 현관을 보고 있는 것 같다.

막연한 불안감에 다케자와는 몸이 굳어졌다.

데쓰가 움직인다. 발소리를 죽이고 한 걸음 한 걸음 나아가 거실을 빠져나간다. 다케자와와 마히로는 순간 서로 마주 보았지만 곧 다시 데쓰를 쳐다보았다. 짧은 복도 끝에서 데쓰의 모습이 사라진다. 이윽고 찰칵 하는 소리가 났다. 데쓰가 현관문을 연 모양이다. 그러고서 다시 아무 소리도 들리지 않았다.

신경이 쓰인 다케자와가 일어나려는 순간, 데쓰의 비명 소리가 들리고 곧이어 쿵 하고 뭔가가 쓰러지는 소리가 났다.

"데쓰!"

다케자와와 마히로는 동시에 일어나 거실을 뛰쳐나갔다. 현관 바닥에 쓰러져 있는 데쓰가 보였다. 머리를 이쪽으로 둔 상태로 양 무릎을 꿇고 뭔가 말하려고 했다. 그때 다케자와의 시야 아래쪽에 기묘한 것이 보였다. 하얗고 재빠르다. 다케자와는 물체가 튀어간 곳으로 고개를 홱 돌렸다. "꺅, 귀엽다!" 하고 마히로가 소리를 질렀다. 확실히 귀엽긴 하다고 다케자와도 생각했다.

하얀 새끼 고양이는 부엌 한가운데 서서, 깜짝 놀란 얼굴로 이쪽을 돌아보았다.

"간이…… 떨어지는 줄 알았네……"

몹시 겁을 먹은 듯한 몸짓으로 데쓰가 비틀비틀 다가온다.

"현관문을 여니 갑자기…… 저 고양이, 새끼 고양이가……"

뜻을 알 수 없는 이야기를 중얼거리며 복도에 풀썩 주저앉았다.

"아가야, 너 어디서 왔니?"

마히로가 네 발로 엎드려 새끼 고양이 가까이 얼굴을 가져간다. 고양이는 조금 놀란 듯했지만 도망치지 않고 입을 역삼각형으로 벌려 가느다란 목소리로 울었다.

"냥—이라고 했어, 들었어?"

흥분한 모습으로 마히로가 돌아보고는 곧 다시 새끼 고양이를 보고

양손을 뻗는다. 물을 뜨듯 조심스레 안아올리자 한순간 "?"라는 표정을 지은 새끼 고양이는 얌전히 마히로의 품에 안겨 아까와 같은 소리로 다시 한번 울었다.

"갓 낳은 새끼는 아닐 거야. 뛰어다닐 정도니까."

"그런가."

새하얀 고양이였다. 두 눈은 포도알을 박은 것처럼 까맣고, 코는 분홍색이다.

"어디……"

다케자와도 마히로 앞으로 손을 뻗어 새끼 고양이를 안아보았다. 아무것도 안지 않은 것처럼 가벼웠다. 몸에서 희미하게 우유 같은 부드러운 냄새가 난다.

"이 고양이, 키우자."

마히로가 아무 생각도 없이 말을 꺼낸다. 다케자와가 답하기 전에 데쓰가 "안 돼, 안 돼, 안 돼" 하고 목소리를 높였다.

"밥값이 들잖아, 밥값이. 빨리 밖으로 내보내."

"고양이 사료는 얼마 안 해."

"하지만 공짜는 아니잖아."

"키우면 안 될까? 응?"

마히로가 가슴에 고양이를 안은 채 다케자와를 올려다보았다. '영업용' 목소리와 몸짓이다. 지금이 기회라고 생각하고 의도적으로 저러는 걸까. 아니면 완전히 몸에 밴 것일까. 아무튼 다케자와는 마히로에게 속아넘어가 피해를 입는 남자들의 기분이 십분 이해되었다.

"고양이가 먹으면 얼마나 먹겠어."

"잠깐만요, 다케 씨."

"괜찮다니까."

다케자와는 고개를 끄덕이며 새끼 고양이의 얼굴을 들여다보았다. 잘 보니 이마 위 한 부분만 털이 빳빳하다.

"이거 꼭 닭 벼슬 같네."

"그럼 벼슬이라고 부를까."

다케자와는 그건 좀 너무하지 않나 생각했다. 다른 이름이 없을까 궁리하며 새끼 고양이의 몸을 바라보고 있자니 고양이는 작은 두 뒷발로 마히로의 팔에서 벗어났다. 고양이가 다칠까봐 놀란 다케자와는 볼품없이 허리를 숙이고 무의식적으로 양팔을 벌렸지만, 새끼 고양이는 멋지게 마루에 착지하여 거실 쪽으로 내달렸다.

"벼슬아!"

마히로가 즐거운 듯이 소리를 지르며 뒤를 쫓아간다. 새끼 고양이도 신나서 도망간다. 그릇 세 개가 놓인 탁자를 뛰어넘으려다가 실패했다. 다다미에 엉덩이부터 떨어지며 마히로의 품에 다시 잡힌다.

"너 남자애지?"

마히로는 새끼 고양이를 획 돌려 얼굴을 가져다 대더니 "역시"라고 말했다.

"다케 씨, 이 고양이, 남자애야."

"설마, 털이 막 난 것 같은 새끼인데 벌써 남자 여자 구별이 갈까."

"봐, 여기."

"어디…… 아, 정말 그러네."

"데쓰 씨도 봐."

"됐어."

마히로의 품안에서, 새 식구 벼슬이는 부끄러워하는 눈치였다.

"고양이 수발까지 들 생각은 없거든."

데쓰는 실쭉한 모습으로 책상다리를 하며 앉았다.

(7)

"실례합니다. 혹시 돌고래 먹이도 취급하시나요?"

크지도 작지도 않은 애완동물 가게에 들어가 그렇게 물으니, 상대는 휙 돌아보며 눈살을 찌푸린 채 다케자와를 노려보았다.

"갑자기 뭡니까?"

"아니, 전 배송회사 직원인데요, 실은 이케부쿠로의 수족관에 돌고래 먹이를 배달하던 길에 작은 사고가 나서요."

"네?"

"차의 보냉장치가 고장나는 바람에 먹이가 모두 상해버렸어요. 배달 가던 중에 물이 흘러서 살펴보니 그만……"

"그런데요?"

"수족관 측에 재고가 없어서 빨리 먹이를 가져가지 않으면 돌고래가 굶게 됩니다. 어찌할 바를 모르고 있는데 여기 간판이 보여서 들러봤죠…… 혹시 말인데요, 전갱이나 정어리로 만든 사료가 있으면,"

"이 사람이 누굴 놀리나!"

그 소리에 주위에 있던 대여섯 명의 손님과 계산대에 있던 젊은 남자 직원이 일제히 돌아보았다.

"당신, 내가 돌고래를 닮아서 놀리나본데."

"네?"

"난 말이지, 점원도 뭣도 아니야. 그냥 손님이라고. 옷차림을 보면 알잖아. 일부러 놀리는 거지?"

"아니, 죄송합니다. 저는 그저……"

계산대 점원이 허둥지둥 다가와 "저기" 하고 다케자와에게 말을 걸었다.

"여기 점원인데요, 무엇을 찾으시는지요?"

"아, 점원 양반. 전갱이나 정어리로 만든 사료 찾는데요."

"전갱이나 정어리…… 말입니까?"

젊은 직원은 정중한 어조로 죄송하지만 그런 물건은 없다고 말했다. 그동안 데쓰는 화가 치민 얼굴로 그 자리를 뜬다. 주위의 손님들은 그 모습을—자세히 말하면 얼굴을 흥미 가득한 시선으로 좇았다.

"그렇습니까…… 이거 실례가 많았습니다."

정중히 머리를 숙이고 다케자와도 가게를 나온다. 거리를 조금 걷다가 상점가 모퉁이를 꺾자 데쓰와 마히로가 기다리고 있었다.

"어떻게 됐어?"

다케자와가 물으니 마히로가 묵직해 보이는 보스턴백을 열고 안을 보여준다.

"오 킬로그램짜리 화장실 모래 한 봉. 삼 킬로그램짜리 건사료 두 봉, 캔사료는 맛이 다른 세 종류로 각각 세 개씩. 그리고 목줄. 빨간색으로 골랐어."

"이렇게 많이 챙길 줄은 몰랐는데."

마히로의 솜씨에 다케자와는 감탄했다.

"대단하네."

데쓰도 팔짱을 끼고 고개를 끄덕였다.

마히로가 보스턴백의 지퍼를 잠그고 고개를 갸우뚱했다.

"그런데 말이야, 왜 굳이 돌고래가 이러니저러니 했어? 나까지 웃음이 나올 뻔했잖아."

"말다툼하는 척해서 주목을 끄는 방법을 흔히들 쓰지만, 사실 그렇게 해서 관심을 나타내는 사람과 눈을 돌리는 사람은 반반 정도야. 그다지 좋은 수법이 아니지. 하지만 돌고래 이야기를 꺼내면 모두 데쓰의 얼굴을 볼 거 아냐?"

"아, 그렇구나."

그리고 세 사람은 귀갓길에 올랐다.

"무겁지?"

상점가를 걸으며 다케자와가 한 손을 내밀자 마히로는 두 개의 손잡이 중 한쪽만 다케자와 쪽으로 건넸다. 순간 왜 이러나 했는데 아무래도 둘이서 함께 들자는 뜻인 것 같다.

"됐어. 그러면 번거롭기만 하지."

다케자와는 마히로의 손에서 보스턴백을 빼앗아 어깨에 짊어졌다. 마히로는 아무 말도 하지 않았지만 옆모습에 왠지 실망의 기색이 어렸다. 역시 이애는 이해하기 어렵다.

"오락실에 들렀다 가자. 저기."

마히로는 갑자기 방향을 틀어 왁자지껄한 소리가 새어나오는 자동문 쪽으로 다가갔다.

"보기 드문 단독행동이네요."

"어린애니까."

할 수 없이 다케자와와 데쓰도 따라 들어갔다.

자동문을 통과한 마히로는 청바지 주머니에서 지갑을 꺼내들고 두

142

리번두리번 센터 안을 둘러보았다. 가까운 거리에 있던 인형 뽑기 게임기에 백 엔 동전을 넣더니 생각보다 진지한 얼굴로 버튼을 누른다. 하지만 크레인은 도널드 덕의 엉덩이를 세게 긁고는 다시 원래의 장소로 돌아갔다.

"기계 다루는 솜씨는 별론가보군."

마히로는 한순간 발끈한 표정을 지었지만 곧 그 장소를 떠나 비디오 게임이 나란히 줄지은 코너로 갔다. 마히로가 비키자 젊은 남자가 와서 백 엔 동전을 투입하고 유리 케이스 속을 한 번 흘낏 보더니, 능숙한 몸짓으로 크레인을 조작해서 너무나도 간단하게 덤보 인형을 하나 획득했다.

"다케 씨, 뭔가 비법이 있나봐요."

"글쎄. 역시 경험이 아닐까."

"by rule of thumb인가요."

"바이 룰 오브 섬?"

다케자와는 머릿속을 더듬어 없는 영어 실력을 짜냈다.

"섬이 누군데?"

"엄지 말이에요. 그런 숙어가 있어요. 이론이 아니라 경험으로 안다는 뜻이죠."

"그럼 우리도 경험해볼까, 모처럼."

"난 처음 해봐요."

"나도 마찬가지야."

먼저 다케자와가 백 엔을 넣고 조금 긴장하며 도전했다. 하지만 노렸던 우주인 인형은 목조차 건져올리지 못했다.

"꽤 어려운데."

"어디, 나도."

데쓰가 다케자와를 밀치고 백 엔 동전을 투입한다. 팔짱을 끼고 잠시 유리창 속을 관찰하던 데쓰는 목표물을 결정한 듯 이윽고 버튼을 눌렀다. 이런 게임에는 서툰 듯 보였으나 그것은 다케자와의 착각이었다. 데쓰가 조작한 크레인은 멋지게 인형을 포획해서 눈앞의 사각 구멍 바로 위까지 가져왔다. 크레인 고리를 벗어나 기계 밑의 구멍으로 나온 것은 하얀 새끼 고양이 인형이었다.

"오오, 벼슬이 친구! 다케 씨, 봐요. 벼슬이 친구예요!"

데쓰는 인형을 가슴에 안고 콩콩 뛰었다.

그뒤로 데쓰는 인형 뽑기에 빠져 이십 분간 다섯 대의 기계를 돌며 삼천 엔 가까운 돈을 쏟아부었다. 하지만 처음에 건진 인형은 아무래도 어쩌다 걸린 모양인 듯, 그후에는 주사위가 하나 달린 평범한 디자인의 열쇠고리를 땄을 뿐이었다.

"좀 건졌어?"

마히로가 돌아왔다.

"마히로, 이거 봐. 벼슬이 친구."

마히로는 데쓰가 자랑한 고양이 인형에는 그다지 흥미를 드러내지 않고, 뜻밖에 주사위 열쇠고리를 보고 표정을 바꾸었다.

"이거 예쁘다."

"그래? 가질래?"

"벼슬이 목걸이에 걸면 좋겠다."

세 사람이 오락실을 나오려고 할 때 마히로의 휴대전화에서 문자 착신음이 울렸다. 마히로는 잠시 동안 휴대전화 화면을 가만히 들여다보았다. 데쓰가 누굴까요 하고 묻듯 다케지와에게 시선을 보낸다.

144

다케자와는 잠자코 고개를 가로저었다. 이윽고 마히로는 전화기를 닫으며 말했다.

"가방 줘. 먼저 돌아가서 벼슬이에게 먹이를 줄 테니까."

내심 고개를 갸웃거리면서 보스턴백을 건네니, 마히로는 손잡이를 하나씩 어깨에 걸어 등에 매고서 다케자와와 데쓰를 그 자리에 남겨놓고 오락실을 빠져나갔다.

"왜 저래?"

"글쎄요."

영문을 모르는 채 다케자와와 데쓰도 자동문을 나섰다. 상점가 앞쪽에서 마히로의 모습이 막 사라지는 참이었다. 달리고 있다.

"그러고 보니 밥그릇이 없네. 벼슬이 밥그릇."

"아, 없네요. 그렇다고 아까 그 가게로 다시 돌아갈 수도 없고."

다케자와 일행은 상점가 끝에 있는 세련된 잡화점에 들르기로 했다. 가게 안으로 들어가니 전시용 나무 선반 끝에 놓인 하얀 서양식 컵이 눈에 뜨였다.

"이게 좋겠어."

"하지만 이건 수프 컵인데요."

"벼슬이에게 어울릴 것 같지 않아? 아까 그 인형 좀 줘봐."

"아, 이거."

데쓰가 새끼 고양이 인형을 수프 컵 옆에 놓고 먹이를 먹는 시늉을 해 보인다.

"잘 어울려요."

작은 귀 같은 손잡이가 하나 달려 있는 하얀 컵이었다. 다케자와는 용돈으로 컵을 샀다.

상점가를 빠져나오니 페인트를 칠한 듯한 파란 하늘에 봄다운 엷은 구름이 떠 있었다. 왠지 나들이를 하고 싶게 만드는 하늘이다. 길가에는 인공적인 느낌의 노란색 민들레꽃이 피어 있다.

"어, 노랫소리다……"

돌계단을 올라 집 앞에 도착하자, 데쓰가 2층 창을 올려다보았다.

아닌 게 아니라 열어놓은 창문 안쪽에서 노래가 흘러나오고 있었다. 마히로가 라디오를 가져왔었던가. 편의점인지 어디선지 들은 기억이 있는 여가수의 대중가요였다. 가수의 목소리에 맞춰 또 하나의 무척 귀여운 목소리가 들린다.

"마히로가 작업할 때 말고도 저런 목소리를 내기도 하네요."

"창 좀 닫고 있지."

두 사람은 2층 방충망 너머로 들리는 노랫소리를 잠시 듣고 있었다. 멜로디는 정확하지만 가사는 군데군데 애매하게 얼버무린다. 특히 영어 부분은 확실히 전부 대충대충 불렀다. 이윽고 곡이 끝났다. 그러자 다른 노래가 시작되었다.

"신났네."

피식 웃으면서 다케자와는 현관으로 들어갔다. 오랜만에 기분 내는 데 방해하고 싶지 않아서 될 수 있는 한 소리를 내지 않으려고 했다. 하지만 들뜬 기분은 현관 바닥을 본 순간 흔적도 없이 사라졌다.

"……뭐야, 이거."

처음 보는 남자 구두가 그곳에 있었다.

검은 가죽으로 된 쇼트 부츠.

"다케 씨, 빨리 들어가요."

데쓰가 등뒤에서 재촉한다. 다케자와가 상체를 옆으로 기울여 현관

바닥의 부츠를 눈짓으로 가리키자, 데쓰는 흠칫 놀라며 고개를 들이밀었다. 굳은 표정으로 재빠르게 다케자와에게 얼굴을 돌린다.

"누구예요?"

"몰라."

두 사람은 현관으로 들어와 살짝 문을 닫았다. 각자 신발을 벗고, 살금살금 걸어서 마루에 올랐다. 잡화점에서 사온 벼슬이 컵을 바닥에 두고 귀를 기울인다. 2층의 노랫소리는 계속 이어졌다. 다케자와는 등을 벽에 붙이고 복도를 걸었다. 데쓰도 같은 모습으로 따라왔다. 거실을 살펴본다. 아무도 없다. 부엌으로 고개를 뺀다. 역시 아무도 없다. 개수대 옆에서 벼슬이가 이쪽으로 작은 엉덩이를 보이며 종지에 담은 사료를 아작아작 먹고 있다.

"위층을 보고 올게. 데쓰는 여기 있어."

다케자와는 복도로 돌아와 2층으로 이어지는 계단에 발을 디뎠다. 스피커의 노래. 그에 맞춰 들리는 귀여운 목소리. 다케자와는 계단을 올라갔다. 2층 미닫이문 너머가 마히로가 쓰는 방이다. 문은 닫혀 있다. 아니, 완전히 닫혀 있지는 않았다. 조금 틈이 있었다. 다케자와는 바닥에 무릎을 꿇고 천천히 그 틈새로 얼굴을 가져갔다. 노랫소리가 점점 크게 들린다. 공기에는 담배 연기가 섞여 있다. 다케자와는 장지문 틈으로 안을 들여다보았다—

제 눈을 의심했다.

방구석에 검은 티셔츠를 입은 커다란 남자의 등이 보였다. 꾸물꾸물 천천히 움직이고 있다. 바닥에는 남자의 것인 듯 보이는 검은 가죽 점퍼. 기타 케이스. 작은 시디플레이어. 남자의 등이 다시 움직인다. 짧은 머리의 뒤통수가 조금 밑으로 움직인다. 머리가 이동한 곳은 남자와 마주 보고 있는 알몸의 가슴 언저리였다. 그녀의 노랫소리가 작게 떨리고 작은 웃음이 섞인다.

"어이……"

다케자와의 중얼거림은 시디플레이어의 소리에 묻혔다. 가늘고 하얀 두 팔이 남자의 겨드랑이 밑으로 들어와 양 어깨를 안는다. 남자를 끌어당긴다. 남자가 상대의 몸을 바닥에 눕히면서 노랫소리가 끊겼다. 두 사람은 마치 먹어치우는 것처럼 서로의 입술을 빨고, 혀를 섞기 시작했다.

"서둘러…… 곧 돌아올 테니까."

영업용인 작은 새의 지저귐 같은 소리가 아니었다. 평상시의 메조소프라노도 아니었다. 그것은 다케자와가 들어본 적 없는 목소리였다. 명백한 여자의 목소리. 네, 하고 남자가 존댓말로 대답했다. 이어서 찰칵찰칵 조급한 금속 소리가 났다. 남자의 바지 벨트가 풀리는 소리다. 다케자와는 살그머니 뒤로 물러났다. 두 사람의 모습이 시야에서 사라졌다.

이건 뭐지—머릿속에서 의미 없는 중얼거림을 되뇌며 다케자와는 계단을 내려왔다. 시디플레이어의 소리가 서서히 작아졌다. 그 사이로 반쯤 웃는 듯한 가쁜 호흡이 들려온다. 그리고 다시 다른 곡이 시작되었다.

작업일까. 마히로의 작업일까. 상대 남자는 마히로가 어디선가 물어온 봉이고, 이제 틈을 노려 지갑을 털 속셈인지도 모른다. 다케자와는 그렇게 생각해보았다. 하지만 그게 터무니없는 생각이라는 것은 다케자와도 안다. 봉을 자기가 사는 집으로 데려오는 소매치기가 어디 있단 말인가.

148

"무슨 일이에요?"

속삭이는 목소리에, 다케자와는 잊고 있었던 데쓰의 존재를 생각해 냈다. 잠자코 고개를 옆으로 저으며 데쓰를 현관 밖으로 내몰았다.

"아무것도 아냐. 저건 마히로 부츠래."

"네? 남자 신발인데요?"

"남자 신발을 신는 것이 요즘 유행이라더군."

"다케 씨, 어디 가세요?"

"점심. 밖에서 라면이라도 먹자고."

"마히로는요?"

"노래 연습을 하겠대. 점심은 필요 없나봐."

"네에……"

이해가 안 가는 표정을 짓는 데쓰를 데리고 다케자와는 현관을 나섰다.

뱃속 밑바닥에서 초조함이 메탄가스처럼 진득거리는 거품을 뿜었다. 그 남자는 누구인가. 남의 집에서 무슨 짓을 하고 있는 건가. 방에 들어가 화를 냈어야 했나. 하지만 역정을 낼 만한 정당한 이유가 없어서 서글펐다. 마히로는 다케자와의 딸도 무엇도 아니다. 뿐만 아니라 마히로는 다케자와 때문에 불행한 인생을 살게 된 소녀다. 다케자와가 마히로의 엄마를 협박하지 않았다면—다케자와가 사채 일을 거들지 않았다면, 마히로는 지금 아주 평범한 삶을 살고 있을 것이다. 다케자와에게는 뭐라고 할 어떤 권리도 없다.

"다케 씨, 무슨 일 있어요?"

"아무 일 없어."

"전에 한 번 갔던 마마집, 거기 갈까요?"

"아무 데나 상관없어."

데쓰에게는 내가 본 광경을 어떻게 설명하지. 마히로가 남자 부츠를 신는다는 거짓말은 분명 곧 탄로날 것이다. 라면을 먹으면서 이야기해버릴까. 아니면 라면이 나오기 전에 말을 꺼낼까. 궁리하는 동안에 다케자와는—

"혹시……"

한 가지 가능성을 떠올렸다. 앞에서 본 장면을 설명하는 한 가지 가능성이.

(8)

결국 2층에서 목격한 장면에 대해서는 아무 말도 하지 않은 채, 다케자와는 데쓰와 둘이 라면을 먹고 집으로 향했다.

풀 냄새가 나는 돌계단을 올라가는 도중에 마히로의 모습이 눈에 들어왔다. 현관 앞 담벽에 등을 기대고 멍하니 서 있다.

"왜 여기 서 있어?"

얼굴을 든 마히로는 한순간 말문이 막힌 표정을 지었다.

"……그냥."

"집에 안 들어가?"

"들어가긴 할 건데…… 저기."

마히로가 다케자와에게 몸을 돌리고 뭔가 이야기하려고 한 그 순간이었다.

찰칵 하고 현관문이 열렸다. 다케자와와 데쓰는 동시에 그쪽을 보았다. 마히로도 돌아본다.

"미안해, 다 끝났으니까 들어와도 돼."

여자다. 마히로와 똑같은 얼굴이다. 정말 판박이였다.

다케자와는 입 속으로 역시 하고 중얼거렸다.

"어라, 집주인들도 돌아왔네? 실례 좀 했습니다."

다케자와는 작게 호흡했다. 마히로는 얼굴색을 살피듯이 다케자와를 본다. 데쓰 혼자 눈을 동그랗게 뜨고 입을 쩍 벌렸다.

"당신…… 누구야?"

여자가 데쓰의 질문에 답하기 전에, 그녀의 뒤에서 살찐 남자가 얼굴을 보였다. 그는 다케자와와 데쓰를 보고 꾸벅 고개를 숙인다.

"정말 실례가 많았습니다. 정말로."

마히로가 다케자와와 데쓰에게 빠르게 말했다.

"우선 소개부터 할게. 여긴 우리 언니 야히로. 저쪽은 언니 남자친구인 이시야."

"야히로? 이시야? 언니?"

데쓰가 매우 빨리 눈을 깜빡거리며 시선을 왕복시킨다.

"이시야*는 직업이 아니라 제 성입니다."

남자가 그렇게 말하고 다시 꾸벅 고개를 숙였다.

"덧붙여 밝히면 이름은 간타로입니다. 조크, 즉 농담이 아닙니다. 하지만 나이 든 분들은 대부분 농담이라고 생각하더군요**."

포동포동 살찌고 얼굴이 달덩이 같은 남자다. 목소리마저 둥그렇고 부드럽다. 찬찬히 살펴보면 몸집은 크지는 않고, 꼭 대형 비만의 축소

---

* 일본어로 '석재상'이라는 뜻이다.
** 1970년대 인기 드라마 중 석재상을 하는 가족 이야기를 다룬 〈데라우치 간타로 일가〉라는 작품이 있었다.

복사 같은 체형이다. 얼굴은 초등학생처럼 보이고 티셔츠 밑으로 나온 팔은 갓난아이 같다. 전체적으로 한심하다라는 단어가 딱 들어맞는 남자였다.

"어라, 마히로, 언니가 있었어? 그런데 언니랑 남자친구가 여기서 뭘 한 거야? 응?"

데쓰에게는 말하지 않았지만, 물론 다케자와는 마히로의 언니 야히로의 존재를 알고 있었다. 칠 년 전, 자신이 자살로 내몬 여자에게 딸이 둘 있었다는 것을.

그때 언니인 야히로는 이미 고등학교를 졸업해 집을 떠나 있었다. 엄마가 자살하자 자신의 집에 마히로를 불러들여 함께 살았던 것이다.

칠 년 전 일반인의 삶을 포기한 당시 다케자와는 우선 두 사람을 조사해보았다. 무엇보다도 자신이 죽게 만든 여성의 두 딸이 그뒤로 어떻게 되었는지 마음에 걸렸기 때문이다. 다케자와는 친척인 척하며 두 자매의 엄마가 이전에 아르바이트로 근무했던 직장에 전화를 걸어 딸들의 행방을 캐냈다. 그렇게 해서 두 사람이 아다치 구의 아파트에서 산다는 것을 알았다. 딱 한 번 두 사람을 보러 아파트까지 간 적이 있다. 그때 다케자와는 몹시 놀랐다. 나이차는 있지만 두 사람은 똑닮은 자매였다. 언니의 얼굴을 보는 것은 그 이후 처음이다.

우에노 공원에서 마히로와 이야기하고 이 집에 오라고 제안했을 때, 다케자와는 당연히 야히로도 함께 올 거라고 생각했다. 두 사람이 함께 살았을 테니 혼자 올 리는 없을 것이라고. 하지만 마히로는 혼자 왔다. 먼저 뭐라고 물을 수는 없었지만, 지금까지 다케자와는 언니 야히로의 행방이 계속 궁금했다. 나중에 합류할 거라고 예상은 했다. 만약 언니가 집에 오더라도 조금 놀란 표정을 지으며 받아들일 작정이었다.

하지만 야히로에게 이런 남자친구가 있었을 줄이야.

이 뚱뚱이만은 예상 밖이었다.

"저는 야히로의 보디가드입니다."

간타로는 복어처럼 입을 뻐끔거리면서 데쓰의 질문에 답했다.

"야히로가 남자 둘과 같이 산다기에, 무슨 일이 생기면 어쩌나 하고 이렇게 왔습니다."

"같이 살아? 누가?"

"그러니까—"

간타로가 뭐라 말하려는 것을 마히로가 말린다.

"두 사람에게는 말하지 않았지만, 나 실은 언니와 같이 살았었어."

마히로는 야단맞은 어린애처럼 눈을 치뜨고 다케자와와 데쓰를 보았다.

"다시 말해서 내가 아파트에서 쫓겨났다는 것은 언니도 쫓겨났다는 얘기지. 내가 갈 곳이 없다는 것은 언니도 갈 곳이 없다는 얘기고."

"그러니까 여기서 살겠다는 거야? 언니까지?"

"남자친구도요."

간타로는 살이 통통히 오른 손가락으로 자신을 가리킨다. 데쓰는 간타로를 무시하고 계속 말을 이었다.

"마히로, 왜 처음부터 언니와 산다고 말하지 않았지?"

"처음부터 나 혼자가 아니라고 하면 같이 살게 해주지 않을까봐. 아무래도 처음엔 혼자인 쪽이 받아들이기 쉽잖아?"

"그건 그렇지만."

데쓰는 곤란한 듯이 다케자와의 얼굴을 보았다. 다케자와는 말없이 팔짱을 끼고 땅을 바라보며 생각에 잠긴 척했다. 데쓰는 마히로 쪽으로 고개를 돌려 묻는다.

"두 사람에게는 어떻게 여길 가르쳐줬지?"

"문자로."

"언제든지 오라고? 집주인이 자리를 비우면 그동안 숨어들라고?"

아냐, 하고 마히로는 고개를 세차게 흔든다.

"실은 두 사람에 대해 좀더 잘 설명하고 다케 씨와 데쓰 씨에게 부탁할 생각이었어. 잠시만 있게 해달라고. 그런데 아까 오락실에서 나오는데 언니가 이미 집 앞까지 왔다고 문자를 보냈어. 그래서 서둘러서 집에 돌아온 거야."

"흠, 그래서?"

데쓰가 보기 드물게 심술궂은 어조로 물었다.

"현관 앞에서 언니를 만나서 이제 곧 집주인인 다케 씨랑 데쓰 씨가 돌아오니까 기다리라고 했지만, 언니가 오래 걷느라 지쳐서 안에 들어가고 싶다기에 하는 수 없이 현관 열쇠만 열어주려고 했는데, 그랬더니 언니가 마음대로 부엌에서 보리차를 꺼내 마시고, 남은 과자를 먹고, 2층에 올라가 시디를 틀더니 나에게 십 분만 나갔다 오라고 졸라서—"

어미를 맺지 않은 채 빠른 어투로 설명하는 것을 데쓰가 막았다.

"왜 언니가 마히로를 내쫓은 거야?"

"원래 그런 사람이야. 상식이 없거든."

"맞아, 난 원래 그런 사람이야."

야히로가 스스로도 유감스러운 듯이 말한다. 마히로가 말을 이었다.

"난 다케 씨와 데쓰 씨가 지금 돌아오면 안 되겠다 싶어서 일단 왔던 길을 급히 되돌아갔어. 무슨 적당한 핑계를 대 잠시 시간을 벌려고. 언니에게 부탁하는 것보다 그쪽이 빠르니까."

"네 언니라는 사람은 그렇게 말이 안 통하는 인간이야?"

"맞아."

다시 유감스러운 듯이 야히로가 대답한다.

"그런데 다케 씨와 데쓰 씨는 보이지 않았어. 마지못해 다시 집으로 돌아오니, 현관에 수프 컵 같은 게 놓여 있지 뭐야. 아, 두 사람 다 왔다가 다시 나갔구나 하고 생각하니까 이제 어떻게 하면 좋을지 막막한 거야……"

"대충은 알겠는데 말이지."

데쓰가 간타로에게 얼굴을 돌리고 말한다.

"마히로의 언니는 어찌 되었든 간에, 보디가드 따위는 필요 없어. 나나 다케 씨나 동업자에 대한 의리로 받아준 여자애에게 나쁜 짓을 할 생각은 없으니까. 당신은 안 돼. 나가줘."

"두 분은 호모인가요?"

"아니야! 아무튼 당신은 돌아가. 그렇게 밥값이 많이 들 것 같은 얼굴을 하고서 같이 살겠다니."

"안 가요."

간타로는 거세게 고개를 내저었다. 데쓰는 "이 녀석이"라며 턱을 쳐든다.

"대체 어딜 봐서 보디가드라는 거야? 무슨 일이 생겼으면 당신이 저 여자들을 도와야 하잖아. 두 사람 다 당신 집에서 살게 하면 될 것 아냐. 당신까지 여기로 묻어오겠다는 게 말이 돼?"

"저도 집이 없어요."

간타로는 진지한 얼굴로 설명했다.

"야히로와 마히로처럼 집세를 내지 못해 한 달 전쯤에 쫓겨났어요. 친척도 없어서 얼마 전까지 두 자매 집에 얹혀살았어요. 온 스테이지, 즉 무대에 설 때만 얼마간 돈이 생기는데, 지금은 일거리도 전혀 없어서 거의 무일푼이에요."

다케자와는 2층 마루에 있던 기타 케이스를 떠올렸다. 이런 통통한 손가락과 복어 같은 입으로 도대체 어떤 곡을 연주하는 걸까.

"말하자면…… 당신도 살 곳이 없다는 거지?"

데쓰는 목소리를 낮춰 탐문하듯 물었다.

"그렇습니다."

간타로가 가슴을 펴고 답했다.

"난 간타로랑 같이 있을 거야."

야히로가 제멋대로 말한다.

"다케 씨, 어쩌죠? 아무리 생각해도 무리예요. 두 사람이나 늘면 집이 너무 좁아져요. 게다가 하나는 이 모양이고."

이 모양이라는 부분에서 데쓰는 턱으로 간타로를 가리키며 싫은 티를 냈다. 간타로는 흥 하며 한 손으로 자기 배를 쳐 응수했다.

다케자와는 생각했다. 마히로만 받아들이고 야히로를 쫓아낼 수는 없다. 야히로를 받아들이고 간타로를 쫓아내려 해도 야히로가 반대한다. 보통 집주인이라면 이래라저래라 무슨 말이든 할 수 있을 것이다. 하지만 다케자와는 찔리는 곳이 있는 집주인이다. 큰 빚을 진 집주인인 것이다. 그런 사정을 데쓰는 모른다.

"확실히 넓은 집은 아니지만…… 같이 못 살 것도 없지."

적당히 그렇게 말해보았다.

"안 된다니깐요."

데쓰는 강경하게 반대한다. 데쓰가 이 정도로 자기 뜻을 주장하는 일은 드물다. 할 수 없이 다케자와는 억지로 이유를 짜냈다.

"원시인과 함정 이야기를 들어봐."

"네?"

"그러니까, 데쓰. 내가 지금부터 하는 이야기를 상상해보라고. 자네를 포함해 여섯 명의 원시인이 새끼 사슴을 쫓아 푸른 초원을 달리고 있었어."

"난데없이 무슨 말이에요?"

"들어보라니까. 원시인 편대에서는 자네가 선두였어."

"원시인인데다 변태라고요?"

"변태가 아니라 편대. 쫓고 있는 새끼 사슴 앞에는 자네들이 파놓은 다섯 개의 함정이 있어. 하지만 새끼 사슴은 능숙하게 구멍을 뛰어넘었어. 선두인 자네는 무심코 첫번째 구멍에 빠질 지경이 되었지. 하지만 마침 선두 뒤에 있던 원시인이 자네를 앞질러 그 구멍에 떨어졌어. 진로를 바꾼 자네는 두번째 구멍에 빠질 뻔했는데 그곳에는 또다른 세번째 원시인이 떨어졌지. 다시 길을 바꾼 자네는 세번째 구멍에 빠질 위험에 처했는데 그곳에는 우연히도 네번째 원시인이 빠졌어. 다시 또 진로를 바꾼 자네는 네번째 구멍에 빠질 뻔했는데 그곳에는 다섯번째 원시인이 빠졌지. 자네는 발길을 돌렸어. 그리고 마지막으로 남아 있던 다섯번째 구멍에 떨어졌어. 이봐. 이렇게 하면 다섯 개의 구멍에 여섯 명이 떨어진다는 계산이 돼."

"……어라?"

데쓰는 손바닥을 입에 대고 이상한 듯이 하늘을 올려다보고, 다시 한번 "어라?" 하고 중얼거리며 고개를 갸웃거렸다.

"데쓰, 들어가려고만 한다면 다섯 개의 구멍에 여섯 명도 들어갈 수 있어. 이 집에 다섯 명과 한 마리가 사는 것도 무리는 아닐 거라는 생각이 들지?"

"아니, 그래도 다케 씨, 말만 번지르르하다고……"

"다 생각하기 나름이라는 거야."

그러고서 잠시 대화가 오갔다. 현관 앞에서 오래 의논하기도 뭣해서 모두 집으로 들어갔다. 마히로가 보리차를 끓이고, 옷장 옆을 들락날락하는 벼슬이를 보고 야히로가 비명을 지르고, 행주로 얼굴 땀을 닦으려는 간타로에게 데쓰가 화를 내고 하는 동안에, 뭐 다 같이 사는 것도 괜찮지 않나 하는 분위기로 흘렀다. 아마추어들의 회의는 역시 분위기가 관건이다.

"좁긴 하지만, 큰 문제는 없을 거야. 어차피 잠깐이고."

"계속 있을 생각은 없습니다."

"곳간에서 인심 난다고 하지."

"지금 상황과는 맞지 않는 이야기인 것 같은데요."

이렇게 해서 좁은 집의 거주자는 다섯 사람과 한 마리가 되었다.

STARLING
stá:(r)liŋ

(1)

"어머, 어제도 오셨던 분 아니세요?"

다케자와는 신기하다는 표정을 짓는 이불집 아주머니를 무시하고 계산을 했다. 어제 마히로의 이불을 샀던 가게에 이번에는 야히로와 간타로의 이불을 사러 온 것이다.

"배달은 어떻게 할까요? 배송비가 사백 엔인데."

"이 녀석이 있으니 괜찮아요."

다케자와는 등뒤에 서 있는 간타로를 엄지로 가리켰다. 간타로는 한순간 얼굴을 찡그렸지만, 야히로가 "간짱, 힘내"라며 간드러진 목소리로 응원하자 마치 처음부터 그럴 마음이었다는 듯 의기양양하게 작업대 앞으로 가서 이불 세트 두 채를 등에 졌다.

"간짱, 대단해."

"네 애인 말이야, 바보지?"

"단순해서 귀엽잖아."

"귀엽다고 하지 마요. 야히로 씨."

간타로가 능글능글한 얼굴로 기뻐한다.

세 사람은 이불집을 나와 집으로 향하는 길을 걸었다. 데쓰와 마히로는 지금쯤 마트에서 삼 인분의 점심과 오 인분의 저녁을 사고 있을 것이다.

다케자와는 옆에서 걷는 야히로에게 물어보았다.

"이불을 산 건 그렇다 치고, 설마 계속 여기 있지는 않겠지?"

"몰라."

등뒤에서는 훅훅거리는 간타로의 콧김이 시끄럽다.

"한 가지 말해두겠는데, 우리집에서 간타로와 시시덕거리는 건 참아줘."

"그런 짓은 할 생각도 없어."

"오늘 2층에서 봤어."

"엿본 거야?"

야히로는 치한을 대하는 시선으로 다케자와를 본다.

"끝까지는 보지 않았어. 그런데, 너."

간타로에게 시선을 돌렸다.

"일자리를 구할 생각은 있겠지?"

"물론 찾고 있어요."

이불에 짓눌린 듯이 걷고 있는 간타로의 얼굴에 땀이 흥건하다.

"아까도 말씀드린 것처럼…… 스테이지 의뢰가…… 거의 없으니까."

"누가 돈을 내고 네 공연을 보겠어."

"간짱의 무대가 얼마나 멋진데."

160

"아, 그래. 어차피 무대에 오른다고 해도 구석이나 뒷자리겠지."

"아뇨…… 센터…… 즉 제일 가운데예요."

"노래를 부르나?"

"불렀……었지요."

다소 의외였다.

"어떤 노랜데. 잠깐 불러봐."

"♪왕과…… 여왕이…… 상자 위에서……"

동요 같은 선율의 낯선 곡이었다.

집에 돌아오니 데쓰와 마히로는 아직 오지 않았다. 다리 주위를 빙빙 도는 벼슬이에게 먹이를 주고 다케자와는 간타로에게 지시했다.

"너희 방은 2층이야. 너희 둘은 마히로와 같은 방에서 자."

"네? 방을 따로 주는 게 아닙니까?"

"당연하지. 분위기 파악 좀 하지그래."

"우리와 마히로가 같은 방이라니. 밤에 그러면 마히로가 싫어할 텐데. 전에 아파트에 살 때도 그걸로 어찌나 찡얼대던지."

"우리집에선 그짓 못 해. 그것만은 지켜야 해. 절대 안 돼."

"네에에? 절대로 안 됩니까?"

간타로는 눈을 치뜨며 다케자와를 쳐다보았다.

"코골이를 말하는 건데요."

"이 자식……"

놀림당했다. 손쉽게 농락당한 다케자와도 다케자와지만, 앞으로 신세를 질 집주인에게 이런 태도라니. 다케자와는 마히로와 야히로 자매에게 커다란 빚이 있다. 하지만 간타로에게 관대할 필요는 없다. 한마디 해주려고 입을 열려는 그때 현관문이 열리고 데쓰와 마히로가 들어왔다.

"다케 씨, 뉴스예요! 빅 뉴스!"

데쓰는 양손에 마트 봉지를 두 개씩 들고 있다. 뭘 저렇게 사들인 걸까.

"마히로 말이에요, 실은 요리의 달인이래요."

"달인까지는 아니라니까."

마히로는 멋쩍은 얼굴로 들어오더니 한 손에 봉지를 든 채 밥을 다 먹은 벼슬이를 안아올리고 코를 맞댔다. 벼슬이는 공중에서 작은 몸을 움직이며 높은 소리로 운다. 고양이에게도 표정이라는 게 있나보다. 세 사람이 이불을 사들고 돌아왔을 때보다 기뻐하는 것 같았다. 빨간색 목줄에는 열쇠고리에서 떼어낸 주사위가 달려 있다. 인형 뽑기 기계에서 뽑은 것이다. 새끼 고양이 인형은 아무도 탐내지 않았고 벼슬이도 흥미를 보이지 않아, 하는 수 없이 화장실 창틀에 앉혀놓았다.

마히로가 들고 있는 백엔숍 봉지에는 신문지가 가득 담겨 있었다. 접시와 그릇인 듯했다.

"아파트에서 야히로와 살 때 마히로가 식사 당번이었대요. 그래서 온갖 요리를 다 할 수 있대요."

"일본 요리뿐이라니까. 언니가 손 하나 까딱하지 않으니 내가 할 수밖에 없었어. 그냥 배운 거야."

"마히로의 요리는 진짜 맛있어."

새끼손가락으로 눈가를 긁으며 야히로가 말한다.

"그래?"

반신반의하며 나케자와는 데쓰가 가져온 봉투를 들여다보았다. 한쪽 봉지에는 가다랑어, 일본주, 설탕, 된장, 다시마, 마늘, 생강, 이건 또 뭔가, 다시마차인가. 그리고 홍차 티백과 코카콜라 페트병 두 개. 또다른 봉지에는 채소와 돼지고기 안심, 두부, 손질하지 않은 생선 두 마리가 들어 있었다. 생선이 담긴 팩에는 벤자리라고 쓰여 있다. 마히로가 직접 다듬을 셈인가.

"식초는 있었지?"

"데쓰가 라면에 넣어 먹으니까. 그건 그렇고 돈이 꽤 들었겠는데."

"처음에 기본적인 걸 마련하면 나중엔 음식 재료만 사면 되니까, 즉석식품보다 훨씬 경제적이야."

"그런가."

마히로가 갑자기 다른 사람이 된 것 같다.

"이것도 일본 요리에 사용하는 건가?"

다케자와는 벤자리 팩 밑에 있는 커다란 깡통을 끄집어냈다.

"홀토마토……면 토마토겠지?"

당연한 질문을 하니 마히로는 곤란한 듯 데쓰를 본다.

"데쓰 씨가 파스타를 먹고 싶다고 해서. 난 양식은 만들어본 적 없다고 했는데도."

"곧 한번 해먹지 뭐."

데쓰가 신이 나서 홀토마토 캔을 다케자와 손에서 받아들어 개수대 밑에 놓았다.

마히로가 만든 삼 인분의 점심은 채소볶음과 가지를 넣은 된장국이었다. 다케자와와 데쓰는 마마집에서 라면을 먹었으므로 세 사람 몫만 만들었다.

"달인이라더니."

다케자와는 자신도 만들 수 있을 법한 메뉴에 조금 맥이 빠져, 간타로의 접시에서 채소볶음을 조금 집어먹었다.

"음……."

"다시마차로 살짝 간을 하면 그런 맛이 나. 생강과 대파를 먼저 볶아서 향도 날 거야. 마무리로 설탕을 조금 넣으면 뒷맛이 부드러워."

놀랄 만큼 맛있었다. 간타로의 불평을 무시하고 된장국도 맛보았다. 된장국은 대가의 손길이 그다지 필요 없는지 지극히 평범한 맛이 났다. 하지만 그 '평범'이 다케자와에게는 더없이 맛있게 느껴졌다. 조금 전에 라면을 먹었는데도 다시 배가 고파진다. 다케자와는 남아 있는 된장국을 공기에 덜어 식탁에서 같이 먹기로 했다. 데쓰도 그렇게 했다.

"마히로, 야히로, 마히로, 야히로."

데쓰가 중얼거리며 된장국에 든 얇게 썬 가지를 씹어 삼킨다.

"이름이 헷갈린다는 말 들은 적 없어?"

똑 닮은 언니와 동생이 똑같이 애매하게 고개를 저었다.

"지금 떠올랐는데, 혹시 야히로도 처음에는 '야시로'였나?"

"갑자기 왜?"

"아빠가 마히로에게 '마시로'라는 이름을 붙이려고 했다면서. 그러니까 야히로도 마찬가지일 거라고 생각했지."

"그럴지도 몰라. 데쓰 씨, 머리 좋네."

야히로의 태도는 만난 지 얼마 안 된 사람으로 보이지 않았다. 그래도 껄끄럽지 않은 이유는 마히로와 얼굴이 비슷하기 때문일까.

"실례되는 말이지만, 데쓰 씨는 보기보다 훨씬 두뇌회전이 빠른 것 같아요."

간타로는 정말 실례되는 소리를 했다. 모처럼 기분이 좋아진 데쓰가 갑자기 침울해졌다. 하지만 된장국을 한입 먹더니 금방 평화로운 얼굴로 돌아와서, 다시 야히로에게 말을 건넸다.

"야히로는 몇 살이야?"

"곧 스물여섯 살이 돼."

"뭐?"

데쓰는 공기를 쥔 채 두 눈을 휘둥그렇게 떴다.

"그래? 난 마히로랑 한 살 정도 차이로 봤는데."

"야히로 씨는 영원한 여왕님입니다."

간타로는 뜻 모를 말을 하고 눈을 가늘게 떴다.

"야히로도 그거야? 마히로처럼 이걸로 돈을 벌어?"

데쓰는 검지를 갈고리 모양으로 구부렸다.*

"언니는 아무것도 안 해. 돈도 안 벌고 집안일도 안 하고 시장도 안 봐. 얼마 전에는 간타로 씨랑 쓰는 피임기구까지 나보고 사오라고 시켰으니까."

데쓰는 만화처럼 풋 하고 된장국을 뿜었다.

"사오라고 하지 않았어. 훔쳐오라고 했지. 나는 너 같은 재주가 없으니까 부탁한 거야. 굳이 돈 내고 사온 건 너잖아."

"꼭 그런 걸 훔쳐야 돼? 실패하지 않을 자신은 있지만, 만에 하나 들키면 창피해 죽어버릴 거야."

"사든 훔치다 들키든 창피하긴 마찬가지지."

---

* 도둑이나 소매치기를 나타내는 몸짓. 물건을 훔칠 때 갈고리 같은 도구를 이용했던 것에서 유래했다.

"미묘하게 다르다니까."

"아무튼 됐지 않습니까."

지극히 평범한 방법으로 간타로가 두 사람을 진정시키자, 원만의 화신과 같은 그의 얼굴 덕분인지 자매는 곧 태평한 얼굴이 되어 다시 밥을 먹기 시작했다. 평화에 이바지한 간타로는 기쁜 듯이 우쭐해하며 "이런 것도 사랑싸움이라고 하나요" 하고 쓸데없는 말을 한다.

"원래 그런 건 네가 사야 하는 거야, 이 찐빵아."

다케자와가 핀잔을 주자 간타로는 목을 움츠리며 옆자리의 야히로에게 "찐빵이래"라고 중얼거렸다. 야히로는 "간짱은 찐빵이 아닌데, 그치?" 하며 남자친구의 아래턱을 살랑살랑 흔든다.

"찐빵이 아니라 그저 임포텐츠일 뿐인데, 그치?"

풋 하고 다시 데쓰가 된장국을 뿜었다. 이번엔 다케자와도 마찬가지였다.

"무슨 얘기야. 야, 너, 그거야?"

다케자와가 묻자 간타로는 고개를 끄덕였다.

"그렇습니다. 저는 임포텐츠, 즉 발기불능입니다. 중학생 때 어머니께 너는 실수로 생긴 아이라는 말을 듣고 나서부터 전혀 서질 않습니다."

"충격받았나보다, 그치?"

야히로가 또 아래턱을 흔든다.

"턱이 꼭 엉덩이 같아. 진짜 기분 좋아."

"아이, 그만하세요옹."

엉덩이 같은 턱이 뭐가 좋다는 건지.

"하지만 오늘 2층에서 너희……"

166

"그렇게 치료하는 거야. 간짱의 임포텐츠를."

"치료……"

"그래, 치료. 흥분시켜서 세우려고 했지. 결과는 꽝이었지만."

"남의 집에서 그런 거 하지 마."

"집에 들어온 순간 번쩍 아이디어가 떠올랐지 뭐야. 평소랑 다른 상황이라면 간짱이 더 흥분해서 잘되지 않을까 하고. 그래서 마히로에게 나가달라고 한 거야. 결과는 꽝이었지만."

"안 서는데 왜 동생에게 피임기구 심부름을 시켜?"

"그것도 내 생각이야. 실수로 생긴 애라는 말이 간짱에게 충격을 줬잖아? 실수가 없는 상황을 만들면 서지 않을까 했지. 이거 굉장한 아이디어지? 생각해내고도 스스로 놀랐다니까. 결과는 꽝이었지만."

"그런가……"

다케자와는 흘끗 간타로를 보았다. 간타로는 손바닥으로 뒷머리를 쓰다듬으며 "꽝이었습니다"라며 눈초리를 떨어뜨렸다.

"아무튼…… 이 집에서 그 치료는 금지야."

다케자와는 다시 된장국을 먹었다.

(2)

"영국 작가 헨리 제임스는, 사기는 gentlemanly crime, 즉 '신사의 범죄'라고 말했어요."

그날 밤, 마히로가 만든 호화로운 만찬을 앞에 두고 간타로는 입과 손을 동시에 움직였다.

일본식 두부 샐러드에 젓가락을 뻗으며 데쓰가 홍 하고 비웃었다.

"작가 나부랭이가 뭘 안다고 그런 말을 해. 좋아, 그 사람이 일본에 오면 '신사의 범죄'로 빈털터리를 만들어주지."

"헨리 제임스는 벌써 죽었어요. 그런데 데쓰 씨, 거짓말로 먹고산다는 의미에서는 작가나 사기꾼이나 마찬가지 아닌가요?"

"이 두부 진짜 몰캉몰캉하네. 꼭 엉덩이 같아."

야히로는 아무렇지도 않게 다른 사람 말을 자른다. 아무래도 야히로는 엉덩이를 좋아하는 것 같다.

"마찬가지는 무슨."

"그런가요. 아무튼 저는 사기꾼을 좋아해요. 무엇보다도 기술을 구사해서 사람을 속인다는 게 멋지지 않습니까. 마술처럼. 그런데 여러분, 이상적인 사기와 이상적인 마술의 차이를 아십니까?"

음식을 다 삼키지도 않고 떠들어대니, 입에서 부추며 출처를 알 수 없는 국물이 튄다. 맞은편에 앉은 마히로가 손으로 자신의 밥그릇을 덮었다.

"이상적인 사기는, 상대가 속아넘어간 것을 눈치채지 못하는 사기입니다. 그것이 완벽한 사기예요. 같은 원리가 마술에도 통용되느냐? 아닙니다. 정반대예요. 마술은 상대가 속아넘어간 것을 깨달아야만 의미가 있어요."

이거 꽤 흥미로운걸 하고 생각했다. 하지만 잘난 척하는 말투가 마음에 들지 않는다.

"너, 젠체한다는 말을 종종 듣지?"

"네. 뚱뚱하다는 소리도 자주 들었습니다."

"그건 좀 안됐군. 아령이 있으니까 운동하고 싶으면 해. 아무튼, 아무것도 모르는 초짜가 잘난 척하며 '이상적'이다 뭐다 떠드는 게 아니야. 우리는 그게 직업인 사람들인데."

"그래, 맞아요. 우리는 프로 사기꾼이라고."

데쓰도 거들었다. 그때 간타로가 던진 말에 다케자와는 깜짝 놀랐다.

"저는 초짜가 아닌데요."

"뭐?"

"뭐?"

다케자와와 데쓰가 동시에 되물었다.

"간짱은 고수야."

야히로가 맑은 장국을 마시면서 말했다.

냐옹 하고 벼슬이가 울자 아, 하고 간타로가 탄성을 질렀다.

"잊고 있었다. 이 집에 고양이가 있다고 해서 선물을 가져왔습니다."

간타로는 갑자기 일어나서 거실을 나갔다. 쿵쿵 계단을 올라간다.

"어이, 저 녀석은 정체가 뭐야? 우리랑 동업자인가?"

야히로가 뭔가 대답하려고 할 때, 간타로가 "짠~"하며 돌아왔다. 위에만 턱시도를 입고 있다. 그 모습에 다케자와는 흠칫 놀라 눈썹을 치켜올렸다. 데쓰는 입을 떡 벌렸다. 벼슬이는 재빨리 몸을 돌려 언제든 도망갈 준비를 했다.

"♪어느 날…… 좁은 집에서…… 저녁을 먹는데"

동요 같은 선율의 그 이상한 노래다. 간타로는 운율이 맞지 않는 노래를 부르면서 탁자 앞에 쿵 하고 앉더니, 거기 있던 그의 밥공기와 접시를 치워 작은 공간을 만들었다. 무슨 짓을 하려고 그러는 거지.

"♪바퀴벌레가아, 그곳에 있느은, 두부 샐러드로 다가가아"

"뭔 소리야."

생각 없이 두부 샐러드 그릇을 보았지만 바퀴벌레는 없다. 간타로 쪽으로 시선을 돌리니 어느새 그가 비워놓은 탁자 위 공간에 정사각 형 나무상자 한 개가 놓여 있었다.

"♪왕과…… 여왕이…… 상자 위에서……"

간타로가 자동차의 와이퍼처럼 천천히 통통한 팔을 움직인다. 팔이 몇 번 나무상자 위를 스친다. 어라 싶었을 때 나무상자 위에 트럼프카 드 두 장이 놓여 있었다. 킹과 퀸. 마치 나무상자에 뚜껑을 씌운 것처 럼 두 장이 놓여 있다.

"♪이거 해줘, 저거 해줘—"

간타로의 노래가 이어진다. 와이퍼 같은 팔 동작도 계속된다.

"♪출산했습니다—"

간타로는 재빨리 트럼프 두 장을 거뒀다. 텅 비었던 나무상자 안에 뭔가 들어 있다. 이건 통조림인가. 다케자와는 무심코 목을 뺐다.

"♪여기, 벼슬이 선물"

간타로는 통조림을 나무상자에서 꺼낸다. 몽 프티 제품이다. 이미 뚜껑도 열려 있다. 간타로가 통조림을 마루에 놓자 벼슬이가 반기는 얼굴로 다가와 잠시 냄새를 맡더니 참참 먹기 시작했다.

"간타로, 너 어떻게 이런 걸 할 줄 아냐?"

"네? 얼마 전까지 스테이지에 섰다고 말씀 드렸잖아요."

"스테이지…… 너 마술사였어?"

"제가 말씀 안 드렸나요?"

"들은 적 없다. 음악을 하는 게 아니었냐?"

"제가 뮤지션이라고 했나요?"

아니, 그런 적은 없지.

"하지만 노래한다고 했잖아."

"노래를 부릅니다. 조금 전처럼."

"간짱의 스테이지는 색다르고 재미있어. 그렇게 노래를 부르면서 갖가지 마술을 하지."

야히로가 벤자리 회에 축축이 간장을 묻히며 말한다.

"다케 씨, 혹시 간짱의 기타 케이스를 보고 오해했어?"

"응."

그건 말입니다, 하고 간타로가 설명한다.

"기타 케이스는 마술에 사용하는 도구 중 하나입니다. 도구함을 겸해 다른 도구도 모두 그 안에 넣어두죠."

간타로는 어린 시절부터 뚱뚱하다고 놀림을 받았다고 한다.

"뚱뚱한 건 사실이니까 그렇게 놀려도 할 말은 없습니다. 하지만 실내화를 감추거나 책상 속에 마파두부를 넣어두는 건 싫었습니다."

아기 같은 팔로 팔짱을 끼고 간타로는 신중하게 털어놓았다.

"폭죽이 가장 이해하기 어려웠습니다. 공원에 데려가더니 다같이 저한테 폭죽을 던지는 겁니다. 뚱뚱한 거랑 폭죽이랑 무슨 관계가 있죠? 지금도 저는 불꽃놀이 축제는 무서워서 안 갑니다."

"그래서 마술을 배운 거야."

야히로가 토를 달자 간타로가 기쁜 듯이 말을 이었다.

"그렇습니다. 뭔가 장점이 있으면 바보 취급을 면하지 않을까 해서요. 실제로 마술을 배우고서 사람들이 바보 취급을 하든 말든 상관하지 않게 되었습니다. 뚱뚱하지만 내게는 마술이 있다. 남들은 빼빼 말랐지만 마술은 못 한다. 비교해보면 거의 마찬가지예요. 그놈이 그놈인 겁니다. 지금 제가 세상에서 따라갈 수 없는 상대는 마른 마술사뿐입니다. 나머지는 다 동등합니다."

알 듯 말 듯한 논리였다.

탁자 위의 요리가 거지반 없어지자 데쓰는 간타로에게 마술을 보여달라고 졸랐다. 간타로는 일 분 정도 천천히 거드름을 피우다가 "특별히 해드리는 겁니다"라고 생색내며 말하고는, 기쁜 듯이 2층에서 기타 케이스를 가지고 왔다. 잠시 거실에는 간타로의 묘한 배경음악이 흐르고, 탁자 위에 동전이 늘었다가 줄었다가, 트럼프카드가 섰다가 떠다니다가 걸어다니다가 했다. 한 종류의 마술이 끝날 때마다 간타로는 노골적으로 자신감을 드러냈다. 모든 마술이 뜨거운 반응을 얻었지만 그중에서도 특히 다케자와의 마음에 든 것은, 다다미 위에 손수건을 깔고 그 위를 플라스틱 갈퀴로 긁어 모시조개를 캐내는 마술이었다.

"♪그런…… 모시조개와…… 다다미의…… 관계"

노래와 함께 등장한 것은 속을 지점토로 채운 모시조개였지만, 미리 준비만 해두면 진짜 모시조개도 가능할 것 같았다.

"이런 도구는 어디서 팔지?"

다케자와가 물으니 간타로는 으쓱거렸다.

"모두 제가 만들었습니다."

"대단하군. 그런데 왜 일자리가 없어졌지? 꽤 재미있는데."

간타로는 턱시도를 입은 채 팔짱을 끼고 진지한 얼굴을 했다.

"이 방법에는 결점이 하나 있습니다."

"어떤?"

"관객이 참가할 수가 없습니다. 노래를 부르면서 마술을 하는 저를

172

그냥 구경하는 겁니다. 관객이 참가해야 크게 흥분하고 놀라고 하는데 말입니다. 그렇게 할 수 없다는 것이 이 마술의 결점입니다."

"너도 가끔은 관객을 참가시키는 마술을 하면 되잖아."

싫습니다, 하고 간타로는 단호하게 말했다.

"저는 이 방법이 좋습니다. 관객들이 제 노래와 기술만 감상하면 좋겠습니다."

"그 방법을 고집하다가 일거리가 없어지면 곤란하잖나."

"부르는 곳이 없으면 이렇게 거실에서 하면 되지 않습니까? 저는 아파트에서 쫓겨나든 돈이 떨어지든 별 상관 안 해요."

대단한 자신감이다.

"아무튼 빠른 시일 내에 무슨 일이든 해. 마술을 부릴 수 있으니 그 재주를 써서 돈을 버는 것이 제일 좋겠지만."

아무 생각 없이 한 말이었지만, 설마 얼마 후 자신이 간타로와 함께 '일'을 하게 될 거라고는 생각도 못했다.

"하지만 아파트에서 쫓겨난 게 잘된 일인지도 모르겠어."

야히로가 그 말을 하고 KOOL 담뱃갑에서 한 개비를 뽑아 입에 물었다. 간타로가 라이터에 착 불을 붙여 대령한다.

"왜 그런 생각을 하는 거지?"

"얼마 전부터 이상한 남자가 아파트 근처에 어슬렁거리지 뭐야. 건물 그늘에 숨어서 우리가 외출할 때 힐끔힐끔 쳐다봤어. 기분 나빴지."

"응, 기분 나빴어."

"이상한 남자?"

"그래. 간짱에게 쫓아내라고 했더니, 겁을 먹어선."

"그 사람, 덩치가 너무 컸습니다. 절대로 이길 수가 없었습니다. 전

폭력은 싫습니다."

이봐, 하며 다케자와가 말을 막는다.

"어떤 녀석이었지? 얼굴 생김새는?"

"얼굴은 못 봤어. 우리가 쳐다보면 얼른 고개를 돌렸으니까. 난 눈도 나쁘고."

"누구였나?"

"글쎄, 모른다니까."

다케자와는 데쓰를 바라보았다. 데쓰도 다케자와를 보았다.

―키가 크고 수상한 남자가 가게에 와서.

돈돈집의 주인이 했던 말이다.

―손님에 관해 이것저것 묻고 갔습니다.

다케자와에 대해 캐물었던 남자.

그리고 또 한 가지.

―우리집에 이상한 전화가 몇 번이나 걸려왔어요. 시옷 소리가 귀에 거슬리는 말투로 당신 있는 곳을 가르쳐달라더군요.

―맞아요, 히구치라는 남자였어요.

관계있는 것일까. 이것들은 하나의 선으로 연결되어 있는 것일까. 아니, 그럴 리는 없다. 히구치가 다케자와의 주변을 캐는 것은 이해가 되지만, 마히로와 야히로의 아파트 근처에 출몰하는 이유는 알 수 없다. 두 사람은 예전에 다케자와가 히구치 밑에서 일할 때 자살로 내몬 여자의 딸이다. 히구치가 굳이 두 사람 근처를 서성거릴 리는 없다.

천천히 한 번 숨을 들이쉬고, 다케자와는 동요가 목소리에 드러나지 않도록 신경 쓰면서 물어보았다.

"여기로 올 때…… 그 남자에게 들키지는 않았나? 미행당하지 않

174

았어?"

야히로와 마히로는 얼굴을 마주 보더니 간타로에게 시선을 던졌다. 세 사람은 각자 따로 고개를 끄덕였다.

"들키지는 않았어."

야히로가 대답했다.

"아무래도 신경이 쓰여서 주위를 살펴보며 왔거든."

"……그래."

애매한 의혹에 사로잡혔지만 다케자와는 일단 한시름 놓았다. 무엇 때문에 안도했는지는 그도 잘 몰랐다.

데쓰는 딸가닥딸가닥 신경질적으로 탁자 위를 손톱으로 두들기고 있었다.

    (3)

다케자와와 데쓰, 야히로 세 사람은 마히로가 요리용으로 사온 일본주를 마셨다. 마히로는 홍차 티백을 우리고 간타로는 코카콜라를 컵에 따랐다. 술은 안 하느냐고 물으니 간타로는 코카콜라 페트병을 들어올리고 "전 오로지 이겁니다"라며 왠지 모르게 우쭐거렸다. 데쓰가 닥터 슬럼프 컵을 쓰지 않기에 슬며시 이유를 물어보니 "이상하게 볼 테니까"라고 대답했다. 하긴 이 면면들을 보면 어떤 말이 나올지 모른다.

"이렇게 모여 있으니 마치 가족 같습니다."

단맛에 취했는지 간타로가 한 손에 잔을 들고 히히 웃는다. 다케자와는 그 말을 코웃음으로 일축했지만, 확실히 세상에는 타인 같은 가족이 얼마든지 있으니 가족 같은 타인도 있을 법할지 모른다.

얼마 안 있어 마히로와 야히로가 간타로의 트럼프를 빌려 다다미 위에서 블랙잭을 하기 시작했다. 간타로는 탁자를 마주 보고 앉아 다시 젓가락을 움직여 남은 음식을 해치웠다. 데쓰는 조금 전까지는 생각에 빠진 듯 복잡한 표정을 하고 있었으나, 지금은 바닥에 누워 입을 벌리고 시체처럼 반쯤 눈을 뜨고 있다. 배 언저리에는 통조림으로 배를 채운 벼슬이가 자고 있다. 데쓰는 동물을 좋아하지 않는지 처음에는 벼슬이를 기르는 것도 반대했지만, 웬일인지 벼슬이는 데쓰를 잘 따랐다.

데쓰의 배 위에서 기분 좋은 듯이 잠자는 벼슬이를 마히로가 가끔씩 돌아보며 쓸쓸한 표정을 지었다.

깊은 밤 잠자리에 들었을 때다.

불을 끈 거실에서 데쓰의 코 고는 소리를 들으며 검은 천장을 바라보고 있는데 속삭이는 소리가 들렸다.

"……안 자?"

거실 입구에 티셔츠에 반바지 차림의 마히로가 서 있다.

"뭐 하고 있어, 화장실?"

"아니. 간타로가 코를 너무 심하게 골아서 피신 나왔어."

머리를 벅벅 긁으면서 마히로는 크게 하품을 했다.

"하지만 달리 잠잘 곳이 없는데."

"여기서 자면 돼."

마히로의 그다음 행동에 다케자와는 뭐라 대응할 수가 없었다. 마히로의 동작이 너무나 자연스러워서 마치 그것이 당연한 것 같았기 때문이다.

"……이봐."

다케자와는 몸을 빼며 자신의 이불 속에 들어온 마히로의 얼굴을 본다.

"응?"

"이게 무슨 짓이야?"

"여기서 잘 건데. 안 돼?"

"되고 안 되고의 문제가 아니잖아. 무슨 생각이야?"

마히로는 아무 말 없이 제 팔을 베고 눈을 감는다.

"여기서 자도 데쓰의 코골이 때문에 시끄러워."

"2층에 비하면 상대도 안 돼."

머릿결에서 달콤한 냄새가 난다. 다케자와는 잠시 어쩔 줄 몰라 멍하니 얼어 있었다. 그사이 마히로의 호흡이 천천히 규칙적으로 바뀌었다. 잠이 든 모양이다. 다케자와는 손발을 하나하나 진중하게 움직여 살살 이불에서 빠져나왔다. 마히로의 머리를 살며시 들어올려 그 밑에 베개를 괴어주었다. 마히로는 깨지 않았다.

다케자와는 어두운 거실에서 책상다리를 한 채 오 분 정도 팔짱을 끼고 있다가, 이윽고 데쓰의 이불로 파고들어 눈을 감았다. 베개가 없었으므로 다시 일어나 구석에서 뒹굴고 있는 오 킬로그램짜리 아령을 한숨과 함께 요 밑에 집어넣었다.

(4)

"이봐, 네 동생은 대체 왜 그러는 거야?"

아침을 먹고 마히로가 탈의실에 세탁기를 돌리러 간 틈을 타서 다케자와는 야히로에게 속삭였다. 부엌에서는 데쓰가 간타로에게 설거지하는 법을 가르치는 소리가 들려온다.

"왜?"

탁자 앞에서 책상다리를 하고 식후 커피를 마시던 야히로는, 그리기 전이라 흔적만 남은 눈썹을 치켜올리며 의아한 표정을 지었다.

"어젯밤에 갑자기 내 이불 속으로 들어왔어."

어젯밤 다케자와는 귀 바로 옆에서 들리는 데쓰의 코골이 때문에 거의 잠을 자지 못했다. 오늘 아침 일찍 마히로가 옆 이불에서 나와 계단을 올라가고 나서야 겨우 자기 자리로 돌아가 잠시 눈을 붙일 수 있었다. 간밤의 사정을 빠른 어조로 설명하자 야히로는 '아아' 하고 이해하는 표정을 지었다.

"그래서 한밤중에 없어졌었구나. 한 번 눈을 떴는데 옆을 보니 없더라고. 그래, 다케 씨 곁으로 갔었구나."

"그냥 넘어갈 일이 아니야. 아무리 간타로의 코골이가 요란하다고 해도 갑자기 내 이불 속으로 들어오다니, 이상하잖아."

다케자와는 열을 올렸지만 야히로는 대수로울 것 없다는 듯 대답했다.

"마히로는 파더 콤플렉스거든."

파더 콤플렉스, 다케자와가 입속에서 되뇌자 야히로도 다시 한번, 그래, 파더 콤플렉스, 하고 말했다.

"중증이야. 드라마도 아저씨가 주인공인 것만 봐. 서스펜스 같은 거. 시디도 아저씨 노래만 듣고."

야히로는 '아저씨'들의 이름을 몇 개인가 구체적으로 열거했다. 중년의 멋을 풍기는 배우와 세련된 가수까지 실로 다양했는데, 정말로 나이는 다 비슷했다.

"저애가 돈을 훔치는 상대도 모두 아저씨들이야. 아마 아저씨들에게 혼나거나 용서받는 걸 원하는 거겠지. 실제로는 그런 경험이 없으니까. 그래서 어젯밤에도 다케 씨와 함께 자고 싶었던 게 아닐까? 이상한 마음을 먹은 게 아니라."

"당연하지."

야히로는 머그컵을 입에 가져가더니 그대로 우물거리는 소리로 말한다.

"마히로는 다케 씨를 아버지처럼 여기고 있어."

"너희 아버지는 어떤 사람이었는데?"

"얼굴은 전혀 기억나지 않지만, 엄청나게 컸던 것 같아. 말수가 적고……"

"그럼 나와 전혀 다르잖아. 난 몸집도 크지 않고 대부분 입만 움직이니까."

"세세한 건 몰라. 이미지뿐이지. 게다가 쟤는 나보다 아버지에 대한 기억이 더 없어. 아버지가 집을 나갔을 때는 아기였으니까."

머그컵을 입에서 떼고 따뜻한 김을 내려다보다가 야히로는 말투를 바꿨다.

"사실은 다케 씨가 아버지보다 훨씬 나아."

"무슨 뜻이지?"

야히로는 머그컵을 탁자 위에 탕 하고 내려놓았다.

"난 지금도 아버지를 용서 못 해. 아버지가 집을 나갔기 때문에 엄마가 그렇게 고생했고, 결국은 사채업자의 협박에 견디다 못해 죽은 거잖아."

"음…… 그런 것 같더군. 이야긴 들었어."

다케자와는 눈을 내리떴다.

"우리는 엄마랑 그다지 사이가 좋지 못했어. 집에 돈이 없으니 웃음이 완전히 사라졌지. 눈에 비친 엄마는 언제나 생활에 치여 초조한 듯이 한숨만 쉬는 깡마른 여자였어. 일반적으로 떠오르는 엄마의 느낌이 없었어."

야히로가 미소를 지으며 바라보아서 다케자와는 고개를 돌리며 팔짱을 꼈다. 봄날의 아침 해가 창을 통해 들어와 탁자 다리를 비추고 있다.

"난 엄마랑 초등학교 저학년 때부터 거의 말을 안 했어. 왜 우리집만 이 지경인지, 왜 아빠가 없고 엄마는 겁에 질려 있는지 늘 생각했지. 생각하고 생각해도 답을 알 수가 없어서 그냥 잠자코 있었어. 학교에서 집에 돌아와 잠자리에 들 때까지 계속 입을 다물고 있었지."

"두 사람 다 그랬나? 동생까지?"

야히로는 잠시 생각하더니 고개를 가로저었다.

"마히로는 달랐어. 그애는 잘 웃고 엄마랑 이야기도 잘했지. 아주 명랑했어."

"동생은 엄마와 사이가 좋았나보군."

일곱 살 위의 언니는 자신의 가정이 비정상임을 알아차리고 어쩔 수 없는 일이라며 단념한 채 계속 입을 다물고 있었다. 아무것도 모르는 동생은 복잡한 고민 없이 명랑할 수 있었다는 이야기인가.

그렇게 생각했으나 그건 착각이었다.

"정반대야."

야히로는 다케자와를 보지 않고 말했다.

"그애는 연기하고 있었던 거지. 매일매일 연기하며 살았어. 나는 밝고 명랑한 아이야, 이 집은 단란한 가정이야, 하고. 아니, 연기와는 또 다른 건가. 아무튼 그애는 스스로 자신의 세계를 만들어버렸어. 나는 알고 있었어. 하지만 아무 말도 하지 않았어. 말해봤자 동생만 불쌍해지니까."

야히로는 몇 번 눈을 깜박이더니 다케자와에게로 얼굴을 돌렸다.

"저애가 하는 일은 분명히 천직이야. 아마 마히로는 마지막에 돈을 훔치는 순간까지 거짓말을 한다거나 연기한다는 걸 의식하지 않겠지. 스스로 만든 이야기 속으로 들어가버리니까. 그래서 대부분은 절대로 들키지 않아."

확실히 가키데카 때도 마히로가 상대의 윗도리에서 지갑을 빼내는 것을 보기 전까지 다케자와는 전혀 눈치채지 못했다.

"다케 씨도 정신 바짝 차려. 저애에게 속아넘어가지 않도록."

다케자와가 대답할 말을 찾고 있는데, 야히로가 키득거렸다.

"이제 와서 새삼스레 주의할 것도 없지. 이미 속아넘어갔으니까."

"속았다고? 내가?"

야히로는 고개를 끄덕이며 남은 커피를 털어넣었다.

"간짱 말이야, 생긴 건 저래도 코는 안 골아."

(5)

"아빠와 엄마는 역시 둘 다 있는 게 최고야. 앗, 뜨거……"

"어떤 아빠나 엄마라도 그럴까요. 앗, 뜨거……"

툇마루라고 겨우 불러줄 수 있을 정도로 좁은 마루에 앉아 다케자와와 데쓰는 노부부처럼 나란히 차를 마셨다. 담 앞에는 서향나무 꽃잎이 바람에 흔들린다.

야히로가 해준 자매의 어린 시절의 이야기를 데쓰에게 전했다.

"다케 씨, 잠깐 손 좀 내밀어보세요."

찻잔을 옆에 두고 데쓰는 갑자기 말을 꺼냈다.

"간타로에게 마술이라도 배웠어?"

"그냥 좀 줘봐요. 한쪽 손만 있으면 돼요. 예전에 들은 이야기가 있어서요."

뭐가 뭔지는 잘 모르겠지만 다케자와는 시키는 대로 오른손을 내밀었다.

"다케 씨, 손가락의 명칭을 알고 있나요?"

"누굴 바보로 아나. 엄지, 검지, 중지."

"그런 거 말고, 다른 명칭 말예요. 어릴 때 배운 거."

"아, 그거."

다케자와는 오른쪽 손바닥을 얼굴 앞으로 가져와서 손가락을 한 개씩 움직여 보였다.

"아빠 손가락, 엄마 손가락, 형 손가락, 누나 손가락, 아기 손가락?"

"네, 그거요."

초등학교에 들어가기 전에는 사요도 손가락을 그렇게 불렀다.

"아빠 손가락과 엄마 손가락을 붙여보세요."

데쓰의 말대로 다케자와는 엄지와 검지를 붙였다.

"간단하지, 이렇게."

"그럼 아빠 손가락과 형 손가락은?"

"붙지, 봐."

다케자와가 엄지와 중지를 모았다.

"아빠 손가락은 언니 손가락과 아기 손가락에 모두 붙지요."

"응."

다케자와는 손가락을 차례로 붙여보았다. 간단했다.

"그럼 이번에는 엄마 손가락으로 해보세요."

"어디……"

다케자와는 검지를 중지, 약지, 새끼손가락에 각각 붙여보았다.

끙 하는 소리가 저도 모르게 새어나왔다. 새끼손가락을 검지에 붙이기가 힘들었다. 어떻게 되기는 하겠지만 손가락의 각도에 무리가 있어서 근육에 쥐가 날 것 같다.

"엄마하고 아기는 잘 모아지지가 않지요?"

"응. 이거 어려운데."

"그럼 아빠 손가락과 엄마 손가락을 모아서, 아기 손가락에 붙여보세요."

다케자와는 엄지와 검지를 모아보았다.

"아, 붙는다."

엄지의 도움을 얻은 검지는 어려움 없이 새끼손가락에 붙을 수 있었다.

"분명히 이런 이치겠지요."

데쓰가 잔을 들고 조용히 차를 마시더니 타이어에서 공기가 빠져나오는 것처럼 긴 한숨을 토했다.

"부모가 다 있는 게 역시 최고예요."

다케자와도 차를 마시며 자신의 손바닥을 가만히 내려다본다. 다시 한번 엄지와 검지를 모아 새끼손가락에 붙여본다. 뗀다. 붙인다. 뗀다. 그 동작을 되풀이하고 있으려니 왠지 손가락 끝에 얼굴이 달린 것처럼 보였다. 엄지는 다케자와, 검지는 유키에, 새끼손가락은 사요. 동시에 엄지는 정체불명의 밋밋한 얼굴, 검지는 아파트 현관에서 다케자와를 올려다보던 어머니, 새끼손가락은 마히로, 약지는 야히로였다.

다케자와는 자신의 손가락들로 두 가정을 연기해본다. 엄지와 검지를 붙이고 새끼손가락과 모아본다. 이것은 원래의 다케자와 가족. 세 손가락 중에 하나, 유키에가 죽었다. 다케자와는 검지를 가족에서 떼어놓는다. 엄지와 새끼손가락은 아직 딱 붙어 있다. 사요가 살해당했다. 다케자와는 새끼손가락을 엄지에서 떼어놓는다. 혼자 남은 손가락은 다케자와다. 무릎 위에 놓인 커다란 엄지는 외로워 보였다. 또 한 번 해본다. 엄지, 검지, 약지, 새끼손가락을 모아 네 가족을 만든다. 이번에는 엄지를 먼저 떼어놓는다. 그러자 남겨진 세 손가락 사이에 작은 틈이 생겼다. 다음엔 검지를 떼어놓는다. 새끼손가락과 약지만 남는다. 마히로와 야히로다. 두 손가락은 지금, 아까 홀로 남겨진 엄지와 함께 살고 있다.

고개를 들어 하늘을 보니 이끼가 낀 담장 너머로 엷은 구름이 떠 있는 하늘이 펼쳐져 있었다.

"그러고 보니, 다케 씨. 지금 이 집에 사는 사람도 마치 손가락 같네요. 모두 다섯 명. 새끼손가락부터 순서대로 마히로, 야히로, 간타로, 다케 씨."

"그리고 너."

"맞아요."

"난 엄마 손가락은 싫어. 호모가 아니니까."

"다케 씨가 검지예요."

"호모는 싫다니까."

데쓰가 웃었다.

"너무 진지하게 받아들이네요."

어깨를 흔들며 자신의 손바닥을 잠자코 바라본다.

"그저 손가락 이야기일 뿐인데."

다케자와도 자신의 손바닥을 바라본다.

"손가락 이야기지."

한 마디씩 주고받는 두 사람의 목소리는 담 너머로 보이는 흐릿한 하늘로 공허하게 흘러갔다.

그날 저녁을 먹고서 다케자와가 생활비 걱정을 하자, 데쓰가 장롱 서랍에서 예의 공구함을 꺼내왔다.

"제가 근처에서 좀 벌어오겠습니다."

데쓰는 공구함 속에서 자물쇠 푸는 도구를 보여준다.

"빈집털이를 하려고?"

"가끔은 혼자서 일을 나갈게요. 다케 씨는 느긋히 차라도 마시고 있어요."

"하지만……"

다케자와는 아무래도 '훔치는 일'은 구미가 당기지 않았다. 하지만 무직의 동거인이 늘어난 지금 상황에서는 일을 가릴 처지가 아니다. 결국 사기도 훔치는 행위와 별반 차이가 없다. 간타로는 '신사의 범죄'라고 하지만, 빈집털이가 코딱지라면 사기는 눈곱 같은 것이다.

"어라, 데쓰 씨, 어디 가시려고요?"

설거지를 하던 간타로가 고개만 돌려 쳐다본다.

"데쓰 씨에게 부탁이 있습니다. 잠깐만 기다려주십시오."

"부탁? 이런, 또 마루가 젖었잖아."

데쓰가 개수대 밑에서 걸레를 꺼내 투덜거리면서 간타로가 걸어간 뒤를 닦는다. 간타로는 신경도 쓰지 않고 2층으로 쿵쿵 소리를 내며 올라갔다. 다시 내려온 간타로는 아직 물기가 흐르는 손에 티슈 상자 만한 크기에 튼튼해 보이는 철제 상자를 들고 있었다. 아무 모양도 없는 검고 각진 상자로, 앞면 가운데에 열쇠 구멍이 하나 뚫려 있다. 그게 뭐냐고 데쓰가 물으니, 마술 소도구라고 했다.

"이 상자를 열어주셨으면 합니다. 열쇠를 잃어버려서 말이죠."

"마술로 열어."

"그건 못합니다."

데쓰는 얼굴을 찌푸리더니 공구함에서 자물쇠 여는 도구를 꺼내 마루에 책상다리를 하고 앉아 상자의 열쇠 구멍을 만지작거리기 시작했다. 도중에 벼슬이가 다가와 선풍기를 고치는 아버지를 보는 아이 같은 눈으로 가만히 관찰하기 시작했다. 하지만 결국 문손잡이와는 원리가 다른지 간타로의 상자는 열리지 않았다.

"이건 일반 열쇠가 아니라서 안 되네. 단념해."

네에에? 간타로가 노골적으로 안타까워하며 외쳤다. 데쓰는 상대의 품에 철제 상자를 안기더니 벼슬이에게 저리 가라며 손사래를 치고 그대로 공구함을 들고 현관을 나섰다.

"안에 뭐가 들었는데?"

다케자와가 물어보니 간타로는 두터운 입술을 좌우로 쭉 찢으며 후

후 웃는다.

"비밀입니다."

정말 속을 모를 녀석이었다.

한 시간 정도 지나자 데쓰가 현금 십이만 엔을 가지고 돌아왔다. 다케자와, 간타로, 야히로, 마히로는 박수로 데쓰와 현금을 반겼고, 데쓰는 의기양양하게 가슴을 폈다. 은근히 힘이 되는 녀석이다.

(6)

"다케 씨, 잠깐 저 좀 봐요."

거실에서 퀴즈 프로그램을 보던 다케자와에게 데쓰가 심각한 얼굴로 다가온 것은 그다음 날 저녁 무렵이었다. 마히로와 야히로는 2층에서 음악을 듣고 있고, 십자말풀이 잡지를 들고 욕탕에 들어간 간타로는 벌써 한 시간째 틀어박혀 있다. 그런 책 말고 취업 정보지나 사오라고 잔소리하고 싶은 것을 다케자와는 참고 있었다.

"마히로와 야히로 말인데요."

데쓰가 소리를 낮추며 검지로 천장을 가리켰다. 다른 한 손에는 도쿄 지역 쓰레기봉투를 들고 있다.

"지금 대단한 걸 보고 말았어요."

"대단한 거?"

"내일이 쓰레기 버리는 날이라서 2층에 쓰레기를 가지러 갔는데요. 살짝 열린 방문 틈으로 새어나오는 노랫소리에 섞여 두 사람의 목소리가 들리지 않겠어요?"

데쓰는 손바닥을 얼굴 옆에 붙이며 귀를 기울이는 시늉을 해보였다.

"대화 속에 '돈'이라는 단어가 나오기에 잘 들어봤지요. 두 사람이 너무 소곤소곤 이야기해서 더 궁금하더라고요. 마침 문에 틈이 있어서."

"엿보았나?"

"그냥 봤어요. 얼굴을 가져다 대고."

"엿보았구먼."

아무튼, 하고 말하며 데쓰는 몸을 딱 붙이고 한 손을 다케자와의 어깨에 올린 채 속삭였다.

"엄청나게 많은 돈이 있는 겁니다."

다케자와는 자신도 모르게 데쓰 쪽으로 얼굴을 돌렸다. 데쓰도 다케자와의 어깨에 손을 얹은 채 심각한 얼굴로 쳐다보았다. 그대로 마주 보고 있는데 아 하는 탄성이 들렸다. 욕탕에서 나온 간타로가 십자말풀이 잡지를 한 손에 들고 거실 입구에 서 있었다. 어깨 위로 김이 난다. 입속으로 작게 "역시"라고 중얼거리며 그대로 획 발길을 돌려 자리를 피하려는 간타로를 다케자와가 당황하며 불러 세웠다.

"이상한 오해는 하지 마."

"아니, 오해라니 그런 거 아닙니다. 전 단지 두 분을 방해하면 안 될 것 같아서요."

"괜한 오해는 하지 말라고."

간타로는 어깨 너머로 둥근 얼굴을 돌려 보였다.

"그럼 저도 두 분과 함께 거실에 있어도 됩니까?"

"그거야 상관없지만…… 뭐 될 수 있으면 자리를 피해주는 게 좋지."

"이거 봐, 역시."

간타로는 쿵쿵 마루를 울리며 부엌으로 들어가서 개수대의 컵을 하나 집고 냉장고를 열었다. 그 옆을 가로지른 벼슬이가 이쪽으로 건너오려고 했다. 간타로는 한 손으로 벼슬이를 들어올리고는 고양이에게 저쪽에 가면 안 돼, 하고 속삭였다. 대꾸하기도 귀찮아진 다케자와는 데쓰 쪽으로 몸을 돌렸다.

"뭐? 큰돈이 있다고?"

"그렇다니까요."

데쓰는 부엌에 있는 간타로에게 들리지 않을 정도의 소리로 말을 이었다.

"마히로가 가져온 보스턴백에 들어 있었어요. 아무렇게나 쑤셔박혀서. 모두 만 엔 지폐예요. 아마 이백만 엔이나 삼백만 엔 정도 될 걸요. 어쩌면 더 될지도 몰라요."

"대화의 예절을 모르는 새가 뭘까요?"

간타로가 다시 부엌에서 돌아왔다. 물기에 분 십자말풀이 잡지를 다다미 위에 놓는다. 빈 칸의 반 정도가 인쇄체 같은 반듯한 글씨로 채워져 있었다.

"여기 말입니다, 세로 12번의 힌트를 도무지 모르겠어요. '이 새가 갑자기 날아와서 까악까악 울고는 떠난 일화 때문에, 옛날 사람들은 대화의 예절을 모르는 사람을 □□□□라고 불렀다.'"

데쓰가 혀를 찬다.

"바로 네 이야기네."

"간타로면 한 글자가 남아요. 전 새도 아니고."

"그럼 starling이야. 자, 어서 가줘."

"일본어로 말해주십시오. 저는 폼만 잡았지 실은 영어가 젬병입니다."

"지금 중대한 이야기 중이란 말이야."

데쓰가 내뱉듯이 말하자 간타로는 "엄청 무섭네"라며 고개를 움츠리고 잡지와 연필을 다다미에 둔 채 맥없이 물러났다.

다케자와는 다시 데쓰 쪽으로 몸을 돌린다.

"자네가 잘못 본 것은 아냐? 그렇게 큰돈을 가지고 있을 리가 없잖아."

"그런데 가지고 있더라니까요."

데쓰는 작지만 힘을 실은 목소리로 말했다.

"그런데 두 사람이 터무니없는 이야기를 했어요. 돈을 사이에 둔 채 '버린다' 느니 '필요 없다' 느니 하던데요."

"돈을…… 버릴 이유가 없잖아."

"무서운 표정 짓지 마세요. 두 사람이 실제로 그렇게 말했으니 어쩔 수 없잖아요. 다케 씨, 이건 무슨 경우죠? 빈털터리 주제에 돈을 버리려고 하다뇨. 이야기를 더 들어보려고 했는데, 엿보다가— 가 아니라 보다가 마히로에게 들켰어요. 화난 얼굴로 문을 꽝 닫아서 거기까지밖에 못 들었어요."

"무슨 착각이었겠지."

심각하게 여기지 않는 다케자와의 태도에 화가 난 듯, 데쓰는 긴 입으로 불만스러운 한숨을 토해내며 한 손에 쓰레기봉투를 들고 일어섰다.

"이상한 일에 휩쓸려도 난 몰라요. 두 사람은 분명히 뭔가 숨기고 있어요. 난 다케 씨에게 충고했으니 이제 상관하지 않을 거예요. 이상한 일에 말려들더라도 혼자 해결하세요."

토라진 아이처럼 말하고 데쓰는 거실을 나갔다. 하지만 곧 돌아와서 방에 있는 쓰레기통의 내용물을 봉지에 버리더니 다시 나가버렸다.

다케자와는 벌러덩 다다미에 눕는다. 그때까지 억눌렸던 무거운 감정이 울컥 가슴속으로 흘러들었다.

"버린다고……"

역시 그렇구나.

마히로의 보스턴백에 들어 있는 현금의 정체를 다케자와는 알고 있었다.

그것은 다케자와가 보낸 돈이었다. 칠 년간 다케자와가 자매에게 보낸 돈이다. 다케자와는 돈이 생길 때마다 자신의 생활비를 제한 나머지 전부를 두 사람의 아파트로 보냈다.

돈을 넣은 봉투에 서명은 하지 않았다. 하지만 처음에 자신이 두 사람의 어머니를 죽였다고 고백하는 편지를 함께 보냈다. 그렇게 하지 않으면 출처를 모르는 돈을 쓰지 않을 것 같았기 때문이다. 그러므로 자매는 칠 년간 송금된 돈이 어떤 돈인지 알고 있을 것이다.

두 사람은 아무래도 다케자와가 보낸 돈을 쓰지 않았던 것 같다. 아파트에서 쫓겨날 정도로 형편이 궁한데도. 그럴지도 모른다고는 생각했지만 실제로 알게 되니 다케자와는 역시 가슴이 아팠다. 이런 감정조차도 이기적인 교활함이 빚어낸 느낌이 들어 더욱 마음이 가라앉는다.

고개를 옆으로 돌리니 벼슬이가 앞발을 모으고 이상하다는 듯이 다케자와를 보고 있었다.

벼슬이는 처음 봤을 때보다 조금 자랐다. 수염과 꼬리가 좀더 고양이다워졌다. 새끼 고양이는 성장이 빠르다.

다케자와가 바닥에 머리를 댄 채 가만히 바라보자 벼슬이는 휙 몸을 돌려 창 쪽으로 가버렸다. 몸을 세우고 앞발 끝으로 창틀을 박박 긁는다. 나가고 싶은 것일까.

"밖에 나가면 위험해."

다다미 위에는 간타로가 놓고 나간 십자말풀이 잡지와 연필이 놓여 있다. 다케자와는 그것을 당겨와 세로 12번에 '찌르레기'라고 써넣었다.

예전에 살던 집에 무슨 종이었는지는 모르지만 여름이 되면 빨간 열매를 잔뜩 맺던 작은 나무가 있었다. 마치 이 집의 서향나무처럼 거실과 담장 사이에 한 그루가 심겨 있었다. 열매가 맺히면 꼭 어디선가 찌르레기가 와서 소란스러운 소리를 내면서 쪼아먹었다. 유키에가 세상을 떠나고 이듬해 여름의 어느 일요일. 다케자와는 사요와 둘이서 거실에 누워서 멍하니 찌르레기를 보았다. 창유리에는 연말 대청소 때 유키에가 닦았던 먼지 자국이 아직 엷게 남아 있었다.

—어, 다들 한 개씩 물고 돌아가네.

사요가 갑자기 소리를 질렀다.

찌르레기들은 나무에서 배를 채운 뒤 열매를 하나씩 물고 날아갔다.

아마도 둥지에서 기다리는 새끼들을 위한 먹이이리라. 찌르레기 새끼들은 부모가 물고 온 빨간 열매를 아직 혀도 움직이지 않는 입으로 삐악거리며 기쁘게 먹을 것이다. 그리고 어미 새는 다시 둥지에서 날아올라 새로운 먹이를 찾으러 간다.

어느 날 피 냄새를 풍기는 매 한 마리가 어미 새를 해쳤다고 치자. 그 매가 어미 새의 사체를 발톱으로 움켜쥔 채 빨간 열매를 물고 둥지에 나타난다면 새끼들은 열매를 먹을까.

당연히 먹지 않을 것이다.

새끼들은 어미 새를 죽인 원망스러운 매에게서, 먹이를 얻으려 하지 않을 것이다.

날이 저물어 뉴스 프로그램이 끝날 무렵이 되자, 마히로가 부엌에 서서 저녁 준비를 하기 시작했다. 야히로는 거실에서 한가롭게 KOOL을 피우고, 간타로는 옆에서 시중을 들며 새 담배에 불을 붙일 준비를 하고 있다.

화장실에 들렀다가 나오는데 마루 끝에서 이쪽으로 오라고 손짓하는 데쓰가 보였다. 다케자와가 의아해하며 고개를 내밀자 데쓰는 말없이 다시 손짓한다.

"……뭐야?"

다케자와는 데쓰 곁으로 갔다. 데쓰는 검지를 세워 위를 가리킨다.

"아까 내가 한 말이요. 돈 얘기. 착각이라고 생각한다면 다케 씨가 확인하세요. 지금 가면 엿볼 수 있어요. 모두 내려와 있으니까."

다케자와는 대답이 궁했다. 자신이 보낸 돈을 직접 본다고 해도 허망함만 더할 뿐이다.

"다른 사람 방을 엿보기는 좀…… 더구나 젊은 아가씨 방인데."

"간타로도 같이 쓰잖아요. 그리고 세 사람은 얹혀사는 거예요. 이 집은 나와 다케 씨가 빌린 집이고요."

"그렇긴 하지만……"

너무 방관자처럼 굴면 데쓰가 이상하게 느낄지도 모른다.

흘끗 뒤를 돌아본다. 마히로는 개수대 앞에 있다. 거실 쪽으로 목을 뺀다. 야히로와 간타로는 텔레비전에서 엄청 재미있는 것이라도 하는

지, 몸을 서로 부딪치며 깔깔 웃고 있다.

데쓰가 턱으로 계단 위쪽을 가리켰다.

"일기나 편지를 보는 게 아니니까 문제될 건 없어요."

"응, 그럼……"

할 수 없이 다케자와는 천천히 계단을 올라갔다. 데쓰가 바로 뒤를 따랐다. 어느 틈에 벼슬이까지 데쓰의 뒤에 따라붙었다. 데쓰가 뒤를 돌아보며 "이 녀석" 하고 위협하니 벼슬이는 깜짝 놀라서 냅다 계단을 내려갔다.

방의 미닫이문은 열려 있었다.

"저기 벽 쪽에 있는 보스턴백에 들어 있어요."

좁은 방은 좌우로 마히로의 공간과 야히로, 간타로의 공간으로 나뉜 것 같다. 마주 보고 왼쪽에 마히로의 물건이 놓여 있고 오른쪽에 야히로의 물건과 옷이 뒤죽박죽으로 흩어져 있었다. 간타로의 기타 케이스도 옷 속에 파묻혀 아무렇게나 놓여 있다.

흠 하고 다케자와는 눈썹을 치켜올렸다. 어디선가 희미하게 익숙한 냄새가 난다. 이건 무슨 냄새지. 달콤시큼한, 인공적인 냄새.

"……오."

방 안쪽에 놓인 쓰레기통에 껌 포장지가 버려져 있었다. 둥글게 뭉쳐진 은색 종이와 가늘고 긴 자주색 종이. 매실껌이다. 사요가 좋아하던 껌이었다. 마히로가 씹은 것일까. 자주색 종이 위의 그림은 거의 예전 그대로였다. 다케자와는 쓰레기통 앞에 앉아 포장지에 손을 뻗었다.

"다케 씨……"

그 소리에 고개를 돌리자 데쓰가 방 밖에서 벙찐 얼굴을 하고 다케자와를 보고 있다. 다케자와는 당황하며 손을 도로 거뒀다.

"아니, 쓰레기에 관심이 있는 건 아니고. 껌을 버렸기에⋯⋯"

데쓰는 한층 더 놀란 표정을 지으며 두 눈을 치떴다. 설명하자면 길어서 다케자와는 더는 말하지 않고 방에 들어온 원래 목적을 실행하기로 했다.

"이 가방인가?"

마히로의 보스턴백을 끌어냈다. 망설임 없이 지퍼를 여니, 맨 위에 입구를 묶은 마트의 비닐봉지가 보였다.

"바로 그거예요. 그 봉지 안에 들어 있어요."

어디, 하고 다케자와가 일부러 소리를 내며 비닐봉지 입구를 열었다. 안에는 확실히 많은 현금이 들어 있었다. 데쓰가 말한 대로 정말 아무렇게나 쑤셔박혀 있다.

"봐요, 진짜지요? 이삼백만 엔은 될 것 같지 않아요?"

"그럴지도 모르지."

"그럴지도 모르지라니요. 다케 씨, 놀랍지 않아요?"

점점 견디기 어려웠다. 쓰지 않고 모아둔 자신의 돈을 보고 있는 것이 슬펐다. 데쓰 앞에서 연기하는 것이 허무하고 바보 같았다. 가벼운 한숨을 토하며 비닐봉지를 다시 가방 안에 집어넣고 지퍼를 닫으려고 할 때—

손을 멈췄다.

가방 구석에 비닐봉지가 있었다. 메모지와 잔돈이 든 봉지. 다케자와가 죽음으로 몰고 간 엄마의 유서와 전 재산이 든 봉지. 때가 탄 반투명 비닐 너머로 메모지의 글자가 보였다. 연필로 쓴 듯한 '미안해'라는 세 글자. 바늘로 가슴을 후벼파는 듯한 통증에 다케자와는 순간 눈을 감았다. 그리고 다시 눈을 떴을 때, 가방 안에 똑같은 비닐봉지가 하나 더 들어 있는 것이 보였다. 안에는 세로로 길게 접힌, 편지지 같은 것이 한 장 보인다. 다케자와는 숨이 멎었다. 혹시 이것도 유서인가. 마히로는 엄마의 유서가 평범한 메모지라고 했지만, 실은 아닐지도 모른다. 제대로 된 장문의 유서가 있었을지도 모른다. 비닐봉지의 입구는 적당히 다물려 있을 뿐 봉하지는 않았다. 정말 무심결에 다케자와는 봉지를 열어 속에 든 종이를 꺼냈다. 세로 줄이 쳐진 편지지는 같은 방향으로 두 번 접혀 있었다.

"다케 씨, 뭐 하세요?"

다케자와는 편지지를 폈다. 볼펜으로 쓴 독특한 글씨가 길고 짧게 줄을 채우고 있다.

"이건……"

유서는 아니었다.

루리에에게

내 직업에 대해 계속 거짓말을 해서 미안하다.

끝까지 숨길 생각은 아니었다. 예전부터 다른 일을 찾을 생각도 했다.

네 결심이 변함없으니 방법이 없다. 동봉한 이혼서류에는 도장을 찍었다. 당신이 구청에 제출해주기 바란다.

야히로의 학예회를 보고 싶었다. 마히로가 말하는 것도.

그동안 폐가 많았다.

미쓰데루

196

다케자와는 몇 번이나 되풀이해서 편지를 읽었다. 루리에는 마히로와 야히로의 엄마다. 잊을 리가 없다. 다케자와가 죽인 여자의 이름이다. 그러면 미쓰데루는……

"저애들의…… 아버지인가."

"아버지?"

데쓰도 편지를 들여다보았다. 내용을 한 번 읽더니, 목구멍 깊은 곳에서 으음 하는 신음소리를 내며 복잡한 표정을 지었다.

"집을 나가고 바로 쓴 모양인데요. 뭔가 애수가 서렸어요."

마히로는 아버지의 편지를 엄마가 남긴 잔돈과 메모지와 함께 소중히 간직하고 있었던 것일까. 어쩌면 아버지의 편지도 마히로에게는 유품일지 모른다. 자신들을 떠나버렸다는 점에서는 엄마나 아버지나 마찬가지다.

계속 보고 있을 수만도 없어서 다케자와는 곧 편지지를 접어 비닐봉지에 넣었다. 그러다가 문득 손을 멈추고 다시 한번 볼펜 글씨에 눈길을 주었다.

"무슨 일이에요?"

"아니……"

이상한 느낌이 머릿속에서 피어났다. 뭔가 걸린다. 그것은 벽에 난 압정 구멍이나 셔츠 깃의 때처럼, 정말 사소하지만 한번 신경이 쓰이면 무시하기 어려운 종류의 감각이었다. 그러나 느낌의 정체가 무엇인지는 금방 알 수 없었다. 아니, 잠깐. 그거다.

"이 글씨…… 본 적이 있어."

다케자와는 겨우 그 느낌의 정체를 파악했다. 이 글씨를 언제 어디선가 본 적이 있다. 언제였지. 어디였나.

"기분 탓이겠지요. 이건 두 사람의 아버지가 쓴 편지잖아요."

"음…… 그런가."

확실히 기분 탓일지도 모른다. 아니, 기분 탓이다.

다케자와는 다시 편지지를 접어 비닐봉지 안에 넣었다.

"다케자와 씨와 만나고 들은 얘기 중에 가장 충격적이네요……"

"말할 기회가 적당치 않았어…… 미안하네."

깜깜한 부엌 바닥에 앉아서 다케자와 데쓰는 따뜻하게 데운 일본 주를 마시고 있었다. 집 안 전체의 불이 꺼져 있어서 작은 유리창으로 들어오는 달빛만이 두 사람 사이에 놓인 술병을 파르스름하게 비추고 있다.

더부살이 삼총사가 2층에 올라가 잠들기를 기다렸다가 다케자와는 술기운을 빌려 모든 사정을 털어놓았다. 우연히 만나 함께 살게 된 자매가 실은 자신이 자살로 몰고 간 여자의 딸이었다고.

"그럼 아까 편지에 쓰여 있던 '루리에'라는 이름이?"

다케자와가 고개를 끄덕였다. 데쓰가 후우 하고 크게 숨을 토하고 부자연스럽게 웃는다.

"다케 씨가 세 사람을 여기 살게 해준 데는 그런 속사정이 있었군요. 음…… 간타로는 덤이지만."

"그래. 그러니까 나의 속죄에 자네를 끌어들인 셈이 된 거지. 음…… 간타로는 덤으로 말이야."

"마히로의 가방에 있던 현금은 다케 씨가 보낸 거로군요."

두 손으로 잡은 컵을 들여다보며 데쓰는 침묵했다.

달그림자가 바닥에 희미하게 떠 있다.

데쓰는 어떻게 생각할까. 다케자와는 예전에 데쓰의 아내를 죽게 만든 놈들과 같은 종류의 인간이다. 후회한다고는 하지만 이미 저지른 죄는 없어지지 않는다. 그런 다케자와가 과거를 속죄하는 데 데쓰를 끌어들였다. 달빛에 비친 데쓰의 멍한 얼굴에서는 아무것도 읽을 수 없다. 다케자와는 잠자코 잔을 비웠지만, 목구멍을 타고 넘어간 술이 위에 도착하기도 전에 어디론가 사라져버린 느낌이었다.

밖에서 차의 엔진 소리가 희미하게 들렸다. 이어서 문소리와 나지막한 남자의 목소리. 신경이 쓰여 다케자와가 일어나려고 하자, 또 한 번 문소리가 나고 엔진 소리는 멀어져갔다.

(7)

"뭐야. 이 엄청난 술 냄새는."

무거운 눈꺼풀을 억지로 들어올리니 거실 입구에서 얼굴을 찌푸리고 있는 야히로가 보였다. 엷은 커튼 너머의 아침 해가 탁한 공기를 흐릿하게 비추고 있다. 탈의실 쪽에서는 세탁기를 돌리는 소리가 났다.

"어제 데쓰랑 늦게까지 마셨어."

데쓰는 옆에서 웅장하게 코를 골고 있었다.

다케자와는 흐릿한 천장을 잠시 바라보다가 일어나서 이불을 갰다. 먼지가 날렸는지 코를 벌렁거리던 데쓰가 기침과 함께 눈을 뜬다. 짧은 아침 인사를 하고 데쓰도 굼뜨게 이불을 갠다.

이불을 벽장에 넣고 벽에 세워놓았던 앉은뱅이 탁자를 다다미에 폈을 때, 간타로가 콧노래를 부르면서 토스트가 담긴 접시를 날라왔다. 옆으로 펑퍼짐한 분홍색 티셔츠에는 'We ♥ People'이라는 의미불명의 로고가 프린트되어 있다.

"♪할머니…… 할머니인데도…… 남자……"

뒤를 이어 마히로가 컵 네 개와 유리컵 하나, 우유팩을 얹은 쟁반을 들고 들어왔다. 간타로만 인스턴트커피가 아닌 우유다. 매일 아침 그렇다.

"다케 씨와 데쓰 씨도 우유를 마시는 편이 좋습니다. 유당이 나쁜 균을 줄이고 장내 환경을 좋게 만들어주니까 과음에도 좋죠. 맞아, 두 분은 그 우유가 좋겠네요. 있잖아요, 호모 우유. 우후후."

바삭, 마히로가 토스트를 씹는다. 오늘 아침에는 마히로가 계속 말이 없다. 방에 술 냄새가 진동해서일까.

하지만 마히로가 침묵하는 원인은 방 안 공기 때문이 아니었다.

"나 슬슬 여길 나갈까 해."

마히로는 갑자기 이야기를 꺼냈다. 다케자와와 데쓰는 물론이고, 야히로와 간타로도 동시에 마히로를 바라보았다.

"다케 씨랑 데쓰 씨에게는 계속 폐만 끼치고."

"그다지 불편하지 않은데."

"우린 괜찮아."

데쓰도 거들었다.

"네가 나가면 나랑 간짱은 어떻게 하라고."

"맞습니다. 요리 담당이 없어지잖습니까."

"자리를 잡고 다시 셋이 살면 되잖아."

"자리를 잡다니 어디에?"

야히로는 입술을 삐죽 내밀고 동생을 본다. 마히로는 살짝 고개를 갸웃했다.

"그건 몰라. 아무튼 너무 오랫동안 엎혀살 수는 없어. 다시 열심히 일해서 어떻게든 셋이서 살아보자고."

"일이라면, 이거?"

다케자와는 검지를 갈고리 모양으로 구부렸다. 마히로가 고개를 끄덕였다.

그때 창 너머에서 자동차 엔진 소리가 들렸다. 그러고 보니 지난 밤 데쓰와 둘이 부엌에 있을 때도 집 근처에 차가 멈춘 것 같았는데.

"나가고 안 나가고 하는 문제는 나중에 천천히 이야기하자."

마히로에게 그렇게 이야기하고 다케자와는 일어났다. 창가에 서서 담 너머를 내다보았다. 하얀 세단 한 대가 도로 건너편에 서 있었다. 차체가 낮고 차창에는 선팅이 되어 있다. 운전석에 남자가 한 명 앉아 있는 것 같은데, 얼굴은 잘 보이지 않았다. 아니, 보였다. 남자가 차창을 내렸다. 사십대 중반 정도일까. 차 안에 있는데도 몸집이 왜소한 게 딱 드러나는 남자다. 휴대전화를 귀에 대고 누구와 통화하고 있다. 남자의 눈이 가끔씩 이쪽으로 향했다. 오징어 눈처럼 감정이 드러나지 않는 눈동자다. 남자는 집 안에서 엿보고 있는 다케자와를 눈치채지 못했는지, 시선이 마주치지는 않았다.

"무슨 일이에요, 다케 씨?"

데쓰가 뒤에서 목을 빼고 왔다.

"아니, 수상한 녀석이……"

말을 꺼냈을 때 세단의 남자가 차창을 올렸다. 남자의 얼굴은 다시 짙게 선팅된 유리 너머로 사라져 보이지 않았다. 이내 세단은 떠나갔다.

본능적으로 검은 위협을 느끼면서, 다케자와는 데쓰 쪽으로 몸을 돌렸다.

"이유는 모르겠지만 눈이 부리부리하고 몸집이 작은 녀석이 지금 이 집을 보면서 누구와 통화하고 있었어."

데쓰는 말없이 세단이 떠난 길을 물끄러미 바라보았다. 그리고 머릿속의 뭔가가 움직인 것처럼 두 눈에 갑자기 심지가 켜졌다.

"이봐, 데쓰······"

데쓰는 아무 말도 하지 않았다. 단지 똑바로, 도로를 바라볼 뿐이었다.

남자는 어떤 작자일까. 이 집을 보며 도대체 누구와 무슨 이야기를 나누었을까.

다다미에서 뒹굴며 만화 잡지를 보는 마히로와 접시로 탁구를 하는 야히로와 간타로를 바라보면서, 다케자와는 이 주 정도 전의 정경을 떠올리고 있었다. 검은 연기를 뿜어내는 아파트 현관. 소방차.

—방화 때문에요. 방화. 나카무라 씨, 당신 무슨 이상한 짓을 벌인 것 아니에요?

—신문 투입구로 기름을 붓고 불을 붙인 것 같다고 합니다.

—불이 나기 직전에 수상한 남자가 근처를 서성거렸대요.

—그리고 말이지, 우리집에 이상한 전화가 몇 번이나 걸려왔어요. 시옷 소리가 귀에 거슬리는 말투로 당신 있는 곳을 가르쳐달라더군요.

—맞아요, 히구치라는 남자였어요.

딱, 하고 탁구공이 머리로 날아왔다.

"미안, 다케 씨. 간짱이 홈런을 쳤네."

"상식이 있으면 탁자에서 탁구 따위 하지 마."

다케자와는 탁구공을 야히로에게 던져 돌려주고 한숨을 쉬며 데쓰를 보았다. 데쓰도 계속 뭔가를 생각하고 있다. 다케자와는 가슴에 도사린 불안에 대해 데쓰와 이야기하고 싶었다. 하지만 다른 세 명이 듣지 않도록 조심해야 하고, 마음속으로만 걱정하던 것을 실제로 입에 올리면 한층 더 불안해질 것 같아서 입을 다물었다.

벼슬이가 창틀을 박박 긁는다.

데쓰는 지금 무슨 생각을 하는 것일까. 다케자와와 마찬가지로, 히구치가 이 집을 찾아내지 않았을지 걱정하는 것일까. 여태껏 데쓰는 항상 낙관적이었다. 이 집이 일당에게 들킬 리가 없다고 대범하게 굴었다. 그런데 지금은 매우 심각한 표정을 짓고 있다. 구체적으로 뭔가를 생각하는 것처럼 자신의 무릎을 가만히 바라보고 있다.

해가 저물 무렵이었다.

간타로가 가장 먼저 변화를 알아챘다.

"어째 주변이 환한 것 같지 않습니까?"

간타로는 마루로 나와서 아무도 없는 부엌 쪽으로 눈을 돌렸다.

"환하다고?"

다케자와가 거실에서 묻자 간타로는 두터운 입술을 오므리고 고개를 끄덕일 뿐 아무 말도 하지 않았다. 매우 이상한 표정을 짓고 있다. 간타로의 시선을 쫓아가본다. 확실히 밝은 느낌이 들었다. 부엌의 개수대 위의 작은 창이 환하다. 밖에서 차의 전조등이라도 비친 걸까. 아니, 저쪽에는 도로가 없다. 창의 빛은 팔랑팔랑 흔들리며 점점 더 밝아졌다.

뱃속이 슥 하고 차갑게 식었다.

데쓰가 외마디 비명을 지르며 일어선다. 그때 다케자와는 이미 바닥을 박차고 현관으로 달려가고 있었다. 신발도 신지 않은 채 문을 열고 나가 담을 향해 뛴다. 집 벽과 담장에 어깨를 부딪치며 제멋대로 자란 잡초 위를 달려간다.

"젠장!"

집 벽을 따라 불길이 일어나고 있었다.

"물 가져와! 데쓰, 물!"

뒤돌아서 소리를 지른다. 금세 옆에 따라붙었던 데쓰는 담벽을 붙잡아 멈춰 서고는 방향을 돌려 맹렬히 뛰었다. 다케자와는 번지는 불길 끄트머리에 서서 양말 바람으로 계속 땅을 찼다. 불은 잠시 꺼지는가 싶더니 마치 용암이 솟구쳐오르듯 다시 빨갛게 일어난다. 등유의 무거운 냄새가 코를 찔렀다. 벽 아래 부분이 검게 변하고 홈통이 열기로 구부러졌다.

"다케 씨, 비켜요!"

그 목소리에 다케자와가 몸을 돌리니 플라스틱 양동이를 든 데쓰가 불길 앞에 서서 물을 확 끼얹었다. 슈욱 하는 소리와 함께 불길이 조금 잦아든다.

"마히로, 빨리. 야히로도 얼른!"

마히로와 야히로도 냄비와 대야를 들고 왔다. 안에 담긴 물을 쏟아붓자 불길은 다시 잦아들었다. 두 사람은 냄비와 대야를 품에 안고 바로 돌아선다. 다케자와도 두 사람 뒤를 따라 들어가려는데 머리 위로 검은 병과 하얀 통이 날아갔다. 사둔 코카콜라와 우유였다. 간타로가 던진 것이다. 페트병과 종이갑이 불 속으로 툭툭 떨어졌다.

"무슨 짓이야, 멍청아!"

무심코 소리를 질렀는데 간타로는 허리에 끼고 있던 코카콜라를 또 한 병 불로 던졌다. 푸식 하는 소리가 나면서 첫번째 페트병에 구멍이 뚫렸다. 콜라가 새어나와 주변의 불을 껐다. 이어서 우유갑 입구에서 터지듯 나온 흰 우유가 주위 불꽃을 껐다.

"어떻습니까, 이 빛나는 재치!"

간타로가 상기된 얼굴로 갑자기 티셔츠를 벗어 재빨리 손에 감더니, 수분을 머금은 지면을 두들겼다. 그대로 앞으로 나아가 남아 있는 불을 탁탁 두들긴다. 불은 점점 꺼져갔다. 남은 것은 불꽃 정도다.

"간짱, 비켜!"

대야를 안고 돌아온 야히로가 물을 뿌린다. 셔츠를 벗은 간타로의 맨 등에도 물이 조금 떨어지는 바람에 "크악" 하는 비명을 지르기는 했지만, 나머지 물은 마지막 남은 불씨를 멋지게 껐다.

양동이를 가져온 데쓰가 기진맥진해서 커다란 한숨을 토했다.

"……꺼졌다…… 다행이야."

손에서 떨어진 양동이가 소리를 내며 땅 위를 굴렀다. 해가 지고 주변은 어두워졌다. 희미하게 울리는 태엽 소리 같은 벌레 소리에 다섯 명의 숨소리가 섞인다. 모두 숨을 몰아쉬고 있다.

멀리서 탕 하는 소리가 들렸다.

다케자와는 재빨리 고개를 들어 데쓰를 본다. 데쓰도 두 눈을 크게 뜨고 다케자와를 보고 있었다. 둘은 동시에 자리를 박차고 달리기 시작했다. 분명히 지금 자동차 문이 닫히는 소리가 들렸다. 담을 따라 현관 쪽으로 달린다. 아무도 없다. 오른쪽으로 얼굴을 돌린다. 저 세단. 하얀 세단이 시동을 건 채로 서 있다. 운전석에서 남자가 얼굴을 내밀었다. 가로등 불빛이 히죽히죽 웃는 낯을 비추었다.

"화재가 잦아서 큰일입니다."

몸집이 왜소한 남자가 오징어 같은 눈을 껌뻑이며 말했다.

"······다케자와 씨."

남자의 얼굴이 운전석으로 사라진다. 웅 하고 엔진을 울리더니 세단은 눈 깜짝할 사이에 멀어졌다. 그 자리엔 다시 정적만 남았다.

"데쓰, 저 녀석······ 아침에 봤던 남자야."

딱딱하게 굳은 턱을 간신히 움직여 다케자와가 단어를 엮어낸다.

"저 남자······ 내 이름을 알고 있었어."

다케자와 옆에서 데쓰의 몸도 굳었다. 세단이 떠난 방향을 보며 같은 단어를 입속에서 되풀이하고 있다.

"······다."

호흡에 맞춰 데쓰는 몇 번이고 불분명한 말을 되풀이했다.

"······다."

다른 세 명이 불안한 얼굴로 현관 입구에서 다가온다. 불시에 데쓰의 말이 딱 한 번 또렷이 다케자와의 귀에 들어왔다.

"······그놈이다."

처음에는 데쓰의 말을 이상하게 여기지 않았다. 오늘 아침에 본 그 남자라는 뜻이라고 생각했다. 하지만 이상하다. 아침에 데쓰는 남자를 보지 못했다. 데쓰가 창가로 다가왔을 때는 이미 선팅된 차창이 닫혀 있었다.

"어이, 데쓰······"

묻기도 전에 데쓰가 다케자와 쪽으로 얼굴을 돌렸다.

"저놈을 알아요."

"안다고?"

"오늘 아침, 다케 씨가 눈이 부리부리하고 몸집이 작은 남자가 나타 났다고 했을 때부터…… 짚이는 사람이 있었어요."

"아는 사이야?"

데쓰는 고개를 가로저었다.

"그런 사이 아닙니다."

"그럼 누군데."

"저 얼굴은 잊을 수 없어요. 저 얼굴만큼은 죽을 때까지 잊을 수 없 어요. 나를 속였습니다. 나와 아내를."

괴로운 표정으로 말을 쏟아내던 데쓰는 다시 컴컴한 도로에 시선을 던졌다.

"저놈은 그때의 채무 정리업자예요."

　(8)

조용한 거실에서 다섯 사람은 탁자에 빙 둘러앉았다.

"다케 씨, 어쩌지요?"

탁자 위를 바라보면서 데쓰가 중얼거린다.

"도망치는 수밖에 없겠지. 오늘밤 안에 짐을 싸서 내일 아침에 튀 자."

다케자와도 상대의 얼굴을 보지 않고 대답했다. 데쓰는 말이 없었 다. 사정을 잘 모르는 다른 세 사람은 다케자와나 데쓰의 얼굴을 보거 나 서로 눈길을 주고받으면서 어리둥절한 표정을 지었다. 다케자와도 사정을 다 파악하지는 못했다. 아무튼 알고 있는 것은.

"우리의 원수가 같은 사람이었다는 것뿐인가."

요컨대 예전에 데쓰 부부를 궁지로 몰아 아내를 자살하게 만든 정리업자도 히구치와 같은 조직의 인간이었다는 얘기다. 대규모 조직이었으니 생각해보면 처음부터 가능성은 있었다. 그러나 아까의 상황으로 볼 때 상대는 데쓰를 기억하지 못하는 것 같았다. 오징어 눈을 한 남자는 데쓰의 얼굴도 봤지만 아무런 반응도 보이지 않았다.

"녀석들은 제정신이 아니에요. 다케 씨가 불타 죽을 때까지 계속 불을 낼 생각일까요?"

"모르지."

자신의 귀에도 잘 들리지 않을 정도로 작은 소리였다.

"잠깐, 잠깐만."

야히로가 초조한 듯이 끼어든다.

"정리업자가 뭐야? 그 녀석이 불을 지른 거야? 원수는 또 무슨 이야기고?"

다케자와와 데쓰가 서로 시선을 교환했다. 솔직하게 말하면 안 된다. 데쓰의 사정은 둘째치더라도, 다케자와와 조직의 관계를 자매에게 밝힐 수는 없다. 마히로와 야히로의 엄마를 죽인 사람이 다케자와라는 사실을 고백하게 되기 때문이다. 부분적으로 감추고 이야기한다 해도 다케자와가 예전에 사채조직의 추심업자였음을 알면 두 사람은 분명히 충격을 받을 것이다.

"나랑 데쓰는 예전에 같은 사채조직에 당한 적이 있어."

자신의 약삭빠름에 염증을 느끼면서, 다케자와는 애매하게 답했다.

"그때 내가 조직의 기밀 서류를 훔쳐 경찰에 넘겼어. 그 일로 조직이 와해되었지. 그래서 일당은 나에게 원한을 품고 있어. 정리업자는…… 데쓰를 속인 사기꾼을 말하는 거야. 녀석도 같은 조직이었던 것 같아."

"그렇구나……"

야히로가 놀란 얼굴로 다케자와와 데쓰의 얼굴을 번갈아 보았다.

"조직은 언제 해체됐는데?"

마히로가 묻는다.

"혹시 칠 년 전에?"

순간 다케자와는 등이 뻣뻣해졌다.

"왜 그렇게 생각해?"

마히로는 대답하지 않고 야히로의 얼굴을 본다. 두 사람은 잠시 눈길을 주고받았다. 두 사람은 서로 같은 생각을 하고 있는 것 같다.

"칠 년 전이라면…… 우리 엄마를 죽인 놈과 같은 사람일지도 몰라."

마히로가 입을 열었다.

"칠 년 전에 엄마가 죽고, 내가 언니와 함께 살게 되고 나서 경찰이 왔어. 사채조직에 대해 알아내려고. 나는 엄마에게서 아무 말도 못 들었어. 이웃 사람이 '사채업자가 협박해서 자살한 것 같다'고 일러준 걸 들었을 뿐이야. 그래서 알려줄 것이 없었어. 그때 경찰은 조직이 해산하고 지금 피해상황을 조사중이랬어. 나는 아직 초등학생이었기 때문에 경찰은 언니에게 사정을 설명했지만, 나도 옆에서 들었기 때문에 잘 기억해."

마히로는 확인하듯 언니를 보았다. 야히로는 표정 없는 얼굴로 끄덕인다.

"맞아, 해산했다고 했지. 어쨌든 칠 년 전 일이라면 우연이 아니야."

"어, 그럼 이런 이야기가 되나요?"

간타로는 머릿속을 정리하듯 잠시 천장을 올려다보고 나서 물었다.

"네 사람 모두 같은 조직에 원한이 있는 겁니까?"

다케자와는 선뜻 대답하지 못했다. 다른 세 명과 달리 자신은 단순한 피해자가 아니라 가해자이기도 하다. 원한을 가지고 있을 뿐만 아니라 원망의 대상이기도 하다. 하지만.

"아무래도 그런 모양이야."

다케자와는 이렇게 대답했다. 눈앞에 있는 자매의 눈에 바로 동병상련의 빛이 떠올랐다. 다케자와는 그 시선이 쓰라렸다. 입술을 굳게 다물고 자신의 죄의식과 눈앞의 두 사람이 보내는 감정을 참아내며 다케자와는 침묵을 지켰다. 그럴 수밖에 없었다.

"다케 씨, 난 억울해요…… 이대로는 너무나."

데쓰의 기분을 잘 알 것 같았다. 예전에 자기 부부를 속이고, 아내를 자살하게 만든 남자의 얼굴을 아까 다시 목격한 것이다. 후회와 원망이 지금 데쓰의 가슴속에서 크게 소용돌이치고 있을 것이다. 분명 다케자와도 히구치의 얼굴을 다시금 제 눈으로 똑똑히 본다면 사요가 당한 일을 떠올리며 같은 기분을 느낄 것이다.

"데쓰, 위험한 생각은 그만둬. 상대가 상대인 만큼 명을 재촉하기만 할 뿐이야."

"죽을 날을 앞당긴다 해도 상관없어요. 아내가 세상을 떠났을 때 나도 반은 죽은 거나 다름없으니까요."

"그런 말 하지 말라니까."

"정말이에요. 놈들은 내 아내만 죽인 게 아니에요. 내 삶도 앗아갔어요. 사람을 죽인다는 건 그런 일이에요. 칼로 찌르거나 총으로 쏘지 않아도 마찬가지예요. 누군가를 죽이거나 자살로 몰아가는 건 옆에 있는 다른 누군가도 죽이는 일이에요. 사람은 혼자 사는 게 아니니까요. 한 사람만 죽일 수는 없어요."

"데쓰."

무심결에 데쓰의 이야기를 자르기는 했지만 다음 말이 나오지 않았다. 결국 다케자와는 그대로 눈을 감았다. 데쓰가 다케자와 앞에서 처음으로 이런 말을 했다. 아마도 지금까지 데쓰는 자신의 생각을 말하지 않고 참은 것이리라. '싹쓸이'로 한 사람을 죽음으로 내몬 과거가 있는 다케자와를 배려해서. 하지만 사실은 늘 마음속에 자리 잡고 있었던 것이다. 이런 생각이. 이런 감정이.

"죽였다니, 데쓰 씨의 부인도 살해당했어?"

야히로가 데쓰의 얼굴을 말똥말똥 응시했다. 마히로와 간타로도 말없이 쳐다보고 있다. 데쓰는 한 번 끄덕이고서 고개를 떨어뜨린 채 이번에는 작게 머리를 가로저었다. 어중간한 몸짓을 긍정으로 이해한 듯 세 사람은 더이상 캐묻지 않았다.

"아무튼…… 억울해요."

고개를 숙인 채 데쓰는 말한다.

"견딜 수 없을 정도로 억울해요. 그렇지 않아요? 마히로와 야히로도 억울하지?"

데쓰의 목소리에는 눈물과 흥분이 섞여 있었다. 마히로와 야히로, 두 사람 마음속에서 어떤 감정이 급속히 부풀어가는지 알 수 있었다. 그 감정의 실체가 실제로 눈에 보이는 것 같은 기분이 들어, 다케자와는 움츠러들었다.

"저기…… 아무튼 뭐라도 좀 먹을까요?"

부자연스러울 정도로 느긋한 목소리로 간타로가 말했다. 간타로의 억지웃음을 보기는 이번이 처음이었다.

"제가 라면이라도 끓이겠습니다."

다케자와를 포함한 모든 이의 시선이 흐트러지더니 각자 애매한 표정으로 고개를 끄덕였다.

간타로가 끓인 라면은 맛이 없었다. 물을 너무 많이 넣어서 국물이 싱거웠고, 익기도 전에 젓가락으로 휘저었는지 면이 너무 짧았다. 게다가 흐물흐물해질 정도로 오래 삶았다. 고명으로 올린 닭고기는 뼈가 붙은 튀김용 고기를 함께 삶은 바람에 먹기 어려울뿐더러 딱딱하기까지 했다.

"마히로의 솜씨가 얼마나 좋은지 새삼 깨달았습니다. 요리에는 역시 기술이 필요하군요."

농담은 침묵에 묻혀버렸다.

다섯 명이 잠자코 라면을 먹는데 마히로가 갑자기 고개를 들었다.

"벼슬이 먹이 주는 걸 깜빡했네."

"그러고 보니 그렇군."

마히로는 젓가락을 놓고 일어나 벼슬이의 이름을 부르며 부엌 쪽으로 갔다. 한동안 이어지던 목소리에 점점 의아함이 묻어났다. 목소리는 계단을 올라간다. 머지않아 발소리만이 계단을 내려와 거실로 돌아왔다.

"……없어."

"어디서 웅크리고 자고 있는 건 아냐? 벽장 안 같은 데서."

"벽장은 닫아놓았는걸."

"욕조는?"

"봤는데 없었어."

아, 하고 다케자와는 생각했다.

"그러고 보니 벼슬이가 몇 번인가 창을 열려고 했지."

"밖에 나갔다고? 하지만 그렇게 작은 몸집으로는 창을 열 수 없었을 텐데."

그때였구나 하고 데쓰가 젓가락을 멈췄다.

"아까 불이 났을 때. 모두 현관문을 열어둔 채 들락날락했잖아요. 혹시 그때……"

"나간 걸까?"

"이 근처를 찾아볼까."

다케자와의 말에 모두 일어났다. 문을 열고 도로 양쪽을 살펴보았지만 벼슬이의 모습은 보이지 않았다. 데쓰가 왼쪽 돌계단 쪽으로 향했다.

"저는 비탈길 옆 풀숲을 보고 올게요."

"그럼 나는 건너편을 찾아볼게."

다섯 사람은 각각 도로에서 흩어졌다. 벼슬아, 벼슬아, 하는 목소리가 불안한 새의 지저귐처럼 밤거리에 퍼졌다.

결국 벼슬이는 찾지 못했다.

그리고 다시 보았을 때 벼슬이는, 이미 다케자와가 알던 모습이 아니었다.

다섯 사람은 한밤중에 짐을 쌌다. 지갑과 옷, 그외에 최소한으로 필요한 물건을 각자의 가방에 쑤셔넣고 부엌에 모여, 날이 밝으면 집을 나가 일단 전철을 타기로 했다. 함께 탈지 따로따로 움직일지는 결론이 나지 않았다. 벼슬이는 어떻게 할 거냐고 마히로가 물었지만 모두 잠잠히 얼굴만 마주 볼 뿐이었다.

만약 오늘밤 안으로 일당이 또 무슨 일을 저지른다면, 자기가 나가서 잡히면 된다. 다케자와는 내심 그러면 좋겠다고 생각했다. 그들의 목적은 자신뿐이다. 나만 도망가길 단념하고 잡힌다면 다른 사람들은 아무것도 걱정할 필요가 없다.

자명종을 새벽 시간에 맞춰놓고 될 수 있는 한 빨리 나갈 수 있도록 옷을 입은 채 모두 잠자리에 들었다. 하지만 잠이 올 리 없다. 눈을 감아도 졸음은 멀찍이 달아났다. 데쓰의 이불에서도 규칙적인 숨소리 대신 몇 번인가 긴 한숨이 들려왔다. 머리맡에서는 시계가 담담하게 초침을 돌리고 있다. 놈들은 오늘밤 이 집에 다시 올까. 오면 좋겠다. 나를 붙잡아 본때를 보여주면 좋겠다. 또 한편으로는 정반대의 기분도 있어 그것들이 가슴속에서 뒤섞였다. 어느 먼 곳에서 개 짖는 소리가 난다. 얼마 안 있어 옆에서 바스락 소리가 났다. 데쓰가 등을 구부정하게 움츠리고 앉아 있었다.

"역시 잠이 안 오나보군."

말을 거니 데쓰가 매우 놀란 것처럼 고개를 들었다.

"뭐야, 깨어 있었군요."

데쓰는 어둠 속에서 다케자와를 내려다본 채로 잠시 가만히 있더니 이윽고 느릿느릿 일어났다.

"물 마시고 올게요."

하지만 문을 열고 마루로 나가자마자 어, 하며 발길을 멈췄다.

"계속 여기 있었어?"

"혹시 벼슬이가 돌아올지 몰라서."

마히로의 목소리다.

다케자와도 일어나 마루로 나가본다. 어두운 현관 문턱에는 청바지에 운동복 윗도리를 입은 마히로가 동그마니 앉아 있었다. 데쓰가 걱정스러운 듯이 다가간다.

"벼슬이가 마음에 걸리는 건 알겠지만 조금이라도 자두는 편이 좋아. 만약 벼슬이가 돌아오면 우리가 깨워줄게."

마히로는 잠자코 고개를 가로젓는다. 데쓰는 그 이상 아무 말도 않고 작게 고개를 끄덕이더니 부엌으로 향했다. 냉장고의 열린 문틈으로 새어나오는 불빛이 피곤이 서린 데쓰의 얼굴을 비춘다.

"미안하구나, 이상한 일에 휘말리게 해서."

마히로 옆에 앉으며 다케자와는 두 무릎 위에 팔꿈치를 얹었다.

"아니, 괜찮아. 도움도 받았으니까."

도와주려고 한 게 이 꼴이 되고 말았다. 다케자와는 마히로의 말을 곱씹었지만 부질없는 일이었다.

등뒤에서 화장실 문이 닫히는 소리가 났다.

"전혀 몰랐어. 다케 씨와 데쓰 씨가 우리와 같은 일을 겪었다니."

다들 같은 조직에게 인생을 빼앗겼다고 말하고 싶은 거겠지. 다케자와는 대답하지 못했다. 침묵을 어떻게 받아들였는지, 마히로는 다케자와를 흘끗 보고 미안한 얼굴을 했다. 그러고는 말투를 바꿔 말했다.

"벼슬이는 길고양이가 될까?"

글쎄, 하고 다케자와는 고개를 갸웃했다.

"밤사이에 돌아오면 좋겠는데."

잠시 침묵이 흐르고 등뒤의 화장실 문이 열렸다. 데쓰가 얼굴을 찌푸리며 운동복을 입은 배를 양손으로 누르며 나온다.

"이거…… 간타로의 라면이 잘못됐나."

데쓰는 현관에 나란히 앉아 있는 다케자와와 마히로에게 억지로 웃어 보이더니 그대로 거실로 들어가 문을 닫았다. 문이 닫히자 현관의 침묵이 더 강조되는 것 같아 다케자와는 일부러 크게 하품을 했다.

문 너머에서 희미한 엔진 소리가 들렸다. 순간 몸이 굳었지만, 지나가는 차량인 듯 그대로 아무 일 없이 멀어졌다.

"이제 이대로 헤어지는 건가."

이렇게 쓸쓸한 마히로의 목소리를 다케자와는 처음 들었다. 마땅히 대답할 말이 생각나지 않았으므로 할 수 없이 딴청을 피웠다.

"벼슬이 말이야? 오늘밤 안으로 돌아올지도 모르지. 그러면 동물을 기를 수 있는 집을 찾으면 돼."

마히로는 아무 말도 하지 않았다.

그후로 몇 번인가 밖에서 자동차 엔진 소리가 들렸다. 그때마다 다케자와는 문을 열고 살펴봤지만 역시 모두 지나가는 차량인 듯했다. 그러는 사이 엔진 소리도 점점 무시하게 되었다. 다케자와는 온통 귀로 쏠렸던 신경을 느슨하게 푼 채 그저 가만히 옆에 앉아 있는 마히로의 기척을 느끼고 있었다. 그것이 잘못이었다.

바삭 하는 소리가 났다. 그러고서 바로 엔진 소리가 멀어졌다.

"뭐지?"

마히로가 고개를 든다. 다케자와는 쉿 하며 손가락을 입에 대고, 숨을 참으며 문을 지켜보았다. 아무 소리도 들리지 않는다. 그대로 잠시 기다린다. 아무 일도 일어나지 않는다. 방금 그 소리는 문 바로 너머에서 들렸다. 뭔가 땅에 떨어지는 것 같은 소리. 다케자와는 웅크렸던 등을 펴고 일어났다. 맨발로 현관 바닥에 한 걸음 내딛고 문에 걸어놓은 체인을 끄른다. 문고리를 잡으니 강철의 감촉이 온몸을 차게 식히는 것 같았다. 천천히 손잡이를 민다. 눈앞에 어둠이 길게 펼쳐진다. 어둠은 점점 넓어져…… 넓어져서……

뭔가가 걸렸다. 문을 막는 물체가 있다. 다케자와는 등뒤의 마히로에게 한 번 눈길을 주고 다시 앞을 보았다. 손잡이를 잡은 채 문틈 사이로 몸을 내밀었다. 검은 콘크리트 바닥. 그곳에서 문을 막고 있는 것. 비닐봉지. 빨갛고 하얀 봉지. 아니, 봉지는 투명하다. 안에 든 것이 하얗고 빨간 것이다.

그게 뭔지 그냥 봐서는 알 수가 없었다. 하얀 털가죽과 토마토와 닭고기를 마구 섞은 듯한 기묘한 물체. 봉지 구석에 검고 둥근 부분이 보인다. 누에콩만한 것이 하나. 그리고 팥알만한 것 네 개가 나란히 있다. 다케자와는 몸을 수그려 봉지를 만졌다. 미지근했다. 빨갛고 가느다란 것이 보인다. 네모난 주사위가 달려 있다.

"벼슬이……"

말하고 나서 아차 싶었다. 실수를 깨달았을 때는 벌써 마히로가 반갑게 숨을 내쉬며 다케자와의 몸과 문 사이로 윗몸을 들이밀어 고개를 내밀고 있었다. 옆얼굴에 웃음기가 가시기도 전에 마히로는 헉 숨을 삼켰다. 맞닿은 마히로의 몸이 미세하게 떨린다. 이어서 길고 격하고 높은 목소리와 함께 숨이 터져나왔다. 절규는 어느 순간 울먹임으로 바뀌었다. 마히로는 두 손으로 입을 막고 몸을 떨며, 힘이 빠진 듯 그 자리에 주저앉았다.

등뒤에서 쿵쾅대는 발소리가 들렸다. 거실에서 뛰어나온 데쓰는 두 눈을 크게 뜨고 다케자와와 마히로를 번갈아 보았다. 이어서 무거운 발소리와 가벼운 발소리가 함께 계단을 내려온다. 간타로와 야히로도 데쓰와 마찬가지로 그저 다케자와와 마히로를 번갈아 볼 뿐이었다. 다케자와는 아무 말도 하지 않고 마히로 쪽으로 시선을 떨어뜨렸다. 그리고 마히로의 등 너머로 보이는 비닐로 시선을 옮겼다.

바닥에 무릎을 꿇고 얼굴의 반을 양손으로 감싼 채 마히로는 벼슬이의 이름을 몇 번이나 되뇌었다. 하지만 비닐 속에서 대답은 돌아오지 않는다. 당연하다. 어둠에 익숙해진 다케자와의 눈에는 투명한 비닐 너머로 하얀 털이 난 배가 크게 갈라져 있는 것이 보였다. 갈라진 배 안쪽으로 분홍색 살이 보였다.

"다케 씨, 대체 무슨 일이예요? 마히로, 왜 그래?"

다케자와가 아무 말 없이 몸을 뒤로 뺐다. 데쓰는 문틈으로 몸을 들이밀고 그대로 밖으로 나갔다. 그러더니 아래를 내려다보고 잠시 걸음을 멈췄다. 목구멍 깊은 곳에서 낮은 신음 소리가 새어나왔다.

"다케 씨, 이거……"

다케자와는 말없이 고개를 끄덕였다. 데쓰는 감정을 다스리는 것처럼 천천히 숨을 토하며 굳은 얼굴로 다시 한번 아래를 보았다. 그러고는 무릎을 꿇고 마히로의 어깨에 손을 얹었다. 마히로는 그것도 느끼지 못하는 듯 여전히 벼슬이의 이름을 되뇌고 있다. 간타로와 야히로가 문밖에 있는 것을 이미 예상한 표정으로 문틈을 빠져나와 아래를 보았다. 두 사람 모두 입을 열지 않았다.

긴 시간이 흘렀다. 실제로는 일 분 남짓일지도 모르지만, 다케자와에게는 그렇게 느껴졌다. 꽉 쥔 주먹처럼 응어리진 감정이 부르르 떨리며 목구멍 깊은 곳에서 튀어나오려고 했다. 다케자와는 턱에 힘을 주고 필사적으로 그것을 삼켰다.

"그놈들…… 즐기고 있어요."

억양 없는 목소리로 말하며 데쓰가 양손을 비닐 밑으로 집어넣는다. 마히로의 어깨가 크게 흔들렸다.

"괴롭히면서 즐기는 거예요. 그렇죠, 다케 씨? 놈들은 재미로 이러는 거예요. 조직을 와해시킨 복수니 뭐니, 그런 거창한 목표가 있는 게 아니에요. 그저 장난치는 거예요."

침착하게 말했지만, 나직한 목소리 밑바닥에 점점 열이 차오르는 것을 알 수 있었다. 데쓰는 물을 뜨듯이 두 손바닥으로 비닐봉지를 들어올렸다.

"아까 화재도 그래요. 그놈들은 집 뒤편 아무것도 없는 장소에 불을 질렀어요. 일부러 불이 번지지 않는 곳을 고른 거예요. 아파트 화재도 마찬가지예요. 집은 전부 타버렸지만 다케자와 씨는 밖에 있었잖아요."

데쓰는 침울하게 눈을 치떴다.

"우리를 가지고 노는 거예요."

(9)

"어쩌지요, 다케 씨?"

몇 시간 전에 같은 장소에서 했던 질문을 데쓰는 다시 다케자와에게 던졌다.

"역시…… 도망치는 수밖에 없겠지."

불은 켜지 않았다. 이불 두 채를 펴놓은 채, 어두운 방 한가운데서 모두 둥글게 원을 그리고 앉아 있었다.

"음…… 나는 다케 씨가 거둬준 사람이니까요. 이래라저래라 할 자격은 없습니다."

피곤에 지친 듯 천장을 쳐다보며 데쓰가 말한다.

"다케 씨를 따르겠어요."

어둠 속에서 공허하게 울린 목소리를 좇아 가늘디가는 목소리가 희미하게 들렸다. 고개를 숙인 마히로의 목에서 새어나오는 소리였다. 복받치는 감정을 억지로 누르려고 할 때 나는 애처로운 소리였다.

"또…… 참아야 해?"

보이지 않는 마히로의 입이 조용히 물었다. 대답을 찾지 못한 다케자와가 가만히 있으니 마히로가 천천히 고개를 들었다. 어둠 속에서도 알 수 있을 만큼 결연한 시선이었다. 마히로가 오른손에 꽉 쥐고 있는 것은 벼슬이의 목걸이다. 데쓰가 비닐봉지에서 꺼내 물로 깨끗이 씻어주었다. 서향나무 밑에 묻기 전에.

─간타로, 너 갈퀴 가지고 있었지?

어두운 현관 앞에서 데쓰는 그렇게 물었다. 간타로는 데쓰가 무슨 말을 하는지 이해한 듯 작게 한 번 끄덕이더니, 방바닥에서 모시조개를 캐내 보였던 플라스틱 갈퀴를 가지고 돌아왔다. 데쓰는 비닐봉지를 두 손으로 쥔 채 일어서서 마히로를 보고 동의를 구하는 표정을 지었다. 마히로는 잠시 가만히 있다가 이윽고 작게 고개를 끄덕였다.

메마른 서향나무 옆에 간타로는 구덩이를 팠다. 데쓰가 구덩이 속에 비닐봉지를 살짝 내려놓았다. 그러고서 봉지 안에 손을 집어넣어 벼슬이의 목걸이를 꺼냈다. 싹둑 잘린 목걸이는 이제 금속 부품이 붙은 빨간 끈에 지나지 않았다. 끈 중간에서 주사위가 흔들렸다.

야히로가 부엌에서 벼슬이의 밥그릇으로 쓰던 수프 컵을 가져와 구덩이 안에 넣었다.

마지막으로 흙을 덮은 사람은 마히로였다. 마히로는 내내 아무 말이 없었다.

"소중한 것을 자꾸자꾸 빼앗겨도…… 계속 참아야 하는 거야? 우리는 늘 참았어…… 잊을 때까지 참고, 또 참고."

참는다는 단어를 마히로는 몇 번이나 되풀이했다. 그때, 새삼스럽게 다케자와는 깨달았다.

─마히로는 견디며 살아온 것이다. 어머니를 잃은 분노를. 부모가 없는 외로움을. 마히로만이 아니다. 야히로도 그렇다. 두 사람은 지금까지 견디며 살아왔다. 계속 인내했다.

"참기만 해서는……"

입술을 한 번 꽉 다물더니 마히로는 강하게 말했다.

"그래서는 이런 인생에서 벗어날 수 없어."

야히로가 노곤한 목소리로 뒤를 이었다.

"나도 참는 건 이제 싫어. 적당하게 되갚아주고 깨끗하게 털어내고서 평범하게 살고 싶어. 집에서 노는 나, 소매치기하는 동생은 이제 지긋지긋해. 나 말이지, 이렇게 보여도 엄마가 죽기 전까지는 착실하게 일했어. 아르바이트이기는 했지만 내 힘으로 생활을 꾸려나가면서 가끔 마히로에게 과자를 사주기도 했어."

야히로가 힘없이 웃었다.

"하지만 그런 턱없는 일을 당하니, 열심히 살아갈 마음 따위는 없어지더라고. 남들처럼 평범하게 살아보려 했던 엄마가 협박당하고 궁지에 몰려서 끝내는 동전 몇 개만 남겨놓고 죽었으니까."

야히로는 동생 쪽으로 고개를 돌렸다. 처음으로 보는 언니다운 표정에 다케자와는 가슴이 아팠다.

"하지만…… 참는 수밖에 없잖아."

억지로 단어를 뱉어낸다. 사채조직과 히구치가 무서워서가 아니었다. 두 사람이 생각하는 것이 너무 위험하다고 여겼기 때문이다.

"보복한다 해도 바뀌는 건 없어. 참는 수밖에…… 도망치는 수밖에 없어."

"다케 씨, 도망치는 건 이제 소용없어요."

데쓰가 말한다.

물론 다케자와도 어렴풋하게 알고 있었다. 그놈들은 어디까지라도 쫓아올 것이다. 쫓고 또 쫓아와서 다시 괴롭힐 것이다. 다케자와는 무엇보다 그것에 신물이 났다. 도망치는 것이 싫었다. 주위에서 이상한 일이 일어날 때마다 머릿속 어딘가에서 히구치 일당의 얼굴이 떠오르는 것이 싫었다. 히구치의 얼굴을 억지로 지우려고 할 때마다 사요의 얼굴이 생각나는 것이 싫었다. 하지만.

"그럼 어쩌란 거야. 싸움이라도 걸까? 생각해놓은 계획이라도 있어?"

아무도 대답하지 않았다. 무리도 아니다. 폭력배나 진배없는 상대에게 역공을 하는 것은 영화나 소설 속에서만 존재하는 이야기다. 현실에서 통하는 구체적인 방법이 있을 리 만무하다—고 생각했다.

"좋은 방법이 떠올랐습니다."

간타로가 손뼉을 딱 쳤다.

일어나서 쿵쿵 부엌 쪽으로 간다. 싸놓은 짐 속을 부스럭거리며 뒤지는가 싶더니 이윽고 뭔가를 가지고 돌아왔다. 티슈 상자만한 커다란 검은 철제 상자였다. 열쇠를 잃어버려서 열지 못하게 되었다고 말한 물건이다.

"봉인을 해제하겠습니다."

간타로는 거창한 대사와 함께 상자를 바닥에 놓고는 갑자기 온몸을 공중에 날리더니 떨어지면서 팔꿈치로 상자를 찍었다. 모두 놀라 엉겁결에 몸을 일으킨 순간, 쿵 하는 소리와 덜컹 하는 소리가 동시에 울리며 간타로의 오른팔 밑에서 철제 상자가 무참하게 찌부러졌다. 간타로는 상자의 뚜껑과 본체 사이로 손을 넣어 안에서 검은 물체를 끄집어냈다.

"이걸 씁시다."

그렇게 말한 간타로가 손에 쥔 것은 검은 빛이 도는 권총이었다.

"간타로, 너……"

"뭘 그리 놀라십니까, 다케 씨. 예전에 친분이 있던 조폭이 준 겁니다. 실제로 사용한 적은 아직 한 번도 없습니다."

간타로는 권총을 이리 쥐어보고 저리 쥐어본다. 그러다 총구가 정면으로 자기 쪽을 향하자 다케자와는 목을 움츠리고 뒷걸음쳤다.

"그 조폭은 이 총으로 사람을 죽인 적이 있는 것 같습니다. 그래서 어떻게 처분할지 고심하다가 제게 준 거지요. 꽁꼬로. 꽁꼬는 공짜라는 말입니다. 그 정도는 알고 계시겠지요. 하하."

다케자와는 어안이 벙벙해서 미소 짓는 간타로의 펑퍼짐한 얼굴을 쳐다보았다. 데쓰도 마찬가지였다. 하지만 마히로와 야히로는 얼굴색 하나 변하지 않는다. 어떻게 된 일이지? 답은 간단했다. 마히로와 야히로는 알고 있었던 것이다.

"시험 삼아 쏘아보겠습니다."

간타로는 두 손으로 총을 잡고 방 안의 미닫이문을 향해 방아쇠를 당겼다.

"이봐!"

데쓰가 소리를 지른 바로 그때 미닫이문에 바른 종이에 구멍이 뚫렸다. 뽀각 하는 빈약한 소리와 함께.

"너 이 자식……"

꽁무니에서 힘이 빠진 다케자와는 간타로를 매섭게 쏘아보았다. 복어 같은 입으로 후우 하고 총구를 분 간타로가 돌아보면서 빙그레 웃는다.

"깜짝 놀랐습니까?"

"까불지 마!"

데쓰가 정색을 하고 화를 냈다. 간타로는 오른손 손바닥 위에 올려놓은 공기총을 위로 탁탁 튀기면서 말한다.

"하지만 보십시오, 진짜 같지 않습니까? 아주 잘 만들었어요."

"잘 만들어도 소용이 없어. 어차피 장난감이잖아. 이 바보야!"

하지만 간타로는 "네?" 하며 뜻밖이라는 표정을 지었다.

"왜 소용이 없습니까? 가짜를 진짜처럼 보이게 하는 게 데쓰 씨와 다케 씨의 기술이잖습니까?"

"아니, 그건……"

갑자기 말을 끊고 데쓰는 다케자와를 쳐다본다. 다케자와도 데쓰의 얼굴을 돌아보았다. 두 사람 모두 잠시 그대로 시선을 주고받았다. 그리고 동시에 간타로에게 눈을 돌렸다.

"폭력에 폭력으로 대항하는 건 불리합니다. 상대는 그 방면의 프로니까요. 이쪽에서는 이쪽의 특기로 공략해봅시다. 무기와 힘이 아니라 머리를 쓰는 겁니다. 목숨이 아니라 돈을 노리는 겁니다. 뭐니뭐니

해도 두 분은 그 방면의 프로입니다. 주눅 들 필요 없습니다. 상대는 폭력과 공갈 말고는 다른 기술이 하나도 없으니까 승산은 충분합니다. 아니, 이쪽을 얕보고 있는 상대가 더 불리합니다."

침묵이 내려앉았다. 그 상태가 아주 오랫동안 계속되었다. 어느 누구도 입을 열지 않았다.

결국 다케자와가 입을 뗐다.

"……어떻게 할래?"

ALBATROSS
ælbətras

(1)

작전 첫날.

"아직 소식이 없어요?"

배를 쓰다듬으며 화장실에서 나온 데쓰가 낮은 목소리로 물었다. 다케자와는 오른손에 쥔 휴대전화를 내려다보며 말없이 고개를 가로 저었다.

"좀 이르긴 하지요."

데쓰는 맞은편 의자에 앉았다.

"속은 좀 어때?"

"으음…… 화장실에 몇 번이나 들락거렸는데도 시원하지가 않아 요. 간타로 녀석, 도대체 라면에 뭘 넣은 거야."

시각은 오전 열한시. 아다치 구를 가로질러 사이타마 방면과 도심 을 연결하는 국도 4호선 근처의 작은 커피숍의 구석 자리였다. 다케 자와와 데쓰는 커피를 홀짝홀짝 마시면서 벌써 세 시간째 이곳에서 간타로의 전화를 기다리고 있었다.

"다케 씨야말로 괜찮아요?"

어젯밤에 한숨도 자지 않고 작전회의를 했기에, 상당히 긴장하고 있는데도 머리가 맑지 않다. 젖은 수건이 뇌세포를 덮고 있는 듯 몽롱한 느낌이다. 얼음물을 마셔도 커피를 마셔도 상태는 호전되지 않았다.

"앉아서 잠시 눈이라도 붙이시죠?"

신경 써주는 데쓰에게 다케자와는 괜찮다며 손사래 치고 옆쪽 창문 너머를 내다보았다. 교통량이 많다. 도심 방면으로 나가는 차선에는 빈 택시도 많이 다닌다. 이런 상태라면 간타로의 전화를 받고 택시를 잡기는 어렵지 않을 것이다.

"택시 운전사가 미행을 해줄까?"

"해줄 거예요. 만약 싫은 기색을 보이면 돈을 얹어주면 되죠. 요즘 경기가 좋지 않으니 거절하지 않을 거예요."

"그런가?"

"그래요."

작게 고개를 끄덕이며 다케자와는 오른손에 쥔 휴대전화를 내려보았다.

아직 간타로의 전화는 오지 않았다.

＊　　　＊　　　＊

그 무렵 간타로는 비탈에 웅크리고 앉아 있었다. 키 큰 잡초 속에 몸을 숨기고 야히로가 가져다준 옥수수 스낵을 씹으면서 벌써 세 시간째 아래쪽 도로를 주시하고 있다. 언제라도 다케자와에게 전화를 걸 수 있도록 한 손에 휴대전화를 쥐고서.

하지만 삼십 분 전부터 간타로는 커다란 문제에 부딪혔다. 어젯밤의 작전회의 때는 누구도 예상하지 못했던 사태에 직면한 것이었다.

배변 욕구다.

배변 욕구가 지금 맹렬한 기세로 간타로를 압박하고 있었다.

옥수수 스낵 상자에 손을 넣어 과자 몇 개를 꺼내 입에 집어넣는다. 볼일을 참는 인간이 새로운 음식물을 삼키는 것은 자살행위나 마찬가지라고 생각할지도 모른다. 하지만 간타로는 그렇지 않다고 믿었다. 인간은 공기총이 아니다. 위에서 뭘 집어넣는다고 아래로 다른 게 나올 리가 없다. 물리적으로 그 둘은 아무 관계가 없으며, 오히려 음식물을 섭취하는 행위가 변의를 완화할 수 있다. 왜냐하면 밥을 먹으면서 볼일을 보는 인간은 없기 때문이다. 원리적으로 보면 입으로 음식을 씹어삼키는 자극이 조건반사를 일으켜, 현재 느껴지는 변의를 '잘못된 것'으로 뇌에 인식시킨다. 그러니 변의를 없애고 싶을 때는 도리어 음식을 먹는 것이 좋다. 이것이 가장 효과적이며 즉각적인 방법이다. 하지만 이것은 단순히 간타로의 논리일 뿐, 실제로는 옥수수 스낵을 먹으면 먹을수록 간타로의 아랫배는 압박을 받아 소리 없는 아우성을 내지르고 있었다. 이마에 식은땀이 배고 손발의 감각이 점점 사라졌다. 잠깐 정신을 놓으면 의식이 완전히 달아날 것 같다. 그럴 때마다 절레절레 고개를 흔들고 약해지려는 괄약근을 말없이 나무랐다.

이곳을 떠나면 안 된다. 주어진 역할을 완수해야 한다. 야히로와 마히로를 위해서. 벼슬이를 위해서. 그리고 갈 곳 없는 나를, 불평하면서도 지금까지 받아준 다케 씨와 데쓰 씨를 위해서. 하지만 변의는 멈출 줄을 몰랐다. 간타로는 엉덩이가 발산하는 '한계 상황입니다'라는 소리가 들리는 것 같았다. 한계 상황입니다. 한계 상황입니다. 한계 상황

228

입니다. 소리는 심장 박동에 맞춰 몇 번이고 되풀이되며 점점 커져갔다. 간타로는 옥수수 스낵을 한 주먹 입에 털어넣는다. 아작아작 씹는다. 삼킨다. 한계 상황입니다. 한계 상황입니다. 한계 상황입니다.

싸고야 마는 것인가.

구도자의 결의와도 같은 심정으로 간타로는 그렇게 생각했다. 싸버리면 편해진다. 자신의 역할은 여기서 가만히 기다리다가 놈들이 나타나면 다케자와에게 연락해서 상황을 보고하는 것이다. 결코 어려운 일은 아니다. 악취나 인간의 존엄성의 유무에 방해받는 작업은 아니다. 싸버릴까. 싸버리자. 싸자.

큰 깨달음이라도 얻은 듯한 감각에 사로잡힌 간타로는 마치 누군가에게 조종당하는 것처럼 한 손을 움직였다. 과자 상자를 내려놓고 허리띠에 손을 댄다. 그런데.

그때 낮은 엔진 소리가 들려왔다. 간타로는 손을 멈추고 비탈길 밑으로 눈을 돌렸다. 제멋대로 무성하게 자란 잡초 위로 천천히 하얀 차체가 나타났다.

왔다. 간타로는 속으로 소리를 질렀다. 드디어 왔다. 다케 씨와 데쓰 씨의 예상은 빗나가지 않았다. 역시 녀석들이 왔다. 이 집에 다시.

운전석에서 문제의 정리업자가 두리번두리번 주위를 확인하면서 내렸다. 밤새워 작전회의를 하던 중 어제 나타났던 남자의 이름은 어느새 정리업자가 되었다. 간타로는 재빨리 휴대전화를 꺼내 다케자와의 번호를 찾아냈다. 통화 버튼을 누르려다가.

"어……"

저도 모르게 소리가 새어나왔다. 세단에서 내린 것이 정리업자만이 아니었기 때문이다. 한 사람이 더 있었다. 조수석 문을 열고 상체를 숙이고 나온 사람은 고릴라 같은 얼굴을 한 거구의 사내였다. 오른손에 뭔가 긴 물건을 들고 있다. 저건 뭘까. 파이프인가. 아니다. 휴대전화를 든 채 간타로는 가는 눈을 더욱 가늘게 떴다. 그리고 고릴라가 쥔 물건의 정체를 알고 충격을 받았다.

골프채다. 간타로는 골프는 잘 모르지만, 고릴라가 들고 있는 채가 아이언이란 건 알았다. 헤드 부분이 비스듬하고 금속으로 되어 있는 골프채다. 주된 용도는 골프장에서 골프공을 날리는 것이다. 비거리보다 정확한 방향이 중요할 때 많이 쓴다. 하지만 때로는 골프장 밖에서도 사용한다. 예를 들어 폭력배나 양아치들이 적을 두들겨 팰 때.

오징어 같은 눈을 한 왜소한 몸집의 정리업자가 집 현관으로 다가간다. 망설임 없이 문에 달린 초인종을 누른다. 소형 비상벨에서 날법한 소리가 간타로의 귀에 희미하게 들렸다. 정리업자는 응답을 기다렸다. 하지만 대답이 없다. 당연하다. 이미 그 집에는 아무도 없다. 정리업자 옆에 나란히 선 고릴라는 아이언으로 넓은 어깨를 안마하듯이 통통 두드리고 있다. 두 사람이 대화를 나누었지만 들리지는 않았다. 정리업자가 남국의 새처럼 갈라지는 고음으로 웃었다. 그러면서 뒷걸음으로 담장까지 다가간다. 좌우를 확인하고 고릴라에게 뭐라 말한다. 다음 순간 고릴라가 갑자기 아이언을 들어올려 주저 없이 문을 내리쳤다. 한 번. 그리고 또 한 번. 그러기를 몇 번 하자 어느새 소리가 변했다. 아이언이 널빤지와 가공 합판으로 만든 싸구려 문을 뚫어버린 모양이다. 고릴라는 문에 난 구멍에 손을 들이민다. 이윽고 정리업자가 다가와 손잡이를 돌렸다. 고릴라가 자물쇠를 푼 문은 힘없이 열렸다. 두 사람은 뭔가 이야기를 주고받으며 집 안으로 들어간다.

"어…… 어……"

어제 다케자와가 말한 것과 다른 상황이다. 비탈길에 숨어서 일당을 지켜보는 임무를 간타로에게 맡기며 다케자와는 말했다.

─만에 하나 일당에게 들킨다 해도 걱정하지 마. 놈들은 남의 이목이 있는 장소에서는 절대로 폭력을 쓰지 않으니까. 넘어서는 안 될 선을 잘 알고 있어. 그러니까 혹시 들키면 소리를 지르면서 도망치면 돼.

다케자와의 큰 오산이었다.

어떻게 봐도 두 사람은 직접적인 폭력을 휘두르고 있다.

집 안에서 뭔가 단단한 것을 부수는 소리가 들렸다. 간타로는 숨이 멎었다. 안 돼. 안 돼. 작전은 성공할 수 없어. 너무 쉽게 생각했어. 상대를 잘 알지도 못하면서 부추겼다. 다케 씨와 데쓰 씨를. 야히로와 마히로를.

하지만 지금 간타로가 할 수 있는 일은 어찌 됐든 맡은 임무를 수행하는 것밖에 없다. 휴대전화를 고쳐 잡고 저장된 다케자와의 번호로 연락하니 상대는 바로 받았다.

*　　*　　*

"숙박 일수는 하루입니까?"

프런트 직원이 묻자 마히로는 망설였다. 흘끗 옆에 있는 야히로를 보자 그녀는 프런트를 향해 손가락을 두 개 폈다.

"일단 이 주일만."

상대는 순간 네? 하는 표정을 지었지만, 곧 영업용 미소를 되찾고 키보드를 두드리며 모니터 화면을 보았다.

"다섯 분이 이 주일간. 알겠습니다. 짐은요?"

"저기. 밖에 있어."

야히로가 등뒤를 엄지로 가리킨다. 유리 자동문 너머에 다섯 사람의 짐이 쌓여 있다. 여기까지는 택시로 운반했다.

우에노 역에서 가까운 비즈니스호텔이다. 오늘부터 이 호텔이 작전 본부가 된다.

프런트 직원이 숙박 요금을 알려주었다.

"계산은 원칙적으로 전액 선불입니다만, 괜찮으시겠습니까?"

직원은 두 사람의 얼굴을 번갈아 보면서 물었다. 시선은 결국 나이가 더 많은 야히로 쪽에서 멈춘다. 야히로는 고개를 끄덕이고 얼굴을 돌려 마히로를 보았다.

"괜찮지, 그 돈을 써도?"

마히로는 몇 초간 망설였지만, 어젯밤 내내 고민한 끝에 얻은 결론을 바꾸지는 않았다.

"이제 와서 이러니저러니 생각해도 소용없지."

지금이 이 돈을 쓸 때다. 처음부터 그렇게 정해져 있었던 것이 분명하다.

마히로는 등에 멘 보스턴백의 지퍼를 열고 안에 있는 하얀 비닐봉투에서 프런트 직원이 말한 금액만큼 지폐를 꺼냈다. 직원이 돈을 받아 금전출납기가 있는 안쪽 사무실로 사라질 때까지 마히로는 수십 장의 만 엔짜리 지폐를 눈으로 좇았다. 원수가 칠 년간 보내온 돈을. 처음으로 쓰는 그 돈을.

다케자와와 데쓰에게 이 현금의 존재를 알린 것은 어젯밤 작전회의 때였다. 이번 일에 필요한 자금을 어떻게 마련할지가 화제에 오르자, 팔짱을 끼고 끙끙 앓는 다케자와와 데쓰의 옆에서 마히로는 언니에게 시선을 보냈다. 언니도 마히로의 눈을 보았다. 마히로는 두 사람이 같은 생각을 하고 있다는 것을 알았다.

—우리가 돈을 댈게.

말을 꺼낸 것은 마히로였다. 그뒤를 야히로가 이었다.

—지금까지 말씀드리지 않아서 죄송합니다. 사실 우리는 현금을 꽤 가지고 있습니다.

상대의 충격을 될 수 있는 한 줄이기 위해서인지, 야히로는 매우 과장된 태도로 공손히 머리를 조아렸다. 다케자와와 데쓰는 모두 순간 입을 떡 벌린 뒤, 흘끗 눈짓을 교환하고 동시에 "뭐?" 하고 소리를 높였다.

—현금? 꽤 많이? 마히로와 야히로가?

데쓰는 두 눈을 동그랗게 떴다. 너무 놀란 표정이라 일부러 그러는 걸로 오해할 정도였다.

—아니 어떻게…… 그런.

다케자와는 입속에서 우물우물 중얼거렸다.

—사정을 밝히도록 하지요.

야히로는 계속 연극의 독백처럼 말을 이었다.

—이 돈은 우리가 골탕 먹이고자 하는 사채조직과 관계있는 돈입니다. 지금으로부터 칠 년 전.

야히로는 모든 것을 숨김없이 털어놓았다. 두 사람이 가지고 있는 현금이 어떤 것인가를.

"그럼 방으로 안내해드리겠습니다."

머리를 단단히 고정시킨 젊은 직원이 다가와 한 손으로 엘리베이터를 가리켰다. 비즈니스호텔이라 해도 중요한 고객은 직접 안내해주는 모양이다. 마히로와 야히로는 걸음을 옮겨 엘리베이터에 탔다.

"짐은 담당자가 가져다드릴 겁니다."

"아, 간짱의 기타 케이스는 주의해. 안에 든 게 많으니까."

"잘 알겠습니다."

정중하게 미소 지으며 직원은 엘리베이터의 닫힘 버튼을 눌렀다. 그러자 갑자기 야히로가 그 손을 움켜쥔다. "네?" 하고 놀라는 얼굴로 직원은 야히로를 보았다. 야히로는 재빨리 다른 한 손을 뻗어 닫히는 문을 멈췄다.

"잘 알겠다고만 하고 문을 닫으면 어떡해. 담당자에게 확실하게 전해. 간짱의 기타 케이스를 살살 다루라고."

"아, 네…… 알겠습니다."

직원은 당황하며 엘리베이터를 나와, 가까이 있던 동년배의 직원에게 짐에 대해 설명하고 돌아왔다.

"죄송합니다."

"간짱의 중요한 물건이 들어 있으니 주의해."

야히로는 직원을 쏘아보았다.

언니는 간타로를 진심으로 아꼈다.

운동화 밑으로 올라가는 엘리베이터의 진동을 느끼면서, 마히로는 살그머니 보스턴백에 손을 넣었다. 비닐봉지에 든 엄마의 동전과 메모. 이제는 벼슬이의 목에 걸려 있던 빨간 목걸이도 들어 있다. 동전과 네모난 주사위의 감촉을 확인하면서, 마히로는 비닐 안의 유품들을 꼭 쥐었다.

　　　　*　　　*　　　*

"아무래도 우리가 잘못 짚은 것 같다. 녀석들이 이제 장난은 그만둘 생각인 모양이야."

간타로의 전화를 끊고 다케자와는 재빨리 통화 내용을 테이블 너머의 데쓰에게 전했다.

"현관문을 부수고 집에 들어갔나봐. 게다가 정리업자 혼자가 아니야. 덩치가 산만한 고릴라 같은 녀석도 같이 왔다는군."

데쓰의 표정이 갑자기 굳어졌다.

"어쩌죠, 다케 씨…… 그만둘까요?"

다케자와는 고개를 가로젓고 의자에서 일어났다.

"계획대로 움직이자. 그다음에 어떻게 할지는 다시 의논하고. 지금은 시간이 없어."

계산대에 커피 값을 놓고 다케자와는 가게를 나왔다. 한 걸음 뒤에서 데쓰가 따라 나온다. 바로 앞은 차량 통행이 많은 국도 4호선이다. 다케자와는 오른쪽을 보면서 빈 택시가 오길 기다렸다.

"왔다. 타자."

택시에 오르자 다케자와는 백발이 섞인 성실해 보이는 기사에게 우선 만 엔 지폐를 건네며 잠시 여기에서 대기해달라고 부탁했다. 기사는 별달리 의심하는 기색 없이 태연하게 지폐를 받아 주머니에 넣는다. 다케자와는 상체를 틀어 뒷유리 너머를 주시했다. 조금 전에 집을 떠났다는 정리업자와 고릴라가 탄 흰색 세단을 기다리고 있는 것이다.

"이쪽으로 지나갈까요?"

"지나가지 않으면 어쩔 수 없지. 작전 실패야. 그렇지만 괜찮을 거야. 녀석들의 사무실이 지금 어디 있는지는 모르지만, 우리집에서 이 4호선을 통과하지 않으면 어디로도 갈 수 없으니까."

흰색 세단은 틀림없이 이곳을 통과할 것이다. 분명 택시를 추월할 것이다.

"저, 손님, 얼마나 기다려야……"

이제 곧, 하고 다케자와가 기사의 말을 막았다.

"조금만 더 기다려주게. 미안하군."

"기다리는 건 상관없습니다만, 길가에 차를 오래 대놓으면 다른 차에게 불편을 줍니다. 사고가 나도 곤란하고요."

"왔다!"

데쓰가 소리를 질렀다.

"저 하얀 세단을 따라가줘. 차체가 낮고 창이 까만 차."

"네? 저 차를 따라가라고요?"

갑자기 기사의 표정이 바뀌었다. 옆을 지나간 세단이 어디로 보나 건달의 위용을 과시하고 있었기 때문이다.

"부탁하네, 어서."

"하지만."

"빨리!"

기사는 마지못해 사이드브레이크를 내리고 깜빡이를 켜며 도로로 미끄러져 들어갔다. 세단은 이미 꽤 앞서 달리고 있다. 다케자와는 차창에 얼굴을 바싹 대고 상대의 위치를 확인했다. 다행히 차선을 이리저리 옮기지 않고 똑바로 달리고 있었다.

"좀더 가까이 붙게. 차들을 추월해서."

다케자와의 목소리에 기사는 대답하지 않았다. 불안이 깃든 기사의 눈이 룸미러 너머로 다케자와를 본다. 확실히 주저하고 있다. 그때 데쓰가 차분한 목소리로 말했다.

"다케 씨, 우리 신분을 밝히죠. 기사님이 발설만 하지 않으면 되니까."

"신분이라니?"

"비밀리에 하는 조사니 소문내지 마십시오. 이번 일로 불편을 겪는 사태는 절대 없을 겁니다."

데쓰는 빠르게 말하고 윗도리 안주머니에서 검은색 수첩을 꺼내 기사의 어깨 위로 척 들어 보였다. 기사는 얼굴을 앞쪽으로 둔 채 눈만 돌려 흘끗 수첩을 보았다.

"아, 경찰……"

"저 차를 추격해주십시오. 부탁드립니다."

수첩을 재빨리 집어넣으며 데쓰가 사무적인 말투로 부탁하자, 기사는 결심한 듯 어깨에 힘을 주고 핸들을 고쳐 잡았다.

"알았습니다."

깜빡이를 켜고 액셀러레이터를 밟는다. 옆 차선으로 들어가 속도를 올리더니 다른 차선에 틈이 보이자 다시 그쪽으로 미끄러져 들어간다. 그렇게 몇 번인가 차선을 바꾸면서 택시는 점점 세단에 가까워졌다. 데쓰가 다케자와에게 얼굴을 돌리고 빙그레 웃는다. 경찰수첩 같은 걸 언제 준비했을까. 지금까지 했던 작업 중 경찰 흉내를 낸 적은 한 번도 없다. 다케자와가 의문의 눈빛을 보내자 데쓰는 안주머니에서 수첩을 꺼내 표지를 보여주었다. 평범한 검은색 메모장이었다. 손바닥을 펴 보인다. 창을 통해 들어온 빛에 금색 별이 반짝 빛났다. 데쓰가 아파트 화재 때 연기 속에서 꺼내온 크리스마스트리의 별이었다.

"그걸 아직도 가지고 있었군."

작은 목소리로 말하자 데쓰는 큰 입을 오므리고 쑥스러운 듯이 고개를 쑥 내밀었다.

기사가 물정에 밝은 사람이 아니어서 다행이었다. 지금 쓰이는 경찰 수첩 겉면에는, 얼핏 보면 별 같기도 한 벚꽃 문양이 붙어 있지 않다.

"그런데 형사들은 정말 이름 대신 별명으로 부르는군요."

미행 때문에 흥분했는지 기사는 고양된 어조였다.

"다케 씨라든지, 데쓰라든지."

"대부분은요."

데쓰가 적당히 답한다.

"청바지나 스카치 같은 별명은 없습니까? 옛날 드라마처럼요."

"우리 서에는 돼지가 있어요."

"돼지는 좀 심한데요."

"순직한 벼슬이도 있었지."

전방의 흰색 세단은 오른쪽 차선으로 직진했다. 택시는 왼쪽 차선에서 조금 떨어져 달리고 있다. 녀석들은 어디로 가는 것일까. 이대로 사무실로 돌아가는 것일까. 큰 사거리 바로 앞에서 갑자기 세단이 오른쪽 깜빡이를 켰다. 우회전 길로 접어든다.

"아."

기사가 소리를 지르며 차선을 변경하려고 했지만, 다른 차가 옆으로 붙었기 때문에 그대로 직진할 수밖에 없었다.

"죄송합니다, 형사님들. 갑자기 깜빡이를 켜는 바람에……"

"곤란한데. 어쩌지 데쓰? 미행을 눈치챘는지도 모르겠어."

"아니, 그건 아닌 것 같아요. 꽁무니에 착 붙어 갔던 건 아니니까."

"저기에서 우회전하면 어디로 나가나?"

"기사님, 일단 서주세요."

데쓰의 지시로 기사는 택시를 길가에 세웠다.

"저쪽으로 들어가면 분쿄 구나 도시마 구입니다. 지금 우리가 있는 곳은 다이토 구지요."

세단을 놓친 게 자신의 실수라고 생각했는지, 기사는 빠른 말로 손짓을 섞어가며 설명했다.

"분쿄 구, 도시마 구……"

그쪽에 녀석들의 사무소가 있는 것일까. 아니면 다른 볼일을 보러 간 것일까. 다케자와는 데쓰와 눈을 맞췄다.

"어쩌지?"

"으음……"

결론을 내지 못한 채 일이 분이 지났다. 데쓰의 전화가 울렸다. 화면을 보고 데쓰가 혀를 찬다.

"간타로 전화네요. 하필 이럴 때…… 여보세요?"

데쓰는 전화기를 귀에 대고 성의 없이 대답했다.

"응, 뭐? 그러니까 마히로와 야히로에게 연락해서 호텔로 가. 그렇게 말했잖아. 지금 그 세단은…… 아니, 놓쳤어. 갑자기 방향을 트는 바람에. 그래. 지금 하는 수 없이 택시를 세웠어…… 간타로, 너 혹시 놈들에게 발각될 만한 짓을 한 건 아니지? 아니, 우리도 들키지는 않았어."

그대로 잠시 통화를 하던 데쓰는 갑자기 목소리를 높였다.

"뭐…… 응? ……아!"

갑작스러운 큰 소리에 다케자와와 기사는 데쓰의 얼굴을 살폈다.

"뭐야, 데쓰? 무슨 일이야?"

"저기, 저기, 저기! 저기!"

데쓰는 검지를 똑바로 펴서 차창 밖을 가리켰다. 그쪽에 흰색 세단이 달리고 있었다. 그 차였다. 4호선으로 돌아온 것이다. 아까 오른쪽으로 꺾어들어간 것은 아무래도 뭔가 볼일이 있었기 때문인 듯하다.

"다시 미행해. 빨리!"

다케자와가 말하자 기사는 자신의 실수를 만회할 기회라 여긴 듯 기꺼이 액셀러레이터를 밟으며 핸들을 꺾었다. 깜빡이도 켜지 않고 차들 속으로 머리를 들이민다.

"잘했어, 돼지! 자네가 전화해준 덕분에 놈들을 다시 발견했다!"

데쓰는 기쁨의 소리를 지르며 전화를 끊었다. 택시는 다시 미행을 개시했다. 다소 위험하긴 하지만, 이번엔 뒤에 바짝 붙으라고 부탁했다. 그후 세단은 계속 4호선을 직진하여 아키하바라까지 가더니 다시 오른쪽 도로로 들어갔다. 택시가 뒤를 쫓는다. 다케자와와 데쓰는 차 안에서 머리를 숙였다.

"이대로 가면 신주쿠입니다."

기사의 말에 두 사람은 시선을 교환했다.

"저 녀석들 아직도 신주쿠에 사무실이 있는 걸까요?"

그런 것 같다. 그 이후로 몇 번인가 사거리를 돌고 대로를 빠져나와 마지막으로 세단이 멈춘 곳은, 신주쿠 뒷골목에 있는 낡은 맨션 아래였다. 조금 떨어진 장소에 택시도 멈춘다.

다케자와와 데쓰는 차창 너머로 세단을 응시했다. 우선 덩치가 큰 남자가 느릿느릿 조수석 문에서 나왔다. 간타로가 전화로 말해준 대로 고릴라 같은 풍모의 남자였다. 고릴라는 어두컴컴한 맨션 입구로

240

들어간다. 정리업자는 내리지 않고 그대로 세단을 몰아 옆에 있는 주차 빌딩으로 갔다. 입구의 주차관리기에 카드를 집어넣으니 눈앞의 철문이 좌우로 열린다. 빨려들어가는 것처럼 세단이 철문 안으로 사라지더니, 이윽고 정리업자가 등을 구부리고 열쇠를 한 손으로 만지작거리면서 나왔다. 주차관리기 옆에 있는 조작판의 버튼을 누르고 철문을 닫는다. 정리업자는 맨션 입구로 들어갔다.

창의 수를 세어보니 맨션은 10층 건물이었다. 층마다 방이 네 개씩 있다. 입구 위에 있는 콘크리트 아치에 'Maison de Shinjuku'라는 알파벳이 새겨져 있다.

"마이손 데 신주쿠?"

"메종 드 신주쿠예요. 메종은 건물이란 뜻이고요."

"있어 보이는 이름과 달리 꽤 낡은 건물이군."

"놈들의 일에는 거창한 사무소 같은 건 필요 없으니까요."

그러고 보니 칠 년 전에 그들이 다케자와의 이름으로 계약했던 사무실 역시 낡은 맨션이었다.

다케자와와 데쓰가 돈을 내고 택시에서 내리자, 기사가 만 엔짜리 지폐를 도로 내밀었다.

"형사님들이니, 이 돈은 받을 수 없습니다."

"괜찮다니까."

"아닙니다."

실랑이 끝에 돈을 다시 기사에게 쥐여주고, 두 사람은 택시를 떠나 맨션으로 향했다. 볕이 들지 않는 입구 왼쪽에 엘리베이터가 하나 있다. 처음에는 엘리베이터가 멈추는 층을 보고 녀석들의 사무실 위치를 알아내려 했다. 그러나 정리업자가 내리고 나서 누군가 엘리베이터를 탔는지 아래로 내려오고 있었다. 데쓰가 작은 목소리로 푸념했다.

"기사 때문에 쓸데없이 시간을 낭비해서 그래요."

"할 수 없지. 이봐, 온다."

엘리베이터가 1층에 가까워져서 다케자와와 데쓰는 우편함 옆의 공간에 들어가 몸을 숨겼다. 문이 열린다. 나온 사람은 유흥업에 종사하는 듯한 분위기의 젊은 여자였다. 날씬한 몸에 콧날이 오뚝한 대단한 미인이지만, 지금은 그런 건 아무 상관 없다.

"사무실 호수를 어떻게 알아내죠?"

"우편함을…… 봐서는 모르겠군."

나란히 줄지은 우편함에 짐작이 가는 이름은 없었다. 게으른 입주자만 모였는지, 이름표가 붙은 우편함이 별로 없다.

다케자와와 데쓰는 맨션을 나와 조금 전 정리업자가 세단을 세워둔 주차 빌딩으로 향했다. 주차관리기 옆에 간이화장실만한 조립식 건물이 있다. 열린 창 너머로 담배를 태우는 얼굴이 좁은 노인이 보였다. 주차 빌딩의 관리인인가보다.

"뭐 좀 물어볼 게 있는데."

다케자와가 말을 거니 노인은 깜짝 놀란 얼굴로 담배를 보이지 않는 곳으로 치웠다. 연기가 작업복 가슴팍으로 올라온다.

"아까 들어간 흰색 세단, 저 맨션에 사는 사람 차 아닙니까?"

네에, 하고 답하며 노인은 목구멍에 걸린 가래를 삼켰다.

"그렇습니다만……?"

"몇 호실인지 아십니까?"

노인은 대번에 복잡한 표정을 짓더니 입을 오므려 조금 전 숨겼던 담배를 빨았다. 그리고 연기를 뿜으며 말한다.

"그야 알지요. 여기 관리인이니까. 하지만 요즘에는 개인 어쩌고 하는 보호법이란 게 있어서요. 간단히 가르쳐줄 수가 없어요."

노인은 바로 옆에 있는 무슨 파일을 펼치고 팔랑팔랑 페이지를 넘긴다. 거기에 계약자의 정보라도 적혀 있는 것일까.

"우리는 피해를 당했습니다."

"피해?"

"차가 부딪혔어요."

"아, 차를. 그거 큰일이군요."

노인은 갑자기 호기심 어린 표정으로 목을 내민다. 무료했었는지 표정이 자주 바뀌었다.

"하지만 아까 말한 보호법 때문에 말이죠. 게다가 그 세단의 주인은 일반인이 아닌 듯합니다."

"아, 그래요?"

다케자와가 일단 놀란 표정을 보이니, 노인은 과장스럽게 몸을 뒤로 뺐다.

"차 모양이랑 사람을 보면 알잖수. 그 사람들 조폭이에요. 그래서 좀 그렇다오."

"조폭이라면 분명히 좀 그렇군."

다케자와와 데쓰는 나란히 신음했다.

"그래도 만약을 위해 알려주세요."

"안 된다니까요. 사정이 있으니까."

"그래도 어떻게 좀."

"아니, 아무래도 거시기해요."

노인은 탁 소리를 내며 파일을 닫고 말았다.

"관리인 아저씨, 사정 좀 봐주쇼. 일전에 내가 다 조사했는데 그만 잊어버리고 말았어요. 저 맨션의 2층인 것까지는 기억이 나는데, 몇 호였는지 가물가물해서."

"2층?"

노인은 다시 파일을 펼친다. 그러고는 어디선가 돋보기를 꺼내 찬찬히 살펴보았다.

"2층이 아닌데……"

"네? 그럼 저기에 쓰인 숫자를 잘못 봤나?"

다케자와는 어딘가의 게시판이라도 보는 척했다.

"거기 숫자가 확실히 '2'로 보였는데. 숫자 2 말이에요."

노인은 수수께끼를 푸는 표정으로 자신의 왼손 바닥에 오른손 검지로 느릿느릿 글자를 썼다. 2⋯⋯ 10⋯⋯ 2⋯⋯ 10⋯⋯ 그 움직임을 확인하고 다케자와는 "아" 하고 소리를 질렀다.

"틀렸다. 2층이 아니야. 10층이었어."

그럼 그렇지 하는 표정으로 노인이 얼굴을 들었다.

"생각났어요, 10층의 2호실. 1002호다."

노인의 얼굴에 물음표가 떴다.

"아니다, 4호실이었나."

노인의 물음표는 변하지 않는다.

"아니아니, 겨우 생각났다. 그래, 3호실이었어. 1003호."

물음표가 그대로다.

"이제 됐어요. 아저씨. 생각났으니까. 실례 많았습니다."

노인은 뭔가 말하고 싶은 눈치였으나, 다케자와는 데쓰를 재촉하여 그 장소를 떠났다.

"10층의 1호다."

"그런 것 같아요. 1001호."

＊　　　＊　　　＊

다케자와와 함께 비즈니스호텔의 방에 들어간 데쓰는 어라 하고 눈썹을 치켜올렸다.

"꽤 좋은 방이네요. 그쵸, 다케 씨?"

"황송할 정도다."

다섯 사람의 침대에 책상이 두 개. 벽에 있는 문은 목욕탕으로 통하는 걸까. 사이드보드 위에 전기포트가 있고, 옆에 녹차, 홍차 티백과 작은 봉지에 든 인스턴트커피가 갖춰져 있었다.

어서 와, 하고 침대 끝에 앉아 있던 마히로가 고개를 든다. 창을 열고 담배를 피우던 야히로도 돌아본다.

"결과는?"

야히로의 목소리에는 불안과 흥미가 반반이었다.

"뭐 꽤 잘된 편. 아니, 그저 그런 정도일까."

"간짱이 말해줬는데, 놈들이 집에 쳐들어왔다면서?"

"그랬나봐. 골프채를 들고."

그렇게 말하고 데쓰는 두 사람이 불안해할까봐 덧붙였다.

"하지만 걱정 없어. 만약 우리가 집에 있었다고 해도 골프채로 가구나 마루, 벽을 두드리면서 위협만 할 생각이었을 테니까."

"그랬을까……"

야히로는 KOOL을 입술에 대고 여동생을 바라본다. 마히로는 침대에 앉은 채로 양손을 뒤로 짚고 가만히 자기 무릎을 응시하고 있었다.

"어라, 그러고 보니 간타로가 없네."

물어보니 야히로가 벽에 있는 문을 턱으로 가리킨다.

"계속 화장실에 틀어박혀 있어. 자기 이론이 틀렸다나 뭐라나."

"그게 무슨 말인데."

"나도 몰라."

물 내리는 소리가 나고, 간타로가 한숨을 쉬며 밖으로 나왔다.

"아, 돌아오셨습니까…… 미행은 어떻게 되었습니까?"

"간타로, 자네 좀 수척해진 것 같은데?"

"너무 참아서 속이 좀 뒤집혔습니다. ……그런데 어떻게 됐습니까? 그 녀석들의 차는 발견했습니까?"

"암. 일당의 아지트를 알아냈지."

데쓰가 자랑스럽게 말했다.

"그랬군요, 다행이다."

말하자마자 간타로는 뭔가 참는 것처럼 얼굴을 찌푸리더니 다시 문 저쪽으로 사라졌다.

"프런트에 가서 약 받아올게."

담배를 재떨이에 눌러 끄고 야히로가 방을 나갔다. 데쓰는 옆에 있는 책상에서 의자를 빼서 털썩 엉덩이를 붙였다.

"다케 씨, 일단 앉아서 잠시 쉬지요."

"그래. 지금부터 작전을 다시 짜볼까. 세세한 부분까지 생각해봐야 겠어."

다케자와도 다른 의자에 자리를 잡았다.

중간에 다소 예상에서 벗어난 부분이 있었지만 지금까지는 계획대로 순조롭게 진행됐다. 진짜로 중요한 것은 지금부터다. 모든 경우를 예상하고 세부사항을 정해야 한다.

"다케 씨, 앨버트로스 작전이 드디어 본격적으로 막을 올리네요."

"뭐야, 그건?"

"어, 제가 말 안 했나요?"

데쓰는 이 작전에 '앨버트로스'라는 이름을 붙였다고 다케자와에게 말했다.

"앨버트로스가 뭔데?"

"크고 흰 바다 새인데, 일본에서는 아호도리*라고 해요. 놈들에게 사기를 쳐서 바보로 만들어버리자고요."

(2)

다음 날 오후.

다케자와는 아메요코에서 한 골목 뒤로 들어간 길을 걸었다. 따분한 얼굴의 외국인들이 흘끔흘끔 이쪽을 본다. 그중에서 안면이 있는 턱이 움푹 들어간 남자를 발견하고 다케자와는 다가갔다.

"휴대전화, 휴대전화."

전화기를 귀에 대는 흉내를 내니, 남자는 짙은 눈썹을 위로 치켜올리며 끄덕이고는 주머니에서 휴대전화 사진이 인쇄된 종이를 꺼냈다.

"이거 새 거. 오천 엔. 구십 일 쓸 수 있다."

"깎아줄 수 있어? 많이 살 건데."

---

* 일본어로 '바보 새'라는 뜻도 된다.

"많이? 몇 개?"

"열한 대."

남자는 조금 얼굴색을 바꾸고 주머니에서 다른 종이를 꺼낸다. 사진을 보니 지난번에 다케자와가 구입한 것과 같은 S사의 로고가 들어간 전화기였다.

"이거 문자 된다. 칠천 엔. 많이 사면 육천 엔에 해준다."

"문자 안 돼도 돼, 이번엔."

"그래도 문자 필요해."

"없어도 된다니까. 아까 오천 엔짜리도 괜찮아. 열한 대 사만 엔, 어때?"

남자는 몸에 딱 붙는 티셔츠 밑으로 뻗은 두꺼운 팔로 팔짱을 낀 채 상체를 펴고, 이해를 못 하겠다는 표정을 지었다.

"오천 엔, 열한 대면 오만오천 엔."

"그러니까 깎아달라고 했잖아."

잠시 실랑이가 이어지고 전화기 가격은 한 대당 사천육백 엔으로 결정되었다. 다케자와가 오만육백 엔을 지불하자, 남자는 다케자와를 데리고 한 골목 더 안쪽으로 들어갔다. 예전과 마찬가지로 그곳에는 그와 같은 나라 사람 몇 명이 담소를 나누고 있었다. 무리 중 배낭을 등에 멘 남자가 다케자와에게 열한 대의 휴대전화를 건넸다. 다케자와는 준비해온 가방에 전화를 넣고 우에노를 떠났다.

야마노테 선을 타고 신주쿠에서 내렸다. 역에서 나와 어젯밤 전화로 안내받은 건물로 찾아갔다. 다케자와가 도착한 곳은 허름한 외관과 어울리지 않게 멋들어진 이름의 2층짜리 아파트였다. 뜻밖에도 입구에 개집이 있다. 으르렁거리는 소리에 주의를 기울이며 개집 앞을 지났다. 덜컹대는 엘리베이터를 타고 2층으로 올라가니, 끝에서 두번째 문에 목적지인 탐정사무소 간판이 붙어 있다.

도청을 전문으로 한다는 이 탐정사무소는 데쓰가 찾아냈다. 어젯밤에 다케자와와 데쓰는 안내책자에 얼굴을 파묻고 휴대전화 속에 도청기를 장치해주는 업자를 찾았다. 탐정사무소 몇 곳에 문의해보았지만 모두 기술적으로 불가능하다고 했다. 데쓰가 마지막으로 전화한 한 업체만, 문제가 발생했을 때 사무소 이름을 밝히지 않는다는 조건으로 받아들여주었다. 필요한 기간을 물으니 상대는 예상보다 훨씬 짧은 기간을 말했다.

—꼬박 이틀 정도면 됩니다.

요금도 싸지 않았고 더구나 선불이지만, 달리 해주겠다는 곳이 없으니 다른 방법이 없다.

초인종을 누르자 안쪽에서 가느다란 목소리가 대답하고 나와 다케자와를 맞았다. 어젯밤에 통화한 사장은 자리에 없었지만, 카운터에 있는 어딘가 허약해 보이는 얼굴의 직원은 다케자와가 무슨 일로 왔는지 미리 들어 알고 있었다. 조금 전에 산 휴대전화 중 한 대는 다른 용도로 쓸 예정이므로, 다케자와는 나머지 열 대를 건네고 정산을 했다.

"작업을 마친 전화기는 어디로 보내드릴까요?"

"이곳으로 부탁드립니다."

메모장에 비즈니스호텔의 주소를 써서 직원에게 주었다.

다케자와는 탐정사무소를 나와 데쓰에게 전화를 걸었다.

"이쪽 일은 끝났어. 맨션의 빈 방은 알아봤어?"

"네. 부동산 중개소에 물어봤어요. 일당의 사무실인 1001호 맞은편 아래인 902호가 비어 있어요."

"도청하기에 딱인 장소로군. 전단지와 명함은?"

"전단지는 마히로와 야히로가 멋진 디자인을 내놓았어요. 눈길을 확 끌어요. 명함에도 그럴듯한 회사명과 이름을 찍었고요. 이제 인쇄소에 보내면 끝이에요. 맞다, 전단지에 인쇄할 전화번호를 알려주세요."

다케자와는 한 대 남겨둔 휴대전화의 번호를 데쓰에게 전했다.

"그럼 이 번호를 전단지에 넣을게요."

"인쇄소는 아는 곳이 있다고 했지?"

"네, 예전에 열쇠공을 할 때 단골로 가던 곳이 있어요."

"그 사기 전단지 말이지. 접착제로 술수를 부리던."

"그때 일은 잊어주세요. 아무튼, 그 집은 일 처리가 빠르니까 지금 가서 일을 맡길게요. 그길로 맨션에 가서 902호 문을 열어놓겠습니다."

"조심해. 간타로는 어때?"

"이것저것 사서 조립하고 있어요."

데쓰가 말투를 바꿨다.

"간타로 말이에요, 어딘가 조금 이상해요."

목소리가 분명치 않은 것은 손바닥으로 수화기를 감싸고 있기 때문인 듯했다.

"이상하다고?"

"말수가 적어지고 안절부절못하면서 자꾸 두리번거려요."

"배 아픈 게 아직 안 나아서 그런가?"

"저도 배 때문에 그런 줄 알았는데요, 아무래도 아닌 것 같아요. 야히로가 물어봐도 그저 입 다물고 고개만 젓더라고요."

"어쩌면…… 그걸지도 몰라. 그 녀석은 어제 놈들이 집에 처들어왔을 때 가까이 있었잖아."

"그래서 겁먹었다?"

"그럴 수도 있지."

그렇다 해도 어쩔 수 없는 일이다. 생각해보면 지금 다케자와 일행이 하려는 일에 간타로는 아무런 관계가 없다. 작전 실행에 찬성은 했지만, 간타로만은 자신을 위해 결정한 것이 아니었다. 따져보면 대세를 거스를 수 없었던 것뿐이다. 물론 소중한 야히로와 야히로의 동생을 위해서이지만, 역시 자신을 위한 행동과 남을 위한 행동은 하고자 하는 의지에서 차이가 난다. 아무리 몸과 마음 모두 군살로 둘러싸여 둔해 보이는 간타로라 해도 무서운 건 어쩔 수 없다.

"생각해봤는데요, 다케 씨. 간타로랑 계속 같이 일해도 괜찮을까요? 물건 제작은 그렇다 치고 놈들 사무실에 잠입할 때 데려가기는 좀⋯⋯."

데쓰도 같은 생각을 하고 있었던 듯 무척 조심스럽게 말했다.

"오늘밤에 다시 한번 본인에게 확인해보자."

전화를 끊고 다케자와는 작게 한숨을 쉬었다.

다케자와도 남 걱정 할 형편이 아니었다. 자신들이 이번에 하려는 작업은 무서운 일이다. 칠 년 남짓한 기간 동안 다케자와가 신분을 숨기고 살아온 까닭은 성실한 인생을 단념한 것도 있지만, 무엇보다 자기 때문에 해산된 조직의 보복이 두려웠기 때문이다. 지금 그 조직을 상대로 대담한 사기를 꾸미고 있다.

문제는 그뿐만이 아니다. 데쓰 이외의 세 사람, 마히로와 야히로와 간타로는 다케자와가 조직의 피해자인 줄로만 알고 있다. 간타로는 물론이고 만약 두 자매가 다케자와의 과거를 알게 되면 어떻게 하나.

함께 살며 열심히 작전회의와 물밑 작업을 한 다케자와가 실은 엄마를 죽음으로 몰고 간 장본인이라는 걸 알게 된다면. 진짜 원수라는 걸 깨닫는다면. 나는 이대로 계속 숨길 수 있을까. 그게 가능할까. 사소한 계기 하나로 최악의 결과를 빚게 되는 건 아닐까 하는 생각이 들었다. 데쓰와 상의해서, 이번 작전은 다케자와의 얼굴을 아는 히구치와 정리업자가 없을 때 실행하도록 짜놓았다. 하지만 계획대로 맞아떨어진다는 보장은 없다. 작전 실행 중에 언제 어느 때 상대가 다케자와의 정체를 알아챌지 모르는 일이다. 발각된다면 자연히 다케자와의 과거도 폭로되고 만다. 그때는 도대체 어떻게 해야 할까.

이틀이 지났다. 오전에 신주쿠의 탐정사무소에서 물건이 도착했다. 데쓰가 의뢰한 인쇄소에서도 전단과 명함이 와야 하는데 예상보다 늦어져서 다케자와가 독촉 전화를 걸었다. 그러자 곧 배달원이 프런트로 상품을 가져왔다.

"아, 좋은데. 멋지다."

꾸러미를 풀고 전단지와 명함을 비교해보던 야히로가 들뜬 목소리로 말했다.

"'기간 한정! 한정 수량! 선불폰 재고 세일. 한 대 천 엔! 연락은 아래 전화번호로.' 재고 세일은 내 아이디어야. 싼 물건에 이유가 없으면 수상하잖아. 어때, 다케 씨. 나 머리 좋지?"

"좋아."

적당히 답하고 다케자와는 명함 통을 나눠주었다. 통마다 '최소 주문 수량'인 오십 장이 들어 있지만, 아마 실제로는 한두 장쯤 사용하는 게 고작이리라.

"자기 이름뿐만 아니라 다른 사람의 이름도 잘 외워둬."

이어서 탐정사무소에서 보낸 상자를 열어본다. 맡겨두었던 선불폰 열 대와 무전기같이 생긴 수신기 한 대가 들어 있었다. 데쓰가 수신기를 집어든다.

"이 수신기 한 대만으로 전부 들을 수 있는 건가요? 열 대 전부?"

"그렇게 해달라고 했어. 통화 내용은 물론이고 주위의 소리도 잡아줄 거야."

다케자와는 첨부된 A4 크기의 설명서를 읽어내려갔다. 수신 가능 거리는 약 오십 미터. 소형이므로 강한 전파를 보내지 못하며 수신 범위도 좁다. 같은 이유로 배터리 수명도 짧지만, 전화기를 충전기에 접속하면 동시에 도청기에도 전력이 보충되는 구조인 것 같다. 전화기의 전원이 꺼져 있을 때도 배터리가 닳지 않는 한 도청기가 작동한다고 설명되어 있었다. 설명서의 빈칸에는 깔끔치 못한 글씨로, 의뢰한 대로 도청기의 주파수는 각각 개별적으로 설정했다고 적혀 있다.

작전 제2막, 일당의 사무소를 어떻게 도청할지 상의한 끝에 나온 게 이 수법이었다.

우선 도청기를 장치한 선불폰 열 대를 판다. 전화기 중 몇 개는 어쩌면 조직의 다른 거점으로 배분될지도 모르지만 몇 대는 그 맨션의 사무소에 남을 것이다. 사무소에 전화기가 한 대라도 남는다면, 그 속의 도청기 주파수에 수신기 채널을 맞춰서 사무소의 음성을 도청할 수 있으리라고 본 것이다.

"한번 시험해볼까. 간타로, 이걸 가지고 문밖으로 나가봐. 도청할 테니까."

데쓰가 전화기 한 대를 간타로에게 내밀었다. 하지만 간타로는 바닥에 책상다리를 하고 앉아 넋이 나간 듯 전화기를 쳐다볼 뿐 말이 없다.

"간타로?"

"아, 네?"

겨우 얼굴을 든다. 아무래도 데쓰가 자신을 부르는 줄 전혀 몰랐던 모양이다.

"죄송합니다. 못 들었어요."

"이 전화기를 가지고 밖에 나가보라고."

데쓰가 전화기를 넘기자 간타로는 무표정한 얼굴로 끄덕이고서 꾸물꾸물 일어섰다. 그대로 아무 말 없이 밖으로 나간다. 다케자와는 데쓰와 얼굴을 마주 보았다. 마히로와 야히로 쪽을 보니, 두 사람 다 간타로가 나간 문을 걱정스러운 듯이 보고 있다.

"간짱, 괜찮은 건가……"

이틀 전 밤에 전기포트로 물을 끓여 부은 컵라면을 다함께 먹으며, 다케자와는 간타로에게 넌지시 말했다.

─불안하면 빠져도 돼.

간타로는 젓가락을 입 근처에서 딱 멈추고 눈만 위로 치켜떠 다케자와를 보았다.

─원래 너랑은 관계없는 일이잖아. 무리할 필요는 없어.

간타로는 그대로 컵라면으로 시선을 돌리고 면을 삼킨다. 다시 한 번 들이켠다. 그대로 고개를 숙인 채 말했다.

─저는 그만두지 않을 겁니다.

─그렇지만 너……

─다케 씨와 데쓰 씨는 제가 겁먹었다고 생각하시죠?

다케자와와 데쓰는 잠시 시선을 주고받았지만 대답은 하지 않았다.

─저는 계획에 참가하겠습니다. 관계없지 않습니다. 이 일에서 빠지지 않겠습니다. 야히로와 마히로와 벼슬이 때문입니다. 하겠습니다.

다케자와는 간타로의 상태가 마음에 걸렸다. 물론 다들 이번 일에 불안을 느끼고 있다. 하지만 간타로는 다른 사람과 달랐다. 딱 집어낼 수는 없지만, 이번 작전에만 불안과 공포를 느끼는 게 아니라 좀더 구체적이고 특정한 뭔가에 겁을 내고 있었다. 자꾸만 그런 생각이 들었다. 쓸데없는 걱정이라며 털어버리지도 못하고, 그렇다고 사정을 캐묻지도 못한 채, 간타로에 대한 걱정은 마치 목에 걸린 생선 가시처럼 다케자와의 마음 한구석에 남아 있었다.

"♪왕과……"

데쓰 곁에서 간타로의 목소리가 들렸다. 수신기의 스피커에서 나오는 소리다.

"♪여왕이…… 데쓰 씨 들립니까……"

"오, 아주 잘 들려."

데쓰는 수신기에 입을 대고 대답했지만, 겉모양만 비슷할 뿐이지 무전기가 아니라서 간타로에게는 들리지 않았다.

"지금 복도 끝까지 왔습니다. 아직도 들릴까……"

간타로의 목소리가 조금 멀어졌다.

"바닥에 전화기를 놓고 조금 떨어져보겠습니다. 지금 오 미터 정도입니다…… 십 미터 정도…… 그리고 십오 미터…… 이제…… 미터……"

목소리는 점점 멀어졌지만, 그래도 십오 미터 정도까지는 무슨 소리인지 분명히 알아들을 수가 있었다.

"기대 이상인데요, 다케 씨."

데쓰의 옆모습은 흥분한 기색이 역력했다.

(3)

그날 저녁, 다케자와 일행은 방 한가운데에 빙 둘러앉아 있었다. 다섯 명이 만든 원 중심에는 우에노에서 구입한 전화기 열한 대 중 도청기를 장착하지 않은 한 대가 놓여 있었다.

"……오지 않네요."

데쓰는 책상다리를 하고 앉아 아까부터 자꾸만 시계를 보면서, 한쪽 발끝을 신경질적으로 움직이고 있었다.

"금방 오지는 않겠지. 전단지를 못 봤을 수도 있고."

데쓰는 전단지가 도착하자마자 메종 드 신주쿠로 가서 1001호의 우편함에 넣어두었다.

"보지 않았으면 어떻게 하죠?"

"다시 넣으면 돼. 선불폰이 한 대에 천 엔이야. 놈들에게는 나쁘지 않은 물건이지. 구미가 당길 거야."

"데쓰 씨, 발 좀 가만 놔둬. 나까지 긴장하게 되잖아."

야히로가 주의를 주자 데쓰는 발을 딱 멈췄다. 하지만 당장에라도 다시 실룩댈 태세였다. 야히로는 콧김을 내뿜으며 KOOL에 불을 붙인다. 초조한 듯 줄담배를 태운다. 마히로는 아까부터 쉴새없이 '심심풀이 다시마'를 먹고 있다.

간타로는 잠잠했다. 야히로 옆에 커다란 엉덩이를 붙이고, 책상다리를 하고 앉아 양쪽 무릎에 손을 얹은 채 불상처럼 가만히 침묵을 지키고 있다. 꽤 오랫동안 간타로의 목소리를 듣지 못했다. 야히로가 담배를 물 때 라이터를 대령하는 것조차 까맣게 잊은 듯하다. 덥지도 않은데 커다란 땀방울이 살짝 숙인 얼굴을 타고 흐른다. 움직이는 땀방울을 다케자와는 눈으로 쫓고 있었다. 복스러운 귀 위쪽에서 출발해, 귀밑털을 지나, 복어 같은 뺨을 흘러……

모두 일제히 휴대전화를 주목했다. 울리고 있다. 액정화면에는 '발신자 표시 제한'이라는 글자가 떴다. 데쓰가 굳은 표정으로 다케자와에게 눈짓한다. 다케자와는 전화기를 들고 통화 버튼을 눌렀다.

"여보세요."

전화를 받은 다케자와의 목소리를 밀어제치듯 상대는 급하게 말을 꺼냈다.

"전화기 파나?"

다케자와는 다른 네 명의 얼굴을 빠르게 훑어보고 작게 턱을 끄덕였다. 모두 긴장한 표정이었다.

"네에, 선불폰 말씀이십니까?"

"전단지를 봤어. 정말로 천 엔에 파나?"

"수량 한정으로요."

"몇 대나 남았지?"

상대를 압박하면서 조롱하는 듯한 말투가 낯설지 않다. 전화를 건 사람은 그 정리업자다. 틀림없다.

"잠시만 기다려주십시오. 확인하고 말씀드리겠습니다."

전화기를 손바닥으로 막고 그대로 몇 초 기다린다. 정리업자가 다른 남자에게 뭐라고 말하자 상대가 웃음이 섞인 낮은 목소리로 대꾸하는 소리가 스피커를 통해 들렸다.

"손님, 많이 기다리셨습니다."

"몇 대야?"

"음, 열 대입니다. 딱 열 대 남았습니다. 지금 그만큼 남아 있다 뿐이지, 계속 문의가 들어와서 재고가 줄어들고 있으니 만약 구입할 의사가 있으시면 될 수 있는 대로……"

"전부 사겠어. 열 대 보내."

늑골 안쪽에서 심장이 쿵 하고 크게 한 번 뛰었다.

"열 대를 구입하신다고요?"

다케자와의 말에 나머지 네 명이 몸을 움찔했다.

"못 들었나? 열 대에 만 엔. 그럼 계산 끝이지?"

"네, 재고라서 싸게 드리는 겁니다. 그래도 기능에는 하자가 없습니다. 그럼 상품은 어디로 보내드릴까요?"

"어, 잠깐 기다려봐."

수화기에서 입을 뗐는지 정리업자의 목소리가 멀어졌다. 다케자와는 전화기의 스피커에 귀를 바싹 댄다.

"……여기……맞죠?"

구입한 전화기를 받을 주소를 누군가에게 확인하는 것 같다. 상대가 대답했다. 정리업자보다 먼 곳에서 말했을 텐데도, 목소리가 낮은 탓인지 더욱 똑똑히 다케자와의 귀에 닿았다.

"……에게 물어보고 나서 결정하는 게…… 그렇게 마음대로……"

이어지는 말을 들은 순간 다케자와는 온몸이 뻣뻣하게 굳었다.

"……히구치 씨에게 또…… 일지도……"

전화기와 오른쪽 귀 사이에 땀이 괸다. 상대는 좀처럼 대답하지 않았다. 대화가 이어지는 것이 어렴풋이 들린다. 하지만 두 사람 모두 아까보다 목소리를 낮추고 있어서 내용은 알 수 없었다.

"미안하군, 기다리게 해서."

시간이 꽤 지나고서 이윽고 정리업자의 목소리가 들렸다.

"지금 주소를 부를 테니 이곳으로 보내줘. 돈은 어떻게 하지?"

"물건과 별도로 나중에 입금처를 적은 종이를 보내드리겠습니다."

"그럼 주소를 부르지."

정리업자는 신주쿠의 주소를 말했다. 앞서 알아낸 맨션의 번지수였다.

"그곳 1001호다."

"1001호 말씀이시지요. 손님 성함은 어떻게 되십니까? 어느 분 앞으로 보내드리면 될까요?"

"받는 사람 이름은 아무래도 좋아. 그쪽에서 정해."

"그렇습니까. 그럼 적당한 이름으로……"

네 사람에게 시선을 던지니 마히로가 무표정하게 자신의 티셔츠를 가리키며 '미키 주타로'라고 속삭였다.

"미키 주타로 님은 어떻습니까?"

"그래, 그걸로 해."

그러고 나서 곧 전화가 끊겼다. 마히로가 입은 티셔츠의 가슴팍에는 미키마우스가 입을 벌리고 웃고 있다. 여기 모인 사람들 중 가장 담력이 센 사람은 마히로일지도 모른다.

(4)

날이 밝았다.

메종 드 신주쿠 902호실은 이미 열려 있었다. 들어가보니 실내는 방 두 개에 거실, 부엌이 딸려 있는데 가구가 하나도 없어서 넓어 보였다. 먼지가 쌓인 마루에 다케자와가 인조가죽 시트를 깔고, 데쓰가 커튼이 없는 창에 테이프로 신문지를 붙인다.

"일단 커피라도 끓일게. 호텔에 있던 인스턴트커피를 가지고 왔어. 종이컵이랑."

야히로가 태평한 소리를 한다.

"전기, 가스, 수도 전부 쓸 수 없어. 알고 있을 거라고 생각해서 말 안 했는데."

다케자와의 말에 야히로가 '엥?' 하고 눈썹을 치켜올렸다.

"그럼 밤에는 어떡해?"

"손전등으로 버텨야지."

"목욕은?"

"정 하고 싶으면 근처 목욕탕이나 사우나에 가면 돼. 호텔 방에 가서 씻어도 되고."

"화장실에 가고 싶으면?"

"화장실은 써도 돼. 저기야."

"물이 안 나온다면서?"

"탱크에 한 번 쓸 분량은 남아 있지 않을까? 만약 모자라면 가지고 온 페트병의 물로 채워."

"간짱, 밤에 추우면 나에게 바싹 붙어."

"네에? ……네."

간타로는 건성으로 대답했다. 무릎을 꿇고 몸을 웅크린 간타로는 사온 음식과 음료를 멍한 얼굴로 마루 위에 늘어놓고 있다.

"간타로, 그렇게 늘어놓을 필요 없어."

데쓰가 당황한 얼굴로 지적하자 간타로는 작게 고개를 끄덕이더니 늘어놓은 음식들을 원래대로 비닐봉지에 집어넣기 시작했다. 그 모습을 보고 있다가 다케자와는 했던 말을 다시 입에 올리고 말았다.

"이봐, 간타로. 자네는 진짜로 이번 일에……"

"괜찮다고 말씀드리지 않았습니까. 한다고요."

여태껏 본 적 없는 날카로운 눈빛이었다. 자신의 반응이 과민했다는 것을 알아챈 듯 간타로는 곧 어깨를 떨어뜨리고 눈을 내리깐 채 죄송하다고 작게 사과했다.

"아냐, 됐어."

다케자와는 가방에서 수신기를 꺼내 전원을 켰다. 다이얼을 돌려 도청기 열 개의 주파수를 하나씩 맞춰본다. 하지만 들려오는 소리는 잡음뿐. 아직 도청기가 상대의 사무실에 도착하지 않았으니 당연하다.

"택배회사에서는 오전중에 도착한댔는데, 빠르면 몇시쯤 도착할까?"

"한 여덟시 반 정도일 거야."

마히로가 말하면서 구피 손목시계를 쳐다보았다.

"앞으로 삼십 분은 걸려."

다케자와는 수신 주파수를 도청기 한 대에 맞춰 바닥에 두었다.

첫 소리는 오전 열한시 무렵에 들려왔다. 그때까지 계속되던 잡음이 흐트러지고 곧이어 점점 잦아들어 처음에는 수신기의 배터리가 닳았나보다 생각했다. 하지만 아니었다. 잡음 대신 어떤 소리가 들려왔던 것이다. 작작 하는 빠르고 규칙적인 소리였다.

"뭐야 이거, 무슨 이상한 소리가……"

쉿, 하고 입술에 손을 대 야히로를 조용히 시키고, 다케자와는 수신기에 귀를 가져갔다. 작, 작, 작, 작…… 사라졌다. 그대로 잠시 침묵이 흘렀다. 그리고 다시, 작, 작, 작, 작…… 무슨 소리일까.

"상자를 들고 뛰고 있는 거야."

마히로가 재빨리 속삭인다. 그렇다, 틀림없다. 도청기가 상자 안에서 흔들리는 소리다.

"택배가 도착한 것 같군."

다섯 개의 머리가 수신기 옆으로 모인다. 작, 작, 작, 작…… 찰칵…… 탁……

"택배 왔습니다."

문이 열리는 소리. 사인을 부탁하는 배달부의 목소리. 그러고는 다시 전화기가 상자 안에서 흔들리다가—갑자기 난폭하게 어딘가에 올려놓는 소리. 이어서 상자의 테이프를 벗기는 소리가 끊겼다 이어졌다 하며 들린다.

"노가미 씨, 왔어요."

정리업자의 목소리였다. 노가미라고 불린 상대가 대답한다.

"일단 상태만 확인해봐."

엊저녁에 전화 너머로 들린 굵고 낮은 목소리였다. 목소리만으로 판단할 수는 없지만, 정리업자와 함께 세단에 타고 있던 고릴라일지도 모른다.

"마히로, 녹음."

데쓰의 지시로 마히로가 준비해두었던 라디오카세트를 수신기에 가까이 대고 녹음 버튼을 누른다. 구십 분짜리 테이프가 돌아가기 시작했다.

귀를 기울여 1001호의 소리를 듣는다. 사무실 안은 꽤 소란스러웠다. 소리로 넘쳐나고 있었다. 들려오는 목소리로 보건대 정리업자 외에도 최소한 네다섯 명의 남자가 있는 것 같았다. 젊은 목소리도 중년의 목소리도 들린다. 꽤 늙수그레한 목소리도 들려왔다.

"네가 빌린 돈이잖아."

"내일이라고 했지. 어제의 내일이라면 오늘 아냐."

"당신, 바보야?"

"빌린 돈을 갚지 않는 걸 사기라고 하지."

위협과 거드름이 뒤섞인 멀고 가까운 목소리들은 좋든 싫든 다케자와에게 칠 년 전의 날들을 상기시켰다. 자신에게도 매일같이 이런 전화가 걸려왔다. 조직의 뒤치다꺼리를 하게 되면서부터는 이런 전화를 거는 현장에 몇 번인가 심부름을 갔었다. 담배 연기가 가득한 방에서 휴대전화를 쥐고 한결같이 채무자를 몰아세우던 일당의 얼굴이 눈을 감아도 선명히 떠올랐다.

수신기의 채널을 다른 도청기에 맞춰본다. 들려오는 소리는 거의 다르지 않았다. 또다른 도청기에 맞춰본다. 이것도 마찬가지다. 열 대 전부 확인해보았는데 모두 정상으로 작동하는 것 같았다. 마지막 도청기 소리를 듣고 있는데, 갑자기 도 미 솔 도 하는 멜로디가 들려왔다.

"현재 오전 열한시 구분입니다."

전화기 상태를 확인하기 위해 누군가—아마도 정리업자가 시보를 들어본 것 같다. 마침 주파수를 맞춰놓은 도청기가 장치된 전화기를 사용했기 때문에 이쪽에도 시보가 들린 것이리라. 잠시 후 다시 정리업자의 목소리가 들렸다.

"쓸 만한 것 같아요."

"일단 몇 대 써볼까. 전화 안 받는 사람에게 이걸로 걸어봐."

노가미라는 남자가 내린 지시가 무슨 뜻인지 다케자와는 바로 알았다. 날이면 날마다 되풀이되는 독촉 전화에 시달린 채무자는 빚쟁이 번호로 걸려오는 전화나 '발신자 표시 제한' 전화를 받지 않게 된다. 다케자와도 그랬다. 모르는 체하는 것이 아니라, 두려운 나머지 전화기의 통화 버튼을 누르지 못하는 것이다. 그런 때 다른 번호로 전화가 오면, 여전히 독촉에 대한 공포에 사로잡혀 있는 머리 한구석에서 어쩌면 무슨 좋은 소식이 아닐까 하는 근거 없는 기대가 슬며시 고개를 든다. 전화를 받아버린다.

수신기에서 버튼을 누르는 소리에 이어 대기음이 크게 들려왔다. 주파수를 맞춰둔 전화기를 사용해 어딘가로 전화를 건 모양이다. 이윽고 가냘픈 여자 목소리가 불안한 듯 전화를 받았다.

"……여보세요."

"이제 받네."

여성이 흠칫 놀라는 기척이 느껴졌다.

"왜 아까부터 전화를 안 받는 거야, 야."

"아, 아니요, 지금,"

"야!"

더이상 듣고 있을 수가 없어서 다케자와는 수신기 채널을 바꿨다.

아무튼 지금 다케자와 일행이 찾는 정보는 단 하나, 일당이 채권 회수에 사용하는 은행 계좌번호다. 많이 알수록 좋았다.

다케자와 일행은 마루에 앉은 채 잠자코 도청을 계속했다. 구십 분마다 마히로가 재빨리 녹음테이프를 갈았다. 도청하는 내내 침울한 분위기였다. 허기질 때를 대비해 사온 음식에는 아무도 손을 내밀지 않는다. 식욕이 싹 가셨다. 먹고 마시지 않으니 화장실에 가는 사람도 없다. 그저 가만히 수신기에서 나오는 소리를 듣고, 가끔 저쪽에서 누군가 계좌번호를 언급하면 저마다 준비해둔 메모지에 적었다. 모두 한 가지 일을 하고 있으므로 같은 내용의 메모가 다섯 장 생기게 된다. 이렇게 하면 계좌번호를 잘못 들어도 다른 메모와 비교해 틀린 것을 짚어낼 수 있다. 사무실 안에서 두 명 이상이 동시에 계좌번호를 말할 때도 유용했다. 그럴 때는 다케자와가 재빨리 작은 목소리로 일을 배분해서 될 수 있는 한 빠짐없이 메모했다.

계좌번호는 예상보다 많았다. 하지만 끝없이 솟아나는 것은 아니기에, 메모를 하는 중에 귀에 익은 번호가 나오기도 했다. 겹치는 계좌는 나중에 정리하기로 하고 다케자와 일행은 빠짐없이 계좌를 적어내려갔다. 놈들은 생각보다 일에 열성적이라 독촉과 협박 전화는 쉴새 없이 이어졌다. 가끔 주파수를 맞추고 있는 전화기가 사용될 때도 있었는데, 그때마다 다케자와는 수신기의 채널을 다른 전화로 맞추었다. 통화하는 사람의 목소리가 너무 커서 주위 소리가 들리지 않기 때문이었다. 하지만 때로는 바꾼 전화기 역시 사용중인 경우가 있어서, 주파수를 바꾸자마자 수신기의 스피커에서 큰 소리가 터지기도 했다.

오후에는 수금이라도 나가는지 사무소에서 들리는 소리는 줄어들었다가 늘어났다가 했다.

오후 세시 무렵이 되자 아무래도 배가 고팠다. 마히로가 먼저 비닐봉지에서 삼각김밥을 꺼내 먹기 시작했다. 그게 신호인 양 다른 사람들도 말없이 봉투에 손을 뻗어 식사를 챙겼다. 밥을 먹으면서도 수신기에서 들리는 소리에서 주의를 거두지 않았다. 저쪽에서 누군가가 계좌를 입에 올릴 때마다 다들 먹기를 멈추고 메모했다.

그후 수신기에서 들리는 소리에 눈에 띄는 변화는 없었다. 중요한 대화가 섞이는 일도 없고, 히구치가 사무실에 오지도 않았다. 당면 목적이었던 계좌번호의 파악도 거의 완료된 것 같다. 이 시간쯤 되니 일당이 말하는 계좌번호는 대부분 한 번씩 메모된 것뿐이었다.

이윽고 저녁이 되어 창에 붙인 신문지가 서서히 어두워졌다. 머지않아 실내는 완전히 어둠에 싸였다. 손전등을 준비해왔지만 딱히 사용할 필요가 없어서 다섯 명은 그대로 어둠 속에서 시간을 보냈다. 수신기의 램프와 간간히 야히로가 피우는 담배 끝만 쓸쓸하게 빛났다. 그동안 수신기에서 들려오는 목소리가 하나둘 줄더니 이윽고 독촉과 협박은 완전히 사라졌다. 시각은 오후 일곱시 삼십삼분.

"저쪽은 이제 업무가 끝난 건가요?"

데쓰의 물음에 다케자와는 머리를 가로저었다.

"채무자가 직장에서 돌아오는 시간이니, 직접 압박을 하러 갔겠지."

칠 년 전, 회사에서 돌아오던 길에 집 근처에 서 있는 낯선 차를 보고 몇 번이나 발길을 돌렸었다.

"노가미 씨, 저녁에는 어떻게 할까요?"

정리업자의 목소리가 들렸다.

"오늘은 별다른 지시가 없으니 가부키초에나 갈까."

"그럴까요. 그래도 히구치 씨에게 알리는 편이 좋을 것 같은데요."

"연락해봐."

잠시 침묵이 이어졌다. 정리업자가 히구치에게 전화를 거는 모양이었다.

"……안 받네요."

"나중에 다시 걸면 돼. 가자고."

"그런데 노가미 씨, 그 건은 어쩔까요? 다케자와라는 사람 말이에요."

모두 동시에 몸이 굳었다.

"히구치 씨가 지시할 때까지 기다려. 어제 나도 물어봤는데 생각해 보겠다는 말뿐이라."

"하지만 녀석은 도망쳤잖아요? 집은 비었고. 히구치 씨는 그 녀석의 뒤를 다시 캘 생각입니까?"

"글쎄, 우리보고 찾아내라고 하려는지도 모르지."

"이번엔 탐정 임무인가요?"

"방화, 고양이 죽이기, 탐정…… 못할 게 뭐 있나."

마히로가 무슨 말을 하려고 하자 야히로가 재빨리 팔을 잡아 저지했다.

"우리보고 찾으라지만 정작 그 녀석들의 얼굴을 모르잖아."

"나도 다케자와라는 놈 얼굴밖에 몰라요. 그것도 집에 불을 질렀을 때 튀어나온 걸 봤을 뿐이고요. 아, 그때 또 한 사람 봤었다. 몸집이 작고 특이한 얼굴이었는데. 그 얼굴, 어딘가에서 본 것 같기도 하고…… 어디였더라."

정리업자는 잠시 데쓰에 대한 기억을 더듬는 것 같았지만 노력은 헛되이 끝났다.

"그외에도 몇 명이서 같이 움직였지?"

노가미가 묻는다.

"그래 보였어요. 어떤 관계인지는 모르지만."

"히구치 씨가 직접 하면 좋을 텐데. 찾는 것이든, 처리하는 것이든. 그 사람은 좀 그래. 너무 아랫사람에게 일을 떠넘겨."

"다음에 얼굴 보고 직접 말하세요."

"유서부터 써놓고."

체념이 섞인 낮은 웃음이 두 사람의 입에서 새어나왔다. 그리고 구두 소리와 문소리가 나고—아무것도 들리지 않았다.

(5)

그후 데쓰의 제안으로 다케자와, 간타로, 마히로, 야히로 네 사람은 일단 호텔로 돌아가 쉬기로 했다. 아침까지 사채 사무소에서는 아무 일도 벌어지지 않을 것 같았고, 전기며 가스, 수도도 쓸 수 없는 방에서 모두가 묵기는 역시 곤란하므로 당번제를 택했다.

"제가 여기서 책임지고 귀를 세우고 있을게요."

호텔 방으로 돌아와 순서대로 씻고 나서 다케자와는 데쓰에게 받은 것까지 총 다섯 명이 메모한 계좌번호를 모았다. 세 사람의 도움을 받아 메모들을 비교하고 잘못 들은 부분을 수정하면서 한 장의 리포트 용지에 정리한다. 곧 열다섯 개 정도의 계좌 리스트가 만들어졌다.

정리 작업을 마치자 몸을 쓴 것도 아닌데 피로와 졸음이 한꺼번에 몰아쳤다. 다른 세 사람도 피곤하긴 마찬가지여서 밤 새우는 데쓰에게는 미안하지만 잠자리에 들자고 의견을 모았다. 불을 끄고 각자 침대로 갔다. 잠은 금방 들었다.

그러나 몇 분 뒤, 다케자와는 어둠 속에서 두 눈을 번쩍 떴다.

전화가 울리고 있다. 머리맡에 둔 다케자와의 휴대전화다. 통화 버튼을 누르고 전화기를 귀에 대자마자 조급한 숨소리가 들려왔다.

"히구치예요."

데쓰의 목소리가 매우 격해져 있다. 다케자와는 벌떡 상체를 일으키고 전화를 손으로 감싸쥐며 속삭였다.

"사무실로 온 거야?"

"네. 방금 전에 정리업자와 노가미와 함께 돌아왔다가 지금 다시 셋이 나갔어요."

숨이 찬 듯 데쓰는 헐떡였다. 마히로와 야히로와 간타로가 침대 위에 일어나 앉아 이쪽을 보고 있다.

"무슨 말을 했어?"

"녹음했어요. 그러려고 여기 남아 있던 거니까. 일당이 사무실로 돌아오고 바로 녹음을 시작했어요. 틀어볼게요."

전화기 너머에서 부스럭거리는 소리가 들렸다. 데쓰가 라디오카세트의 스피커를 휴대전화에 가까이 댄 모양이다. 시작할게요, 라는 데쓰의 목소리가 멀리서 들리고 이어서 테이프의 목소리가 흘렀다.

"……할 리가 없잖아. 한참 새로운 거점을 준비하는 중인데 가부키초나 어슬렁거리고."

말 사이에 몇 번인가 들리는 귀에 거슬리는 시옷 소리. 칠 년 전, 가전제품 가게의 텔레비전 화면 안에서 플래시 세례를 받아 하얗게 떠오르던 히구치의 얼굴. 그때 화면 너머로 다케자와를 향해 뭐라 중얼거리던 얇은 입술.

정리업자와 노가미가 작게 사과하는 목소리가 들렸다. 대화 내용으로 짐작건대 두 사람은 가부키초를 어슬렁거리다가 히구치에게 발견되었거나, 전화로 호출을 받고 지금 사무실로 불려온 모양이다.

히구치와 정리업자의 목소리가 이어진다.

"새로운 전화기를 들였다고 했지."

"네, 이겁니다. 전부 열 대입니다. 한 대 천 엔짜리지만 사용하는 데는 아무 이상 없습니다."

"천 엔······?"

"재고 처리라고 합니다. 수량 한정이라서 남아 있는 열 대를 전부 샀습니다. 새로운 거점에도 돌릴까 해서요. 전화기 필요하지 않으십니까?"

"히가시이케부쿠로 지점에 다섯 대 정도 필요해. 네가 내일 아침 일찍 가져가. 나머지는 여기 두고."

어쨌든 열 대의 전화 중에 다섯 대는 이 사무소에 남겨질 것 같다.

"저, 그런데 히구치 씨는 계속 여기에 머무르실 겁니까? 이 사무소를 조직의 중심으로 삼을 생각이라고 하셨지요?"

"낮에는 거점을 둘러봐야 하니 바빠. 당분간은 이 시간에야 들르게 되겠지. 아, 그렇군······ 조만간 자리를 잡으면 여기에 책상도 들여놔야겠어."

말하면서 히구치는 작게 웃었다.

"사장이라고 적힌 세모지고 기다란 것도 준비할까. 그거 있잖아, 책상 위에 놓는 거."

흥 하고 히구치가 콧김을 내뿜었다. 흐뭇한가보다. 어쩌면 히구치는 최근에 조직의 우두머리에 오른 것일지도 모른다. 대화를 들어보니 그런 것도 같다.

"뭐 느긋이 앉아 있을 처지도 아니지만. 머잖아 주변의 보호비를 올린다는 말이 있어. 그런 만큼 돈벌이에도 박차를 가해야지."

보호비는 조폭에게 지불하는 돈이다. 그들 구역 안에서 장사를 하려면 조폭에게 돈을 줘야 한다. 폭력단 대책법이 시행되고부터 일반

270

업자에 대한 징수는 줄었다고 들었지만, 이런 사채업자에 대해서는 지금도 변함이 없는 것 같다.

"조직의 확대와 다케자와 건은 유언이나 마찬가지니까. 허술히 처리해서는 안 돼."

유언……?

노가미의 낮은 목소리가 끼어들었다.

"그러고 보니 히구치 씨, 그 다케자와인가 하는 놈은 어떻게 할까요?"

탕 하고 책상인지 뭔지를 강하게 내려치는 소리가 나고 노가미의 목소리가 끊겼다. 긴장된 분위기 속에 몇 초의 침묵이 흐르고 나서 다시 히구치의 목소리가 들려왔다.

"생각해둔다고 말했지, 어제."

"네? 아, 네네."

"같은 말을 두 번 하게 만들지 마."

더 이상 목소리가 들리지 않았다. 도청이 끊긴 것이 아니라 세 사람이 대화를 그만두었기 때문이다. 찰칵 소리가 나면서 테이프가 정지한다. 데쓰가 다시 말했다.

"그러고 나서는 아무 말이 없었어요. 세 사람이 다시 사무소를 나가고 조금 지나서 다케 씨에게 전화를 건 거예요. 다케 씨, 녀석들이 끝에 '유언'이 어쩌고 했죠? 그게 무슨 말일까요?"

"내가 묻고 싶어."

어둠 속에서 눈동자 여섯 개가 불안한 듯이 다케자와를 보고 있었다.

(6)

다음 날 아침, 다케자와는 아침밥도 뜨지 않고 편지 문구를 생각했다. 내용을 메모해서 간타로에게 건네 깨끗하게 써달라고 부탁했다. 간타로는 인쇄체처럼 반듯한 글씨로 편지를 완성했다.

안녕하십니까. 갑자기 편지를 드려 죄송합니다. 저는 도쿄 도에서 경영하는 한 단체에 소속된 사람입니다. 연락드리고 싶은 사항이 생겨서 이렇게 글을 올리게 되었습니다.

알고 계실지도 모르지만, 얼마 전부터 저희 단체 내부에서 도내 위법 대금업자를 박멸하기 위해 적지 않은 인원을 동원하고 있습니다. 이미 저희 단체에서는 별지에 열거된 것처럼 귀하가 사용하는 계좌번호를 파악하고 있으며, 현재 경찰청을 통해 각 은행에 계좌를 동결해줄 것을 전달하려 준비하고 있습니다.

단, 저희 단체는 정보 관리 체계가 철저하지 못해 계좌번호 데이터를 현 시점에서 말소할 수도 있습니다. 이것은 저희 단체 사람이라면 누구나 가능하기에 물론 저도 할 수 있습니다.

다소 무례한 제안이지만, 제가 계좌번호 데이터를 말소시켜드리면 어떨까요. 수수료는 백만 엔 정도로 생각하고 있습니다. 지불 방법은 다시 연락드리겠습니다. 안녕히 계십시오.

어제 만든 계좌번호 리스트와 함께 편지를 봉투에 넣고서, 다케자와를 포함한 네 사람은 외출 준비를 하고 비즈니스호텔을 나섰다. 편의점에서 아침밥을 먹고 택시를 타고 메종 드 신주쿠로 이동한다. 현관 로비에서 주위에 인기척이 없는 것을 확인하고 가져온 봉투를 1001호실의 우편함에 쓱 넣고는, 다케자와 일행은 재빨리 엘리베이터에 올랐다. 9층과 10층의 버튼을 누르고 다케자와, 야히로, 간타로가 9층에서 내린다.

"그럼 부탁해."

마히로만 10층으로 올라갔다.

902호실에 들어가자 텅 빈 거실 한가운데에 데쓰가 태아처럼 무릎을 안고는 입과 눈을 반쯤 벌리고 자고 있었다.

"데쓰, 아침 사왔어."

말을 걸자마자 데쓰는 이상한 소리를 지르며 무릎을 안은 채 마루에서 몇 센티미터 정도 튀어올랐다. 몸의 어떤 근육을 써야 저 동작이 가능할지 궁금하기까지 했다.

"까…… 깜짝이야……"

"이불도 없이 추웠지?"

야히로가 입고 있던 흰색 재킷을 데쓰의 어깨에 걸쳐주니, 데쓰는 심장을 움켜쥐는 것처럼 양손으로 가슴을 누르며 크게 숨을 토했다.

"아아…… 깜빡 잠들었네…… 아주 잠시였지만."

다케자와는 편의점 봉지를 데쓰에게 내밀었다.

"삼각김밥이랑 샌드위치, 커피 사왔어. 이거 먹고 일단 호텔로 돌아가서 한숨 자. 밤새웠잖아."

"아니, 괜찮아요. 여기서 다시 잠깐 눈 좀 붙이면."

"그뒤로 일당의 움직임은?"

"없어요. 아직 아무도 사무소에 오지 않은 것 같아요."

다케자와 일행은 어제와 같은 자세로 마루에 앉았다. 데쓰는 졸린 눈으로 아침을 먹더니 다시 옆으로 누워 무릎을 감싸안은 채 야히로의 재킷을 덮고 눈을 감았다. 다른 세 명은 잠자코 수신기의 스피커에 귀를 기울였다.

∗   ∗   ∗

10층에서 내린 마히로는 외부 복도로 나왔다. 복도 왼쪽에는 페인트가 벗겨진 난간이 이어져 있다. 10층 건물의 맨션인데도 난간은 마히로의 가슴 부근까지밖에 오지 않았다.

높은 곳은 별로 마음에 안 들어.

중학생 때, 마히로는 딱 한 번 자살을 생각한 적이 있다. 학교를 빠져나와 근처 맨션의 옥상에 올라가 까마득히 아래에 있는 작은 사람들을 하염없이 바라보고 있었다. 맨션 앞에는 공원이 있어서, 엄마와 노는 아이들의 생기 있는 목소리가 가끔씩 마히로가 있는 옥상까지 들려왔다. 밤까지 거기에 있다가 결국 용기가 나지 않아 자살을 단념했다. 아파트로 돌아와 마히로는 언니 품에 안겨 오랫동안 울었다. 그때부터 높은 장소는 행복과 가장 먼 곳 같은 느낌이 들어 좋아할 수 없다.

난간에 한 손을 대고 슬쩍 밑을 본다. 바로 옆에 2층짜리 건물이 서 있어서, 마치 텔레비전 중계 카메라가 복싱링을 내려다보는 것처럼 정사각형 옥상이 보였다. 보일러 설비인 듯 보이는 각진 기계. 큰 파이프. 사람의 발길이 닿지 않는 곳인지, 옷걸이째 날아온 티셔츠와 비닐봉지 등이 콘크리트 바닥에 점점이 떨어져 있다.

난간에서 떨어져 외부 복도를 걷는다. 1001호는 가장 안쪽 문이다.

목구멍에 힘을 주고 마히로는 천천히 걷는다. 안에서 두번째, 1002호실 앞에 서서 크게 심호흡한다.

초인종을 눌렀다.

잠시 기다려봤지만 응답은 없다. 마히로는 다시 한번 초인종을 눌렀다. 문 안쪽에서 사람이 움직이는 기척이 난다. 이윽고, 탁…… 타탁…… 탁탁…… 하고 이상한 발소리가 다가오더니 문 안쪽에서 뭔가 부딪쳤다. 이어서 문 너머로 큰 한숨이 들렸다. 찰칵 하고 안에서 열쇠 돌리는 소리가 나고 호리호리한 여자가 얼굴을 내민다.

"누구야?"

나이는 이십대 중반쯤일까. 긴 다갈색 머리에 딱 붙는 빨간 티셔츠, 무릎까지 오는 분홍 바지. 바지 밑으로는 깨끗이 제모한 하얀 다리가 쭉 뻗어 있다.

"무슨 일이야…… 아직 아침인데."

여자는 문틈으로 머리를 내밀고 게슴츠레한 눈으로 마히로의 얼굴을 보았다. 술에 취해 있는 것일까. 잠이 덜 깬 것일까.

"새벽까지 마시다 지금 막 잠자리에 들었단 말이야."

둘 다였다.

마히로는 쉽지 않겠다고 생각했다. 중년 아저씨라면 식은 죽 먹기지만 이런 상대는 가장 대하기 까다롭다. 하지만 그런 걸 따질 때가 아니다. 꼭 해야 하는 일이다.

"앗…… 죄송합니다. 집을……"

말하면서 마히로는 상체를 돌려 문에 붙은 번호표를 올려다보았다.

"9층으로 가야 하는데…… 어, 여긴 10층이네."

어쩌나 하는 몸짓으로 마히로는 두 손으로 입을 감쌌다. 여자는 "하아" 하고 긴 한숨을 쉬고 작게 혀를 찼다.

"자고 있었단 말이야."

긴 머리를 벅벅 긁어 헝클어뜨리면서 문을 닫으려는 여자에게 마히로는 "저기……" 하며 말을 걸었다. 상대를 몇 초 바라보면서 머뭇머뭇 말한다.

"저 혹시…… '파이러츠 오브 트레비앙'의 호스티스 언니 아니세요?"

적당히 가게 이름을 꾸며대 물으니 여자는 "뭐?" 하고 입을 벌려 칠칠치 못하게 웃었다. 이 사이로 실처럼 늘어진 침이 몇 가닥 보였다. 오뚝한 콧날. 섬세한 윤곽. 단정한 표정을 짓고 있다면 대단한 미인일 텐데. 아깝다.

"거긴 어디야. 내가 그런 촌발 날리는 가게에서 일한다고? 난 말이야, '그레이스'의 호스티스야. 알겠어?"

어머! 하며 마히로는 가슴 앞에 양손을 모으고 짐짓 놀란 체했다.

"'그레이스'요? 정말요? 거긴 제 꿈의 가게예요."

알지도 못하는 가게 이름이지만 될 수 있는 한 애정과 감정을 듬뿍 넣어 발음한다.

"꿈의 가게?"

여자는 얼굴을 한껏 찡그렸다. 하지만 표정 깊은 곳에는 희미하게 의기양양한 느낌이 섞여 있었다. 여자는 대놓고 마히로의 몸을 아래위로 훑어보았다.

"너 뭐야. 호스티스야? 전혀 그렇게 안 보이는데. 완전 애잖아."

말하면서 헝클어진 머리를 다듬는다. '꿈의 가게'라는 말이 효과를 발휘한 듯 말투도 조금 부드러워졌다.

"아니, 아직은 아니에요. 그냥 호스티스가 되고 싶을 뿐이죠. 언젠 가는 '그레이스' 같은 곳에서 일하면 좋겠다고 바라고만 있어요."

흥 하고 여자는 웃는다. 짧은 콧김에 비웃음과 우월감이 잔뜩 섞여 있었다.

"그만둬. 이래봬도 호스티스라는 직업은 결코 호락호락한 일이 아 니거든."

"네? 그런가요? 하지만 전 늘……"

"나쁜 이야긴 않겠지만, 단념해. 나도 산전수전 다 겪었지……"

과장 섞인 태도로 머리를 긁더니 여자는 먼 곳을 바라보았다. 마히 로는 몇 초간 충격이다. 어쩜 좋지 하는 얼굴을 해 보이고 다시 결연 한 표정으로 여자를 쳐다보았다.

"하지만 이건 우연이 아닌 것 같아요. 단순히 호수를 잘못 찾았을 뿐인데 꿈에 그리던 '그레이스'의 호스티스 언니를 만나게 되다니."

여전히 가게 이름에 감정을 담뿍 실었다.

"언니…… 초면에 너무 무례하지만…… 저, 저를 가게에 소개해주 시면 안 될까요?"

"소개? 난 번거로운 일은 딱 질색이야."

여자는 진지한 표정으로 상체를 뒤로 뺐다.

"하지만 전 꼭 '그레이스'의 호스티스가 되고 싶어요. 정말 정말 거 기서 일하고 싶어요."

"그럼 직접 가게에 찾아가서 말해보지그래?"

"제가 그곳에서 일할 수 있을까요?"

불안한 얼굴로 묻자 여자는 잠시 마히로의 얼굴을 빤히 보더니 이 윽고 내키지 않는 듯이 말했다.

"뭐, 할 수 있지 않겠어? 잘은 모르겠지만."

마히로는 얼굴 주위로 꽃이 활짝 피는 만화 장면에 나올 법한 표정으로 방긋 웃었다.

"정말요? 호스티스 언니에게 이런 말을 들으니 정말 기뻐요. 자신이 생기네요. 오늘 밤에라도 '그레이스'에 가볼게요."

그리고 갑자기 목소리를 죽이고 말을 잇는다.

"하지만 언니랑 같은 날에는 일하고 싶지 않아요…… 언니 같은 미인 옆에 있으면 손님들이 날 지명하지 않을 테니까."

여자의 얼굴에 갑자기 화색이 돌았다.

"그건 그럴지도 모르지. 날짜가 겹치지 않는 게 좋겠어."

"언니, 가게에는 언제 나가시는데요?"

"딱히 정해진 건 없지만……수요일과 금요일은 매주 나가."

"그럼 가게에 부탁해서 그날을 빼달라고 해야겠다."

"점장이 뭐라고 할지 모르겠지만. 부탁하는 건 네 마음이니 말리진 않겠어."

네, 하고 씩씩하게 대답한 마히로는 여자에게 꾸벅 인사를 했다. 고개를 숙이며 집 안을 슬쩍 보았다. 현관 바닥에는 화려한 힐이 대여섯 켤레. 안쪽 방에는 벗어던진 원색의 옷 몇 벌과 귀여운 미니 화장대. 그 앞에는 매니큐어와 마스카라가 뒹굴고 있다. 혼자 사는 게 분명하다.

"언니, 고맙습니다. 만약에 꿈이 이루어져서 '그레이스'에서 일하게 된다면 가게에서 다시 만날지도 모르겠네요. 그때는 잘 부탁드립니다."

"아, 알았어."

취기와 졸음이 완전히 깬 얼굴로 여자는 현관 안으로 사라졌다. 문이 쾅 닫힌다.

"수요일, 금요일이라."

마히로는 엘리베이터로 돌아가 9층으로 갔다.

＊　　　＊　　　＊

수신기에서는 아무 소리도 들리지 않는다. 긴장을 누그러뜨리기 위해 다케자와는 페트병의 물을 마셨다.

현관에서 문소리가 나더니 마히로가 들어왔다. 모두 그쪽으로 고개를 돌렸다.

"어떻게 됐어?"

다케자와가 물으니 마히로는 무뚝뚝하게 "잘됐어"라고만 답했다.

"혼자 사는 호스티스였어. 수요일과 금요일은 대부분 가게에 나간대."

"그거 잘됐네. 오늘이 화요일이니까…… 가장 빠른 게 내일, 아니면 글피인가."

1002호의 입주자가 집을 비우는 날을 마히로가 알아온 것이다. 옆집에 사람이 있으면 이번 작전이 성공할 수 없다.

"미안해, 어려운 일을 맡겨서. 나나 데쓰가 할 수 있었으면 좋았을 텐데."

다케자와와 데쓰가 10층에 가는 것은 위험하므로 이번 일은 마히로에게 부탁했다. 두 사람은 정리업자에게 얼굴을 들켰다. 복도에서 마주치면 큰일이다. 최악의 경우, 다케자와가 히구치를 맞닥뜨릴 가능성도 있다.

"이쪽은 어떻게 되고 있어?"

마히로는 다케자와 옆에 엉덩이를 붙이며 다케자와가 먹던 생수를 마음대로 가져가 꿀꺽꿀꺽 마셨다.

"아직 아무 소리도 안 들려. 늦게 나오나봐."

"어제는 다들 열한시쯤에 모였었죠."

데쓰가 손목시계를 들여다본다. 오전 여덟시 삼십이분이다.

"앞으로 두 시간 반 뒤엔 아마 사무소에 모일 거예요."

"그럴지도 모르지."

하지만 그때까지 기다릴 필요가 없었다. 한 시간쯤 지나 소리가 들리기 시작했다.

문이 열리는 소리. 다시 난폭하게 닫히는 소리. 두 개의 다리가 쿵쿵거리며 다가온다. 철컹 하는 금속성 소리는 파이프 의자에 앉는 소리일 것이다. 딱, 딱, 딱, 딱, 딱—손톱 끝으로 뭔가를 두드리는 듯한 소리.

"초조해하는군…… 누군지는 모르겠지만."

머지않아 다시 문소리가 났다. 아까보다는 무거운 발소리가 방으로 들어온다.

"아, 노가미 씨."

"여, 오늘은 일찍 나왔네."

아무래도 먼저 사무실에 있던 사람은 정리업자이고 지금 온 사람이 노가미인 것 같다.

"노가미 씨, 이거 좀 보세요. 아까 우체통에 들어 있던 건데."

"뭐야…… 편지인가?"

잠시 침묵이 이어진 뒤 노가미의 신음소리가 들려왔다.

"이봐…… 뭐야, 이거. 계좌를 완벽하게 꿰고 있잖아."

"난처한데요, 노가미 씨. 이거 어떻게 할까요?"

"이렇게 하든 저렇게 하든 일단은 히구치 씨에게 연락해야지."

두 사람은 대화를 중단했다. 이십 초 정도 지나고 다시 정리업자의 목소리가 들린다.

"아, 히구치 씨. 죄송합니다. 실은 저기…… 조금 성가신 일이……"

히구치에게 전화를 건 것 같다. 정리업자는 간단하게 상황을 설명하고, 우편함에 들어 있던 편지를 한 자도 빼놓지 않고 읽어내려갔다. 그러고서는 "네…… 네…… 네"라며 상대의 말에 대답만 했다. 가끔씩 "넷!" 하며 목소리가 커지는 것은 히구치가 목소리를 높였기 때문일까. 수신기 너머로 정리업자의 목소리를 듣고 있는 것만으로도 다케자와는 맥이 빨라지고 가슴이 마구 뛰었다.

"……히구치 씨가 뭐라고 해?"

노가미의 목소리. 정리업자의 통화가 끝난 모양이다.

"될 수 있는 대로 빨리 모든 계좌에서 돈을 빼라고 했어요. 계좌가 동결돼서 보호비를 마련하지 못하면 낭패니까."

"빼낸 현찰은 어떻게 하고?"

"일단 이 사무소에 보관하랍니다."

"좋았어!"

데쓰가 목소리를 높였다. 다케자와도 저도 모르게 주먹을 불끈 쥐었다. 그러나 이어지는 말에 두 사람은 동시에 입을 꾹 다물었다.

"금고가 있는 사무실은 여기밖에 없으니까."

"하긴. 그 정도의 현금을 아무 데나 둘 수는 없지. 확실히 여기 금고에 넣어두는 게 안심이야."

"금고라……"

다케자와의 입에서 고민 섞인 한 마디가 새어나왔다. 다른 네 사람의 얼굴도 어두워졌다. 노리고 있는 현금은 아무래도 금고 안에 보관되나보다.

"내일 아침, 히구치 씨가 사채업자 박멸 단체에 대해 잘 아는 사람에게 가본다고 했습니다. 편지에 쓰여 있는 '도쿄 도에서 경영하는 한 단체'에 대한 정보를 알아보려고. 저도 같이 가자더군요."

"그동안 사무소는?"

"노가미 씨에게 맡기겠지요."

"내일 저녁인가……"

마침 1002호의 입주자가 집을 비우는 날이다. 그리고 1001호에는 히구치와 정리업자가 없다. 다시 말해 아무도 다케자와의 얼굴을 모른다는 이야기다.

그날 다케자와 일행은 최종 회의를 했다. 세부사항까지 완벽하게.

(7)

다음 날 저녁 전.

다케자와, 데쓰, 간타로, 야히로는 같은 작업복에 같은 모자를 쓰고 902호에서 대기하고 있었다. 흔히 볼 수 있는 회색 작업복에 모자도 같은 색이다. 마히로도 같은 옷을 입었지만 여기에는 없다. 외부 복도에서 귀를 세우고 윗집 여자가 나가기를 기다리고 있기 때문이다.

1001호실의 상태는 수신기를 통해 파악했다. 히구치와 정리입자는 전날 이야기한 대로 외출한 듯 사무소에는 없다. 남아 있는 사람은 노가미와 세 남자뿐이다. 젊은 사람이 둘, 꽤 나이 들어 보이는 쉰 목소리의 남자가 하나.

목표인 현금은 모두 사무실 금고에 보관되어 있다. 금고가 다이얼식인지 전자식인지 아니면 실린더식인지 실제로 보기 전까지는 알 수 없지만, 대책은 어제 충분히 세워놓았다.

"이제 남은 일은 적당한 때를 기다리는 것뿐이에요."

데쓰의 말에 다케자와는 잠자코 고개를 끄덕인다. 야히로는 아까부터 줄담배를 피우고 있고, 간타로는 이마에 땀을 흘리며 바닥을 보고 있다. 때때로 크게 숨을 들이켜 기나긴 한숨을 쉰다. 이 녀석, 진짜 괜찮은 걸까.

창에 붙인 신문지 틈으로 가느다란 저녁 햇빛이 스며들었다.

마히로가 현관으로 들어온 것은 손목시계의 바늘이 다섯시 반을 지난 때를 가리킬 무렵이었다.

"윗집 여자가 나갔어."

다케자와 일행이 일제히 일어난다.

"그럼 시작할까요. 마히로, 도구를 잘 챙겨. 야히로는 그걸 준비하고. 간타로와 다케 씨는 명함을 가져가요."

다케자와는 가슴에 달린 주머니에 넣어둔 명함을 확인한다. 파랑과 빨강으로 크게 인쇄한 회사 이름. 그 아래에는 검은 명조체로 '다테야마 후토시'라는 이름이 인쇄되어 있다. 데쓰가 지은 이름으로, 성은 다케자와, 데쓰, 야히로, 마히로의 첫 글자, 후토시太라는 이름은 간타로를 나타내는 것 같다. 데쓰의 이름은 '조 아키오'이고 간타로는 '고바야시 간지로'였다. 남자들만 명함을 가지고 있는 것은 현실감을

더하기 위한 데쓰의 계산이었다. 남자 세 명은 정직원이고 젊은 여성
은 아르바이트. 말을 듣고 생각해보니 아닌 게 아니라 작은 회사는 이
런 형태로 운영된다. 하지만 실은 마히로와 야히로에게 어울리는 좋
은 이름을 생각해내지 못한 데쓰의 핑계일지도 모른다.

"가자."

다케자와를 선두로 같은 옷을 입고 같은 모자를 쓴 일행이 문을 나
섰다. 엘리베이터를 타고 10층으로 이동한다. 엘리베이터 안에서 아
무도 입을 열지 않았다. 이윽고 문이 열리고 다케자와가 먼저 나왔다.
그 순간 채 열리지 않은 문 끝에 오른발을 부딪쳤다. 밑창이 얇은 운
동화는 충격을 고스란히 새끼발가락에 전달했다. 다케자와는 비명이
터져나오는 입을 두 손으로 막았다.

"……괜찮아요?"

쳐다보는 데쓰의 얼굴을 보고 다케자와는 통증을 참으며 고개를 끄
덕였다.

"문제없어."

다케자와를 선두로 멤버들은 한 줄로 서서 외부 복도를 걸어갔다.
저물녘의 어둠에 잠긴 복도는 다케자와에게 괴물의 뜨끈한 목구멍처
럼 보였다. 우리는 지금 그 속을 향해 걸어가고 있다. 나는 멍청이가
아니다. 나는 멍청이가 아니다. 나는 멍청이가 아니다―가슴속으로
몇 번이나 되뇌었다.

　　　　＊　　　＊　　　＊

　다케자와 바로 뒤를 따르면서, 간타로는 얼음덩어리를 삼킨 양 배 밑이 차가워지는 것을 느끼고 있었다.

　무리야. 무리야. 무리야. 한 걸음 내디딜 때마다 머릿속에서 목소리가 울린다.

　—무리야.

　나는 할 수 없어.

　—무리야.

　그런 짓은 할 수 없어. 왜 못 하겠다고 말하지 않았을까. 왜 싫다고 하지 않았을까.

　눈앞에 있는 다케자와의 머리를 본다. 천천히 고개를 돌려 뒤를 본다—이제는 속내를 밝힐 수도 없다.

　"진정해, 간타로."

　데쓰가 가볍게 등을 두드렸다.

　"걱정할 필요 없어. 공들여 짠 계획이니 분명히 잘될 거야."

　아니야—간타로는 마음속으로 부르짖었다. 그게 아니야. 하지만 이런 심정을 입 밖에 낼 수는 없었다. 간타로는 그저 입을 다물고 다시 앞을 보고 담담히 걸어나간다. 마치 다른 사람에게 빌린 다리로 걷고 있는 느낌이다. 목적지인 1001호의 문이 서서히 다가와…… 다가와…… 드디어 모두의 발이 멈췄다.

　선두인 다케자와가 초인종을 누른다. 안에서 몇 사람의 목소리가 희미하게 들려왔다. 조금 전까지 902호의 수신기를 통해 들었던 목소리가 지금은 아주 가까이에 있다.

문이 안쪽으로 열렸다. 문 안쪽에서 의심 가득한 얼굴을 내민 것은 지난번에 골프채로 현관문을 부쉈던 남자였다.

"뭐야, 당신들?"

역시 이 남자가 노가미인가보다. 목소리를 듣고 금방 알아챘다. 노가미는 굵은 눈썹을 모으고 낯선 얼굴들을 노려본다.

다케자와가 가슴 쪽 주머니에 오른손을 넣었다. 노가미의 표정이 순간 움직인다. 다케자와는 오른손을 빼내 상대편에게 내밀고 공손하게 상체를 수그렸다.

"갑자기 방문해서 죄송합니다. 저는 이런 사람입니다."

다케자와의 명함을 보고 노가미는 작은 눈을 가늘게 떴다.

"유한회사…… 도청 버스터즈……?"

이제 물러설 수 없다.

"네. 그렇습니다. 최근에 시내에서 자주 발생하는 도청의……"

다케자와가 노가미에게 설명하기 시작했다.

*　　　*　　　*

데쓰는 영업용 미소를 지으며 다케자와의 유창한 설명을 지켜보고 있었다. 최근 시내에서 자주 일어나는 도청의 피해를 종식시키기 위해, 매일 순찰을 돌며 도청기 수거에 힘을 쏟는 것이 다케자와가 이끄는 '도청 버스터즈'의 이념이며 업무 내용이었다.

"그래서 오늘도 이 근처를 정기 순찰하고 있습니다. 그런데 이쪽 맨션 내부에서 수상한 FM파가 감지돼서, 발생지를 확인하기 위해서 1층부터 차례로 각호 앞에서 전파를 측정하고 있었습니다. 하지만 어떤 집을 측정해도 저희가 가진 도청 검사기는 강하게 반응을 나타내지 않았습니다."

노가미는 받아든 명함과 그것을 건넨 다케자와의 얼굴을 번갈아 빤히 보고 있다. 문 안쪽에서는 누군가를 협박하는 성난 목소리가 새어 나왔다.

"마지막으로 10층에 올라와 가장 앞에 있는 1004호부터 차례로 조사해봤는데, 아무런 징후도 나타나지 않았습니다. 저희도 이상하다, 뭔가 착각했나보다 했지요."

이렇게 말하고 다케자와는 상냥한 미소를 지었다. 그러다 갑자기 심각한 표정을 짓고 이야기를 계속한다.

"그런데 말이지요. 마지막으로 이쪽 1001호의 문 앞에서 전파를 측정해보니, 기계가…… 아, 실제로 보여드리는 편이 좋겠네요."

다케자와가 뒤쪽을 돌아보며 신호를 보내자, 마히로가 보스턴백에서 작은 기계를 꺼냈다. 직사각형의 무전기 모양 기계는 사전에 다케자와가 아키하바라에서 사둔 진짜 도청 검사기였다. 작은 정사각형의 액정화면이 붙어 있고 도청파와 수상한 전파를 감지하면 '!' 마크가 표시된다. 마크의 수는 감지한 도청파의 강도에 비례하여 늘어난다.

마히로가 검사기를 작동시킨다. 몇 초 지나자 화면에는 '!' 마크 하나가 점등되었다. 마히로는 노가미에게 화면을 보여주고, 이번에는 검사기를 실내 쪽으로 조금 들이밀었다. 그러자 '!'의 옆에 또하나의 '!'가 나타났다. 이쪽은 점등이 아닌 점멸이다. 단위는 알 수 없지만 측정된 도청파가 1.5라는 것이다.

마히로는 검사기를 껐다.

"보십시오."

다케자와가 다시 노가미를 향해 선다.

"이 집 실내에서 확실한 반응이 나타났습니다."

불편한 표정으로 잠시 생각에 빠졌던 노가미는 뭔가를 찾아내려는 눈빛으로 다케자와를 노려보았다.

"그러니까 요컨대 그건가? 이 집에서 그 전기가……"

"전파입니다."

"그건 됐고!"

갑자기 노가미가 소리를 내질렀다. 다케자와의 어깨가 흠칫 움직인다. 간타로는 괜찮을까—데쓰는 흘끗 뒤로 시선을 던졌다.

어라 싶었다. 간타로만 얼굴색이 변하지 않았다. 물론 여전히 불안해 보이기는 했지만, 간타로 혼자 마치 노가미의 고함이 들리지 않은 것처럼 표정에 변화가 없었다.

"죄송합니다."

다케자와가 공손히 머리를 숙이고 화제를 돌렸다.

"실은 말입니다, 그전에 이 맨션 앞 도로를 순찰했을 때는 수상한 전파가 전혀 확인되지 않았습니다. 그래서 여쭙고 싶은데—최근에 뭔가 짚이는 건 없으신지요? 예를 들어 누군가 집 안에서 하는 이야기를 듣고 있는 건 아닌가 의심되는 일이 있었다든가."

노가미는 뭔가를 생각하는 듯 시선을 내리깔고 굵은 손가락으로 천천히 턱을 만졌다. 삼십 초 동안 아무 말도 없던 노가미가 이윽고 눈을 들며 입을 열었다.

"그 조사, 돈이 드나?"

아닙니다, 라며 다케자와가 고개를 저었다.

"조사 비용을 따로 받지는 않습니다. 다만 실제로 도청기가 발견되

었을 경우에 한해 검사 비용을 받습니다. 아, 혹시 발견된 도청기의
제거를 원하시면 제거 비용이 추가됩니다."

각각의 비용에 대해 노가미가 구체적인 가격을 물었다. 다케자와는
의심받지 않을 정도로 책정한 저렴한 금액을 답했다.

"그 이상은 안 들겠지."

"물론입니다. 저희는 악덕업자가 아닙니다."

노가미는 좀 전과 마찬가지로 뭔가를 생각하듯 눈을 깔고 천천히
턱을 쓰다듬었다.

"잠깐 기다려. 윗사람에게 물어볼게."

노가미가 그렇게 말하고 윗도리 주머니를 뒤져 휴대전화를 꺼냈을
때, 다케자와가 당황해서 양손을 앞으로 내밀었다.

"아니, 그러실 필요는 없습니다. 뭔가를 옮기거나 부수거나 하지 않
으니까 잠깐이면 끝납니다."

정말인가? 하듯 노가미는 다케자와를 노려본다. 다케자와는 정말
이라고 말하는 양 빙그레 웃는다. 그대로 잠시 침묵이 흘렀다.

마침내 노가미가 커다란 몸을 움직이고 턱으로 실내를 가리켰다.

"조사해봐."

*　　　*　　　*

그 말을 들은 순간, 다케자와는 꼬리뼈 부근에서 힘이 빠져나가는
것을 느꼈다―성공이다.

위험할 뻔했다.

조금 전 노가미가 전화를 걸려고 한 '윗사람'은 아마도 히구치이리

라. 아슬아슬했지만 저지할 수 있어 다행이다. 전화기 너머로 설명을 들은 히구치가 "그럼 나도 곧 돌아가지"라고 했다면 큰일이었다.

아무튼 첫번째 관문은 돌파했다. 아무렇지도 않은 표정을 유지하도록 주의하면서 다케자와는 문 안쪽으로 발걸음을 내딛는다.

"잠시 실례하겠습니다. 자네들도 일단 명함을 드리게나."

데쓰와 간타로가 저마다 노가미에게 명함을 건네고 머리를 숙였다. 다케자와는 현관에서 구두를 벗고 실내로 들어간다. 짧은 복도 끝에 유리를 끼운 나무 문이 있었다. 뒤에 있던 노가미가 다케자와의 옆을 지나 나무 문을 연다. 작게 들리던 남자들의 목소리가 한꺼번에 커졌다. 902호의 수신기에서 지금까지 신물 나게 들었던 목소리지만, 역시 이렇게 바로 옆에서 들으니 가슴속 저 깊은 곳에서 부아가 치밀어 오른다.

"실례합니다."

문 안쪽은 마룻바닥을 깐 넓은 거실이었다. 실내는 담배 연기로 자욱하다.

건너편 왼쪽으로 검은 가죽소파가 한 쌍. 소파 사이에는 대리석으로 보이는 낮은 테이블. 방 오른쪽에 놓여 있는 회의 테이블을 열 개 정도의 파이프 의자가 둘러싸고 있다. 의자에는 세 사람이 앉아 있다. 저마다 휴대전화를 귀에 대고 있던 세 사람은 통화를 계속하면서 이쪽으로 얼굴을 돌린다. 두 사람은 젊다. 그중 한 명은 풍채가 좋고, 다른 한 명은 선이 매우 가늘다. 살집이 있는 남자는 흐리멍덩하고 생기가 없는 눈을 하고 있었다. 마른 남자는 삼백안으로 무슨 약이라도 하는지 예리한 시선이 분주하게 떨고 있다. 마지막 한 사람, 안쪽에 앉아 한쪽 발을 의자에 얹어놓은 남자는 몸집이 작고 노인이라고 해도 좋을 만큼 나이가 있어 보였다. 누에콩같이 납작한 얼굴에 뭔가 일을 꾸미는 듯 두 눈이 빛나고 있다. 세 남자 다 기분 나쁜 인상이었지만 왠지 모르게 다케자와는 늙은 누에콩에게서 가장 강한 공포를 느꼈다.

몸에 익지 않은 모자 안쪽 머리가 아주 가렵다. 가려움이 다케자와를 더욱 불안하게 만들었다.

"어떻게 할 건가."

"일단 신속하게 조사를 하겠습니다. 이상이 발견되면 알려드릴 테니 손님은 평소처럼 계시면 됩니다."

노가미는 대답도 없이 소파 하나에 털썩 앉더니 담배에 불을 붙이고 다케자와 일행의 일거수일투족을 관찰하는 것처럼 팔짱을 꼈다. 다케자와는 웃으며 말했다.

"저희는 상관하지 마시고 평상시처럼 사무를 보세요."

"이게 평소 모습이다."

지금까지 도청한 내용에 따르면 노가미는 아무래도 이 사무실에서 히구치 다음으로 높은 위치인 것 같다. 히구치가 없을 때, 노가미는 언제나 이렇게 소파에 앉아 부하들의 움직임을 바라보고 있는 모양이다.

"그럼 시작할까. 여기."

마히로를 부르자 그녀는 가방에서 아까의 검사기를 꺼내 손잡이 몇 개를 조절하면서 안테나 끝을 천천히 부채꼴 모양으로 움직이기 시작했다. 그것을 확인하면서 다케자와는 실내를 둘러본다―금고는 어디에 있을까. 눈에 들어오는 장소에는 보이지 않는다.

"다테야마 씨, 밖에 있는 계량기를 보고 올게요."

데쓰는 그렇게 말하고 현관문을 나갔다. 노가미가 의심스러운 듯이 눈살을 찌푸리며 담배를 입술 앞에서 멈춘 채, 바로 옆에 있던 간타로에게 눈길을 돌렸다.

"이봐, 저 녀석은 뭘 하러 나간 거야?"

"네⋯⋯?"

간타로의 표정이 멍하게 변했다. 양팔을 몸 옆에 붙인 채 긴장한 모습으로 서서 노가미의 얼굴을 쳐다본다. 큰일났다. 미리 대답을 맞춰놓은 질문이었지만, 아무래도 간타로는 너무 긴장한 나머지 잊어버린 모양이다.

"그건 말이죠."

다케자와가 도움의 손길을 뻗치려고 입을 열었으나, 노가미가 재빨리 말을 막았다.

"이 돼지에게 묻고 있잖아."

다시 노가미가 삐딱하게 간타로를 보며 묻는다.

"저 녀석은 무슨 일로 나간 거야?"

"아, 그게⋯⋯"

＊　　　＊　　　＊

대화에 귀를 기울이던 야히로는 기도하는 심정이었다. 빨리 대답해야 하는데. 빨리. 빨리. 어제오늘 그렇게 연습했는데. 확실하게 맞춰놓았는데. 너무 오래 입을 다물고 있으면 상대가 이상하게 생각할 것이다. 하지만 간타로의 입에서는 쉽사리 말이 나오지 않았다.

도대체 간타로는 어떻게 된 걸까. 간타로가 이렇게까지 긴장하리라고는 생각도 못 했다. 무대에서 마술을 할 때도, 다케자와 일행의 집

292

에 처음으로 쳐들어갈 때도 긴장의 'ㄱ'도 찾아볼 수 없었는데.

어젯밤에 야히로는 간타로에게 물었다.

—간짱, 나에게 숨기는 거 없어?

야히로는 계속 이런 의심을 마음에 품고 있었다. 비즈니스호텔에 묵으며 계획을 세울 때, 그리고 902호에서 일당의 사무소를 도청할 때에도 야히로는 몇 번이나 간타로에게 물으려고 했다. 하지만 그때마다 자신을 억눌렀다. 지금까지 간타로가 자신을 속인 일은 한 번도 없다. 발기불능이라는 것조차 사귀기 전부터 가르쳐주었을 정도다. 그러므로 이번에도 기분 탓일 거라고 생각했다. 그렇게 여기고 싶었다. 좋아하는 간타로가 자신에게 뭔가를 숨기고 있다는 생각 따위 하기도 싫었다.

—그럴 리가 없잖습니까. 제가 야히로 씨에게 뭘 감추겠어요.

간타로는 그렇게 대답했다. 그때 거짓 미소를 짓는 간타로를 보고, 야히로는 자신이 품었던 의심이 진실이었음을 알았다. 확실히 간타로는 뭔가를 숨기고 있다. 더구나 그것은 상당히 중대한 사항 같았다. 야히로는 고민했다. 간타로의 비밀을 캐고 싶었다. 하지만 그때까지도 믿고 싶지 않았다. 간타로가 자신에게 숨기는 게 있다는 것을.

—그래.

결국 야히로는 그렇게 말하고 웃었다.

힘을 내. 힘을 내. 힘을 내—야히로는 열심히 빌었다. 빨리 노가미의 질문에 대답해. 이상하게 생각하기 전에. 빨리. 빨리.

이런 야히로의 기도가 통했는지, 드디어 간타로가 입을 열었다.

*　　*　　*

간타로의 목소리를 듣고 다케자와는 가슴을 쓸어내렸다.

"문밖에 있는 계량기를 확인하러 갔습니다. 수도나 가스, 전기 계량기 말입니다. 계량기 안에 리피터, 그러니까 도청 중계기를 숨겨놓는 경우가 많습니다."

간타로의 설명이 생각보다 유창해서 다케자와는 한숨 돌렸다. 아무래도 그저 준비해둔 대답을 잊었던 것뿐이었나보다. 정말이지 가슴을 조마조마하게 만드는 뚱보다.

"중계기가 뭐지?"

"그러니까 말입니다, 도청기는 크기가 이 정도밖에 안 돼요."

간타로는 손으로 일회용 라이터만한 크기를 만들어 보였다.

"그다지 강한 전파가 나오지 않습니다. 그래서 그 약한 전파를 일단 어딘가에 설치한 중계기로 수신해서, 더 강한 전파로 바꾸어 수신기까지 발신하는 경우가 요즘 늘고 있습니다."

"흠…… 거창하군."

새빨간 거짓말이었지만 노가미는 납득한 모양이다. 간타로는 그 자리를 벗어나 세 남자가 둘러싸고 있는 테이블 쪽으로 다가갔다. 바닥을 살펴보고, 테이블 밑면을 살펴보고, 파이프 의자의 쿠션을 손끝으로 두드리며 도청기 찾는 시늉을 했다. 남자들은 거의 살기에 가까운 공격적인 분위기를 발산하면서 간타로를 곁눈으로 노려보고 있다. 각각 전화기를 얼굴에 대고 독촉의 공갈을 계속하면서.

어서 금고가 있는 장소를 확인해야만 한다.

"잠시 저쪽 방도 둘러보겠습니다."

294

다케자와가 거실 왼쪽에 있는 문으로 걸어가니, 노가미가 주춤 일어나 무슨 말을 하려다가 그대로 다시 의자에 주저앉았다. 다케자와가 손잡이를 잡고 살짝 문을 열어 고개를 집어넣는다. 오른쪽을 본다. 왼쪽도 본다. 그곳에는 마룻바닥만이 황량하게 펼쳐져 있을 뿐, 아무것도—

아니, 눈앞에 있었다. 바로 정면에 묵직한 회색 내화 금고가 놓여 있었다. 다이얼식이다. 그 안에는 지금, 대량의 현금이 들어 있을 것이다. 다케자와는 꿀꺽 침을 삼키고 뒤를 돌아보았다. 소파에서 담배를 피우는 노가미의 옆모습이 보인다. 노가미 옆에 마히로가 있다. 이쪽을 보고 있다. 다케자와가 금고를 발견했다는 것을 눈짓으로 전하자 마히로는 알았다는 신호로 코를 훌쩍거려 보였다.

"아가씨, 감기 걸렸어?"

의자에 한쪽 발을 걸치고 있던 늙은 누에콩이 히죽 웃으며 마히로를 본다. 일을 잠시 쉴 생각인지 아니면 낯선 사람들에게 흥미를 느낀 것인지, 쥐고 있던 전화기는 어느새 테이블 위에 내던져져 있었다.

"아뇨, 꽃가루 알레르기예요."

마히로가 적당히 얼버무리자 늙은 누에콩은 기분 나쁜 눈으로 뚫어지게 마히로의 온몸을 훑어보고는 잠긴 목소리로 웃었다.

"꽃가루 알레르기에는 갓난아기 탯줄이 특효인데."

"그래요?"

"날것을 그대로 먹는다더군."

착 달라붙는 듯한, 기분 나쁜 억양의 단어를 흘려들으며 마히로는 검사기로 작업을 계속했다. 늙은 누에콩은 계속 치근댔다.

"아저씨랑 같이 아기를 만들어볼까."

"네?"

"그 아기 탯줄로 알레르기를 고치는 거야."

"아니, 됐습니다."

"애가 어떻게 생기는지 아가씨는 아직 모르나?"

"알아요."

"그럼 나중에 해보자고. 이 아저씨는 지금이라도 괜찮아."

"기분 나빠서 싫어요."

큰일인데—다케자와는 몸이 굳었다. 곧이어 테이블을 쾅 하고 내려치는 소리와 성난 목소리가 동시에 귀를 파고들었다.

"다시 한번 말해봐!"

뜻밖에도 목소리를 높인 것은 늙은 누에콩이 아니었다. 맞은편에 앉아 있던 젊은 삼백안이다. 마른 얼굴에 빠끔하게 뚫린 눈 속 작은 두 눈동자가 초점을 잃고 부들부들 떨고 있다.

"정말 죄송……"

다케자와가 당황하여 마히로 곁으로 가려는데 삼백안이 다시 소리쳤다.

"오늘까지 갚는다고 했잖아! 네가 그렇게 말했잖아!"

삼백안은 쥐고 있는 전화기 너머 상대에게 소리를 높였던 것뿐이었다.

"귀여운데, 아가씨. 맹랑한 게."

늙은 누에콩은 수세미를 문지르는 듯한 소리로 웃으며 가는 어깨를 실룩대더니 다시 자신의 일로 돌아갔다. 옆에 있는 파일을 기쁜 듯이 바라보며 휴대전화로 그곳에 적힌 번호를 누르기 시작했다.

좀 참지—다케자와는 마히로에게 비난의 시선을 보냈다.

　　　　　　＊　　　＊　　　＊

　다케자와의 시선에 마히로는 콜록 기침을 했다. 확실히 방금 행동
은 위험했을지도 모른다. 다케자와는 화가 났을까. 하지만 정말 기분
이 나빴으니 어쩔 수가 없다.

　아무튼 무슨 일이 있어도 이번 작전은 성공해야만 한다. 엄마의 원
수. 벼슬이의 원수. 그리고 돈─만약 실패한다면 내일이 없다. 작전
중에 보스턴백에 쟁여놓았던 현금을 모두 써버리고 말았기 때문이다.
원래 쓸 생각도 없던 돈이지만 지금까지 버린다 버린다 하면서도 정작
실행에 옮기지 못한 이유는, 역시 마음속 어딘가에 먹고살 걱정이 있
었기 때문일지도 모른다. 말하자면 보험 같은 것이었는지도 모른다.
하지만 그것도 이제 없다.

　다시 정신을 다잡고 마히로는 다음 작업을 진행했다. 천천히 실내
를 걸어다니며 손에 든 검사기를 소파, 소파에 앉은 노가미, 낮은 테
이블, 창에 가져다 댄다. 화면의 '!'가 한 개 반에서 완전한 두 개로
바뀌었다. 파이프 의자, 엉큼한 늙은 누에콩, 누에콩 앞에 있는 테이블
로 가져가자 그 주변에서 '!'는 네 개로 늘어났다.

　테이블 앞에서 움직임을 멈춘 마히로를 보고, 다케자와는 긴장된
목소리를 던진다.

　"반응이 잡혔나?"

　"아, 다테야마 씨. 네…… 테이블 주변에서."

　"테이블?"

　다케자와는 마히로 옆으로 다가갔다. 죄송합니다, 하며 그곳에 있
는 세 명에게 가볍게 목례하면서 테이블 밑을 들여다본다. 고개를 갸

웃하며 이번에는 테이블 위로 시선을 돌린다. 그리고 다시 한번 고개를 갸웃한다.

보낸 선불폰은 열 대 중 다섯 대가 이 사무실에 남아 있다. 그중 세 대는 현재 남자들이 쓰고 있고 나머지 두 대는 테이블 위에 아무렇게나 놓여 있었다. 다케자와가 마히로에게 손짓으로 전화기를 조사해보라고 지시한다. 마히로는 검사기를 전화 다섯 대에 차례로 가져간다. 이미 네 개가 점등되어 있던 화면의 '!'는 검사기를 전화기에 가까이 댈 때마다 다섯 개가 되었다.

"이거…… 전부?"

심각한 다케자와의 목소리에 마히로도 굳은 얼굴로 고개를 끄덕였다.

"그런 것 같아요."

테이블에 모여 있던 늙은 누에콩, 삼백안, 표정 없는 뚱보가 통화를 계속하면서 의문을 가득 품은 얼굴로 이쪽을 쳐다본다.

"이봐, 어떻게 됐어."

노가미가 등뒤에 서 있었다. 다케자와가 뒤돌아보며 심각한 얼굴로 질문을 한다.

"죄송하지만, 이 선불폰은 언제, 어떤 절차를 통해 구입하셨습니까?"

"어? 얼마 전에 통신판매업자에게서 샀지. 전단지를 보고. 한 대 천 엔짜리 재고품이었어."

천 엔, 하며 마히로는 자못 놀란 듯이 입속으로 중얼거렸다. 다케자와가 말을 계속한다.

"그 업자 연락처는 아십니까?"

"전단지에 있는데. 아니, 버렸나. 뭐야, 전화기에 무슨 문제라도 있어?"

잠시 뜸을 들이다가 다케자와는 아주 걱정된다는 듯이 말했다.

"말씀드리기 거북한데…… 완전히 당한 것 같습니다."

"당했다고?"

"그 업자는 도청 목적으로 전화기를 판매했어요."

의아스러운 듯이 언짢은 표정을 짓는 노가미에게 다케자와는 분명하게 말했다.

"도청기는 틀림없이 이 속에 있습니다. 다섯 대의 전화기 속에요."

노가미와 전화기를 얼굴에 대고 있던 세 명의 표정이 동시에 변했다.

*　　*　　*

표정이 바뀌는 것을 보고 다케자와는 상대가 그물에 걸린 것을 확신했다. 잠시 사이를 두고 신중하게 말을 이었다.

"다섯 대의 전화기 모두에 도청기가 장치되어 있는 것 같습니다. 확인시켜드릴까요?"

"확인이라니 어떻게?"

"한 대 분해해보겠습니다. 고바야시 군, 여기."

"네."

대답하고 다가온 간타로의 작업복에 어느새 묘한 무늬가 얼룩져 있는 것을 보고 다케자와는 흠칫 놀랐다. 저게 뭐지, 원래 회색이던 옷이 양 어깨에서 가슴 부분까지가 이상하게 짙다―땀이었다. 간타로는 엄청나게 땀을 흘리고 있었다. 얼굴도 이미 물에서 갓 빠져나온 듯이 흠뻑 젖었다.

"너, 살쪄서 더위를 타는 거야. 가끔씩 운동 좀 해."

적당히 둘러댔으나 간타로의 표정을 보고 더워서 그러는 게 아니라
는 것을 대번에 알아챘다. 엄청 긴장했구나, 이 녀석.

"고바야시 군, 이 전화기를 한 대 분해해주겠나."

"네, 네에."

미리 짠 대로 간타로는 작업복 앞주머니에서 소형 드라이버를 꺼내
전화기를 분해하기 시작했다. 둥근 턱을 타고 흐른 땀이 손 위로 똑똑
떨어진다. 이렇게 되자 테이블 주변의 세 사람도 전화를 끊고 간타로
를 주목했다. 그들은 간타로를 보면서 조금 전까지 사용했던 전화기
에도 가끔씩 기분 나쁜 시선을 던졌다.

찰칵 하고 현관 소리가 나고, 데쓰가 실내로 돌아왔다.

"계량기에는 이상 없어요. 중계기는 발견하지 못했습니다."

말을 마치더니 테이블에 모여 있는 다케자와 일행을 이상한 듯이
쳐다본다.

"……무슨 일이에요?"

다케자와는 데쓰에게 상황을 설명했다. 데쓰는 "네?"라고 놀라는
척하며 다른 사람들과 마찬가지로 간타로의 손끝을 주목했다. 마침
그때, 뽀각 하는 소리와 함께 전화기 본체가 열리고 속이 보였다. 기
판. 무수한 작은 전선. 화면의 뒤쪽. 조립된 회로의 맨 밑 부분에 캐
러멜만한 크기의 네모나고 검은 물체가 보였다. 그것이 탐정사무소
에서 설치한 도청기라는 걸 금방 알아보았다. 아마도 방에 있던 모두
가 눈치챘을 것이다. 표면에 흰 매직으로 ⓓNo. 002라고 쓰여 있었
기 때문이다. 간타로가 갓난아기 같은 손으로 도청기를 집어 뚝 하고

전선을 끊고 전화기에서 빼낸다. 그대로 엉덩이를 끌어 조금 뒤로 물러난다. 마히로가 검사기를 간타로의 손끝에 가져간다. 화면에 '!' 가 다섯 개 표시되었다.

다케자와가 노가미 쪽으로 몸을 틀었다.

"이거 틀림없는데요. 분해해볼 것도 없이 다른 네 대에도 같은 장치가 들어 있을 겁니다."

노가미가 입속으로 욕설을 내뱉었다.

"이런 크기의 도청기라면 전파는 기껏해야 오십 미터 정도밖에 퍼지지 않습니다. 아마도 이 방 주변에 중계기가 한 대 설치되어 있을 것 같은데요. 아까 고바야시가 설명한 것 말입니다. 그것도 저희가 찾아볼까요?"

노가미는 답하기 전에 동료 세 사람을 보았다. 마른 삼백안과 표정 없는 뚱보―둘은 서로 마주 보고 눈을 맞추더니 그대로 노가미에게 시선을 돌린다. 늙은 누에콩이 좁은 가슴팍 앞에 팔짱을 끼더니 쉰 목소리로 말했다.

"찾는 편이 좋지 않을까."

"형씨 생각도 그래?"

지위는 노가미가 위인 것 같지만, 늙은 누에콩을 대하는 그의 태도에서 어딘가 경의가 느껴졌다. 숨기고 있는 듯하지만 아무리 애써도 말투와 시선에 희미하게 배어 있었다.

늙은 누에콩이 홍 하고 콧김을 뿜었다.

"그거야 당연하지요, 노가미 씨. 중계기라는 것을 제거하지 않으면 또 어떤 식으로든 도청이 발생할지 모르니까."

옳은 말씀이십니다, 다케자와는 말참견을 했다.

"이번에 꼭 중계기까지 색출해서 제거하는 게 좋을 것 같습니다."

노가미는 잠시 망설이는 듯했지만 마침내 화가 난 것처럼 다케자와를 보았다.

"제거하게."

"이봐, 조."

다케자와는 뒤를 돌아 데쓰를 불렀다.

"중계기를 찾아봐."

"알았습니다."

데쓰는 작업복 뒷주머니에서 무전기 모양의 네모난 기계를 꺼낸다. 다케자와는 기계에 대해 노가미에게 설명했다.

"이것은 중계기 탐지기인 리피터 파인더라는 장비입니다. 이 기계로 금방 중계기를 찾아드리겠습니다."

데쓰가 기계의 스위치를 켜자, 둥그런 스피커에서 튜닝이 맞지 않은 라디오의 잡음 같은 소리가 들리기 시작했다—아니, 실은 라디오의 잡음이었다. 그리고 무전기 모양이 아니라 실제로 무전기였다.

중계기 탐지기라는 엉터리 기계는 간타로가 만든 창작품이다. 무전기의 내용물을 들어내고 소형 트랜지스터 라디오를 끼워박은 단순한 소도구인 것이다. 라디오 채널을 미리 적당한 위치에 맞춰두었기 때문에 스피커에서는 잡음만 들린다. 새끼손가락으로 슬쩍 볼륨 손잡이를 움직여 잡음을 올리거나 줄일 수 있다. 연기력만 있으면 진짜 중계기를 다루는 것처럼 속일 수 있다. 이 기계를 만들자고 데쓰가 의견을 냈을 때, 그건 어린애에게나 통하는 수법이라는 반대 의견도 나왔지만, 논의 끝에 중계기 탐지기를 쓰게 되는 단계까지 작전이 진행되면 아무도 의심하지 않을 거라고 결정이 났다.

"이런……"

데쓰는 이해가 안 간다는 듯이 고개를 갸웃거린다.

"갑자기 반응이 나오네요, 이거."

스피커의 잡음이 커졌다. 단순히 데쓰가 새끼손가락으로 볼륨을 올린 것뿐이지만.

"설마 실내에 중계기가 있을 리는 없겠지……"

다케자와의 말에 애매하게 고개를 저으며 데쓰는 팔을 뻗어 기계를 부채꼴로 움직인다. 안테나 끝을 천천히 방 구석구석으로 향한다. 그리고 그것이 어느 방향을 향했을 때—물론 데쓰의 조작으로—잡음은 갑자기 증폭되었다.

안테나 끝은 옆방으로 이어지는 문을 가리키고 있었다.

"저쪽 방……"

다케자와는 노가미에게 확인한다.

"다시 한번 들어가도 되겠습니까?"

노가미는 반대하지 않았다. 다케자와는 데쓰와 함께 방으로 들어갔다. 노가미도 따라왔다. 데쓰의 손끝에서는 잡음이 한층 심해졌다. 데쓰가 기계를 들고 안테나 끝을 금고 쪽으로 돌리자 잡음은 더욱 커졌다. 기계를 금고에 가까이 가져갔다. 잡음은 최대가 되었다.

지직거리는 소리가 텅 빈 실내를 울린다.

"이…… 금고일까요?"

이런 일은 처음이라는 듯이 데쓰가 중얼거렸다. 다케자와는 믿을 수 없다는 얼굴로 금고 앞에 몸을 웅크린다. 측면을 본다. 뒷면을 본다. 밑을 들여다본다. 그리고 잠시—이십 초 정도 숙고의 시간을 가진 뒤 노가미 쪽으로 향했다.

"내부에 있네요."

의미를 이해하지 못했는지 노가미는 인상을 쓰며 고개를 내밀었다. 다케자와는 다시 말했다.

"중계기는 금고 안쪽에 있습니다."

"그거…… 틀림없겠지?"

지금까지 태연하던 노가미가 처음으로 동요를 드러냈다. 자신들이 사용하는 금고 안에 도청기가 장치되어 있다니 놀라는 게 당연하다.

"뭔가 짚이는 일이라도?"

없어, 라며 노가미는 머리를 가로저었다.

"짚일 게 뭐 있나, 그 안엔 돈밖에 없는데."

"열어주실 수 있나요?"

"뭘."

"금고 말입니다."

쿵, 하고 금고 위를 두드린다. 노가미는 낮은 신음소리를 내며 팔짱을 낀다.

"그건 안 돼."

"네?"

다케자와는 저도 모르게 머리를 내밀었다. 어렵지 않게 열어주리라고 생각했는데.

"열어주시지 않는다면 안에 든 중계기를 제거할 방법이……"

"여는 방법을 몰라. 지금 여기 있는 사람들은 모두."

최악의 상황이다. 이럴 수가 있나.

"다이얼 번호를 아는 건 히구치 씨뿐이야."

"그럼 히구치라는 분께 연락해서 번호를 물어보면 어떨까요?"

만약 히구치가 이곳으로 오겠다고 해도 도착할 무렵에는 작전이 완료되어 있을 것이다. 아무튼 히구치만 번호를 알고 있다고 하니 이제 물어볼 수밖에 없다.

"아, 그게……"

노가미가 시선을 떨어뜨린다. 매우 망설이는 것처럼 보인다. 재빨리 이유를 추론해보다가 다케자와는 현관에서의 대화를 생각해냈다. 노가미는 다케자와 일행이 도청기를 찾는다고 말했을 때, 히구치에게 허락을 받으려고 했다. 그것을 다케자와가 말렸다. 이제 와서 히구치에게 연락해 사정을 설명하는 것은 모양새가 나쁘다.

"내가 전화하지."

늙은 누에콩이 말했다.

"자네가 이야기를 꺼내긴 어렵겠지. 업자를 불러들일 때 허락받지 않았으니까. 내가 걸겠네."

노가미는 늙은 누에콩의 얼굴을 잠시 응시하더니 고개를 끄덕였다.

"미안하군."

늙은 누에콩이 거드름을 피우는 태도로 자기 휴대전화를 들어 몇 번인가 버튼을 눌렀다. 상대는 곧 전화를 받았다. 누에콩은 간단하게 사정을 설명하고 금고 번호를 히구치에게 물었다. 희미하게 들리던 히구치의 목소리가 조금 커지자, 늙은 누에콩이 자기가 그만 무심코 허락해버렸다고 말했다. 노가미를 두둔하는 말인 것 같다. 전화기를 귀에 댄 채 늙은 누에콩은 노가미를 보고 히죽거리며 웃는다. 노가미가 거북한 듯이 눈을 피했다.

"네네. 그럼 실례합니다. 네네, 네네, 알게 되는 대로 바로 연락하지요. 네네."

늙은 누에콩은 통화를 끝냈다. 그대로 아무 말도 없이 금고 앞에 쪼그려앉더니, 몸으로 손끝을 가리듯 막고 다이얼을 몇 번 돌린다. 찰칵하는 소리가 났다.

"자, 그럼 부탁하네."

늙은 누에콩이 일어나 몸을 이쪽으로 돌리자마자 금고 문이 열렸다. 대량의 현찰. 다케자와는 저도 모르게 배에 힘이 들어갔다. 얼마나 될까. 금고 안이 어두워서 잘 가늠할 수가 없다. 지폐는 각각 같은 두께로 아무렇게나 고무줄로 묶여 있다. 아마도 백 장씩일 것이다. 그 다발만 해도 열두세 개는 된다.

"그럼 조사해보겠습니다."

다케자와는 금고로 다가갔다. 안을 들여다보려고 할 때, 왼쪽 어깨를 커다란 손이 움켜잡았다.

"우선 돈부터 꺼내고."

노가미였다. 다케자와와 교대하듯 자리를 바꿔 노가미가 금고 앞에 웅크리고 앉는다. 그리고 하나하나 신중한 손길로 돈다발을 꺼내기 시작했다. 하나, 둘…… 일곱, 여덟…… 열셋, 열넷…… 돈다발은 안쪽까지 가득 들어 있었다. 전부 열여덟 개―천팔백만 엔. 게다가 한 다발이 채 안 되는 만 엔 지폐가 수십 장.

"금고 안에 기계 같은 건 없어."

왼팔에 돈다발을 가득 안고, 오른손에는 만 엔 지폐를 쥔 채로 노가미는 커다란 몸을 구부려 금고 안을 찬찬히 살펴본다.

"내벽에 뭔가 세공을 했을 가능성도 있습니다. 최근에는 그런 수법을 쓰는 사례도 많습니다."

적당히 둘러대면서, 다케자와는 긴타로에게 시선을 던졌다. 긴타로는 고개를 끄덕이고 노가미의 등뒤로 다가간다. 작업복에 배어든 땀이 아까보다 더 넓게 퍼져 있다. 부탁한다, 간타로 — 다케자와는 기도하는 심정이었다.

"잠시 제가 살펴봐도 괜찮겠습니까?"

간타로의 말에 노가미는 지폐 다발을 안은 채 귀찮은 듯 비켰다.

"아…… 이거 떨어졌습니다."

간타로가 바닥에서 만 엔 지폐 한 장을 주워올린다. 노가미가 당황하며 그것을 받아들었다. 그것은 노가미가 떨어뜨린 돈이 아니다. 간타로가 작업복 소매에서 꺼낸 것이다.

마히로가 "저기……" 하고 조심스럽게 말을 걸며 다가왔다.

"이걸 쓰시면 편할 것 같은데요."

마히로가 하얀 종이봉투를 내밀었다. 노가미가 의심스러운 눈으로 마히로를 본다.

"깨끗한 거예요."

마히로의 말에 "흠" 하고 콧김을 내뿜더니, 노가미는 안고 있던 돈다발을 봉투에 넣었다. 하나, 둘, 셋…… 간타로가 욕심 없이 바닥에 떨어진 지폐를 주워준 덕분에 노가미는 선선히 마히로가 내민 봉투를 사용하게 된 것이다. ……열하나, 열둘…… 아무렇게나 팔에 안고 있다가는 다시 떨어뜨릴지 모른다고 생각했기 때문이다…… 열일곱, 열여덟. 그리고 한 다발이 채 못 되는 수십 장의 만 엔 지폐들. 모든 돈을 봉투 안에 담은 순간, 다케자와는 속으로 주먹을 꽉 쥐었다. 여기까지 왔으니 이제 고지가 바로 저 앞이다.

"으음…… 음? …… 으음."

간타로는 금고 안에 얼굴을 넣고 있었다. 오른손으로 내부를 더듬고 있다. 일동은 간타로의 꿈틀거리는 엉덩이를 지켜보고 있었다. 데쓰가 가져온 기계는 변함없이 잡음을 내고 있다.

"어……? 오!"

이윽고 간타로가 땀에 젖은 상반신을 금고에서 쑤욱 빼냈다. 몸을 일으키고 노가미 쪽으로 다가간다.

"여기 있습니다, 중계기. 천장 바로 앞쪽에 교묘하게 숨겨놓았던데요."

간타로의 오른손 손바닥 위에 네모난 회색 기계가 있었다. 물론 간타로가 지금 자기 작업복 배 부분에서 꺼낸 것이었다. 딱 두부 반 모만한 기계 윗부분에 짧은 안테나가 뻗어 있다. 이것도 간타로가 준비한 아이템이다. 도청 중계기 같은 것이 정말 존재하는지는 모르지만 아무튼 그럴듯하게 만들어달라고 했다. 데쓰가 든 중계기 탐지기도 그렇고, 간타로는 꽤 손재주가 좋았다. 과연 마술 도구를 스스로 만들 만하다.

그러나 노가미 일당은 공들여 만든 중계기에는 큰 흥미가 없는 듯, 간타로를 획 지나쳐 금고 앞에 모여들었다. 엉터리 기계를 자세히 들여다보지 않는 것은 다행이지만, 이것도 약간 예상 밖이었다. 금고―노가미 일당―다케자와와 일행―문 앞. 이래서는 서 있는 순서가 그다지 좋지 않다. 매끄럽게 수정해야 한다.

"도대체 누가, 어떻게 이런 것을 금고 안에 넣었지?

현금 봉투를 든 채 노가미가 금고 안을 들여다본다. 다케자와가 심각한 목소리로 답했다.

"그건 저희도 모릅니다. 금고 안을 좀더 조사해봐도 되겠습니까? 외부 사람이 손을 본 증거가 나올지도 모르니까요."

"손본 곳이 있나, 어디……"

노가미는 금고에 상체를 들이밀고, 내부를 손으로 더듬기 시작한다. 아무래도 직접 뭔가 찾아내려는 생각인 것 같다. 어떻게 할지 다케자와는 망설였다. 이런 배열이면 다음 동작에 들어가지 못한다. 뭔가 수를 내서 노가미를 금고에서 떼어놔야 한다. 하지만 여기까지 왔는데 어색한 말을 내뱉을 수는 없다. 신중하게 대사를 고를 필요가 있다. 익숙하지 않은 모자 안쪽에 축축하게 땀이 밴다. 땀 한 방울이 뒤통수를 타고 또르르 떨어진다. 다케자와는 손바닥으로 뒷머리의 땀을 닦으면서 데쓰에게 시선을 돌렸다―어떻게 할까. 데쓰는 경직된 표정으로 다케자와를 보고 있었다.

그때 생각지도 못한 일이 눈앞에 펼쳐졌다.

"너, 무슨……"

다케자와는 숨을 삼켰다. 눈에 들어오는 광경을 믿을 수가 없었다. 믿고 싶지 않았다.

"간타로……"

무심코 본명을 입에 올리고 말았지만 그런 것에는 아무도 신경 쓰지 않는 것 같았다. 모두 간타로에게 주목하고 있다. 금고에 몸 절반을 집어넣은 노가미를 제외하고.

"너…… 지금 무슨 짓이야……"

데쓰가 목소리를 쥐어짜듯 말한다.

간타로가 양손에 쥐고 있는 것은 문제의 공기총이었다. 총구가 똑바로 노가미의 등을 겨누고 있다. 다케자와의 머릿속은 물음표로 가득 찼다. 간타로는 뭘 하고 있는 거지? 도대체 저걸 어쩔 셈인가? 조, 조, 조, 라는 목소리가 들렸다. 소리는 간타로의 복어 같은 입에서 나

오고 있었다. 입술을 부들부들 떨며 턱 밑에 힘을 잔뜩 준 채 간타로
는 포효했다.

"조용히 해!"

일부러 말할 필요도 없이 모두 입을 다물고 있다. 오히려 간타로의
소리에 노가미가 "응?" 하며 금고에서 몸을 빼고, 자신을 향하고 있
는 L자형의 기분 나쁜 물체를 보고 이유 모를 큰 소리를 냈다. 반사적
으로 고개를 뒤로 뺐고, 머리 뒷부분이 금고 테두리에 부딪치는 소리
가 났다.

"조용히 하라고 해, 했잖아! 조용히 하라고! 시끄럽단 말이야!"

아무도 아무 말도 하지 않는다. 간타로는 두 눈을 미치광이처럼 부
릅떴다. 가슴과 어깨가 흔들리고, 땀이 얼굴에서 철철 흐르고, 호흡은
불규칙하고—분명 자기가 무슨 짓을 하고 있는지 모르는 모습이다.

"너……"

다케자와의 말을 데쓰가 한쪽 손으로 막았다. 작게 소곤거린다.

"큰일인데요. 저 녀석, 눈이 이상해요."

"그, 그 보, 봉투를 넘겨! 이쪽으로 넘겨! 돈! 그 돈돈돈!"

간타로는 바닥에 주저앉은 노가미에게 왼손을 뻗는다. 간타로의 손
은 알코올중독자처럼 떨렸다. 데쓰가 노가미에게 얼굴을 돌리고 고개
를 작게 내저었다.

"주면 안 돼요."

노가미가 날카로운 시선으로 간타로를 응시하면서—동시에 눈으
로 명확한 당혹감을 표출하며—현금이 든 하얀 봉투를 단단히 끌어
안았다.

"빨리! 돈! 돈!"

간타로는 다시 양손으로 공기총을 움켜쥔다. 노가미, 늙은 누에콩, 삼백안, 무표정 네 명은 금고 앞에서 입술을 꽉 깨물고 눈을 분주히 두리번거렸다. 마음속이 어지러운 건 다케자와 일행도 마찬가지였다. 물론 간타로가 손에 든 것이 공기총임을 알지만, 계획과 어긋난 사태에 모두 얼굴색이 변했다.

발소리도 내지 않고 노가미 일당과 간타로 사이에 끼어든 것은 데쓰였다. 데쓰는 공기총의 총구가 자신의 가슴팍에 오도록 서서 등뒤의 노가미 일당에게 한 손으로 신호를 보낸다.

"도망치세요. 어서."

노가미 일당은 한순간 시선을 주고받고는 곧 네 명이 한 덩어리가 되어 방구석에서 한 발 한 발 이동하기 시작했다. 간타로의 총구는 일당의 움직임을 좇는다. 하지만 총구와 네 사람 사이에는 데쓰가 벽처럼 서 있다. 노가미 일당은 간신히 방 문까지 도착했다. 그때 늙은 누에콩이 히죽 웃으며 입을 열었다.

"어이, 뚱뚱한 형씨, 그거 진짜 총 아니지?"

데쓰가 획 돌아본다. 총구는 똑바로 늙은 누에콩에게 향해 있다.

"잘 만들어진 모형 총이잖아."

"이이이이이입 닥쳐어!"

간타로는 소리를 지르며 방아쇠를 당겼다. 고막이 찢어질 것 같은 폭발음이 방 안에 퍼졌다. 늙은 누에콩의 바로 뒤―거실 소파 끝에 팍 하고 하얀 선이 날아가 퍼진다. 가죽에 검은 구멍이 생기고 연기가 피어올랐다.

"너…… 너……"

사지를 엉거주춤하게 뻗은 채 그대로 경직된 데쓰가 두 눈과 입을 크게 벌린 채 말한다.

"그거, 공기총이라고……"

"이게 공기총이랬지!"

침을 사방에 흩뿌리며 소리친 간타로는 작업복 허리춤에서 검은 물건을 꺼내 마루에 팽개쳤다. 공기총이었다.

"미안하지만 돈은 제가 가져가겠습니다. 전부 가져가겠습니다. 저에게 넘기십시오. 이번엔 절대로 빗나가지 않습니다. 저항하면 머리를 쏩니다. 진짜 쏩니다! 쏜다고! 죽여버리겠어!"

간타로는 총구를 노가미에게 겨눈다. 노가미는 커다란 몸을 벌벌 떨면서 가만히 간타로를 응시하고 있었다.

"빨리 내놔, 이 고릴라야!"

간타로가 포효하며 한 발 다가선다. 노가미는 뻣뻣하게 굳은 채 동료들에게 시선을 던졌다. 세 사람 모두 인형처럼 꼼짝 않고 그저 간타로를 보고 있다.

"이쪽으로 주세요."

상황에 걸맞지 않게 의연한 목소리를 낸 사람은 마히로였다. 노가미의 바로 옆에 서 있던 마히로는 뭔가를 말하는 듯한 눈으로 노가미의 얼굴을 바라보면서 한 손을 내민다.

"봉투를 이쪽으로."

"무슨 짓이야! 빨리 돈! 이쪽으로 줘!"

간타로가 다시 한 발 다가선다. 간타로의 협박으로부터 벗어나려는 듯이 노가미는 재빨리 봉투를 마히로에게 건넸다.

"이, 이, 이봐! 왜 네가 받는 거야! 이쪽으로 줘!"

간타로는 이번에는 마히로에게 다가간다.

312

"이리 줘! 쏜다! 상대가 누구든 저항하면 죽는다! 정말 죽일 거야! 죽인다고!"

떨리는 총구가 마히로의 얼굴로 향한 그때였다.

마히로가 재빨리 몸을 틀어 바닥을 박차고 달리기 시작했다. 아, 하고 누군가 소리를 질렀다. 간타로가 알 수 없는 말을 내뱉으면서 방아쇠를 당긴다. 다시 귀를 찢는 폭발음이 나고, 달리는 마히로 바로 옆에서 파이프 의자가 회전하며 휙 날아간다. 마히로는 돌아보지 않고 거실을 가로질러 달려갔다. 간타로가 바닥을 울리며 그 뒤를 쫓는다. 현관문에 몸이 부딪히는 소리. 양말 신은 발로 외부 복도를 달려가는 소리. 짧은 목소리. 마히로의 목소리. 그리고—

쿵 소리가 들렸다. 충격음이었다. 아령을 힘껏 콘크리트에 내동댕이친 것 같은 소리가 멀리서 들려왔다. 앞쪽이나 뒤쪽이 아닌 아래쪽이었다.

"이 자식……!"

다케자와는 달리고 있었다. 다른 얼굴들이 바로 뒤를 따라오고 있는 것이 느껴졌다. 다케자와는 거실을 지나 짧은 복도를 빠져나와 현관문을 열고 나왔다. 거기에는 간타로가 서 있었다. 외부 복도 가장자리에서 망연히, 움직임도 없이.

간타로의 얼굴은 밑을 향해 있었다. 아무 표정도 없이 뭔가를 보고 있었다. 다케자와는 부딪칠 듯이 난간에 다가가서 간타로의 시선을 좇는다.

처음에는 빨간색이 눈에 들어왔다. 빨간색의 면적이 점점 넓어졌다. 이어서 다케자와의 눈은 회색을 인식했다. 작업복 색깔이다. 그리고 피부색. 펼쳐진 머리카락의 갈색. 현금이 든 종이봉투의 흰색—그

곳은 바로 옆 건물인 2층 빌딩의 옥상이었다. 딱딱한 콘크리트 바닥 옥상이었다.

"내가 그런 게 아니야……"

꿈이라도 꾸고 있는 듯한 담담한 목소리였다.

"내가 그런 게 아니라…… 저애가…… 도망치려고 하다가…… 스스로……"

"무슨 짓을 한 거야, 이 바보야!"

다케자와는 소리를 치고는 바로 다시 달렸다. 맹렬한 기세로 비상 계단을 내려가고, 내려가고, 내려가고, 내려가고 내려가서 2층의 외부 복도로 달려나간다. 바로 옆이 2층 빌딩 옥상이었다. 외부 복도의 난간에서 그곳까지는 이 미터 정도 떨어져 있지만 다케자와는 주저 없이 난간을 디디고 뛰어내렸다. 차가운 콘크리트 모서리에 쿵 하고 배가 부딪친다. 신음하면서 몸을 일으켜 옥상으로 뛰어올랐다.

"이봐!"

말을 걸었지만 움직이지 않는다. 반응이 전혀 없다. 돈다발이 든 봉투를 소중히 가슴에 품고 있었다.

다케자와는 무릎을 꿇고 여자의 어깨를 건드렸다. 그래도 반응은 없었다. 입을 반쯤 벌리고 있다. 살며시 열린 눈꺼풀 틈으로 흰자위가 보인다. 탁탁탁, 등뒤의 외부 복도로 많은 발소리가 도착했다. 가장 먼저 이쪽으로 건너뛴 사람은 데쓰였다.

"빨리 구급차를!"

데쓰에게 지시하고 다케자와는 쓰러져 있는 몸뚱이를 살며시 안아 올린다. 뒤로 젖혀지는 얼굴을 오른팔로 받치니 작업복이 새빨갛게 물들었다. 맨션의 외부 복도를 돌아본다. 간타로가 비상계단 쪽으로 도망갔다. 필사적으로 계단을 내려가 다케자와의 시야에서 사라졌다.

"이봐, 그……"

노가미가 뭐라고 말을 건다. 다케자와는 현금이 든 종이봉투를 집어 옥상 가장자리로 난폭하게 던졌다.

"이런 돈 따위는 필요 없어! 대신 당신들, 오늘 일은 잊는 거야. 빨리 사무실로 돌아가. 당신들도 곤란하겠지, 사람 한 명이……"

말을 삼키고 다케자와는 입속으로 욕을 웅얼거렸다.

"구급차를 불렀어요! 곧 온답니다! 머리를 움직이지 않게 하고 건물 아래로……"

다케자와는 데쓰와 둘이서 움직이지 않는 몸뚱이를 조심해서 옮겼다. 펜트하우스를 통해 건물 안으로 들어가 어두운 계단을 내려간다. '머리를 움직이지 않게' 주의하라던 데쓰의 말을 잊은 건 아니지만 다케자와의 다리가 무의식적으로 빨리 움직여서 그녀의 머리가 흔들렸다.

＊　　　＊　　　＊

흔들림을 참다못한 야히로가 결국 소리를 질렀다.

"다케 씨…… 다케 씨. 좀 부드럽게 다뤄줘."

"죽은 자는 말이 없는 거야. 조금만 더 참아."

"이러다 목 비틀어지겠어. 그냥 내려줘. 걸어갈 테니까. 보는 사람도 없잖아."

"그건 그래."

다케자와가 갑자기 걸음을 멈추자 앞에 가던 데쓰가 괴상한 소리를 지르며 푹 고꾸라진다. 바지 뒷주머니에서 조금 전까지 썼던 중계기 탐지기가 빠져 바닥으로 떨어졌다. 그 충격으로 내부의 트랜지스터 라디오가 어느 채널의 주파수로 맞춰졌는지, 호리우치 다카오의 〈아름다운 날들〉이 스피커에서 흘러나왔다. 기계를 주우려는 데쓰를 다케자와가 막는다.

"됐어, 줍지 마. 이제 쓸 일도 없으니까."

"그럼 그냥 버리죠."

"이것도 버려도 돼? 무거워."

야히로는 작업복 안에 넣어두었던 5킬로그램짜리 아령을 바닥에 던졌다.

호리우치 다카오의 노래를 등지고, 세 사람은 척척 계단을 내려간다. 걸음을 옮기며 야히로는 다케자와에게 물었다.

"전부 순조롭게 됐어? 작전대로?"

"아니, 위험했어."

"응? 누가 실수라도 했어?"

"간타로 그 바보가 엄청난 실수를 저질렀어. 그 녀석이 서는 위치를 틀렸어."

"서는 위치?"

잠시 생각한 야히로는 간타로가 무슨 실수를 했는지 짐작했다.

"혹시 간짱, 화약을 설치한 장소를 등지고 공기총을 겨눴어?"

"역시 야히로는 다르네. 그곳에 있지도 않았는데 금방 알아차리고."

데쓰가 감탄한다.

그렇구나. 간타로가 그런 실수를 해 버렸구나.

계획은 이랬다. 우선 도청기를 찾는 척하면서 간타로가 방 여기저기에 화약과 리모컨식 발화장치를 심어놓는다. 발화장치는 간타로의 공기총에 의해 작동된다. 다시 말해 방아쇠를 당기면 설치한 화약이 폭발하는 원리다. 물론 공기총에서도 폭발음이 나도록 손봐두었다. 다케자와와 데쓰의 말을 들어보면 간타로는 화약과 발화장치까지는 순조롭게 설치한 듯하다. 그뒤에 공기총을 뽑는 순간을 착각한 것이다. 원래는 간타로가 공기총을 꺼낼 때, '간타로—적—화약' 순서로 서 있어야 했다. 당연하다. 그렇지 않으면 적을 향해 공기총 방아쇠를 당겼을 때 엉뚱한 쪽에서 화약이 폭발하고 마니까. 그런데 간타로는 '적—간타로—화약' 위치에서 공기총을 뽑고 만 것이다.

흠, 하고 다케자와가 콧김을 날린다.

"데쓰가 능숙하게 노가미 일당을 유도했으니 망정이지, 정말 당치도 않은 실수를 저지를 뻔했어."

"그 녀석, 그때까지만 해도 봐줄 만했는데. 대사나 연기도 꽤 잘했고 말이야. 딱 한 번 고릴라의 질문에 바로 대답하지 못한 것만 빼면. 그렇지만 괜찮아. 결과적으로는 성공했으니까."

그치요? 하며 데쓰는 다케자와를 보고 웃었다. 다케자와도 덩달아 입꼬리를 올렸다.

"그래, 맞아. 이제 마히로와 간타로가 합류해 줄행랑치면 끝이다."

건물 출구는 바로 코앞이다. 그곳에서 야히로 일행은 마히로와 간타로를 만나기로 되어 있다. 이제 도망가는 것만 남았다. 작업복을 벗고 인파에 섞여들면 모두 길을 걷는 평범한 사람에 지나지 않는다.

"마히로도 잘했어?"

"그래, 그 녀석 대단한 애야."

"마무리도 깔끔했고?"

"물론이지. 내막을 아는 우리도 녀석이 진짜로 떨어진 것 같은 기분이 들었다니까."

사정은 이랬다. 작전 종반, 사무소 안에서 현금이 든 봉투를 가지고 내달린 마히로는 1001호 현관을 뛰어나가 재빨리 옆집으로 들어갔다. 옆집 문은 "계량기를 보고 올게요"라며 사무실을 빠져나간 데쓰가 이미 열어놓았다. 이번 작전은 1002호에 사는 사람이 집을 비워야만 실행할 수 있는 것이다.

다른 사람들이 한 걸음 늦게 외부 복도에 나왔을 때는 간타로가 "저 애가 도망치려고 하다가……"라는 말을 하면서 멍하니 옆 건물 옥상을 내려다보고 있어야 한다. 그곳에는 야히로가 빨간 잉크를 흠뻑 뒤집어쓰고 똑같은 봉투를 안은 채 눈을 뒤집고 누워 있다. 떨어지는 소리는 물론 아령으로 콘크리트를 힘껏 내리친 것이다. 한편 진짜 봉투를 가진 마히로는 뛰어들어간 1002호에서 가짜 루이비통 백에 돈을 집어넣는다. 작업복 안에는 잘나가는 젊은 언니처럼 보이는 옷을 입고 있다. 변신한 마히로는 다른 사람들이 2층 외부 복도에 모여 웅성웅성하는 틈을 타 유유히 에스컬레이터를 타고 내려간다. 간타로가 공기총과 화약으로 적을 제압한 이유는 만약 놈들 중 누군가가 봉투를 든 마히로를 쫓아 바로 문밖으로 달려나오면 옆집으로 뛰어드는 마히로를 볼 염려가 있기 때문이다. 그렇게 되면 속임수가 들통 나서 다 된 밥에 코를 빠뜨리는 격이 되고 만다. 간타로의 발포는 적의 움직임을 둔화시키고 혼란을 주기 위한 것이었다. 총을 두 자루 준비한 것은, 단순히 그렇게 하면 더 완벽히 속일 수 있지 않을까 하는 추측에서 비롯된 다케자와의 아이디어였다.

야히로는 다케자와, 데쓰, 간타로, 마히로가 1001호에서 작전을 수행하는 내내 902호에 대기하면서 수신기의 스피커에 귀를 기울이고 있었다. 1001호의 진행 상황을 확인하면서 옆 건물의 옥상에 드러누울 적당한 시간을 계산하고 있었던 것이다. 너무 빨리 시뻘건 잉크를 뒤집어쓰고 누워 있으면 다른 주민이 발견하고 구급차를 부를 가능성이 있다. 따져보면 가장 편한 임무이기는 하지만, 머리에 흠뻑 묻은 잉크를 깨끗이 지우기는 쉽지 않으리라.

계단을 내려간 야히로 일행은 현관 로비에 도착했다.

"언니, 새빨갛네."

마히로가 서 있었다. 가슴 부근이 깊게 파인 니트, 초미니스커트, 번쩍번쩍하는 굵은 벨트, 가짜이긴 하지만 루이비통 백—완벽하게 어울린다. 이애, 진짜로 가게에서 일하면 인기 호스티스가 될지도 몰라, 하고 야히로는 생각했다.

마히로 옆에는 간타로도 있었다.

"여러분 모두 수고가 많았습니다."

"으앙, 간짱, 이거 봐, 완전 빨갛지."

야히로가 간타로 앞에서 한 바퀴 돌려는데 다케자와가 따끔하게 말했다.

"수고가 많았다니. 그런 말할 처지가 아닐 텐데. 간타로! 너, 네가 저지른 실수를 알고나 있나?"

"네? 실수라니요?"

"공기총을 쏘는 타이밍 말이야. 화약을 설치해놓은 소파와 파이프 의자를 등지고 서면 어쩌자는 거야."

"아, 그건 저도 이상했습니다. 이때 공기총을 쏴도 되는 건가 싶기는 했지만 다케 씨가 신호를 보내셔서."

"내가?"

되묻던 다케자와는 한순간, 아 하는 표정을 지었다. 이내 표정을 지우고는 모두를 재촉한다.

"뭐 어쩌겠어. 그 일은 나중에 얘기하고, 아무튼 빨리 여길 뜨자!"

아항, 야히로는 눈치챘다. 아마도 간타로의 실수는 다케자와 탓이었던 모양이다. 간타로가 공기총을 뽑는 신호는 미리 정해두었다. 다케자와가 한 손으로 뒤통수를 쓰다듬으면 총을 꺼내기로 한 것이다. 다케자와와 데쓰가 둘이서 작업할 때 자주 사용하던 신호라고 한다. 사무소에서 무의식적으로 신호를 보내버린 게 다케자와는 이제야 떠오른 모양이다.

"자, 갑시다."

간타로가 얼굴 가득 미소를 지었다. 야히로가 902호에서 배웅할 때 바짝 긴장하고 있던 표정과는 하늘과 땅 차이였다.

"간짱, 이제 긴장 풀렸구나. 잘됐다."

"네? 전 긴장한 적 없는데요."

"몸이 딱딱하게 굳었던데, 무슨 소리."

건물 출구로 걸어가며 데쓰가 말했다.

"땀이 빠질빠질 흐르고 얼굴도 멍하고 — 며칠 전부터 나와 다케 씨가 걱정했어. 저렇게 긴장하는데 잘할 수 있을까 하고."

"아, 긴장해서 그런 게 아닙니다. 화약이 무서웠을 뿐입니다."

"화약?"

"제가 전에 말씀드리지 않았습니까? 어릴 적에 애들이 폭죽을 던지며 괴롭혔던 기억 때문에 불꽃놀이도 못 보러 간다고 말입니다. 정말 두렵습니다, 화약이. 그래서 이번 작전을 들었을 때 왜 끼겠다고 했는지 계속 후회했습니다."

그래서 간타로는 계속 안절부절못했던 건가.

"하지만 잘됐습니다. 마치고 보니 별로 대단한 것도 아니네요, 화약 말입니다. 야히로 씨, 여름이 되면 불꽃놀이 보러 갑시다."

데쓰가 간타로의 엉덩이를 퍽 때렸다.

"그렇게 중요한 일이면 말하지 그랬어. 다른 방법을 생각하면 되잖아. 그럼 굳이 싫어하는 화약을 쓰지 않아도 됐을 텐데."

"두려움을 극복하고 싶었습니다. 담력이 생기면 임포텐츠도 고칠 수 있지 않을까 생각했습니다."

"그게 관계가 있나?"

"글쎄요."

하하하, 입을 열고 웃었을 때—

퍽 하고 데쓰는 뭔가에 부딪쳤다. 누군가의 몸이었다. 데쓰를 선두로 다섯 명이 현관 로비를 빠져나오려는데 밖에 있던 사람이 갑자기 몸으로 막아선 것이다.

"아, 죄송합니다. 좀 서둘다가."

데쓰가 코를 문지르며 사과했지만 상대는 대꾸가 없었다. 야히로는 그 얼굴을 쳐다보았다. 이 건물에 사는 사람일까. 키가 크고 표정이 없는……

아악, 하는 소리가 났다. 그와 동시에 둔탁한 소리가 울리며 데쓰의 몸이 비틀리는 것처럼 꼬여 뒤로 나자빠졌다. 현관 로비 바닥에 얼굴이 부딪히고 한 박자 늦게 팔다리가 바닥에 떨어진다. 어, 하고 생각한 순간에는 이미 데쓰의 코에서 엄청난 피가 흘러내리고 있었다. 윗입술을 흘러 턱을 타고 뚝뚝 떨어진 새빨간 피가 바닥 타일을 적셨다.

"지켜보는 재미가 쏠쏠했어."

자신의 주먹을 찬찬히 내려다보면서 남자는 낮은 목소리로 말했다. 시옷 소리가 특히 귀에 들어왔다.

"모두 수고들 했어."

또다른 목소리였다. 남자 뒤에 다른 한 명이 더 있었다. 오징어 같은 눈을 한 작은 몸집의 남자.

정리업자는 옆에 서 있는 남자의 얼굴을 보며 물었다.

"히구치 씨, 이 녀석들을 어떻게 할까요?"

(8)

설마 또 한 번 이 방에 오게 될 줄은 생각도 못했다. 그것도 도청 버스터즈의 다테야마 후토시가 아닌 다케자와 다케오로.

다케자와는 네 명의 동료와 함께 맨바닥에 앉아 히구치, 정리업자, 노가미, 늙은 누에콩, 마른 삼백안, 표정 없는 뚱보에게 둘러싸여 계속 힘없이 고개를 떨어뜨리고 있었다.

아까부터 머릿속에서 열심히 커다란 의문 두 가지와 씨름하고 있었다. 하나는 어떻게 우리 계획을 간파했나 하는 것이었다. 문제없이 진행됐는데. 잘 속여넘겼는데.

이 의문은 다케자와를 바로 앞에서 내려다보던 히구치가 친히 가르쳐주었다. 알고 보니, 다케자와 일행의 계획은 실행에 옮기기도 전에 이미 들통 나 있었다.

"이 사람들은 모두 네가 올 걸 알고 있었어. 네가 오길 기다리고 있었지. 내가 인상을 일러주고, 혹시 이렇게 생긴 사람이 오거든 무슨 일을 어떻게 꾸밀지는 몰라도 속아넘어가는 척하라고 지시해놓았지."

최악이다—다케자와는 가슴속으로 공허하게 중얼거렸다. 사기꾼으로서는 최악의 실패다.

"우리 애들도 연기 좀 하지? 네놈들에게 지지 않을 정도로."

데쓰가 지은 앨버트로스 작전이라는 이름은 분명히 맞아떨어졌다. 바보 새는 우리였다.

"잘 들어, 다케자와."

얇은 입술에 비웃음을 띠면서 히구치는 큰 키를 굽혀 다케자와의 얼굴을 들여다본다.

"너무 술술 잘 풀린다는 생각은 안 했나?"

사실 그렇기는 했다. 미처 의심할 생각을 못 했을 뿐이다. 하지만 인생에서 맛보는 실패는 대부분 이 작은 의문을 놓치는 것에서 비롯된다.

"한 대에 천 엔짜리 선불폰을 샀다는 이야기를 노가미에게 듣고 이상하다 싶었지. 아무리 재고라도 그건 너무 헐값이잖아."

히구치는 작은 의문을 놓치지 않았던 것이다.

"나중에 몇 초 생각했더니 곧 감이 왔어. 혹시 도청이 목적이 아닐까. 시험 삼아 한 대를 사무소에서 가져와 분해해보니, 아니나 다를까 ㉯No.007이라고 쓰인 검은 기계가 나왔어. 어느 업자에게 부탁했는지 모르지만 너무 들키기 쉬운 도청기였어."

완전히 우릴 가지고 놀았다.

분해한 전화기 안에서 도청기를 발견한 히구치는 도대체 누가 이런 짓을 했는지 짚어본 것 같다. 아니, 굳이 그럴 필요도 없이 답은 대번에 나왔다고 한다.

"가장 먼저 떠오른 게 다케자와 네 이름이었다."

히구치는 낮게 웃으며 특유의 시옷 발음이 거슬리는 말투로 말을 이었다.

"괴롭힘에 대한 앙갚음. 고양이를 죽인 복수―그런 건가?"

알기 쉽게 말하자면 확실히 그렇다. 하지만 다케자와는 오기로라도 수긍하고 싶지 않았다. 이 남자 입에서 나온 말에는 절대로 동의하고 싶지 않다. 네가 뭘 알겠나. 약한 자들을 짓밟으며 사는 네가. 그런 마음이 다케자와 속에서 차올랐다. 그러나 그런 감정은 가슴속에서만 끓어올랐을 뿐 입으로는 아무 말도 나오지 않았다. 당연하다. 다케자와도 목숨은 아깝다. 잠자코 있다고 목숨을 보장받는 것도 아니지만.

"우리 사무실을 도청하려는 걸 보니 무슨 일을 꾸미고 있구나 싶었지. 당연하잖아. 우리 얘기를 엿듣기만 해서는 의미가 없으니까. 그렇다면 도대체 무슨 일을 어떻게, 언제 벌일 작정일까. 나는 생각해봤어. 아주 잠깐 말이야. 우선 네가 노릴 게 돈 말고는 없더군. 설마 우리를 상대로 폭력으로 저항하지는 않을 테고. 네가 실행에 옮길 시점은 이 사무소에 현금이 많이 있고, 네 얼굴을 아는 인간이 자리를 비울 때라고 보면 틀림없지. 구체적으로는 오늘 저녁 말이야."

히구치의 말은 구구절절 사실과 딱 맞아떨어졌다.

"우리가 터놓은 은행 계좌를 나열한 메모와 편지가 배달되었을 때, 틀림없이 네 계획의 일부일 거라고 생각했다. 하지만 세상에는 우연이라는 것도 있어. 만약 편지가 진짜일 때를 대비해 계좌의 돈을 모두 사무소에 가져다놓았지. 묶이면 곤란하니까."

다케자와는 이해가 되지 않았다. 편지를 보낸 사람이 다케자와일 것이라고 생각했으면서, 왜 히구치는 굳이 이 사무소에 현금을 보관했을까. 선불폰을 이 주소로 보냈으니 다케자와가 이곳을 알고 있다는 건 히구치도 당연히 알았으리라. 게다가 히구치는 다케자와가 현금을 노리고 있다는 것도 예상하고 있었다. 그렇다면 현금은 다른 곳에 가져다두는 것이 안전할 텐데. 다케자와가 모르는 장소에.

이런 의문이 얼굴에 나타났는지, 히구치가 설명했다.

"난 네놈들이 무슨 짓을 하는지 지켜보기로 했어. 즐기면서 말이야."

그 이야기를 듣자 몸에서 순식간에 힘이 빠져나갔다. 어깨에서, 배에서, 심장에서.

"그래서 나는 현금을 일부러 네놈들이 바라는 대로 여기에 보관했다. 부하 놈들에게, 만약 네가 오면 속아넘어간 척하라고 이르고, 난 그 모습을 느긋하게 감상했지."

"감상이라고……?"

무심코 고개를 들었다. 히구치는 처음부터 끝까지 어디선가 보고 있었던 것일까—사실 그렇지는 않았다. 아니, 반은 맞았다고 할 수 있지만.

"전부 들었어. 맨션 옆에 주차해놓은 차 안에서. 네놈들과 동일한 수법으로."

히구치는 윗도리 안주머니에서 직사각형 모양의 기계를 꺼냈다. 902호에 있는 수신기와 똑같은 모양이었다.

"네놈들이 장치한 도청기가 FM 트랜스미터 타입이기 때문이다. 수신기를 구해서 주파수를 맞추기만 하면 누구든지 네놈들처럼 사무소에서 나는 소리를 들을 수 있지. 이건 꽤 재미있었어. 예전에 라디오 첩보 드라마를 열심히 들었던 기억도 나고."

히구치는 정말로 즐거웠던 것 같다.

"네놈들이 사무소로 들어왔을 때는 차 안에서 나도 모르게 무릎을 쳤지 뭐야. 지난 칠 년간 사기꾼으로 한 우물만 판 보람이 있더군, 다케자와. 그나저나 도……"

갑자기 말이 끊겼다. 아마도 터져나오는 웃음에 말이 끊긴 것 같다. 잠시 바닥을 보며 온몸을 부르르 떨던 히구치는 겨우 고개를 들고 괴로운 듯이 말을 이었다.

"도청 버스터즈라니."

굴욕감으로 작업복 깃 부분이 뜨거워졌다.

"내참, 어이가 없어서. 자기가 장치한 도청기를 다시 한번 이용하다니. 정말 대단한 작전이군그래. 이건 천재 아니면 바보가 분명해."

정답은 후자였다.

"그렇지만 다케자와. 차 안에서 사무소의 상황을 들으면서 처음에는 혹시 진짜 업자들이 온 건 아닐까 싶었다. 이 계통에는 실제로 그런 일을 하는 업자들이 있으니까."

"계속 업자로 알고 있었으면 좋았을 텐데."

가늘게 중얼거린 사람은 마히로였다. 히구치는 마히로의 얼굴을 흘끗 보고 다시 말을 이었다.

"너희 대장이 스스로 분 거야. 날 원망하지 말라고."

"내가…… 불었다고?"

히구치는 뒤쪽으로 시선을 던지며, 테이블 위에 내던져져 있는 선불폰 다섯 대를 가리켰다.

"도청 검사기가 전화기에서 반응했을 때, 너는 '선불폰'이라는 말을 씼어."

―죄송하지만 이 선불폰은 언제, 어떤 절차를 통해 구입하셨습니까?

　확실히 그렇게 물었다.

　"처음 본 전화기가 선불폰인지 어떻게 알 수 있지?"

　히구치 말이 맞다. 완전히 자신의 실수다.

　"그 말을 듣고 난 확신했지. 역시 네놈이구나 하고. 그때부터는 시트에 누워 느긋하게 감상했어. 박력 넘치는 연기였어. 중계기가 있네, 그걸 발견하는 탐지기가 있네 하면서 금고를 열게 하고, 마무리는 느닷없는 발포라. 네놈들이 진짜 권총 따위 가지고 있을 리 없으니까 모형 총과 화약으로 뭔가 수를 썼구나 생각했지만."

　그렇지만 상황을 매끄럽게 끌고 나가지는 못했다.

　"금고 안의 현금을 봉투에 집어넣게 만들고 모형 총을 꺼낸다. 이야, 여기서부터 어떻게 될지 기대되더군. 나도 모르게 폭 빠져서 수신기를 움켜쥐었다니까."

　히구치는 그 모습을 일부러 재연해 보였다. 그러고는 위를 쳐다보면서 말한다.

　"그때 말이야. 창밖을 보았더니, 작업복을 입은 젊은 언니가 종이봉투를 가지고 2층 외부 복도에 서 있지 뭐야. 무슨 짓을 하려나 궁금했는데 갑자기 난간을 넘어 옆 건물 옥상으로 건너뛰는 거야. 그걸 보니 그림이 잡히더군. 네놈들이 어떻게 돈을 가지고 튈지 말이야."

　"……들켰군."

　야히로가 무기력하게 숨을 토한다.

　"쇼에서 제일 중요한 대단원을 놓치면 안 되겠다 싶어 차에서 내려 10층 외부 복도가 보이는 곳까지 갔지. 예상대로 옆 건물로 건너뛴 사람이랑 비슷해 보이는 아가씨가 봉투를 안고 사무실을 달려나와서 재빨리 옆집으로 들어가더군."

히구치는 입꼬리를 올리면서 다시 다케자와를 바라본다.

"사람과 봉투를 동시에 바꿔치기한 건 꽤 좋은 아이디어였어. 내 취향에 딱 맞는 블록버스터야."

하지만 관객에게 반전을 들키면 끝이다.

"아마 옆 건물의 옥상에 있는 봉투에는 신문지 같은 것을 잘라 담았겠지. 아니면 솜이라도 들어 있나?"

어느 쪽도 아니었지만 다케자와는 아무 말도 하지 않았다.

흥 하고 비웃으며 히구치가 천천히 담배를 물었다. 즉시 정리업자가 라이터로 불을 붙인다.

키 큰 남자의 얇은 입술에서 천천히 피어오르는 연기를, 다케자와는 바닥에서 책상다리를 한 채 가만히 올려다보았다—두 가지 의문 중 하나가 해결되었다. 물론 그렇다고 상황이 변하는 것은 아니지만 아무튼 왜 계획이 실패했는지는 잘 알았다.

남은 의문은 이제 하나다. 처음 것보다 훨씬 단순하고 아주 소박한 의문이었다.

"그런데, 한 가지…… 알고 싶은 게 있는데."

다케자와는 상대에게 직접 물어보기로 했다.

"뭔데?"

눈을 가늘게 뜨고 히구치는 다케자와를 내려다본다.

"당신 도대체 누구야?"

데쓰, 간타로, 마히로, 야히로의 시선이 일제히 다케자와 쪽으로 쏠렸다. 모두 '뭐?'라는 얼굴이다. 다케자와는 다시 한번 물어보았다.

"당신 도대체 누구냐고."

아무래도 히구치는 그 질문을 예상했던 것 같다. 아니면 언제 물을지 기다리고 있었는지도 모른다. 입가에서 가늘게 새어나온 웃음에서 그런 느낌을 받았다.

눈앞에 있는 사람은 확실히 히구치이긴 했다. 그의 입에서 나오는 목소리는 예전부터 수신기를 통해 들었던 히구치의 것이 틀림없었다. 하지만 다케자와가 아는 히구치는 아니다. 어디가 다른지 묻는다면, 답은 아주 단순하다. 얼굴이 다르다. 그리고 훨씬 젊다. 아직 청년이라 불러도 될 나이일 것이다. 확실히 체격이나 말투는 비슷하다. 그러나 그는 칠 년 전 날마다 얼굴을 마주하고 다케자와를 불법의 세계로 몰아넣었던, 딸을 가지고 협박하던, 텔레비전 화면 저편에서 기분 나쁘게 무슨 말인가를 속삭이던 히구치는 아니었다. 완전히 다른 사람이다. 이 녀석은 누구지? 왜 똑같은 히구치지?

단순하고 소박한 질문에는 대부분 단순하고 소박한 답이 준비되어 있기 마련이다. 히구치는 대답했다. 다케자와는 맥이 풀릴 정도로 간단하게 이해하고 말았다.

"네게 원한을 품은 남자는―우리 형님이다."

"형……"

"나이 차이는 좀 나. 배다른 형제거든."

울컥 화가 솟구쳤다. 눈앞의 상대가 아니라 자신에게 화가 났다.

작정하고 속이려 드는 상대에게 당한 거라면 차라리 낫다. 하지만 혼자서 속아넘어갔다는 게 신물이 나고 허탈했다. 902호에서 수신기로 들은 히구치 특유의 목소리와 말투만 듣고서 다케자와는 그의 존재를 의심조차 하지 않았다. 설마 그 사람이―

"동생이었나……"

목소리에서도 힘이 빠지고 말았다.

"왜 동생인 당신이 내 일에 끼어든 거지?"

히구치는 아주 미세하게 눈썹 끝을 올리며 답한다.

"형님이 세상을 뜨고 말았으니 어쩔 수 없잖아."

"죽었다고?"

"네가 고발하는 바람에 형무소에 들어가서…… 형님은 결국 꼬박 육 년을 살았어. 사채 말고 이것저것 걸린 게 많았으니까. 절도, 상해, 공갈에 마약—아무튼 조사해보니 까도 까도 계속 나온 모양이야. 겨우 형기를 마쳤다 싶었는데 웬 중년 남자가 배를 쑤셨어."

"살해당했나?"

히구치는 고개를 끄덕였다.

"찌른 남자는 사채 때문에 형을 원망한 것 같아. 다행히 현행범으로 체포되었지. 맞아, 대충 너 같은 녀석이었어. 형을 칼로 찌른 남자 말야. 조직의 돈을 빌리고 제 인생이 꼬여버린, 국가대표급 바보. 그 바보는 형을 원망하며 형무소에서 나오길 육 년 동안 기다렸다더군. 대단한 근성이야."

목구멍 근처로 치밀어오르는 감정을 다케자와는 억지로 눌렀다.

"다케자와, 넌 신문도 안 보나? 형이 당했다는 기사가 떡하니 실렸는데."

칠 년 전부터 다케자와는 신문과 뉴스는 거의 보지 않았다. 세상이 어떻게 돌아가든 자신과는 상관없다고 생각했으니까.

히구치는 벌써 일 년 전에 죽었나.

"그런데…… 동생인 네게 유언이라도 남긴 건가? 조직을 쓸어버리고 자신을 감옥에 보낸 나에게 복수하라고?"

"우리 형은 너무 외골수였어."

히구치는 반쯤 웃는 표정으로 대답한다.

"예전부터 그랬지. 적당한 때 멈추는 법을 몰라. 원한이 있으면 어떻게 해서라도 갚아야 직성이 풀렸지. 칼 맞아서 곧 죽게 생긴 마당에 사람을 불러 이것저것 지시하지 않으면 눈도 못 감는 사람이야."

어느 날 밤에 들었던 히구치의 목소리가 떠올랐다.

─조직의 확대와 다케자와 건은 유언이나 마찬가지니까. 허술히 처리해서는 안 돼.

그것은 히구치의 유언이었나.

"사실은 하고 싶지 않았어. 이런 뒤처리는."

히구치는 고단한 듯이 목을 돌린다.

"사채는 최근 단속이 심해져서 수입도 예전 같지 않고, 너를 찾아내 복수하는 건 귀찮기만 하지 손에 떨어지는 게 아무것도 없잖아. 형도 참 성가신 유언을 남겼지. 이건 그냥 재미 삼아 한다는 생각 없이는 절대로 못하는 일이야."

"재미……였다는 건가."

"당연하지. 놀이야, 놀이. 전부 재미로 하는 거지. 설마 우리가 진심으로 네 목숨을 노렸다고 생각하고 있었나?"

다케자와가 잠자코 있으니 히구치는 더욱 기가 차다는 듯이 양손을 벌렸다.

"불이 났을 때를 생각해봐. 처음 아파트는 일부러 집을 비웠을 때 화재를 냈잖아? 두번째는 될 수 있는 대로 불이 번지기 어려운 넓은 장소를 골랐고. 정말로 죽일 생각이었다면 그렇게 사정을 봐줄 필요가 있나."

확실히 그렇긴 하다. 그 점은 언젠가 데쓰도 지적한 적이 있다. 만약 히구치가 다케자와를 죽이려고 생각했다면 언제든지 실행에 옮길수 있었을 것이다. 지금 다시 짚어보니 노가미와 정리업자가 골프채를 가지고 집에 온 것도 다케자와 일행이 떠날 시간을 충분히 주고 나서였다. 그것도 일종의 놀이였으리라. 어딘가에서 다케자와 일행이보고 있다고 가정하고—또는 나중에 돌아와서 이 난장판이 된 집을보고 겁먹을 것을 상상하고 벌인 짓이다. 그렇다면 대체……

"벼슬이는 왜 죽였어?"

그 물음은 다케자와가 아닌 마히로의 입에서 나왔다.

"벼슬이?"

히구치가 눈썹을 모은다.

"고양이 말이야…… 당신들이 죽인 우리 새끼 고양이."

데쓰가 낮은 목소리로 말했다.

"아아…… 그 고양이."

히구치는 킁킁 콧소리를 내며 시선을 조금 돌렸다. 뾰족한 목울대를 꿀꺽 움직이고 그대로 몇 초 생각하는 것처럼 사이를 두고 이야기를 계속했다.

"그건 어쩌다가 벌어진 일이야."

"어쩌다가? 당신 정말……"

데쓰가 벌떡 일어나 무슨 말을 하려고 했지만, 동시에 히구치가 엄청난 기세로 돌아보았다.

"어디서 끼어들어!"

방 안이 쩌렁쩌렁 울리는 무서운 으름장이었다. 그리고 지금까지

겪어본 적 없는 완벽한 침묵이 흘렀다.

"……조금쯤은 네가 처한 상황을 염두에 두고 행동해."

히구치가 낮은 목소리로 침묵을 깼다.

"네놈들은 내 돈을 훔치려고 했다. 그렇지만 어설픈 꼼수를 쓰다가 들켜 지금 우리 사무소에 잡혀 있는 거야. 그런데도 귀찮아서 이제 슬슬 풀어줄까 하는 참이다. 그런데 어디서 감히 그런 소리를 내뱉어?"

응? 하고 다케자와는 생각했다. 아마 다른 네 사람도 같은 생각이었을 것이다.

"눈감아주는 건가?"

솔직한 의문이 입에서 나왔다.

히구치는 다케자와를 향해 돌아서서 한쪽 입꼬리만 살짝 치켜올렸다.

"말했잖아, 재미 삼아 그런 거라고. 네놈들이 날 웃겨줬으니 이쯤에서 봐주마. 형제간의 약속도 지킨 셈이고. 이 이상은 뭘 해도 성가시기만 할 뿐이다."

그런…… 건가.

진이 다 빠진 몸으로 다케자와는 멍하니 히구치를 올려다보았다. 설마 이대로 풀어주리라고는 생각도 못 했다.

"노가미, 돈을 확인해봐."

히구치는 바닥에 굴러다니던 마히로의 가방을 턱으로 가리킨다. 노가미가 가방을 주워 안의 현금을 확인한다.

"이상 없습니다."

노가미가 히구치에게 가방을 건넸다.

"우리도 그렇게 시간이 남아돌지 않아. 다케자와, 네놈들 다 이제 됐으니 가봐."

말을 마친 히구치는 현금이 든 가방을 한 손에 들고 금고가 있는 방 쪽으로 걸어갔다. 다른 일당은 히구치에게 길을 열어주면서 석연치 않은 표정으로 서로의 얼굴을 살핀다. 아무래도 그들은 지금부터 다케자와 일행의 혼쭐을 쏙 빼줄 심산이었던 듯하다.

"다케 씨."

데쓰가 눈짓으로 재촉했다. 다케자와는 작게 고개를 끄덕이고 일어섰다. 다른 세 사람도 조용히 무릎을 세워 일어났다. 작전은 완전히 실패. 아무것도 손에 넣지 못하고, 아무것도 해결하지 못한 채 종료. 하지만 다케자와는 여기서 얌전히 물러나지 않을 정도로 바보는 아니었다.

"그럼 ……저희는 이만 가보겠습니다."

데쓰가 상황과 맞지 않는 묘한 인사를 하고 머리를 숙인다. 주춤주춤 현관으로 향한다. 나머지 네 사람도 그뒤를 따랐다. 발소리를 죽이고 살살 거실을 빠져나온다.

―그런데.

인생에서 발생하는 문제에 대해서, 다케자와는 지난 사십육 년에 걸쳐 배운 한 가지 교훈이 있다. 함정은 가장 마지막 순간에 입을 벌리고 있다. 이번에도 물론 그 교훈을 잊은 건 아니다. 평소처럼 머릿속에 단단히 새겨두고 있었고, 극한까지 차오른 긴장감 속에서 어느 정도 그 말을 의식하고 있었다.

하지만 실제 인생에서 교훈이 현실적인 도움을 주는 경우는 거의 없다. 그것이 교훈이 교훈에 그치는 이유다.

"다케자와, 너 예전에 형님 밑에서 일했지."

히구치가 돌아보았다. 히구치의 목소리는 별로 크지 않았지만, 원자폭탄의 버튼을 누르는 소리 역시 분명히 별로 크지는 않을 것이다.

"만약 일자리가 궁하면 내 밑에서 일해도 돼. 너 꽤 유능한 싹쓸이였다고 하던데."

"아니, 나는……"

"칠 년 전에 네가 여자를 자살하게 만들었을 때는 우리 형님도 식은 땀을 흘렸다더군. 그렇게까지 몰아붙인 녀석은 지금껏 없었다고. 일자리를 원하면 언제든지 마련해주지."

입을 다물고 소리 없는 웃음을 남긴 채 히구치는 방으로 사라졌다.

아무 말도 하지 않고, 다케자와는 현관을 향해 걸음을 옮겼다.

(9)

완전히 날이 저물었다.

아무도 말이 없었다. 다섯 사람의 발소리만이 인기척 없는 거리에 울리고 있었다.

조금 전에 히구치가 남긴 말을 마히로와 야히로는 어떻게 받아들일까. 두 사람 다 그후로 한마디도 하지 않는다. 그래서 다케자와도 그저 입을 다물고 있을 수밖에 없었다.

두 사람은 그 짧은 말로 눈치챘을까. 엄마를 죽인 사람이 다케자와라고 생각하지는 않는다 하더라도, 적어도 다케자와가 과거에 사채조직에서 일했고, 한 사람을 자살로 몰고 갔다는 사실은 알아버렸다.

다케자와는 두 사람에게 뭔가 말하고 싶었다. 무슨 말이라도 좋으니까. 하지만 마히로와 야히로는 그저 잠자코 걷기만 할 뿐이었다.

머리 위에서는 부연 봄달이 주위의 밤하늘을 하얗게 물들이고 있었다.

달을 쳐다보며, 마히로가 갑자기 발을 멈추었다. 한동안 가만히 달빛을 쬐던 마히로는 이윽고 곁에 선 언니에게 고개를 돌렸다. 동생의 눈을 본 야히로의 입가가 살그머니 올라간다. 그리고 두 사람은 동시에—

다케자와를 돌아보았다.

"우리, 사실은 알고 있었어."

마히로가 먼저 입을 열었다.

"다케 씨가 엄마를 자살하게 만든 사람이란 거."

마히로와 야히로의 얼굴만 남기고 주위의 배경이 사라졌다. 두 사람이 상냥한 미소를 띠고 있었다.

"계속 돈을 보내줬었지. 고맙다는 인사는 못 하겠지만…… 다케 씨의 마음은 우리도 알아."

무슨 말을 하면 좋을지 모르겠다. 그래서 다케자와는 그냥 입술을 딱 붙이고 있었다. 간선도로 쪽에서 희미하게 자동차 엔진 소리가 들려온다.

"……언제?"

다케자와가 겨우 입에 올린 말은 그 짧은 한 마디였다.

"다케 씨랑 데쓰 씨가 하는 이야기를 들었어. 부엌에서 두 사람이 술을 마신 적이 있었지. 그때 나, 다케 씨에게 묻고 싶은 게 있어서 발소리를 죽이고 계단을 내려가고 있었어. 그랬더니 두 사람 목소리가 들렸어."

다케자와는 금방 기억해냈다. 일본주 병을 가운데 두고 데쓰와 둘이 바닥에 앉아 두 자매와의 관계를 밝힌 밤이었다. 그 이야기를 마히로가 듣고 말았구나.

"놀랐겠구나, 내가……"

"그렇게 놀라진 않았어."

마히로는 뜻밖의 말을 했다.

"역시 그랬구나, 했어."

"역시……?"

"아까 다케 씨에게 묻고 싶은 게 있어서 계단을 내려갔다고 했잖아. 그게 그 이야기였어."

언제…… 눈치챘을까. 어떻게 알게 됐을까.

"간타로의 십자말풀이 잡지에 다케 씨가 '찌르레기ㅅ ゲ ドリ'라고 쓴 거, 기억나? 우연히 그 페이지를 보게 되었어. 다른 칸은 모두 간타로의 글씨였는데 그 답만 다른 글씨로 쓰여 있었지. 그런데 항상 돈을 보내는 봉투에 적힌 글씨랑 닮았다는 생각이 들었어. 딱 한 장 남겨둔 봉투가 있어서 비교해보았는데, 역시 비슷했어. 우리가 살던 아파트는 '드림 ドリーム 아다치'라는 이상한 이름이었잖아. 그 세 글자랑 똑같았어. 그래서 간타로에게 물었지. 이 '찌르레기'라는 글자 누가 쓴 거냐고. 그렇지?"

"아, 네."

간타로는 상황을 파악하지 못한 모습이었다.

"다케 씨가 썼다는 말을 듣고, 여러 가지 의문이 한꺼번에 풀렸어. 우에노 공원에서 갈 곳이 없어진 나에게 집으로 오라고 하고, 엄마를 자살로 몰고 간 남자를 만약 어디선가 만나게 된다면 어떻게 하겠냐고 묻고, 언니랑 간타로가 군식구로 붙게 되자 데쓰 씨를 설득해주기도 했잖아."

마히로는 작게 웃었다.

"다케 씨가 과거에 저지른 일을 알고 난 내가 무슨 짓을 저지를지 모르게 됐어. 어쩌면 다케 씨를 죽여버리고 싶어질지도 몰라. 다케 씨가 상냥하게 대하면 이유 없이 소리치고 때리고 그럴지도 몰라. 나는 불안했어. 아무튼 더이상 다케 씨의 얼굴을 보지 않는 편이 좋다고 생각했지. 같이 있지 않는 편이 좋다고. 그래서 집을 나가겠다고 한 거야."

─나 슬슬 여길 나갈까 해.

그러고 보니 마히로는 다케자와가 어두운 부엌에서 데쓰와 술잔을 기울인 다음 날 아침에 갑자기 그런 말을 꺼냈다. 그때는 창밖에 정리업자가 나타나는 바람에 이야기가 흐지부지되었다. 그날 저녁에는 집 뒤편에서 불이 나 상황이 갑자기 바뀌었고, 정신없이 지내다가 오늘에 이르렀다.

"지금까지 나하고 어떤 마음으로 함께 있었던 거지?"

이런 무의미한 질문밖에 할 수 없는 자신에게 염증이 났다. 하지만 마히로는 솔직하게 답해주었다.

"내가 내린 결론을 믿기로 했어. 나 혼자서 골똘히 생각하고, 생각하고, 생각했어…… 마지막엔 이렇게 결론을 내렸지."

마히로는 똑바로 다케자와를 보았다.

"이제 와서 다케 씨를 원망하지 않겠다고. 이게 결론이야. 미워할 상대는 다케 씨가 아니야. 다케 씨는 나쁜 사람이 아니야. 못된 짓을 한 건 다케 씨에게 명령해서 추악한 일을 하게 만든 사채업자 일당. 그렇게 생각하기로 했어. 우리 엄마는 예전에 사채업자들에게 시달려 자살을 했다. 다케 씨는 마침 그때, 그 일당 밑에서 일을 한 거다. 이렇게 따로 떼어서 보기로 했어. 그러다보니 점점 진짜로 그렇게 생각되던걸. 그래서 언니에게 말했어. 다케 씨 이야기와 내가 내린 결론

338

을. 언니도 처음엔 깜짝 놀랐지만, 마지막에는 역시 나에게 동의했어. 분명 그게 정답이니까 그랬을 거야."

다케자와는 아무 말도 떠오르지 않았다.

"그런데 그렇게 마음먹으니 갑자기 돈이 거슬리지 뭐야."

"돈이라니……"

"다케 씨가 보내준 돈. 지금까지 쭉 버리려고 해도 좀처럼 버릴 수가 없었어…… 우리에게는 많이 무거운 짐이었어."

옆에서 야히로가 고개를 끄덕인다. 마히로가 이야기를 계속했다.

"돈이 점점 무겁게 느껴졌어. 그 돈은 다케 씨와 엄마의 자살을 연결짓는 물건일 뿐이잖아."

확실히 그럴지도 모른다.

"그래서 이번 작전은 우리 자매에게 일석삼조였어. 사채업자 일당에게는 엄마와 벼슬이의 복수를 할 수 있고, 작전중에 다케 씨의 돈을 전부 처분할 수 있으면 무거운 짐도 내려놓을 수 있지. 환전하는 것처럼 가지고 있던 돈 대신에 쓸 수 있는 다른 돈이 손에 들어올 테고 말이야. 뭐…… 잘되지는 않았지만."

마히로의 표정은 허탈하지 않았다. 깨끗이 털어버리고, 매듭지은 홀가분한 얼굴이었다.

"다케 씨도 우리에게 사실을 숨겼지만 우리도 숨기는 게 있긴 마찬가지였어. 그렇지? 언니."

마히로는 고개를 돌려 언니를 본다. 야히로가 고개를 끄덕이며 말했다.

"다케 씨도 우리를 속이고 우리도 다케 씨를 속였지."

두 사람은 마치 비겼다는 듯이 말했다. 그 말은 다케자와의 마음을 예리하게 파고들었다. 나는 절대로 용서받을 수 없는 인간인데. 내가 과거에 저지른 일은 두 사람의 작은 비밀과 절대로 같이 저울질할 수 없는 무게를 가지고 있는데. 웬일인지 그 순간 다케자와에게는 두 사람의 얼굴이 모두 사요로 보였다. 집에 돌아와 현관문을 열면 쪼르르 달려나와 학교에서 생긴 일과 읽은 책 이야기를 즐겁게 보고하던 사요의 얼굴처럼 보였다.

어두운 배경이 점점 일그러지더니 가로등의 하얀 빛이 눈 안으로 쏟아졌다.

나는 어떻게 하면 좋을까. 뭐라고 답하면 될까. 다케자와는 단지 눈앞에 있는 두 사람의 얼굴을 바라볼 수 밖에 없었다.

"아, 다케 씨."

데쓰가 급하게 말을 걸었다.

"좋은 생각이 났어요. 말해도 괜찮을까요?"

"……뭔데."

"앨버트로스 작전, 마지막 부분만 조금 변경할까요?"

"……변경?"

"꽤 대규모 사기였으니까 마지막에 돈이 손에 들어오지 않으면 역시 이상하지요. 내 생각은 이런데, 어때요?"

다케자와는 데쓰가 무엇을 말하는지 알아차렸다.

그거 말이구나. 그걸 손에 넣자고.

"돈이라……"

시선을 돌려 모두의 얼굴을 훑어본다. 마히로, 야히로, 간타로.

표정을 보니 세 사람도 눈치챈 모양이다. 반대하는 사람은—아무래도 없는 것 같다.

"좀 챙겨볼까."

마히로가 웃는다.

"이렇게 수고했는데."

야히로도 웃는다.

"혹시 제 몫도 있습니까?"

간타로가 두 사람에게 묻자 두 사람이 한 목소리로 답했다.

"물론 머릿수대로 나눠야지."

"갑시다!"

데쓰의 신호로 다섯 명은 동시에 뒤를 돌아 밤거리를 거슬러 올라 갔다. 직사각형 창 불빛이 양옆을 스치고, 여러 개의 발소리가 울려퍼지다가 이윽고 눈앞에 2층 건물이 보였다. 한 덩어리가 되어 건물 현관에 뛰어든 다섯 사람은 곧바로 계단으로 향했다. 앞다투어 올라간다―옥상 문을 열자 그곳에 아직 흰 봉투가 방치되어 있었다. 데쓰가 맨 먼저 그 봉투를 움켜잡더니 기쁜 듯이 소리를 질렀다.

"작전 완료!"

봉투를 벌려 안을 다케자와 일행에게 보여준다. 수북한 만 엔 지폐. 그것은 마히로와 야히로가 보스턴백에 넣어두었던 돈의 나머지였다. 나머지라고는 하지만 적은 양은 아니다. 이번 작전에는 큰 경비가 들지 않았고, 다케자와가 두 사람에게 보낸 돈은 꽤 거액이었기 때문이다.

"그 녀석들 손해봤네요."

데쓰가 눈을 들어 10층 건물의 외부 복도를 본다.

"설마 진짜 돈을 넣었으리라고는 생각도 못 했겠지요."

물론 봉투 안을 모두 현금으로 채울 수는 없었다. 하얀 종이끈으로 묶은 돈다발의 위와 아래 몇 장만 진짜다. 그런 것이 스무 다발 정도. 그 위에 낱장 지폐를 잔뜩 넣어놓았다. 우습게 볼 액수가 아니다. 빼앗을 예정이던 이천만 엔 가까운 돈에는 턱도 없이 모자라지만, 그래도 이백 만 엔은 분명 넘으리라.

마히로가 야히로에게 배턴 터치를 할 때, 만약 적이 옥상에 올라와 봉투 속을 확인할 때를 대비해서 다케자와 일행은 이런 것을 준비해놓았다. 이 의견을 낸 사람은 물론 마히로와 야히로다. 이번 작전으로 자신들의 돈을 모두 써버리기로 결심한 두 사람은 마지막까지 남은 돈을 이렇게 쓰자고 제안했다. 그 의견에는 아무도 반대하지 않았다. 현금을 버리는 것은 아깝지만 봉투가 등장하는 것은 작전의 대단원이다. 어설프게 준비해서 성공을 놓칠 수는 없었다.

"다섯으로 나누면 각자 새 출발을 할 자금은 될 거야. 머릿수대로 나누는 거니까 다케 씨도 받아야 해."

"……나?"

마히로의 말에 다케자와는 멈칫했다.

"받지 않으면 우리가 곤란해."

야히로가 다케자와의 어깨를 탁 친다.

"다섯이서 꾸민 작전이니까."

웃음이 스민 목소리였지만 눈빛은 진지했다. 두 사람이 이 돈에서 자신의 몫을 나눠주겠다는 말의 의미를 다케자와는 생각했다. 생각하고 생각하고 생각했다. 가볍게 내린 결정은 아닐 것이다. 이것은 두 사람이 심사숙고 끝에 내린 결단일 것이다.

"……알았어."

다케자와의 대답이 끝나기 무섭게 데쓰가 작은 소리로 "철수!" 하

고 외쳤다. 구름이 걷혔는지 옥상이 환해지고 달빛이 다섯 명의 주위
에 교교히 흘렀다.

　이 광경을 분명 언제까지나 잊지 못하리라고 다케자와는 생각했다.

　그리고, 작전은 종료되었다.

세월은 흘렀다.

봄이 끝나고 여름이 지나 가을의 목소리가 들릴 무렵, 데쓰는 죽었다.

병실에서 데쓰의 마지막 수발을 든 것은 다케자와 혼자였다.

숨을 거두기 전날, 머리맡에 닥터 슬럼프 컵과 크리스마스트리의 별을 나란히 놓고, 데쓰는 무참하게 마른 얼굴로 가만히 하얀 천장을 바라보고 있었다.

삼십 센티미터 정도 벌어진 병실 창문의 커튼 틈으로 빨간 잠자리 떼가 보였다. 잠자리들은 모두 같은 방향을 향해, 눈에 보이지 않는 속도로 날개를 움직이며 멈춰 있었다. 그러다 바람이라도 불었는지 빨간 잠자리 떼는 급히 이동해 커튼 틈에서 사라졌다.

"내가 그랬죠, 다케 씨…… 난 이렇게 죽게 될 거라고."

말라붙은 입술을 움직여 데쓰는 중얼거렸다.

"죽음이 코앞에 와 있는데 주위에 아무도 없네요."

"내가 문병 왔으면 됐지."

다케자와가 일부러 퉁명스럽게 답하니, 데쓰는 베개 위에서 머리를 움직여 움푹 팬 눈으로 쳐다보았다. 그 약한 시선에서 다케자와는 절절한 고독을 보았다.

데쓰는 이상한 질문을 했다.

"있지요, 다케 씨…… 까마귀의 시체를 본 적 있나요?"

"아니, 없는데."

"왜 그럴까요?"

무슨 말을 하고 싶은지 알 수가 없다. 다케자와는 잠자코 고개를 옆으로 저었다.

"까마귀가 길거리에 죽어 있으면, 눈에 거슬리고 위생상 좋을 게 없으니까 얼른 치워버려요. 만약 둥지로 돌아가서 죽는다고 해도 다른 까마귀가 먹어치우죠. 그래서 시체가 눈에 띄지 않는 거예요."

가늘게 목을 울리며 데쓰가 숨을 몰아쉰다.

"물건처럼 치워져 잊혀지든가, 같은 까마귀에게 먹혀 없어지든가…… 둘 중 하나죠."

"난 먹어치우지 않을 거야. 자네를 먹었다가 배탈 나게."

"다케 씨는 이제 까마귀가 아니잖아요."

데쓰가 작게 웃었다. 그리고 닥터 슬럼프 컵과 크리스마스트리의 별을 손에 쥐고 멍하니 바라보았다. 하염없이 바라보았다.

그런 데쓰의 곁에서 다케자와는 떠올렸다.

앨버트로스 작전이 종료되었던 그때를.

CROW
króu

(1)

비즈니스호텔로 돌아온 다섯 사람은 종이봉투 속의 현금을 똑같이
나눴다. 그리고 그대로 곯아떨어졌다가 다음 날 아침 호텔을 나서면서
헤어졌다. 모여서 예전 집으로 돌아가지 않고 아침에 해산한 것이다.

"할 말이 있는데."

호텔 현관에서 야히로가 먼저 말을 꺼냈다.

"……이대로 해산하는 게 어때?"

생각지 못한 제안에 당황하는 다케자와에게 야히로는, 그 집에 돌
아가면 다시 나오고 싶지 않을 것 같아서라고 설명했다.

"자리를 잡으면 다시 연락할게."

야히로 옆에서 마히로와 간타로도 다케자와를 쳐다보고 있었다. 표
정을 보니 아무래도 세 사람은 이미 그렇게 결심한 모양이었다.

망설여지긴 했지만 붙잡을 수도 없어서, 결국 다케자와는 수긍했
나. 이 이상 같이 있으면 분명 같은 둥지 안에서 서로의 상처를 핥아

346

주게 된다. 처음에는 그것도 기분 좋을지 모르지만, 마냥 그러고 있으면 상처는 곪아터지고 누구도 둥지를 나갈 수 없게 된다. 다케자와도 그런 생각은 했었다.

"나도 슬슬 다케 씨 곁을 떠날까 해요."

데쓰까지 머뭇머뭇 그렇게 말했다.

"언제까지고 신세 질 수도 없고."

"신세랄 것까지야."

아니에요, 하고 데쓰는 머리를 가로저으며 약간 슬픈 듯이 웃었다.

"사내자식이 그럼 안 되지요."

짧은 말이었지만, 오랜 기간 숙고해온 생각을 선언하는 말투였다.

다섯 명은 눈부신 아침 햇살이 내리쬐는 호텔 앞에서 헤어졌다. 야히로와 마히로와 간타로는 같은 방향으로 걸어갔다. 당분간은 다시 함께 살 작정인 것 같다. 세 사람의 뒷모습을 다케자와와 데쓰는 나란히 서서 배웅했다. 두 사람은 딱 한 번 얼굴을 마주 보고 웃은 뒤 반대 방향으로 갈라졌다. 돌아보면 정 때문에 마음이 약해질까봐, 다케자와는 오기로 앞만 보고 걸어나갔다.

  (2)

그로부터 한 달 정도 지났을 무렵이다.

아파트의 좁은 창문 너머로 보이는, 여름을 앞둔 하늘은 한없이 푸르렀다. 방구석에서 멍하니 책상다리를 하고 하늘을 보고 있는데 머리 뒤에서 오토바이 엔진 소리가 들렸다. 탁, 하고 우편함 바닥에 우편물이 떨어지는 소리가 이어진다.

평소처럼 자리에서 벌떡 일어나 현관문을 나섰다. 이번 집은 1층이라서 우편함까지 몇 초밖에 걸리지 않는다. 다케자와는 막연한 기대를 품고 작은 철 뚜껑을 열었다. 예전처럼 불안이 가슴 한구석을 스치지는 않는다. 자신에게는 이제 적이 없다. 대신 편지나 엽서를 보내줄 만한 사람이 있다.

"……오."

우편함에 들어 있는 엽서 한 장을 보고, 저도 모르게 소리를 냈다.

가와이 야히로. 가와이 마히로. 이시야 간타로. 세 명의 이름이 나란히 적혀 있다. 각각 서명을 했나보다.

이전에도 한 번, 세 사람이 보낸 엽서를 받은 적이 있다. 그때는 새 주소를 알리는 간단한 내용뿐이고 다른 이야기는 아무것도 적혀 있지 않았다. 하지만 이번에는 달랐다. 또박또박 세로로 써내려간 글씨가, 마치 교장 선생님의 훈시를 듣는 초등학생들처럼 하얀 종이 위에 일정한 간격으로 늘어서 있다. 간타로의 글씨다. 편지 쓰는 임무를 맡은 모양이다.

엽서 내용은 우선 세 사람답지 않은 상식적인 계절 인사로 시작해, 야히로는 회사 사무직에 취직했고, 마히로는 이번 주부터 패스트푸드점 점원으로 일하며, 간타로가 마술 도구를 제작하는 회사에 일자리를 얻을 것 같다는 이야기가 쓰여 있었다. 그리고 왠지 딱딱한 말투로, 간타로의 발기불능이 호전되고 있음을 알렸다. 호전되고 있는 게 어떤 상태인지는 굳이 상상하지 않기로 했다. 아마도 간타로는 작전을 수행하면서 스스로 남자임을 새롭게 자각한 것이 아닐까. 그래서 발기불능도 나아지고 있는 게 분명하다. 다케자와는 그렇게 생각했다.

시간이 나면 놀러 오라고 쓰여 있었다.

348

마지막 부분에 마히로의 글씨로 작은 뉴스가 덧붙여져 있다. 며칠 전, 세 사람이 사는 아파트에 새끼 고양이가 한 마리 나타났다. 저녁으로 중국냉면을 먹고 있는데 문을 박박 긁는 소리가 들려서 밖에 나가보니 고양이였다고 한다. 마히로는 분명 벼슬이가 환생한 걸 거라고 적었다. 새끼 고양이는 죽은 벼슬이와 똑 닮은 모양이다. 다만 벼슬이라는 이름의 유래가 된 머리 꼭대기의 빳빳한 털이 없고 대신 그 자리에 검은 털이 나 있다고 한다. 진짜 환생한 건지도 모른다. 신이 털 색깔을 바꿔서 다시 보내준 것이리라.

마히로는 새끼 고양이를 몰래 아파트에서 키우고 있다고 했다. 빨간 목줄을 사서 벼슬이의 유품인 주사위를 달았다고 쓰여 있었다.

선 채로 엽서를 세 번 연거푸 읽고 방으로 돌아왔다.

도망치지 않아서 정말 다행이라고 다케자와는 생각했다.

만약 그때 히구치 일행을 피해 달아났더라면 어떻게 되었을까. 분명 히구치는 계속 괴롭혔을 테고, 자신은 지금쯤 몸도 마음도 너덜너덜해졌겠지. 데쓰와 그 세 사람과는 각자의 안전을 생각해 서로 연락하지 않을 것을 약속하고 그 자리에서 헤어졌을지도 모른다.

하지만 다케자와는 도망가지 않고 맞섰다.

그리고─실패했다.

생각해보면 작전이 성공하지 않아 다행이다. 만약 성공해서 히구치 일행으로부터 큰돈을 빼앗았더라면 분명 야히로와 마히로는 새 출발을 하지 못했으리라. 돈은 약과 마찬가지로, 적은 양이면 효과를 보지만 도를 넘으면 바로 부작용을 일으킨다. 두 사람은 다시 예전처럼 되는대로 아무렇게나 살았을 것이다. 다케자와도 만약 히구치의 폭로가 없었다면 과거에 저지른 일을 지금까지도 두 사람에게 숨기고 있었을 것이다. 계속 속이고 있었을 것이다. 아마도 두 사람은 계속 속아넘어간 척을 했겠지. 슬픈 연기를 계속했겠지.

엽서를 밥상에 올려놓고 다케자와는 한숨을 토했다.

이번 일은 마치 한 편의 소설이나 영화 같았다. 데쓰와의 만남. 마히로와의 만남. 벼슬이. 야히로와 간타로의 난입. 히구치. 앨버트로스 작전. 그리고 세 사람의 새 출발. 덤으로 벼슬이의 환생.

잘 짜여 있다.

너무나 잘 짜여 있다.

……

환각 같은 무언가가 몇 초 동안 한꺼번에 다케자와의 머릿속을 스쳐 지나갔다. 그것은 이번 사건의 무수한 조각이었다. 마치 자신을 주인공으로 한 영화처럼, 또는 소설처럼 하나의 이야기를 그려내고 있었다.

잘 짜인 이야기를.

이어서 작은 위화감을 다케자와는 머릿속 한구석에서 발견했다. 사실 지금 처음 발견한 것은 결코 아니다. 위화감. 작은 위화감. 언제부터였을까. 언제부터 위화감을 느끼고 있었을까.

잠시 생각하고 다케자와는 해답을 찾아냈다.

처음부터.

그때, 두서없던 다케자와의 머릿속에 갑자기 보이지 않는 열쇠가 꽂혔다. 찰칵 하고 열쇠를 돌리는 순간 여태껏 머릿속 여기저기를 애매하게 떠다니던 여러 일들이 불가사의한 법칙 아래 정렬하기 시작했다. 그것은 어느 하나의 가설에 기반한 법칙이었다.

"설마……"

하하 하고 다케자와는 일부러 소리 내어 웃어보았다. 스스로 생각해낸 말도 안 되는 가설을 부정하고 싶었기 때문이다. 이건 우연이야. 우연인 게 당연하잖아. 하지만 이윽고 그 마음을 밀어제치고 다른 생각이 고개를 들었다. 확인하고 싶다. 내 가설이 틀렸다는 것을.

거의 무의식적으로 다케자와는 휴대전화를 쥐었다. 전화번호 안내 서비스로 거니 여자가 받았다.

"전화 주셔서 감사합니다. 104번 기노시타입니다."

"저…… 아사가야의 돈돈집. 라면 가게 돈돈집 전화번호를 알고 싶은데요."

"스기나미 구 아사가야의 돈돈집 말씀이십니까? 잠시만 기다려주십시오."

육성이 기계음으로 바뀌어 번호를 알려주었다. 다케자와는 통화를 끊고 버튼을 다시 눌렀다.

"네, 돈돈집입니다."

"마스터, 날세. 기억할지 모르겠군. 전에 자주 라면을 먹으러 갔었는데."

"마스터……?"

마스터란 호칭 덕분에 상대는 곧 다케자와를 기억해냈다.

"아아, 안녕하세요? 요즘엔 전혀 들르질 않으시네요."

"뭐 좀 물어보고 싶은 게 있어."

다케자와는 에두르지 않고 바로 물었다.

"언제였지, 내가 일행이랑 둘이 라면을 먹으러 갔을 때, 자네가 출입구에서 뭔가 타는 냄새가 난다고 한 적이 있지?"

"네? 아, 네네. 그랬었죠."

"그건 무슨 일이었나?"

물으나 마나 화재라고 대답하리라. 아파트에서 불이 났었다는 이야기를 할 것이다. 사실이 그랬으니까. 다케자와의 집이 불타고 있었으니까.

"손님, 신문 안 보세요?"

주인은 쓴웃음을 섞어 대답했다.

"그거 장난이었던 모양이에요."

"장난······?"

"네, 장난이요. 근처 아파트에 살던 남자가 시한장치로 연기를 피웠다던데요. 화재인 줄 알고 소방차까지 왔는데, 소방관이 문을 열고 뛰어들어가보니 단순한 연막이었다고 하더군요. 그 집 살던 사람은 그러고서 종적을 감춰버렸다지 뭡니까. 정말이지 이상한 짓을 하는 녀석들이 다 있다니까요."

화재가 아니었다. 연막. 누군가 설치해놓은, 시한장치가 달린 연막. 누가 그런 짓을?

"시한장치······"

다케자와는 기억을 되짚어본다. 생각해낸다.

왜 나는 그 상황을 보고 불이라고 단정짓고 말았을까. 막 아파트에 도착했을 때 소방차가 모여 있고 현관에서 연기가 새어나오고 있었기 때문이다. 그 광경이 화재가 아니면 무엇이란 말인가. 만약 조금이라도 집에 돌아오는 타이밍이 어긋났다면 연막을 이용한 장난임을 알았을 것이다. 당연한 이야기다. 예를 들어 조금 늦게 돌아왔다면, 다케자와의 눈앞에서 소방관이 집 안에 뛰어들어가 "뭐야, 연막이잖아"라고 말했을 것이다. 조금 빨리 귀가했더리면, 장치가 작동해서 연기가 나오기 전에 집에 들어갔을 것이다. 그렇다면 왜 나는 딱 그 시간에 아파트로 돌아갔을까. 돈돈집에서 라면을 먹었기 때문이다. 돈돈집에 들렀다가 가자고 한 사람은 누구던가. 슬슬 가게를 나가자고 한 사람은 누구던가. 게다가 그것은 화재가 아니라 연기였는데.

—다케 씨, 그러고 보니 어제 그 화재 말이에요. 신문에 다섯 줄 정도 되는 기사로 실렸던걸요.

"말도 안 돼······"

이어서 다케자와는 선불폰 가짜 전단지와 자신들의 가짜 명함을 만들었을 때를 떠올렸다.

—인쇄소는 아는 곳이 있다고 했지?

—네.

인쇄소. 전단지.

"가짜 전단지······"

다케자와는 다시 휴대전화를 집었다. 그때 일을 맡겼던 인쇄소로 전화를 걸었다.

"네, 쇼와 인쇄소입니다."

"예전에 거기서, 선불폰 통신판매 전단지와 세 사람분 명함을 맡겼던 사람인데."

"선불폰 전단지와 명함요? 음······"

전화를 받은 남자는 잠시 기억을 더듬었다.

"아, 그때 그 손님. 네, 기억납니다. 전단지 매수가 적어서 값이 비쌌지요. 아이고, 드릴 말씀이 없습니다. 원래 인쇄물은 매수가 많으면 많을수록 단가가 떨어지는데."

"확인하고 싶은 게 있어. 그때 우리 회사 사람이 일을 맡기러 갔었지. 돌고래처럼 생긴 남자 말이야."

"네네, 그래요. 그런 사람이었지요."

"그 사람이 전단지를 의뢰한 것은 그때가 처음이었나?"

"아뇨, 처음은 아니었어요."

종이가 서로 스치는 소리. 고객 파일을 넘기고 있는 걸까.

"세번째였네요. 이전에도 두 번 정도 전단지 제작을 의뢰하셨습니다."

다케자와는 꿀꺽 침을 삼켰다.

"이전의 전단지 내용은 혹시……"

조급한 마음을 진정시키면서 확인한다.

"'Lock & Key 이루가와' 라는 열쇠 가게 전단지와, 보석 가게의 현금 세일 전단지였나?"

"네, 맞습니다. 가게에 도안이 남아 있어요."

다케자와는 어안이 벙벙해져 전화를 끊었다.

마히로와 만났을 때를 떠올린다. 다케자와는 어떻게 칠 년 만에 마히로를 만나게 되었던가. 마히로가 그날 우연히 우에노 역 근처의 보석 가게에 왔기 때문이다. 한 장의 전단지를 보고.

—그 보석 가게에서 오늘 하루만 현금 판매 이벤트를 한다고 전단지에 나와 있었어.

그 현장에서 마침 다케자와 일행과 마주쳤다. 이렇게 다케자와는 마히로와 다시 만났다.

그날 아침에 우에노로 휴대전화를 사러 가자고 한 사람은 누구던가? 아니, 우에노라는 장소뿐만이 아니다. 시간도 중요하다. 마히로가 가키데카에게 소매치기를 시도하는 마침 그 순간에 다케자와는 보석 가게 앞을 지나가야만 했다. 마히로와 만나기 위해서는 그래야 했다. 왜 그때 다케자와는 보석 가게 앞을 지나갔을까. 직전에 전당포에서 작업을 벌였기 때문이다. 데쓰가 그렇게 하자고 했다. 그때 데쓰는 좀처럼 전당포에서 나오지 않았다. 가게 주인에게 사기를 치다 들켜 궁지에 몰린 것은 아닌가 걱정했을 정도였다. 그것은……

시간을 맞추기 위해서가 아니었을까.

가게 안에서 누군가와 연락하고 보석 가게로 가는 시간을 조정했던 것은 아닐까.

다케자와와 데쓰의 만남. 우편함에 들어 있던 열쇠 가게 전단지. 손잡이와 접착제—그날 밤 다케자와는 데쓰의 사기를 꿰뚫어보았다. 과연 정말로 그랬을까. 다케자와야말로 사기에 걸려든 게 아니었을까. 찬찬히 생각해보니 그 만남에는 부자연스러운 요소가 여럿 있다. 데쓰가 털어놓은 것처럼, 만약 진짜로 접착제와 전단지를 이용해 용돈을 벌어왔다고 하면, 왜 굳이 우편함이 이미 전단지로 가득한 집을 노렸을까. 아니, 그보다 왜 데쓰는 아파트를 노렸을까. 그때 다케자와는 데쓰의 사기를 즐길 요량으로 상대가 어떻게 행동하든 그냥 놔두었다. 눈앞에서 벌어지는 데쓰의 작업을 계속 지켜보고 있었다. 하지만 보통 사람은 그러지 않는다. 보통은 자물쇠를 바꿔야 한다고 하면 우선 집주인에게 연락할 것이다. 연락처를 모른다면 옆집 사람에게 물어 전화를 할 것이다.

데쓰는 왜 그랬을까.

대답은 하나밖에 없다.

다케자와의 집이란 것을 알고 작업을 걸었다. 다케자와를 만나기 위해서.

왜 데쓰는 다케자와를 만나려고 했나?

왜 다케자와와 마히로를 만나게 했나?

"그 녀석……"

다케자와는 다시 휴대전화의 버튼을 눌렀다. 마히로의 번호였다.

"어머, 다케 씨. 오래간만이네."

기뻐하는 목소리가 전화를 받는다. 같은 자리에 있는지 야히로와 간타로에게 다케자와라고 말하니, "오오" "와아" 하는 두 사람의 환성이 들려왔다. 오랜만에 듣는 세 사람의 목소리였지만 그리움에 젖을 때가 아니다.

"이제부터 조금 이상한 걸 물어볼 텐데, 대답해줄 수 있어?"

거두절미하고 용건부터 말하니 마히로는 당황하면서도 응, 그래, 하고 대답했다.

"마히로와 야히로, 두 사람의 성은 가와이지?"

"응, 가와이. 귀엽지는 않지만."

"그건 엄마의 처녀 시절 성이지?"

두 사람에게 직접 확인한 것은 아니지만 지금까지 다케자와는 당연히 그렇게 생각했다. 엄마는 아빠와 이혼하고 처녀 시절의 성으로 돌아갔을 거라고. 아빠 성은 따로 있을 거라고. 그러나.

"아니, 그렇지 않아."

마히로는 무뚝뚝하게 대답했다.

"아빠 성이야. 이혼했을 때 언니는 이미 학교에 들어간 뒤였어. 성이 바뀌면 사람들이 집안 사정을 알아차리고 이상한 눈으로 볼까봐 그냥 두었어."

가와이는 아버지의 성이다.

"한 가지 더 알고 싶은 게 있는데."

상대가 뭐라고 대답할지 거의 확신하면서 다케자와는 물었다.

"마히로나 야히로 두 사람 중에 한 명이, 혹시 예전에 닥터 슬럼프 컵을 갖고 있지 않았어?"

놀란 듯한 숨소리가 들렸다.

"둘이 같이 썼어. 나는 너무 어려서 기억나지 않지만 언니가 지금도 가끔 그 컵 이야기를 해. 플라스틱 컵인데, 아주 좋아했다고. 어느 틈엔가 없어져버렸지만."

마히로가 집에 들어온 날부터 데쓰는 그 컵을 사용하지 않았다. 아저씨가 이런 컵을 쓰는 걸 보면 이상하게 볼 거라면서. 데쓰는 가끔씩 슬픈 표정으로 바라보던 그 컵을 '세상을 떠난 아내가 어린 시절부터 아끼던 컵'이라고 다케자와에게 설명했다. 하지만 생각해보면 이상하다. 데쓰의 아내가 어렸을 때는 아직 그 만화가 나오지 않았다.

데쓰는 마히로가 이상하게 볼까봐 숨긴 것이 아니다.

들키면 안 되니까 감춘 것이다.

아빠가 집을 나갔을 당시, 마히로는 아직 아기였다. 야히로는 일곱 살 정도였다. 일곱 살 무렵에 헤어져 십구 년간 만나지 못했던 아빠를 만약 어딘가에서 마주친다면 야히로는 그를 알아볼까. 아니, 절대로 알아보지 못할 것이다. 상대가 처음부터 다른 이름을 댄다면 더욱 그렇다.

마히로의 보스턴백에 들어 있던 아빠의 편지. 아내 앞으로 보낸 이별의 편지. 다케자와는 그 글씨가 낯익었다.

"사전……"

데쓰가 가지고 있던 사전. 여백에 많은 글씨가 쓰여 있던 영어사전. 사전에 메모한 가는 글씨는 분명히 그 편지의 글씨와 같았다.

두 사람 아빠의 이름은 가와이 미쓰데루. 데쓰의 이름은 이루가와 데쓰미.

— 애너그램이에요.

두 사람의 엄마는 가와이 루리에. 세상을 떠났다는 데쓰의 아내는 이루가와 에리.

— 요즘 이 놀이에 흥미를 느껴서 말이지요.

가와이 미쓰데루. 이루가와 데쓰미.

가와이 루리에. 이루가와 에리.

"젠장……"

머릿속에서 데쓰와 함께 보낸 날들이 한꺼번에 흘렀다. 영화 같은, 소설 같은 무수한 사건들. 등장인물들. 맞다, 등장인물들.

다케자와는 아파트 문을 나섰다.

　　　(3)

기타센주 역 근처에 있는 마마집의 주인은 다케자와의 얼굴을 기억하지 못했다.

"그 포스터는 어디 있나?"

이전에 붙어 있던 장소에 보이지 않자, 다케자와는 흥분해서 주인에게 물었다.

"포스터…… 아, 극단 포스터요? 이쪽에 두었습니다만."

마르고 콧수염을 기른 주인은 흠칫 놀란 얼굴로 계산대 구석에서 흑백으로 인쇄된 종이를 꺼내주었다. 다케자와는 종이를 빼앗듯이 집어들고 얼굴 앞으로 가져갔다. 극단의 포스터. 손님이 들지 않아 슬슬 접지 않을까 걱정을 사던 극단. 〈콘 게임〉이라는 연극 제목. 글씨 아래에 있는 단원들의 사진. 남자 일곱 명에 여자 한 명. 여자는 젊고 콧날이 오뚝한 미인인데 비해, 남자들의 면면은—뚱뚱하고 마른 젊은 이가 둘, 고릴라 같은 얼굴의 근육남에 눈이 뚱그랗고 몸집이 작은 사람, 키가 큰 남자와 얼굴이 큰 남자, 아이스크림 숟가락 같은 얼굴의 추레한 노인.

모두 아는 얼굴이었다.

메종 드 신주쿠의 엘리베이터 홀에서 본 여자. 히구치의 사무실에 있던 젊은이 둘. 고릴라 같은 남자는 노가미. 눈이 뚱그란 사람은 정리업자. 키가 큰 남자는 히구치. 얼굴이 큰 남자는 가키데카. 아이스크림 숟가락 같은 얼굴의 노인은 늙은 누에콩.

"이 사람들은 어디에 있나?"

주인은 겁먹은 모습으로, 극단원들은 지금쯤 연습 장소에 있지 않을까요, 하고 바로 답했다. 연습 장소는 근처에 있는 시민회관의 회의실이라고 했다.

다케자와는 마마집을 뛰쳐나왔다. 주인이 가르쳐준 장소로 서둘러 가면서 생각했다. 많은 우연을. 몇 개의 모순을.

—지금 가지고 있는 휴대전화는 이제 안 쓰는 게 좋겠어요. 전원을 꺼두죠.

다케자와에게 휴대전화를 바꾸라고 한 사람은 데쓰였다. 그것은 다케자와가 누군가와 통화를 하면 아파트 화재가 실은 연막이었음을 알아차릴지도 모르기 때문이었다.

—다케 씨, 아라카와 쪽은 어때요? 제방 근처로.

이사할 곳을 정한 사람도 데쓰였다. 셋집도 데쓰가 찾아왔다. 두 사람이 그 집에 살았기 때문에 마히로는 순순히 같이 살자고 찾아온 것이다. 자기가 살던 아파트에서 그리 멀지 않았으니까.

— 여보세요…… 여보세요, 나카무라 씨?

어느 날 아침에 아파트 집주인에게서 온 전화.

— 우리집에 이상한 전화가 몇 번이나 걸려왔어요. 시옷 소리가 귀에 거슬리는 말투로…… 당신 있는 곳을 가르쳐달라더군요.

— 맞아요. 히구치라는 남자였어요.

그건 집주인의 전화가 아니었다. 데쓰가 고용한 극단원 중 한 명이었던 것이다. '나카무라'라는 이름으로 부르는 바람에 다케자와는 상대가 집주인이라고 철썩같이 믿고 말았다. 나카무라 명의로 세를 들었다는 것을 아는 사람은 집주인뿐이니까. 하지만 또 한 사람 있었다. 데쓰다.

— 이 상자를 열어주셨으면 합니다. 열쇠를 잃어버려서 말이죠.

간타로가 공기총이 든 상자를 열어달라고 부탁했을 때, 데쓰는 거절했다. 끈질기게 부탁하자 할 수 없이 자물쇠를 열려고 했으나 결국 열지 못했다. 왜일까. 애초에 데쓰에게는 열쇠를 여는 기술이 없었다. 열쇠공이 아니었으니까. 미리 손을 봐둔 자물쇠 말고는 열지 못하는 것이다.

집 뒤편에서 불이 났을 때, 데쓰는 정리업자의 얼굴을 보고 이렇게 말했다.

— 저 얼굴만큼은 죽을 때까지 잊을 수 없어요.

하지만 이전에 데쓰는 돈돈집에서 과거를 털어놓으며, 자신에게 속임수를 쓴 정리업자에 대해 이렇게 말하지 않았던가.

─이제는 얼굴도 잊어버렸지만.

노가미와 정리업자가 탄 흰색 세단을 미행하다가 사거리에서 미처 우회전하지 못하고 차를 놓쳐 길가에 택시를 세운 적도 있었다. 세단이 다시 도로로 돌아와 미행을 계속할 수 있었던 것도 우연이 아니었다. 데쓰가 세단 운전자에게 우리의 위치를 알려준 것이다. 그래서 세단은 그곳으로 돌아왔다. 계속 미행당하기 위해서.

데쓰의 휴대전화로 걸려왔던 전화.

─그 세단을…… 아니, 놓쳤어. 갑자기 방향을 트는 바람에. 그래. 지금 그 앞에서 하는 수 없이 택시를 세웠어.

그때 통화한 사람은 간타로가 아니었다. 우리 차가 보이지 않자 세단을 타고 가던 사람이 전화한 것이다.

다케자와와 데쓰가 비즈니스호텔에 도착했을 때, 분명히 간타로는 이렇게 말했다.

─그 녀석들의 차는 발견했습니까?

만약 간타로가 진짜로 데쓰에게 전화를 걸었다면 그런 말을 할 리가 없었다. 왜냐하면 데쓰는 전화로, 분명히 이렇게 말했으니까.

─잘했어, 돼지! 자네가 전화해준 덕분에 놈들을 다시 발견했다!

시민회관 현관을 빠져나와 2층에 있는 회의실로 뛰어들어가려는데, 때마침 안쪽에서 문이 열렸다. 그곳에서 나온 남자는 다케자와의 얼굴을 보더니 한순간 깜짝 놀란 표정을 짓고는 곧 어깨를 늘어뜨리고 한숨을 쉬었다.

"……들통 난 모양이네요."

데쓰였다.

"너……"

다케자와는 호흡이 안정될 때까지 잠시 기다렸다. 묻고 싶은 말이 태산같다. 하고 싶은 말이 넘쳐흘렀다. 하지만 어느 것부터 물으면 좋을까. 어떻게 말을 꺼내면 좋을까.

"데쓰, 너……"

다케자와는 드디어 첫 단어를 입 밖으로 냈다.

"까마귀 맞지?"

데쓰가 미소 지으며 고개를 끄덕인다.

"맞습니다. 다케 씨의 동업자지요. 경력은 이십 년 이상 되지만요."

"대선배였나……"

까마귀도 까마귀 나름―큰 까마귀의 손바닥 위에서 다케자와는 놀아난 것이다. 마히로, 야히로, 간타로도.

"극단 사람들을 매수했나?"

다케자와는 데쓰의 등뒤에 있는 문을 보았다. 안에서 연극 대사 소리가 희미하게 들린다.

"네, 매수죠. 돈을 주고 협조를 얻었습니다. 우연히 다케 씨와 마마 집에 들러 라면을 먹을 때 포스터를 보고, 이 사람들에게 맡기면 되겠다고 생각했습니다. 부동산 중개소를 돌 때나 물건을 사러 나가는 틈을 타 교섭했어요."

"도대체 얼마나 줬나?"

데쓰는 숨김없이 대답했다. 다케자와의 예상보다 훨씬 큰 액수였다. 값싼 주택을 살 수 있을 만한 금액이다.

"자신들의 소극장을 가지는 게 꿈이랍니다. 꿈을 이룰 자금으로 쓸 생각인 것 같습니다."

"너…… 어떻게 그런 돈을?"

"다케 씨도 주간지에서 보지 않았습니까. 반년 전의 그 기사."

그 납품 사기. 건설회사를 상대로 육천만 엔을 뜯어냈던 대작전.

―우리도 이렇게 큰 판을 벌여야 할 텐데.

―그렇지요. 하지만 역시 이런 작업은 그 방면의 경력이 있어야 하니까.

"그거…… 너였나."

"이번 작업에는 목돈이 필요했으니까요."

데쓰는 피곤한 듯이 눈을 감았다. 그리고 다케자와를 건물 밖으로 데리고 나왔다.

"잠시 이야기 좀 할까요."

시민회관 현관을 나온 데쓰는 어슬렁어슬렁 걷는다. 이윽고 커다란 벚나무 밑에 도착하더니 걸음을 멈추고 뒤로 돌았다. 벚나무는 이미 꽃이 다 지고, 가지 끝에 푸릇푸릇한 잎이 돋아 있다.

"내 정체를 이미 알고 있겠네요?"

"그래…… 얼마 전에 알았어."

상대가 똑바로 얼굴을 쳐다보자 다케자와는 자기도 모르게 시선을 떨어뜨렸다. 데쓰는 칠 년 전 다케자와가 죽인 여자의 전 남편이었다. 다케자와가 불행의 구렁텅이로 몰아넣은 두 딸의 아버지였다.

"둘의 아버지는 꽤 몸집이 큰 남자일 거라고 생각했었어."

다케자와가 말하자 데쓰는 뜻밖이라는 듯이 눈썹을 올렸다.

"왜 그런 생각을?"

"야히로가 나에게 그렇게 말했거든. 아버지는 몸집이 컸다고."

"아아……"

데쓰는 길게 한숨을 내쉬었다.

"일곱 살 아이에게 작은 어른은 없어요. 그 아이가 커진 거죠. 다코야키와 마찬가지예요."

그렇게 말하며 봄의 끝자락에 걸린 하늘을 올려다본다.

"세상에 진짜로 큰 것은 별로 없어요."

하늘 어디선가 작은 새가 울었다.

"데쓰…… 너 왜 이런 일을 꾸몄지?"

"목적을 묻는 건가요?"

데쓰는 소리 없이 웃으며 두 손을 펴 보인다.

"목적은 이거예요."

그 말의 뜻을 처음에는 알 수가 없었다. 하지만 이윽고 '이것'이 '현재'를 가리킨다는 걸 깨달았다. 다케자와의 '현재'. 마히로와 야히로의 '현재'.

"모두 잘됐잖아요? 마히로와 야히로는 자포자기한 생활을 벗어나 성실하게 새로 출발했어요. 다케 씨도 오랫동안 마음에 응어리졌던 사채조직과의 관계를 끊을 수 있었죠. 마히로와 야히로도 이제 엄마를 자살로 몰고 간 남자를 원망하지 않아요. 다케 씨는 히구치의 그림자에 겁먹지 않아도 되고요."

분명히 맞는 말이었다. 모두 잘되었다.

"이거…… 굉장히 신세를 졌군."

"내가 할 수 있는 일은 이것뿐이니까."

공허하고 쓸쓸한 얼굴이었다.

그리고 데쓰는 모든 것을 털어놓았다.

십구 년 전—

자신이 사기꾼임을 아내에게 들킨 데쓰는 집을 나왔다. 그리고 사기를 치며 고독하게 살았다. 오랜 세월이 흘렀다. 오 년, 십 년, 십오 년. 데쓰는 일 년쯤 전에 은퇴를 결심했다.

"몸이 나빠졌어요. 간암이랍니다. 얼마 살지 못할 거라고 의사가 딱 잘라 말하더군요."

데쓰는 배 오른쪽을 가만히 가리켰다. 유키에의 목숨을 빼앗아간 것도 암이었다.

"죽기 전에 헤어진 처를 만나보겠다고 생각했습니다. 할 수 있다면 두 딸도 보고 싶었어요."

데쓰는 헤어진 아내 루리에의 주소를 알아보았다. 그때 처음으로 루리에가 칠 년 전에 세상을 떠났다는 것을 알았다고 한다. 사채에 시달리다가 스스로 목숨을 끊었다는 것도.

"일 때문에 몇 번 고용했던 탐정에게 의뢰해서 딸들을 찾았습니다. 걱정이 되었어요. 그때까지 모른 체하고 살아왔으니 그럴 자격도 없지만."

데쓰가 탐정에게 의뢰한 것은 마히로와 야히로의 행방뿐만이 아니었다. 헤어진 아내를 죽음으로 몰고 간 인간도 수소문했다. 곧 둘 다 찾아냈다. 딸들은 아다치 구의 아파트에서 살고 있었다. 헤어진 아내를 죽인 남자는, 아사가야의 아파트에서 나카무라라는 이름으로 살고 있었다.

"혹시 그 탐정…… 키 큰 남자인가?"

혹시나 해서 물어보니 데쓰는 고개를 끄덕였다.

"사람은 잘 찾아냈지만 방법이 깔끔하지 못했어요. 돈돈집 주인에게 그렇게 대놓고 물어보질 않나, 딸들의 아파트 주변을 서성이다가 몇 번이나 들키질 않나."

돈돈집 주인에게 다케자와의 신변을 캐던 사람도, 마히로와 야히로의 집 주변을 어슬렁거리던 남자도 데쓰가 고용한 탐정이었던 것이다.

"원래는 그 탐정에게 딸들이 어떻게 사는지, 아내를 죽인 남자는 어떤 사람인지도 조사해달라고 할 생각이었지만, 너무 돌팔이라 내가 직접 하기로 했지요."

데쓰는 딸들의 생활이며 다케자와의 과거와 현재 상황을 탐색했다. 철저하게 조사했다.

"여러 가지를 알게 되었습니다."

두 딸의 생활은 도저히 성실하다고 볼 수 없었다. 언니는 아무 일도 하지 않는다. 동생은 소매치기로 생활비를 번다.

"다케 씨의 과거도 내게 밝히기 전부터 모두 알고 있었어요."

아내를 자살로 본 남자는 사기꾼으로 살고 있었다. 그는 빚에 덜미를 잡혀 사채조직에서 일을 하게 되었다. 친구의 빚보증을 섰다가 그 지경까지 몰린 것이다. 자신이 원해서가 아니라, 외동딸과 평온한 생활로 돌아가기 위해 남자는 조직 일을 할 수밖에 없었다. 조직이 와해된 후 남자는 과거에 저지른 일을 후회하며 엄마 없이 살아가는 두 딸에게 계속 돈을 부쳤다. 하지만 딸들은 그 돈을 거부하고 근근이 살아가고 있었다.

"모든 사정을 알게 된 뒤, 난 그저 마음이 아팠습니다. 다케 씨, 생각해보세요. 모든 게 내 탓 아닙니까. 아내의 자살도 다케 씨 책임이 아니에요. 내가 사기나 치고 다니니까, 이혼당해 마땅한 사람이었으니까, 아내는 혼자 몸으로 딸들을 키울 수밖에 없었던 거지요. 그러다 보니 생활이 쪼들려 사채에 손댔다가 빚에 허덕이게 된 겁니다. 결국 은 목숨을 버릴 수밖에 없었어요."

"데쓰……."

"그 때문에 딸들도 그렇게 살 수밖에 없었지요. 계속 그러다가는 다시는 돌아오지 못할 정도로 바닥에 떨어질 겁니다. 나는 그런 사람을 여럿 보았어요. 지면에 닿을락 말락 저공비행을 하다가, 결국 작은 바위나 나무에 부딪혀 죽고 맙니다. 나는요, 다케 씨. 죽기 전에 어떻게 해서든 딸들을 돕고 싶었어요. 다케 씨에게도 힘이 되고 싶었어요. 그 대로는 죽어도 눈을 편히 감을 수 없었습니다."

그래서 데쓰는 이렇게 대규모 사기극을 벌였다는 말인가.

"그리고 말이죠, 다케 씨. 이번 작업은 내게 치는 사기이기도 했습니다."

"자신에게 사기를 친다고?"

"언젠가 다케 씨가 말했잖아요. 작업에 성공하기 위해서는 연기를 하는 게 아니라 그 사람이 되어야 한다고. 나는 정말로 변변치 못한 인생을 살고 말았습니다. 가족도 없고, 친구도 없고, 아무것도 없어요. 그래서 하다못해 죽기 전에 저세상에 가져갈 추억이라도 만들고 싶었어요. 가족과 친구와 함께 살며, 힘을 합해서 뭔가에 맞서는 그런 멋진 이야기를 가지고 싶었어요."

바람이 불었다. 벚나무 잎을 통과한 빛이 남자의 작은 어깨에서 흔들렸다.

조금 부끄러운 듯이 데쓰는 웃었다.

"앨버트로스를 일본에서는 바보 새라고 부르지만, 외국에서는 멋진 날짐승으로 대접받지요. 골프 용어로도 쓰이지 않습니까. 이글eagle 보다 위예요. 커다란 날개로 바람을 받아, 하루에 천 킬로미터나 날아간다고 해요."

데쓰의 시선은 날아가는 새를 좇는 것처럼 푸른 하늘로 뻗어나갔다.

"딸들이 결과적으로 다케 씨를 용서하고, 진정한 의미의 새 출발을 하기 위해서는 두 사람이 다케 씨의 사람 됨됨이를 충분히 알 필요가 있었어요. 그래서 나는 마치 뻐꾸기처럼, 딸들을 다케 씨와 함께 살게 했습니다. 같이 산 시간이 없었다면 분명 두 사람은 엄마를 자살로 몰고 간 남자를 평생 용서하지 못했을 겁니다. 세상의 불합리함을 받아들이고 어른이 되지도 못했을 테지요."

확실히 그럴지도 모른다. 그 엉망진창 동거생활이 두 사람과 '엄마의 원수'의 관계를 변화시켰을지도 모른다.

그 이후의 전개도 모조리 데쓰가 세운 계획대로였다. 사채조직의 공세. 그에 대한 다케자와 일행의 복수. 앨버트로스 작전. 작업을 위해 히구치 일당의 사무소와 옆집 1002호를 빌리고, 비품을 사서 실내를 꾸몄다.

"머지않아 철거할 예정인 맨션이라 거의 두세 집만 남고 주민 대부분이 나갔죠. 그런 집을 찾았어요. 작전 도중에 다른 주민이 복도나 현관에 돌아다니면 난처하잖아요."

그래서 그 맨션은 그렇게 인기척이 없었던 것이다. 다케자와는 차차 이해가 갔다. 히구치 일행 외에 엘리베이터에서 나온 젊은 여자 말고는 건물 안에서 마주치는 사람이 없어서 조금 이상하긴 했다. 입구에 있던 우편함 대부분에 입주자 이름이 쓰여 있지 않았던 이유도 이제 알았다.

그렇게 작업은 진행되고 데쓰의 계획은 성공했다. '현재'의 모든 것이 안정되었다.

데쓰가 벌인, 인생 마지막 대작업.

다케자와 같은 조무래기는 도저히 흉내낼 수 없는 대단한 솜씨였다. 데쓰는 엄청난 거짓말을 했다. 모든 장면에서. 매 순간. 하지만 분명히 마음만은 진심이었을 것이다. 더할 나위 없는 진심이었을 것이다.

"다케 씨. 언젠가 툇마루에서 손가락 이야기를 했던 거 기억해요?"

"아빠 손가락 엄마 손가락 이야기?"

"네, 그 이야기예요. 그때 엄지는 나라고 그랬지요."

확실히 데쓰는 그런 말을 했다.

"그 말에는 두 가지 의미가 있어요. 하나는 내가 아빠라는 의미. 그리고 또 하나는 뭐라고 생각해요?"

이것저것 떠올려보았지만 마땅한 답이 떠오르지 않았다. 데쓰는 자신의 손바닥을 바라보면서 정답을 가르쳐주었다.

"엄지만이 정면에서 다른 손가락을 볼 수가 있습니다. 다섯 손가락 중에서 엄지만이 다른 손가락들의 진짜 얼굴을 알고 있죠."

그렇죠? 하며 데쓰는 엄지와 다른 손가락을 마주 보게 해서 내밀었다.

"과연 그렇군……"

데쓰는 틀림없이 엄지였다. 데쓰만이 모두의 진짜 얼굴을 알고 있었다.

잠시 침묵이 이어졌다. 다케자와는 한 번 크게 심호흡을 했다.

"오늘 세 사람에게서 엽서가 왔어."

엽서를 본 것이 왠지 아주 오래전 일같이 느껴졌다.

"네 계획은 완벽하게 성공한 것 같아. 마히로와 야히로는 열심히 살고 있어. 물론 간타로도."

다케자와는 엽서의 내용을 데쓰에게 이야기했다. 데쓰는 얼굴을 조금 옆으로 돌리고 가끔 맞장구를 치면서 들었다.

"한 가지 궁금한 게 있는데 가르쳐주겠나?"

데쓰가 고개를 끄덕였다.

"엽서에 적혀 있던 벼슬이의 환생에 관한 건데, 벼슬이와 꼭 닮았지만 머리 정수리 부분만 까맣다는 새끼 고양이. 그거 진짜 벼슬이지?"

맞아요, 하고 데쓰는 대답했다.

"원래 머리에 뿌렸던 하얀 염색 스프레이를 지웠을 뿐이에요. 처음부터 작업이 끝나면 마히로와 야히로에게 돌려줄 셈이었어요. 그대로 헤어지는 건 너무 잔인하니까요."

그래서 벼슬이의 정수리 부분이 뻣뻣했던 것이다. 스프레이로 하얗게 만들었기에.

벼슬이는 처음부터 데쓰가 마련한 고양이였다.

"현관문을 열자마자 갑자기 뛰어들어온 것처럼 보였지만, 그것도 자네의 계획이었군."

아마 벼슬이를 이동장에 넣어 문밖에 대기시켜놓았을 것이다. 어쩐지 벼슬이가 데쓰를 잘 따른다 했다. 아무래도 사람들 중에 데쓰만 낯익은 얼굴이니까.

"불이 났던 날 벼슬이가 사라진 것은 자네가 숨겼기 때문인가?"

"네. 숨겼어요. 집 밖에서 화재가 났을 때, 모두 나가서 불을 껐죠. 나는 그때 양동이에 물을 담아 나르는 척하며 집에 있던 벼슬이를 종이상자에 넣어 현관 옆 비탈 풀숲에 데려다놓았어요. 나중에 극단 사

370

람이 가지러 왔죠."

그러고 보니 집 뒤편에서 불을 끌 때, 데쓰가 마지막으로 들고 뛰어 온 양동이는 텅 비어 있었다. 찬찬히 짚어보면 그만큼 부자연스러운 일도 없다. 불을 끄는 데 아무 쓸모 없는 텅 빈 양동이를 가져오다니.

"벼슬이의 사체는 도대체 뭐였나? 우리가 툇마루에 묻었잖아."

대답을 듣고 다케자와는 저도 모르게 입을 딱 벌렸다.

"인형 뽑기 게임에서 딴 인형과, 개수대에 버린 간타로가 만든 닭고기 라면, 그리고 홀토마토입니다."

"뭐야, 그게……?"

"인간은 긴장하면 아주 간단하게 속아넘어가죠. 밤이라서 어두운 탓도 있었겠지만. 비닐봉지 안의 벼슬이 시체는 화장실에서 만들었어요. 원래는 모두 잠든 틈을 타 느긋하게 만들려고 했는데, 그날 밤은 마히로가 현관에 앉아 있었고, 다케 씨도 깨어 있었죠. 그래서 보리차를 마시는 척하며 부엌에 가서 개수대 거름망 속의 내용물과 홀토마토 캔을 비닐봉지에 넣고 잠옷 속에 숨겨 화장실에 갔습니다. 그리고 다케 씨가 화장실에 두었던 인형의 배를 갈라 비닐봉지에 넣고 잘 뒤섞고서 벼슬이의 목걸이를 넣었어요. 내 입으로 이런 소리 하는 건 낯간지럽지만, 그거 상당히 진짜 같았죠?"

"진짜 같았지."

완벽하게 벼슬이의 사체로 보였다.

"하지만 데쓰, 자네가 화장실에서 만든 걸 어떻게 현관문 밖에 놔두었나?"

그때 데쓰는 곧 거실로 돌아가 잠자리에 들었다. 화장실에서 나왔을 때 간타로의 라면을 먹고 배탈이 났다며 배 언저리를 누르고 있었으니, 아마도 그곳에 가짜 사체를 넣은 비닐봉지를 숨겨 나왔으리라고 짐작은 가지만.

"어려울 것은 하나도 없었어요. 거실 창을 살짝 열고 현관 쪽으로 던졌을 뿐입니다. 차가 지나갈 때를 노렸다가 말이죠."

아닌 게 아니라 단순한 방법이다.

앉을까요, 하고 데쓰가 가까운 곳의 벤치를 턱으로 가리킨다. 색이 바랜 플라스틱 벤치에 다케자와와 데쓰는 나란히 앉았다.

"이야기할 겁니까? 딸들에게."

지친 듯한 말투로 데쓰는 물었다.

"네가 한 일 말이야?"

네, 하고 고개를 끄덕이며 데쓰는 다시 한번 되물었다.

"이야기할 겁니까?"

"딸들이 모르길 바라는 거군?"

데쓰는 쓸쓸한 얼굴로 고개를 끄덕인다.

"그럼…… 말할 필요 없지."

다케자와의 대답에 데쓰는 고맙다는 눈길을 보낸다.

"있죠, 다케 씨."

데쓰는 땅에 떨어진 벚나무 잎사귀 한 장을 주워, 손가락으로 잎줄기를 잡고 빙빙 돌렸다.

"다케 씨는 앞으로도 사기를 쳐서 먹고살 생각입니까?"

대답이 선뜻 나오지 않았다.

칠 년간, 다케자와는 나는 악당이다, 나는 악당이다 하고 되뇌면서 살아왔다. 그러지 않으면 금방 자신이 당하게 될 것 같아 두려웠다.

하지만 지금은 그렇게 살아갈 마음도 꺾였다. 그리 살고 싶은 마음은 이제 거의 없었다. 마히로도 야히로도 간타로도 이제 성실한 생활을 하고 있다. 나는 이대로 좋은 걸까.

"다케 씨, 왜 내가 딸의 이름을 '마히로'라고 지었는지 알아요?"

다케자와는 잠자코 다음 말을 기다렸다.

"딸이 태어났을 때, 처음에는 '새하얗다'는 뜻을 가진 '마시로'로 지을까 생각했어요. 아비와 달리 마음이 하얀 사람이 되길 바랐으니까요. 하지만 곧 불안한 생각이 들더군요. 이 세상은 새하얀 마음을 가진 인간이 살아갈 만한 곳이 아니잖습니까. 그러니까 나 같은 놈들이 득실득실한 거고요. 사람을 의심할 줄도 알아야 하는 겁니다. 그래서 한 글자를 바꿔 넓다는 뜻의 '마히로'로 지었어요. 하얀 마음보다는 넓은 마음이 좀더 낫겠죠. 이 세상을 살아나가기에는요."

데쓰는 입을 다물었다. 잠시 무릎 끝에 시선을 두고 무슨 생각을 하는가 싶더니 다시 입을 뗐다.

"사기꾼은 인간쓰레기예요."

조용하지만 바늘처럼 예리한 말이었다. 그 바늘 끝은 다케자와의 심장 한가운데를 정통으로 찔렀다.

"사람답게 죽을 수가 없어요. 마지막엔 홀로, 곁에서 돌봐주는 사람 하나 없이 죽게 될 겁니다. 사기꾼은 살아 있는 것 가운데 가장 말종이에요. 나는 그걸 너무 늦게 깨달았습니다."

데쓰는 입속의 모래를 뱉어내는 말투로 너무 늦었어요, 하고 중얼거렸다. 푹 떨어뜨린 고개를 다케자와 쪽으로 돌린다.

"인간은 인간을 믿지 않고는 살아갈 수가 없습니다. 절대로 혼자서는 살 수 없어요. 난 죽을 날을 받아놓고서야 가까스로 그것을 깨달았습니다. 사람이 사람을 믿는 마음을 이용해 생계를 유지하는 사기꾼은 인간쓰레기입니다. 내가 이십 년 넘게, 다케 씨가 칠 년간 해온 짓은 구제받을 수 없는 최악의 행위입니다. 폭력배나 사채업자와 다를 바 없지요. 타인의 죄는 잘 보입니다. 하지만 자신의 죄는 등에 짊어지고 있기 때문에 보이지 않아요. 그런 생활을 계속하다가는 꼬리를 문 뱀처럼 스스로를 몰아붙여, 언젠가는 외로이 바싹 말라 죽게 됩니다."

그것은 계속 다케자와의 마음 한구석에도 있던 생각이었다. 지금까지 억지로 모르는 척 눈감아왔던 진실이었다. 그러므로 더욱 절절히 가슴에 와 닿았다. 다케자와는 무슨 말이라도 해야겠다고 생각했다. 하지만 말이 나오지 않는다. 데쓰도 입을 다물었다. 양손을 무릎 위에 놓고 눈만 천천히 껌뻑거리고 있었다.

이윽고 다케자와의 입에서 나온 말은 도망갈 길을 찾는 어린애 같은 변명이었다. 말하면서도 자신이 딱하게 느껴졌다.

"하지만 자네…… 나와 같이 몇 번 작업하지 않았나. 은행원 행세를 하고, 전당포에 향로를 팔아넘기고."

데쓰는 가만히 고개를 가로젓고 뜻밖의 대답을 했다.

"하지 않았어요."

"하지…… 않았어?"

말뜻을 이해할 수 없었다.

"돈을 손에 넣었잖아? 자네가 현금을 건네주었잖아."

"그건 제 돈입니다."

그때 다케자와는 한 가지 사실을 떠올렸다. 데쓰와 파트너가 되고 데쓰에게 마지막에 돈을 받는 역할을 맡기고부터 작업은 늘 성공을 거두었다. 여태껏 데쓰가 상대 마음을 잘 풀어놓아서 그런가보다 했는데.

"네…… 돈이었나?"

반쯤 정신이 나간 채로 다케자와는 옛 동료의 얼굴을 보았다. 데쓰는 잠자코 고개를 끄덕였다.

"항상 돈을 지니고 있었어요. 다케 씨에게는 그 돈을 준 겁니다."

어쩐지 그런 고전적인 사기가 모두 성공한다 싶었다.

그 일도 저 일도, 속은 사람은 매번 다케자와였던 것이다.

"그러고 보니 너, 언젠가 빈집털이를 하겠다고 나가 꽤 많은 돈을 가지고 돌아왔었지. 다섯 명이 함께 살면서 생활비가 바닥났을 때 말이야. 그것도 혹시."

"밖에 나가 시간을 때우다가 돌아왔을 뿐이에요."

아무렇지도 않게 대답하는 데쓰의 얼굴을 다케자와는 한참 동안 들여다보았다. 곧 입꼬리가 씩 올라가는 것을 느꼈다. 어깨를 으쓱해 보이는 데쓰의 모습이 주위 풍경에 녹아들었다.

(4)

"아……"

바로 곁에서 귀에 익은 목소리가 들렸다.

돌아보니, 편의점 비닐봉지를 손에 든 키 큰 청년이 꼿꼿이 서서 다케자와의 얼굴을 응시하고 있었다. 다케자와가 아무 말도 하지 않고 시선을 맞추자 그는 도움을 청하듯이 데쓰를 보았다.

"괜찮아요, 이제."

데쓰가 말했다.

"들통 났으니까. 완전히 들키고 말았어."

히구치였다. 아니, 진짜 이름은 모르지만, 봄 날씨에 어울리는 하얀 재킷에 청바지를 입은 청년은 틀림없이 그때의 히구치였다.

데쓰의 말에 청년은 안심한 듯 표정을 누그러뜨리더니 곧 다시 당혹스러운 듯 눈살을 찡그렸다.

"아, 들통 났다는 건 혹시 우리 연기가……"

아니야, 아니야. 데쓰가 손을 휘휘 저으며 눈으로 다케자와를 가리켰다.

"이 사람이 예리해서 그래. 꿰뚫어보고 말았지. 당신네 연기는 완벽했어. 그렇죠, 다케 씨."

"음, 완벽했지."

다케자와의 말에 청년은 기쁜 듯이 웃었다. 이렇게 보니 무척 선량한 얼굴이다. 사람의 눈이란 참 믿을 수 없다.

마땅한 말이 생각나지 않는지 청년은 머뭇거리면서 잠시 그 자리에 서 있다가, 얼마 지나지 않아 "연습이 있어서"라며 시민회관 현관 쪽으로 잔달음질을 쳤다. 하지만 도중에서 멈춰 서서 돌아보았다.

"저기, 그러면 돈은……"

데쓰가 되묻는 듯이 눈썹을 치켜올렸다.

"목적은 모르겠지만, 최종적으로는 전부 들켰으니 지난번에 한 일이 의미가 없었다는 거죠? 그러면 우리가 받은 돈은……"

데쓰는 대답하지 않고 뭔가를 확인하듯 다케자와의 눈을 들여다보았다. 다케자와는 데쓰의 시선을 잠시 마주하고 나서, 청년의 얼굴을 보고서 "있었어"라고 답했다.

"의미가 있었어."

청년은 다시 기뻐하며 웃었다. 고개를 꾸벅 숙이고는 시민회관 현관으로 들어갔다.

청년의 뒷모습을 보면서 다케자와는 데쓰에게 물었다.

"이봐, 데쓰. 그 사채조직은 정말로 어떻게 되었나? 진짜 히구치 말이야."

"아아. 조직은 해산했어요. 그게 끝이에요. 법 개정이다 뭐다 해서 돈 벌기가 어려워졌으니까. 그 장사도 이미 내리막이에요."

"그래……"

그렇다면 일당은 또다른 악랄한 장사를 하고 있을까. 누군가를 막다른 곳까지 추궁하고, 괴롭히고, 불행에 빠뜨리는 장사를. 그렇게 생각하니 다케자와는 허망한 기분이 되었다. 그때 데쓰가 말했다.

"맞다, 다케 씨 대신 제가 손을 좀 봐줬어요."

"손을 보다니?"

"있잖아요, 예전의 건설회사 납품 사기. 주간지에 사진이 실렸었죠. 사기당한 사장의 사진이."

얼굴이 나오지 않았던 그 사진.

"그 사람, 히구치예요."

다케자와는 말문이 막혔다.

"히구치는 형무소를 나와 대부업을 정리하고 건설회사를 세웠어요. 조사하니 금방 나왔어요. 수완이 좋았는지 꽤나 행세하고 살더군요. 난 화가 났어요. 이번 계획의 자금을 전부 그 녀석에게서 받아내겠다고 마음먹었습니다."

"데쓰, 너……"

대단한 남자다.

다시 바람이 불었다. 머리 위에서 벚나무 가지가 흔들리고 햇볕 냄새가 몸 전체를 감쌌다. 부서진 부드러운 햇빛을 쬐는 데쓰를 다케자와는 그저 바라보고 있었다.

탁탁 하고 경쾌한 발소리가 들려온다. 소리 나는 쪽으로 눈을 돌리니 시민회관 현관에서 조금 전의 청년이 달려오고 있었다. 그는 두 사람 앞으로 오더니, 바지 뒷주머니에서 표 두 장을 꺼냈다.

"시간 되시면 다음에 보러 오세요. 두 달 뒤에 다시 작은 홀에서 공연합니다."

"연극인가…… 어떤 내용인데?"

데쓰가 물으니 청년은 연극 내용을 아주 간단히 설명했다. 아무래도 수사극인 것 같다. 이전 연극이 사기꾼이 활약하는 내용이었기 때문에, 이번에는 반대로 형사가 악역을 추적해 체포하는 이야기를 골랐다고 한다. 그런 줄거리에 여러 요소를 추가해 이야기의 맛을 더했다나 뭐라나.

"수사극은 취향이 아니라서……"

쓴웃음을 지으며 데쓰는 목을 움츠렸다.

"초대권이니까 보러 오세요. 손님이 안 들어서 요즘엔 할 맛이 안 나요."

청년은 두 장의 표를 데쓰에게 떠맡겼다.

"오신다면 연극이 끝나고서 술 한잔 대접하겠습니다."

"우리보고 사쿠라*를 하라는 건가?"

"사쿠라든 뭐든 괜찮습니다. 아무튼 티켓이 안 나가 걱정이라서요."

---

* 원래는 일본어로 '벚꽃'을 뜻하나 구경꾼, 바람잡이를 뜻하는 은어이기도 하다.

데쓰는 어쩔 수 없다는 듯이 표를 받았다. 청년은 얼굴을 활짝 펴더니 정중하게 인사를 했다. 그러고는 아까처럼 다시 잔달음질로 시민회관으로 돌아갔다.

"있잖아, 데쓰."

다케자와는 일어섰다. 데쓰의 대답을 기대하며 물어보았다.

"사쿠라는 영어로 뭐라고 하지?"

바로잡을 수 있을까. 다케자와는 생각했다. 나는 인생을 바로잡을 수 있을까. 꽤 멀리 돌아왔는데 아직 늦지 않았을까.

데쓰도 일어났다. 입가에 빙긋 웃음을 머금고 있다. 데쓰는 천천히 몸을 틀더니 다케자와에게 등을 보이고 섰다.

"cherry blossom이에요."

그렇게 말하고 데쓰가 벚나무를 향해 크게 양팔을 벌린 순간, 훨씬 전에 다 떨어졌을 꽃이 보였다. 진짜로 보였다. 하얗기도 하고 분홍색 같기도 한 벚꽃은 가지 끝까지 가득 펴져, 이윽고 봄의 끝을 알리는 바람을 타고 흩날리며 다케자와와 데쓰의 머리 위로 부드럽게 떨어져 내렸다.

분명, 아직 늦지 않았다.

파란 하늘을 덮은 무수한 꽃잎 너머로, 사요가 웃고 있는 것 같았다.

옮긴이 **유은정**

성신여대 일문과 졸업. 잡지사 기자, 라디오 방송국 작가를 거쳐 현재 자유기고가 겸 번역가로 활동하고 있다.

문학동네 블랙펜 클럽
까마귀의 엄지

1판 1쇄 2011년 8월 1일 | 1판 2쇄 2016년 4월 21일

지은이 미치오 슈스케 | 옮긴이 유은정 | 펴낸이 염현숙
책임편집 양수현 | 편집 황문정 박아름 | 독자 모니터 강정은
디자인 윤종윤 유현아 | 저작권 한문숙 박혜연 김지영
마케팅 정민호 이미진 정진아 | 홍보 김희숙 김상만 이천희
제작 강신은 김동욱 임현식 | 제작처 한영문화사

펴낸곳 (주)문학동네
출판등록 1993년 10월 22일 제406-2003-000045호
주소 10881 경기도 파주시 회동길 210
전자우편 editor@munhak.com | 대표전화 031) 955-8888 | 팩스 031) 955-8855
문의전화 031) 955-1927(마케팅) 031) 955-2684(편집)
문학동네카페 http://cafe.naver.com/mhdn

ISBN 978-89-546-1542-6 03830

www.munhak.com